经典的真身

ORIGINAL STORIES OF CLASSIC SCI-FI FILMS

最佳科幻电影蓝本小说选

姚海军 ◎ 主编

四川出版集团
四川科学技术出版社

图书在版编目(CIP)数据

经典的真身:最佳科幻电影蓝本小说选 / 姚海军　主编
- 成都:四川科学技术出版社，2011.11
ISBN 978-7-5364-7020-0

Ⅰ.经… Ⅱ.①姚… Ⅲ.短篇小说-作品集-美国-现代 Ⅳ.①I712.45

中国版本图书馆CIP数据核字(2010)第067427号

经典的真身
——最佳科幻电影蓝本小说选

主　　编	姚海军
责任编辑	宋　齐　姚　雪
封面设计	黄远霞
责任出版	邓一羽
出　　版	四川出版集团·四川科学技术出版社
	成都三洞桥路12号　邮政编码:610031
开　　本	147mm×208mm　1/32
印　　张	13.5
字　　数	280千
插　　页	2
印　　刷	四川五洲彩印有限责任公司
版　　次	2011年11月成都第一版
印　　次	2011年11月成都第一次印刷
定　　价	32.00元

ISBN 978-7-5364-7020-0

■ 版权所有·翻印必究 ■

■ 本书如有缺页、破损、装订错误,请寄回印刷厂调换。

关于《经典的真身》

□ 姚海军

科幻编辑也许是世上最好的职业，它提供了一个堪称完美的平台，让你有机会接近这个世界上极为珍稀、最具想象力与洞察力的人——人们称他们为"科幻作家"。不仅如此，编辑这个职业还拥有某些令人艳羡的特权——将自己最喜欢的作品编辑成册与读者朋友分享即为其中之一。事实上我早已使用过一次这份特权，其成果是2006年出版的《真名实姓——英美最佳中篇科幻小说选》。这本定价20元的集子当时印了一万册，目前在孔夫子旧书网能卖到50元。

《经典的真身》可以说是第二本由"我最喜爱的中短篇科幻小说"构成的选集，编辑工作持续了整整两年时间。其间，我的同事姚雪、时光网的严蓬，天涯社区的乔宇宙，以及豆瓣的Vera、商羽等素未谋面的朋友为这本书的最终成形提供了诸多支持。在此，我要特别向他们表达最真诚的感谢。

事实上，编辑这样一本科幻电影蓝本小说集的想法由来已久。1998年初到成都时，我几乎每周都要花上一个通宵去寓所附近的花园影城看科幻电影专场。我清楚地记得看《全面回忆》这部影片时，迪克的小说《记忆公司》一直在脑海里挥之不去所造成的纷乱。杰出的导演与天才的作家在我的脑海中不断争夺着这个关于"真实"的故事的最终解释权，那真是一次无比奇妙的体验。清晨从影院出来时，我不禁想：为什么没人编辑一本科幻电影蓝本小说集呢？

那个时候国内的科幻正处于杂志的兴盛期，图书时代还未曾到来，更谈不上影视化。因此，除了简单的作为读者的渴望，这样一本书的出版似乎并没有什么真正的紧迫性可言。

然而，在随后的十多年里，中国科幻发生了质的改变：我们有了自己的畅销书作家，众多影视公司也不约而同地开始谋求中国科幻电影的突破。那么，国外优秀科幻小说的成功影视化能为我们提供哪些值得借鉴的经验呢？于是，1998年的那个问题在十多年后终于变成了：为什么不编辑一本这样的小说集呢？

因此，今天，这本收录了十四篇名家名作的科幻小说集《经典的真身》便出现在您面前。

需要说明的是，所谓"经典的真身"，不仅指经典的科幻电影蓝本小说，也指经典科幻影片的蓝本小说。

编者希望，这样一本小说集，在满足读者探究科幻电影与其蓝本小说神秘关系的好奇心的同时，也能为有志于科幻作品影视化的作家及业界相关人士提供一些参考。

祝朋友们阅读愉快！

目录
CONTENTS

[001] 岗哨
　　　　　　【英】阿瑟·克拉克 著　江昭明 译

[013] 整个夏天的超级玩具
　　　　　　【英】布莱恩·奥尔迪斯 著　顾备 译

[025] 时间狩猎
　　　　　　【美】雷·布拉德伯里 著　陈晖 译

[041] 告别神主
　　　　　　【美】哈里·贝茨 著　Ent 译

[083] 鲜花献给阿尔吉侬
　　　　　　【美】丹尼尔·凯斯 著　孙维梓 译

[115] 火星孩子
　　　　　　【美】大卫·杰罗德 著　邹运旗 译

[159] 上午八点整
　　　　　　【美】雷·内尔森 著　魏铮 译

[169] 少数派报告
　　　　　　【美】菲利普·迪克 著　顾备 译

[217] 约翰尼的记忆
　　　　　　【美】威廉·吉布森 著　李克勤 译

[241] 第二终结者
　　　　　　【美】菲利普·迪克 著　吕坚平衍 译

[291] 金色人
　　　　　　【美】菲利普·迪克 著　吴静 译

[327] 记忆公司
　　　　　　【美】菲利普·迪克 著　张洁 译

[353] 本杰明·巴顿人生奇事
　　　　　　【美】弗朗西斯·菲茨杰拉德 著　王爽 译

[381] 二百岁的人
　　　　　　【美】艾萨克·阿西莫夫 著　范治琛 译

岗哨

【英】阿瑟·克拉克 著
江昭明 译

改编电影：《2001：太空漫游》 2001: A SPACE ODYSSEY
导演：斯坦利·库布里克 / 主演：雷纳德·洛塞特 / 上映日期：1968.4.2.（美国）

从某种意义上解读,《2001:太空漫游》甚至不是一部科幻片。

它诞生的那个时代,正是西方社会放纵叛逆、灵魂狂欢的岁月。二战后的精神匮乏催生出了垮掉的一代,嬉皮文化、摇滚乐在西方风靡一时。在那样一个时代,对新的价值理念的追求、对科技时代的疯狂向往以及内心深处的不安全感与焦虑,通过多种多样的载体释放出来,它们可以是摇滚乐,可以是核弹,当然也可以是科幻。

《2001:太空漫游》的创作灵感,正是来源于科幻大师阿瑟·克拉克的这篇篇幅很短的《岗哨》。说它短是因为全文仅有三千左右单词,但它的背景架构纵深度却是字数的无穷倍。在文本层面上,克拉克将人类的想象力抽离出来,以宇宙、时空、极限和生命等概念阐释了一部精神哲学似的太空史诗,宏大而深邃;而以具象化的手法将这些抽象概念展现出来,却要依靠光影艺术了。显然,库布里克对此十分感兴趣。一开始影片的设定相当庞杂,库布里克跟他的创作团队光是概念设计图就画了无数张,其中还涉及了片中出现的外星种族和各式各样瑰丽雄奇的外星景象,只不过这些并没有出现在后来的影片中。

这部电影的成功,得益于它内在的精神气质与时代内核不经意间的连通交汇。一方面是对超验主义、终极哲学命题的探究;另一方面也暗含了时代的集体娱乐基因,那些近乎凝结的画面镜头、神秘主义弥漫的思绪、宏大的太空场景、奇观式的电影语言,既满足未知也勾兑了神往之情。当时的嬉皮士们最喜欢在吸食迷幻药或大麻后观看此片,以此来感知天人合一的境界。

显然,这场跨时代的太空史诗之旅并没有随着电影的放映而结束,克拉克以此为基础接连完成了四部"太空漫游"系列小说:《2001:太空漫游》《2010:太空漫游》《2061:太空漫游》以及《3001:太空漫游》。它们有的也被拍成了电影,但人们却永远记住了"2001"的那一次,还有那无以名状的宇宙星孩。

岗哨
THE SENTINEL

下一回你望着高挂南天的满月时,仔细看一看它的右侧边缘,让你的视线沿着银盘的曲线向上移动。这样,在凌晨两点钟光景,你会注意到一个暗淡的小椭圆:只要视力正常,谁都可以轻而易举找到它。这是一片诸山环绕的大平原,也是月球上最壮丽的平原之一,被称为"危海"——危险之海。它的直径长达三百英里,几乎完全被巍峨的环状山脉所包围,从来没有人到那儿去考察,直到1996年夏末我们进入那个平原。

考察团规模庞大。我们有两架重型运输机,从五百英里之外静海的月球中心基地运来了补给品和设备。还有三枚小型火箭打算用于月面车无法通过的地区作短程运输。幸运的是,危海的大部分地区十分平坦。在其他地方普遍存在着十分危险的大罅隙,但这里一个也没有,或大或小的陨石坑和山峦也很少。就我们所能判断的来说,我们想去哪里,高功率履带牵引车就可以毫无困难地把我们运送到哪里。

我是地质学家——或谓月球学家,假如你喜欢咬文嚼字的话——我领导考察危海南部地区的考察组。我们沿着大约十亿年前一度存在的古代海洋的海岸前进,绕过大山脚下的丘陵地带,用一星期时间穿越了危海南部地区一百英里的路程。当生命在地球上开始形成的时候,这里的生物已经处于灭绝阶段。当时水正从巨大高耸的悬崖侧面退落,注入月球空洞洞的心脏。在我们穿越的土地上,没有潮汐的海洋一度深达半英里,而现在水汽留下的唯一痕迹就是在灼热的阳光从未射入的洞穴里偶尔可见的一点白霜。

月球的黎明姗姗来迟,我们在拂晓早早出发,到黄昏降临之前还有将近一星期的地球时间。每天下午,我们要来回五六次穿着太空服下车到外面去寻找有趣的矿物,或者竖立一些标志作为未来旅行者的向导。一路平安无事。说起月球探索,并没有什么危险,甚至没有特别振奋人心的事。我们可以在增压牵引车里舒舒服服地住上一个月,倘若遇到麻烦,随时可以发送无线电求助,稳坐着耐心等待飞船来营救我们。

我刚才说探索月球没有什么振奋人心的事,这种说法当然不对。谁也不会看腻那些不可思议的高山,它们比地球上平缓的山峦要陡峭得多。当我们绕过远古海洋岬角和海角的时候,谁也不知道哪一种新的壮丽景观将展现在眼前。危海的整个南部新月形地带是一片广阔的三角洲,在那儿一度有二十来条河流汇入海洋,水源可能来自骤雨,那种倾盆大雨在月球年轻时短暂的火山时代一定冲刷过那些山峦。每一条古老的河谷都是一种诱惑,吸引我们爬上对面未知的高地,但是我们还有一百英里路程要走,只能眼巴巴地望着后人必然会攀登的高地。

我们在牵引车里使用地球时间,就在二十二时整,最后一次无线电信息将发射给基地,我们这一天的工作便告结束。在牵引车外面,岩石仍然在近乎中天的太阳下灼灼发热,但是对于我们来说,这是夜晚时分,直到八小时之后我们再度醒来为止。其后我们有一个人要做早餐,电动刮须刀将发出一片嗡嗡声,有人将打开收音机接收来自地球的短波无线电。确实,当油煎香肠的美味充满牵引车舱室的时候,你很难相信我们不是在自己老家的世界上——一切都是那么平常,就像在家里一样,只是感到体重减轻、物体掉落慢吞吞的挺别扭。

这一天轮到我在用作厨房的主舱角落里做早餐。时隔多年,那一时刻还历历在目,因为无线电刚刚播放了我最喜爱的一首曲子,古老的威尔士歌曲《白岩石的戴维》。我们的司机已经穿上太空服出去检查牵引车的履带。我的助手路易斯·加尼特则坐在前面控制室里,往昨天的考察日志里作一些过时的记录。

我像地球上一个普通的家庭主妇那样站在油煎锅旁边等着香肠炸酥,悠闲地浏览着覆盖整个南部地平线的高山之墙,山墙在月球的半月形地带以下向东西伸展,消失在视线之外。这些高山看起来距离牵引车似乎只有两三英里,但我知道最近的山也有二十英里之遥。在月球上当然不会因为距离遥远而看不清远处物体的细节——完全没有地球上那种几乎觉察不到的雾气使得远处所有的物体变模糊,有时还变形。

那些山峦有上万英尺高,它们挺立在平原上,似乎古代的地下喷发使它们穿出熔化的地壳突然升入空中。即便是最近处,山峦的底部也因被平原陡峭起伏的地面所隐蔽而看不见,因为月球是个挺小的世界,从我站立的地方看去,地平线只有两英里远。

我举目望着从未有人攀登过的群山顶峰,这些山峰在地球人到来之前目睹过退却的海洋缓慢地枯竭下去,乃至完全消亡,使得这个世界丧失了希望。

阳光刺目,如火焰一般烧灼着森然仁立的山峦,然而就在它们上空不远,星辰在比地球冬季午夜更加漆黑的空中发出稳定的光辉。

我转身离开的时候,看见在"海"中向西突出三十英里的一处大岬角山脊上,有金属在高处发出灿烂的光辉。这是一个没有面积的发光点,如同空中一颗明星被险峻的山峰捕获,我猜想是照在某个平滑岩石表面上的太阳光线被直接反射到我的眼中。这种事并不稀奇。在满月前一周内,地球上的观察者有时能看到风暴海的大山脉发出蓝白色荧光——这时阳光从山坡上发出耀眼光辉,从一个世界反射到另一个世界。但是,我纳闷那上头是哪一种岩石能够发出这么明亮的光,于是我爬进观察塔,把四英寸望远镜旋转过来对准西方。

我看到的情景使我越发焦急。山峰在视域里既清晰又突出,似乎只有半英里之遥,但无论接收阳光的是什么东西,那物体还是太小了,分辨不清。然而那玩意儿似乎有一种难以理解的对称美,它栖息的顶峰又平坦得出奇。我长久地盯着那个神秘的发光体,目不转睛地凝望着太空,直到不久以后厨房里传来一股焦味,我才猛醒到我们的早餐香肠二十五万英里的长途旅行算是白费了。

整个上午,我们穿越危海时争论不休,西方的山峦更加高耸,直指天庭。即便穿着太空服出去探矿,我们也可以通过无线电继续讨论。我的伙伴争辩说,月球上历来没有任何一种智能生物,这是绝对肯定的,在月球上生存过的生物仅仅是一些原始植物以及它们的一些稍稍与它们不同的祖先。我像任何人一样了解这种理论,但有时候科学家必须有勇气当个傻瓜。

"听着,"我最后说道,"我要到那上头去,否则我无法安心。那座山不足一万二千英尺——在地球的引力下只有二千英尺——我可以在外面用二十个小时徒步走完这段路程。反正我早就想进山,这给了我一个极好的理由。"

"假如你没有摔死的话,"加尼特说,"咱们回基地的时候你将成为考察团的笑柄。从今以后,那座山也许要称作威尔逊傻帽儿山了。"

"我才不会摔死呢,"我坚定地说,"是谁第一个爬上皮科山和赫利山的?"

"可想当初你不是年轻得多吗?"路易斯"亲切"地问道。

"说到这一点,"我得意扬扬地说,"我就更有理由去咯。"

那天晚上,我们把牵引车开到半英里之内的一个岬角,然后早早就寝。到了早晨,加尼特跟我一起走;他是个优秀的登山运动员,以前常常跟我进行这种开拓性探险。我们的司机巴不得留下来看管牵引车。

乍一看,那些悬崖似乎完全无法攀登,但是对于任何具有攀高才能的人来说,在这个重力只有地球上正常值六分之一的世界上,爬爬山不在话下。在月球上登山,真正的危险在于过分自信:在月球上从六百英尺高度摔落就像在地球上从一百英尺高度摔落,完全可以置人于死地。

在平原上空大约四千英尺高度,我们在一个宽阔的岩架上稍事歇息。攀登倒是不太难,但是我手脚发僵,不适应月球上的登山运动,我也乐得休息一下。我们还能见到牵引车停在悬崖脚下,远远看去如同一只微小的金属昆虫,我们向司机报告了进展情况,然后开始继续攀登。

太空服内部十分凉爽,因为制冷装置抵御着猛烈的太阳,带走了身体劳顿散发出的热量。我俩很少交谈,只是互相传递一下登山工具,商讨一下攀登的最佳计划。我不知道加尼特在想些什么,也许在想这是他所从事过的最疯狂的徒劳搜索。我基本上同意他的这种想法,但是爬山乐趣无穷,心中想着前人未曾走过这条路线,地面景色逐渐开阔,这一切给了我所需要的全部报偿。

当我见到我在三十英里之外用望远镜观察过的那堵石墙就在面前的时候,我想我并没有特别兴奋。估计它高出我们头顶大约五十英尺,诱使我攀越这些不毛荒地的东西就在那边的平顶高原上。几乎可以肯定地说,那玩意儿无非是一块远古陨石击碎的漂砾,它的断裂面在这既无腐蚀、又无变化的寂静世界上仍然光鲜发亮。

岩石表面没有能用手抓住的东西,我们只好使用铁爪锚。我挥舞三叉金属锚在头顶上盘旋一阵,继而向上空的星星抛去,这时我两条疲惫的胳膊似乎恢复了力气。第一次铁爪锚没有抓牢,我拉回绳子,铁爪锚慢慢掉落下来。第三次试抛的时候,铁爪紧紧扣住了,即使我们俩的体重加在一起它也不会脱位。

加尼特焦急地望着我。我看得出他想要先上去,但是我透过头盔的玻璃报他一笑,摇了摇头。我不慌不忙,开始慢慢攀登最后的高度。

即使穿着太空服,我在月球上也只有四十磅重,所以我两手轮换攀上去,干脆不用双脚帮忙。到了平顶的边缘,我停下来,向我的伙伴挥挥手,继而翻上去,站起身来,凝望着前方。

你必须明白,直到此时此刻,我也几乎完全相信自己在这上头发现不了什么奇异的或者不寻常的东西。我说几乎完全,而不是完完全全:正是萦绕心头的猜疑驱使我前进。喏,那玩意儿现在再也不是一种令人猜疑不透的东西了,但是心头的迷惘才刚刚开始呢。

我站在高原上,离那玩意儿大约一百英尺。它一度十分平滑——太平滑了就不自然——但是,在不可估量的永世之中,陨石的袭击使它变得坑坑洼洼,留下了累累伤痕。它有个平面可以反光,大致是个金字塔结构,有两个人那么高,像一颗多棱面的巨型钻石坐在岩石上。

最初几秒钟内,也许我心中压根儿没有产生什么感情。继而,我感到激动万分,心中充满一种奇异的、无法用语言表达的快乐。因为我爱月球,现在我知道了亚利斯塔山和伊雷托思恩山的蔓生地衣并不是月球年轻时期孕育的唯一生物。首批探险人员昔日的梦想虽然遭到质疑,但这一梦想是真实的。毕竟存在过月球文明——我是发现这一文明的第一人。我到月球上来,或许晚了一亿年,但这并没有使我感到懊丧:毕竟来了,这就好。

我的脑子开始正常运转,开始分析和提出问题。这是不是一座建筑物,一座神殿——或者是在我的语言中找不到名称的某种东西?倘若是一座建筑物,那它为什么建造在这么特别难以到达的地点?我思忖着客观存在是不是一座庙宇,我想象着某些奇异祭司中的大能人呼唤神灵保佑他们,因为月球上的生物随着海洋的枯竭正在衰落,结果呼唤神灵也是徒劳。

我向前走了十来步以便更仔细地观察那玩意儿,但是为谨慎起见,我不敢靠得太近。我懂一点考古学,试图猜测这一文明的文化水准,在古代,一定是这种文明削平了山头,创造了这些至今仍然令我目眩的反光镜面。

我想,如果古埃及的工匠拥有这些更为古老的建筑师所使用的任何一种奇异的材料的话,他们肯定能制造出这样的东西。因为那玩意儿不大,我并没有考虑到我正在看着的东西可能是比人类更先进的某个种族的手工制品:月球一度拥有智能生物,这种想法仍然太离奇而令人难以接受,我的自豪感使我无法做出最后的羞辱性的结论。

其后，我注意到有个什么东西使我后脑勺的毛发直竖起来——那玩意儿微乎其微又无关痛痒，多数人压根儿不会注意到它。我说过这片高原被陨石撞击得伤痕累累，其上还覆盖着几英寸厚的宇宙尘——这种尘埃沉积在无风飘荡的任何一个世界的表面。然而，宇宙尘和陨石留下的痕迹在那个小小金字塔周围突然止步不前，留出一个宽阔的圆圈，仿佛有一堵无形的墙保护着小金字塔，使它免受岁月的侵袭和来自太空的缓慢而永不停息的袭击。

耳机里有人在呼唤，我明白加尼特已经叫我一阵子了。我蹒跚着走到悬崖边缘，唯恐讲话不便，于是打了个手势叫他爬上来。我走近宇宙尘包围的圆圈，捡起一块碎裂的石片向那个不可思议的小金字塔抛去。倘若这块石子在无形的屏障里消失，我是不会感到惊讶的，但是它似乎击中了一处平滑的半球形表面，轻轻地滑落到地上。

由此我知道我看到的东西与人类的古迹完全不同。这不是一座建筑物，而是一台机器，用万古千秋不灭的力量保护着自己。那些力量无论属于哪一种，都仍然在发挥作用，也许我已经靠得太近了。我想到人类在上一个世纪发现和掌握的那些射线。就我所知，我可能只有死路一条，如同走近一个没有屏蔽的原子反应堆，步入致命的、寂静的辐射风之中。

我记得我转身看着加尼特，他已经走过来，站在我身边。在我看来他毫不在意，所以我没有惊动他，而是走到悬崖边缘尽力理一理自己的思绪。危海就在我脚下——它对于大多数人来说既奇异又神秘莫测，但是对我来说则了如指掌。我举目望着新月形的地球，它卧于繁星组成的摇篮之中，我思忖着，当未知的创世主大功告成的时候，地球的云彩覆盖着什么。是不是石炭纪散发着蒸汽的原始森林？是不是最早的两栖动物从水中爬上来征服陆地所走过的凄凉海岸线？是不是更早的时候，在生命到来之前永久的寂寥？

别问我为何没有早一点猜到真相——这真相现在显得十分显而易见了。我发现那玩意儿，心中一阵兴奋之后，想当然地认为那块水晶般的神奇物体是月球上远古时代某个种族制造的,但是此时我脑海中一闪念,以压倒一切的力量使我相信这是如同我这样的外星人到月球上制造的。

在二十年之中,我们在月球上找不到任何生物的踪迹,只有一些退化植物。月球不可能留有任何文明,无论这种文明是怎么毁灭的,唯有那玩意儿标志着文明一度存在过。

我又一次望着反光的金字塔。它似乎更加远离与月球有关的任何物体了。突然我觉得自己由于兴奋和瞎起劲,爆发出一阵歇斯底里的傻笑,笑得浑身震颤起来:我居然想象那个小金字塔在跟我说话,说的是:"对不起,我自己在本地也是外来人。"

我们花了二十年工夫才打破了那个无形屏障,走到水晶墙里边的机器那儿。咱们无法理解的那个玩意儿,人类终于用原子能野蛮的力量把它炸毁了,现在我已经见到了我在山顶上发现的那个可爱反光体的碎片。

那些碎片毫无意义。金字塔的机械作用——假如是机械作用的话——属于一种我们望尘莫及的技术,也许属于超物理力学的技术。

既然人类已经到达了其他行星,这一秘密就越发萦绕于我们心间。我们知道亘古以来宇宙中只有地球是智能生物的住所,而我们这个世界任何消失了的文明都不可能建造出那个机器,因为陨落在高原上的宇宙尘的厚度使我们能够测出它的年代:那个机器是在生命从地球海洋上出现之前就设置在高山上的。

当咱们的世界是现有年龄一半的时候,外星来客穿越了太阳系,在月球上留下了旅行的标志,然后继续他们的行程。在人类炸毁这一标志之前,那台机器仍然在按照建造者的意图履行着职责。至于意图何在,下面是我的猜测。

银河系之中有近乎一千亿颗星球在旋转着。很久以前,其他太阳的世界上必有其他种族攀登并超越了我们文明已经到达的高度。想一想这样的文明,他们的存在可以一直追溯到创世纪的余晖尚未消逝的时候。那时,宇宙还那么年轻,生命才刚刚出现在很少几颗星球上,他们于是便成了乾坤的主人。他们的孤独应是我们无法想象的。这乃是极目远望、却找不到谁来分享他们的思想的诸神的寂寞。

他们一定搜寻过各个星团,如同我们搜寻了星系内各个行星。到处都有崭新的世界,但是这些世界要么空空如也,要么栖息着没有思想的爬虫。在咱们的地球上,巨大的火山仍然在喷发着浓烟,污染着天空。那时,开拓者的第一艘飞船从冥王星外面的深渊里飞驰而来,它经过冰冷的外部世界,知道生命不可能在那样的世界诞生。飞船停靠在内部行星上,这些行星享受着阳光,等着自己的历史从头开始。

那些太空漫游者一定看上了地球,在火与冰之间狭窄的区域里安全地绕了几周,一度猜想地球是太阳诸子当中最受宠爱的一个。在遥远的未来这里将有生命,但是在他们面前还有无数星球,他们可能从此不再光临地球。

因此,他们留下一个岗哨,这是他们散布在整个宇宙中的千百万个岗哨之一,这些岗哨守护着将要诞生生命的所有世界。它是一座灯塔,亘古以来耐心地发射着无人发现的信号。

或许你现在明白了那座水晶金字塔为何设置在月球上而非地球。它的建造者并不关注仍然在野蛮状态中苦苦挣扎的种族,只有当人类穿越太空、逃离摇篮地球、以此证明自己适合于生存下去的时候,他们才会对我们的文明感兴趣——这就是所有智能种族迟早要遇到的挑战。这是一种双重挑战,首先要征服原子能,其次还要看原子能带来的是生存,还是毁灭。

一旦走出这一危机,我们找到那座金字塔并迫使它打开就只是时间问题了。现在它的信号中断了,它的建造者将会把心思转向地球。或许他们希望帮助我们发展幼稚的文明。但他们必定非常非常老迈,可惜老年人往往犟头倔脑嫉妒年轻人。

现在每当我望着银河的时候,总是不由自主猜测着,帮助地球发展文明的使者将从层层星云中哪一颗星飞来。倘若你能原谅我做出这么一个平淡无奇的比喻,那么咱们已经拉响了火警,现在无事可干,只有等待。

我认为咱们不必久等。

整个夏季的超级玩具

【英】布莱恩·奥尔迪斯 著
顾 备 译

改编电影:《人工智能》 A.I.: Artificial Intelligence
导演: 史蒂文·斯皮尔伯格 /主演: 海利·乔·奥斯蒙、裘德·洛、弗兰西丝·奥康纳
上映日期: 2001.6.26.(美国)

奥尔迪斯的这篇小说灵感来源于诗人叶慈的作品《被偷走的孩子》，小说的主题从叶慈的诗句中就可看出端倪：

噢走吧，小孩
你理解不了这充满悲苦的世界
跟着仙女，手牵着手
望着流水向野地里走

小说充满寂寞、忧伤的格调，将小孩/大人的隔离世界与机器人/人的科幻主题联系起来，形成了双重的意象：女主人公爱的缺失与机器孩童大卫对爱的渴望相互呼应，相互对照。斯皮尔伯格将小说发展成了电影《人工智能》，增加了大卫出逃、历险等情节。大卫最终经历了人类的灭亡，并借助蓝仙女/外星人实现了拥有母爱的梦想。

最初想把小说改编成电影的是著名导演库布里克。他花费了十二年时间作前期准备。这一方面是因为他的精益求精，另一方面还因为他在等待更成熟的数字技术来确保可以在银幕上塑造出逼真的机器人大卫来。后来，库布里克觉得影片很符合斯皮尔伯格的感觉，在与后者进行了多次交流之后，库布里克在去世前把剧本大纲和原画设计交给了斯皮尔伯格，请他来完成这部作品。斯皮尔伯格抓住了奥尔迪斯原作中淡淡的忧伤诗意，并辅以他擅长的温情，影片最终赢得普遍赞誉，在全球取得2.36亿美元的票房。

斯温顿太太的花园里永远都是夏季,可爱的杏树永远都枝繁叶茂。莫尼卡·斯温顿摘下一朵橘黄色的玫瑰递给大卫。

"可爱吗?"她问道。

大卫仰起头来看着她,一言不发,只是一味地笑着。随后,他一把夺过鲜花穿过草坪跑开了,消失在排水沟后面。排水沟里正躺着一台割草机,随时准备听从主人的吩咐去剪草、除草,或是干脆将草连根卷起。于是,她独自一人站在那光洁无瑕的塑料石子路上。

她的确尝试过要爱他。

终于,她决定跟着男孩过去看看。她发现他正在院子里他的航模池中玩那朵玫瑰,全神贯注地让玫瑰在水上漂着,整个人就站在水里,脚上还穿着凉鞋。

"大卫,亲爱的,你非得干点什么让大家都不愉快的事吗?马上进屋把你的鞋袜换掉!"

他毫不反抗地跟着她进了屋,那满头黑色短发的小脑袋刚及她的腰。以他的年龄而言,他算是胆大的了,才三岁就不怕厨房里的超声波干洗机了。不过,没等母亲拿出拖鞋,他就扭身甩开了她的手,径自走进沉寂的大屋。

他可能是在找泰迪。

莫尼卡·斯温顿,二十九岁,有着曼妙的身材和一双柔美的大眼睛。她走进起居室坐了下来,先是一边坐着一边思考,但很快她就仅仅是坐在那里,脑中一片空白,时间似乎凝滞了,慢得几乎让人发狂。

在这一刻,莫尼卡所体验到的痛苦正如无数孤独寂寞的儿童、精神病人以及丈夫外出去创造世界的留守太太所体会到的一样,那就是无边无际的孤独与寂寞。完全是出于习惯,她一伸手改换了窗玻璃的波长,花园中的景致逐渐淡去、消失,在相同的位置,市中心的繁忙景象突现在她的左手边。屏幕上满是拥挤的人群、匆匆穿梭而过的喷气式飞船和林立的建筑物,一切都处于一片静默中,因为她并没有打开音量开关。她始终独自一人。有时,人多才更加寂寞。

对于追求孤独的人而言,一个过分拥挤的世界才是最理想的国度,因为,寂寞其实是一种心理状态而非生理状态,过多的人口最终却会导致人与人之间心理上的隔绝。

辛坦克公司的员工们正享用着一顿极其丰盛的午餐以庆祝他们的新产品面市,他们中的一些人还戴着当前最流行的塑料面具。他们全都身材苗条、举止优雅,一点也不担心吃下去的食品和饮料会使他们的身材走样;他们的妻子也同样是身材苗条、举止优雅,一点也不担心吃下去的食品和饮料会影响她们的身材。早有一条不成文的规矩:所谓人以类聚,物以群分。小人物就理应尊他们为人上人,根本就不应出现在他们的面前,所以他们中间也就绝不会有任何身份低微、不合潮流的人出现。

此时,亨利·温斯顿,辛坦克公司的常务董事,正准备上台发言。

"很遗憾,你太太不能和我们一起听你的发言。"坐在他旁边的一个人说道。

"莫尼卡宁愿待在家里想美事。"斯温顿回答着,一面尽量在脸上保持住一分微笑。

"多少人都希望能拥有一位心中充满美好愿望的美女做太太呢。"邻座的人又说。

"别打我老婆的主意!你这混蛋!"斯温顿在心中暗骂着,脸上却仍挂着一丝微笑。

他站起身来准备发言,期望能赢得众人的喝彩。

在讲了几个笑话之后,他说道:"今天将标志着本公司一次真正的突破。我们的人造生命体投放世界市场差不多整整十年了,你们都知道这种产品赢得了多大的成功,尤其是袖珍恐龙。不过,所有这些产品都不具备智能,克罗斯威尔·雷普是所有产品中卖得最好的,同样,也是所有产品中最愚蠢的。"听到这句话,大家都大笑起来。

"尽管在这个过分拥挤的世界上有四分之三的人在挨饿,但我们今日与会的各位却都是丰衣足食。感谢计划生育,我们现在所面临的问题是过度肥胖,而不是营养不良。我相信在座各位没有任何人会离开在小肠里辛勤工作的克罗斯威尔,它绝对是一种完美而安全的仿生寄生绦虫,只有在它的帮助下,它的寄主才可以放心大胆地多吃百分之五十的食物而不必担心自己的身材。是这样吧?"大多数人都点头表示同意。

"我们的袖珍恐龙也几乎同样愚不可及。而今天,我们要推出的则是具有智能的人造生命形式——与真人一样大小的仿生机器侍从。

"他不仅仅拥有智能,同时,他的智能程度是受到控制的。我们有理由相信,人们可能会担心仿生人所拥有的是人类的大脑。而事实上,我们的机器侍从不过是在头部装了一个微型计算机。

"市场上早就有许多核心部分使用了微型计算机机械装置——不过,那都是些没有生命的塑料产品、超级玩具什么的——而我们却最终找到了一种方法,可以把人造的仿生生命体与计算机电路连接起来。"

大卫坐在幼儿室长窗的旁边,手中握着纸笔努力思索着。终于,他停笔不写了,开始在书桌边上把铅笔沿着斜面滚上滚下。

"泰迪!"他叫道。

泰迪本来躺在床上,背靠着墙,身上压着一本有活动画片的书和一个巨大的塑料玩具士兵。体内存储的声线模板标志着这是主人的声音,于是它被激活了,慢慢地坐了起来。

"泰迪,我想不出该说什么!"

小熊爬下床,摇摇晃晃地走到男孩面前紧紧抱住他的腿,大卫便把它拎起来放在书桌上。

"那你都说了些什么?"

"我说,"他捡起信努力盯着它看,"我说,'亲爱的妈咪,我希望您现在觉得好些了。我爱您……'"

许久,谁也没说话,直到小熊打破沉默道:"听上去不错,下楼去告诉她吧。"

又是一段长时间的静默。

"有点不太对头,我就是说不出来,她不会明白的。"

小熊身体里的一个微型电脑把所有可能的程式都算了一遍,然后说道:"为什么不再用蜡笔把它写出来呢?"

大卫盯着窗外道:"泰迪,你知道我在想什么吗?怎么才能辨别什么是真实的,什么不是?"

小熊支吾着模棱两可地说:"真实的东西都是好东西。"

"我在想,时间是好东西吗?我可不认为妈咪很喜欢时间。有一天,很久以前的一天,她说时间从她身边溜走了。时间是真实的吗,泰迪?"

"钟能告诉你时间,钟是真实的,妈咪有钟,所以她一定喜欢它们。她手腕上就有一个钟,就在她的拨号盘旁边。"

大卫开始在信的背面画一架巨大的喷气式飞机,"你和我是真实的吗?泰迪,是吗?"

小熊关切地望着男孩,目光坚定地说:"你和我都是真实的,大卫。"它可是安慰人的专家。

莫尼卡缓缓地向大屋走去。快到下午的在线收信时间了,她用手腕上的拨号盘拨通了邮政局的号码,可是什么信也没有。还得再过几分钟。

她可以着手开始画画,或者给朋友打几个电话,或者什么也不做就等着亨利回家,再或者,她可以上楼去陪大卫玩一会儿。

她走进大厅,然后迈向楼梯底层。

"大卫!"

没有人回应。她又喊了一遍,接着是第三遍。

"泰迪!"她尖声叫道。

"是的,妈咪。"停了一会儿,泰迪那毛茸茸的金色小脑袋出现在楼梯的最高一阶。

"泰迪,大卫在他房间里吗?"

"大卫去花园了,妈咪。"

"下来,泰迪!到这儿来!"

她冷漠地站着,看着那毛茸茸的小东西蹬着一双毛茸茸的小短腿一阶一阶地爬下来,当它终于踏下最后一级台阶时,她把它捡起来带进了起居室。它一动不动地躺在她的臂弯里盯着她看,她能感觉到从它身体里马达传出的极微弱的振动。

"就站在那儿,泰迪,我要跟你谈谈。"她把它放在桌面上,于是它按照她的要求站好,双臂向前伸出,摆出它那副永远不变的等待别人拥抱的姿势。

"泰迪,是不是大卫让你告诉我说他去了花园?"

小熊脑中的电路太简单了,所以它不会耍任何花样,"是的,妈咪。"

"所以你对我撒了谎。"

"是的,妈咪。"

"别再叫我妈咪!为什么大卫要躲着我?他不应该怕我的,难道不是吗?"

"是,他爱你。"

"那我们为什么就不能交流交流感情呢?"

"大卫在楼上。"

这答案让她死了心。干吗要浪费时间跟这台机器说话？为什么不简单点，直接上楼把大卫拥在怀里，跟他聊聊，就像一个母亲对她心爱的儿子所能做的那样？她能感觉到屋子里的气氛沉甸甸的，一片死寂，而每个房间里又不断涌出不同分量的静默。头顶的那个房间里有人正静悄悄地挪动着，非常地静——那是大卫，他正企图从她身边躲开……

亨利·温斯顿的发言就要结束了，客人们都显得很用心，新闻界人士也显得同样专注，他们在宴会大厅的两面墙之间排成一排，录下了亨利的每一句话，还不时地冲他拍照。

"我们的仿生机器待从，从许多意义上讲，该归功于计算机。没有计算机，我们永远也不可能通过尖端生物化学技术创造出人工合成的血肉之躯。同时，我们的机器待从也是计算机的延伸——因为，在其头部装有一台超小型的计算机，它有能力处理大多数机器待从在家中可能碰到的情况。当然，关于这方面，还是有不少保留意见的。"听到这里，人群中传出了一阵笑声，与会的人士中有不少人早就知道这一热门话题了：在最终决定让机器待从以中性的形象穿上那套毫无瑕疵的制服之前，辛坦克的董事会上对它的性别问题可是有过激烈辩论的。

"身处我们人类文明所有的成就中——是的，同样也身处人口泛滥所造成的毁灭性问题中——我们很悲哀地意识到，不知有几百万人因为不断增加的孤独和隔绝感而痛苦万分。但是，我们所推出的机器待从将会成为他们的福音：他永远有问必答，即使最枯燥无味的话题也不会使他厌烦。

"今后，我们计划推出更多的型号，男人、女人——我担保！其中有些型号将完全没有现在所展出的这第一个型号的缺陷。我们将会拥有越来越先进的设计，那将是一个真正的仿生电子生命体。

"他们将不仅能使用自己的计算机、运行个人程序，还将与全球数据网相连接,也就是说,每个人都能够坐在家里享用可与爱因斯坦相媲美的综合智能。与世隔绝这个词将永远地从词典中抹去!"

他在一片热烈的掌声中坐了下来,甚至连合成的仿生机器侍从,那个坐在桌旁、身穿朴素制服的机器人,也以极大热忱为他鼓掌欢呼着。

大卫抱着小背包,蹑手蹑脚地绕到墙角边,爬到起居室窗户下面一个装饰用的椅子上,极小心地向屋内窥视着。

他母亲站在房间正中,面无表情,而这毫无表情的脸吓着了他,于是他迷惑不解地看着,纹丝不动,她也同样如雕塑般僵立着,时间仿佛凝固了,就好像刚才在花园里发生过的那样。

最后,她转身离开了房间。又等了一会儿,大卫开始轻轻地敲打起玻璃窗来。泰迪听到声音四处张望着,看见是他,便一个跟头从桌上翻了下来,跑到窗户跟前,用笨拙的爪子努力地抠着窗户。终于,窗户打开了。

他们彼此对视着。

"我总觉得我不够好,泰迪。我们出走吧!"

"你是个好孩子,你妈妈爱你。"

大卫慢慢地摇了摇头,"如果她真的爱我,为什么我没法跟她说话呢?"

"你又在犯傻了,大卫。妈咪很孤独,正因如此她才要你到这儿来。"

"她已经有爸爸陪了,而我除了你什么都没有。我也很孤独。"

泰迪友善地拍了拍大卫的脑袋,"如果你感觉这么糟的话,最好再去看看心理医生。"

"我讨厌那个老心理医生——他让我觉得自己是不真实的。"大卫拔腿便跑,一路穿过了草坪。小熊摇摇晃晃地从窗台跃下跟着大卫,两条小短腿尽可能快地挪动着。

莫尼卡·斯温顿上楼进了幼儿室。她叫了一声儿子的名字,然后就立在原地,不知接下来该干些什么。周围静悄悄的。

他的书桌上摊着几根蜡笔。出于一时的冲动,她走过去打开了书桌的抽屉,见里面堆着一大堆纸,许多纸上都用蜡笔写了字,是大卫那笨拙的笔迹。纸上每个字母的颜色都精心挑选过,与前一个字母不同,而且,所有的句字都不完整。

"我亲爱的妈咪,您好吗?您爱我吗?像爱——"

"亲爱的妈咪,我爱您和爸爸,太阳正照耀着——"

"亲爱的妈咪,泰迪正帮我给您写信,我爱您,还有泰迪——"

"亲亲妈咪,我是您的,也是您唯一的儿子,我是那么爱您,以至于————"

"亲爱的妈咪,您是我真正的妈咪,我恨泰迪——"

"亲亲妈咪,猜猜看我有多爱您——"

"亲爱的妈咪,我是您的小宝宝,我爱您,可是泰迪——"

"亲爱的妈咪,我写信给您只是想告诉您我有多爱您——"

莫尼卡松开手,任由那几页纸跌落在地,然后忍不住放声大哭起来。一阵风吹过,那些色彩斑斓的信便在地板上四散开来。

亨利·斯温顿在极度兴奋中搭上了回家的快车,一路上不时跟身边那个正要带回家去的仿生机器侍从聊上几句,而机器侍从则礼貌而严谨地回应着他的每一句话。尽管以人类的角度而言,他的回答并不总是完全正确,甚至有时会发生答非所问的现象。

斯温顿夫妇所居住的楼宇是最豪华的城市高楼之一,楼高五百米,由于四周被其他公寓所包围,他们的公寓连一扇向外的窗户都没有——不过,也不会有人想要"欣赏"外面那过分拥挤的世界。亨利把眼睛对准屋门口的虹膜扫描仪,很快,门开了,亨利健步向屋内走去,紧跟其后的是他的机器侍从。

立刻,亨利的四周呈现出一个美丽而温馨的花园幻象,在这个花园里永远都是夏季,一片玫瑰和紫藤的后面屹立着他们的大屋。其实,这就是虚拟现实的奇妙之处了,它能在一个狭小的空间里制造出一个很大的幻象空间。只一瞬间,幻术便完成了:一栋佐治亚式的建筑出现在他面前以迎接他的到来。

"怎么样,喜欢吗?"他问他的侍从。

"玫瑰偶尔会得黑斑病。"

"这些玫瑰都是有质量保证的,保证完美无瑕。"

"买东西最好是买有质量保证的,虽然价钱方面会偏高一些。"

"谢谢你的忠告。"亨利干巴巴地说道。人造生命体问世还不到十年,而老式的机器人也不过区区十六年历史,年复一年,他们的系统缺陷正逐渐得到改善。

他打开门叫着莫尼卡的名字。

立刻,她从客厅里跑了出来,猛冲到他面前拥抱着他,极热切地吻着他的面颊和双唇。亨利一下子惊呆了。

他把她拉开仔细地盯着她的脸,今天的她看上去容光焕发,显得美极了。有好几个月没看到她这么兴奋了,他本能地紧紧抱住她。

"亲爱的,出什么事了?"

"亨利,亨利——噢,我亲爱的,我几乎都绝望了……可我刚刚去查了下午送来的信——你永远也想不到的!哦,真太棒了!"

"看在老天的分上,到底是什么太棒了?"

这时,他一眼瞥到她手中一份影印文件的标题,看样子刚从墙上的接收器中取出,墨迹未干:"人口管理部"。突如其来的冲击和希望使他的脸颊顿失血色。

"莫尼卡……哦……别告诉我说是轮到我们的号了!"

"正是这样,我最亲爱的,对极了,我们中了本周的父母彩票!我们可以马上行动生孩子了!"

他高兴地大叫一声:"耶!"两人忍不住手舞足蹈。地球上人口爆炸的压力太大了,以至于不得不严格控制出生率,要生孩子必须得到政府的批准。为了这一刻,他们等了整整四年,这个好消息让他们语无伦次了,他们哭喊着,任由欢欣的泪水横流。

终于,他们停了下来,喘息着,站在房间正中为彼此的欢愉表现而放声大笑。当莫尼卡从幼儿室里出来的时候,她调暗了窗户,这样就能看到花园里的景致了。人造的太阳光投射出长长的金色光影,交错在整个草地上——大卫和泰迪就坐在那儿,透过玻璃窗注视着这对夫妻。看到他们的脸,亨利和他妻子的表情变得凝重起来。

"我们该把他们怎么办?"亨利问。

"泰迪没问题,它工作正常。"

"难道大卫发生什么故障了吗?"

"他的语言处理中枢还是有问题。我觉得必须再把他送回工厂去。"

"OK,在孩子出生前先看看他的情况再说吧。正好,提醒了我一件事——我给你准备了一个惊喜,绝对是雪中送炭!来,跟我到大厅去,看看我给你准备的是什么。"

当两个成年人消失在房中时,男孩与玩具熊正坐在整齐划一的玫瑰丛中。

"泰迪——我在想,爸爸妈妈是真实的吗?是这样吗?"

泰迪说:"你问的问题可真傻,大卫,没人真正知道什么是'真实'的。咱们进屋吧。"

"先等等,我要再摘一朵玫瑰!"大卫摘下一朵浅粉色的花,带着它走进了大屋。睡觉时,可以把这朵花放在枕头上,这美丽而温柔的感觉会让他想到妈妈。

时间狩猎

【美】雷·布拉德伯里 著
陈　晖译

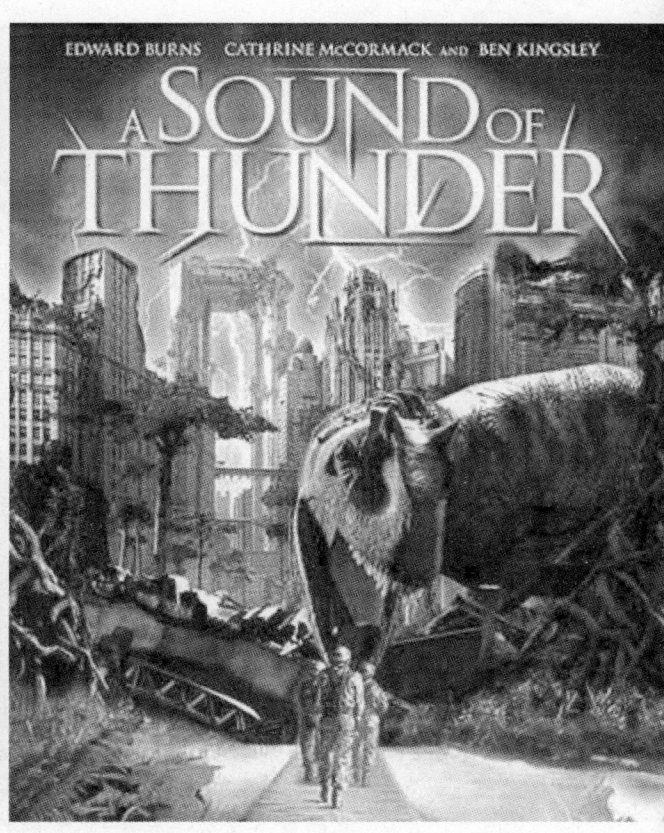

改编电影：《雷霆万钧》 A SOUND OF THUNDER
导演：彼得·海姆斯 / 主演：爱德华·伯恩斯、本·金斯利 / 上映日期：2005.9.2.（美国）

2003年,一部科幻大片投入拍摄,投资八千万美元,导演是口碑还不错的彼得·海姆斯,观众期待不已——因为这是雷·布拉德伯里的经典短篇《时间狩猎》第一次被搬上大屏幕。要知道,尽管这篇小说曾经为包括《蝴蝶效应》在内的众多电影提供了点子和灵感,但真正忠实于原著的影片还从没有出现过。

　　然而,2005年影片上映时却遭遇了滑铁卢,在全球范围内只收回了1200万美元的票房。布拉德伯里的粉丝火冒三丈——一篇情节跌宕、内涵深远、富有史诗感的小说居然被拍成了一部粗制滥造的怪兽片。最终,这部影片在国外影评网站上的得分惨不忍睹。

　　《时间狩猎》发表于1952年,其技术核心是蝴蝶效应和滚雪球效应——南美一只蝴蝶偶尔扇动翅膀,几周后可能会引发北美的大飓风。小说中,真的就有这么一只蝴蝶,它的作用在历史的进程中被层层放大,终于引发了不可逆转的后果。《时间狩猎》发表时,正值布拉德伯里创作最为丰沛的时期,《华氏451》《火星编年史》《绘图人》等名作均诞生于这一时期。在这个短篇中,小说以小人物的视角,经历了一场富于启发性的谈话和一场惊心动魄的丛林狩猎,我们可以清晰地看到布拉德伯里臻于完美的故事技巧。小说最后,那一声惊雷不仅震惊了主角,也震撼了我们。

墙上的牌子仿佛在一层飘忽不定的热气中颤动,艾克尔斯凝视时眨了眨眼,那块牌子在这瞬息的黑暗中闪烁着:

时间狩猎公司

到过去任何时代狩猎

您选定猎物

我们带您去猎杀

艾克尔斯咽下喉咙里涌上的一口热痰。他嘴边的肌肉挤出一个微笑,同时他伸出手去,向桌后坐着的那个人摇着一张一万美元的支票。

"这次狩猎能保证我活着回来吗?"

"我们什么也不保证,"职员说,"除了恐龙。"他转过脸去,"这是查维斯先生,你在过去时代的狩猎向导,他会告诉你射什么,向哪儿开枪。要是他说不要射,就不要射。要是你不服从命令,回来后会有另一万美元的高额罚款,政府还可能会起诉你。"

艾克尔斯的视线掠过这间宽大的办公室,望着那堆乱糟糟、弯弯曲曲、嗡嗡作响的线路和钢箱①,望着那条变幻着橘色、银色和蓝色的闪烁不定的光带。从那儿传来一种声音,像一堆燃烧着所有时代的巨大篝火,所有的岁月、所有的羊皮纸历书、所有的时刻都高高堆起来喷

---

① 指时间机器。

吐着火舌。

只需用手一触,这燃烧着的东西即刻就会美妙地倒转。艾克尔斯一字不差地想起了广告上的话:从炭与灰中,从尘与煤中,古老的岁月、黛绿的年华将会像金色的火蜥蜴①般跃起;玫瑰在风中再吐芬芳,白发变得乌黑,皱纹消踪敛迹;一切都飞回芽胚,逃离了死亡,冲回它们的起点,太阳从西天升起,落向灿烂的东方,月亮也完全颠倒了盈亏的方向。一切都像套娃一样层层相套,像兔子回到魔术帽子里一样,一切都返回到那充满活力、生机待发的绿色的涅槃状态,返回到起始之前的时刻。用手一触就能做到这些,只需用手一触。

"天哪,天哪,"艾克尔斯喃喃道,机器的光照在他的瘦脸上,"一台真正的时间机器。"他摇着头,"想想看,要是昨天的选举不如人意,今天我在这儿就会跑得远远的。感谢上帝,基斯赢了,他会成为一个出色的美国总统。"

"是啊,"桌后的那个人说,"我们很幸运。要是那个德国佬赢了,我们就会有一个最糟的暴政。那是个反对一切的家伙,一个好战分子,反基督、反人类、反理性。你知道,人们打电话给我们,半开玩笑地说,如果德国佬当了总统,他们宁愿生活在1492年。当然,我们的业务是组织狩猎远征,而不是领导逃亡。不管怎么说,现在基斯当了总统,你们只需操心……"

"猎杀我的恐龙。"艾克尔斯替他把话说完。

"一头霸王龙,有史以来最可怕的巨兽。请签上这个。你遇到的任何事,我们都无法担保。那些恐龙都饿着呢。"

艾克尔斯气红了脸,"想吓唬我吗?"

"老实说,是的,我们不想让任何一个打第一枪就会发慌的人去。去年有六个狩猎向导和一打猎人送了命。我们给你一个真正猎人所需的最大鼓励,你将回到六千万年前去猎杀那有史以来最大的猎物。趁你的支票还在这儿,赶紧撕了吧。"

---

①传说中一种生活在火里的动物。

艾克尔斯久久地看着支票,他的手指颤抖着。

"那么,祝好运。"桌后的那个人说,"查维斯先生,他归你了。"

他们带着枪,默默地穿过房间走向那台机器,走向那银色的金属与闪耀的光带。

先是一个白昼,一个夜晚,一个白昼,一个夜晚,接着是昼—夜—昼—夜迅速更替,一个星期,一个月,一年,十年!公元2055,公元2019,1999!1957!飞逝!机器轰鸣着。

他们戴上氧气头盔,测试内部通话设备。

艾克尔斯在软椅上摇晃着,他脸色苍白,牙关紧闭。他感到手臂在颤抖,低头一看才发现手里紧攥着崭新的来复枪。机舱里还有四个人:狩猎向导查维斯、莱斯普兰斯,以及另外两个猎人比林斯和克莱默。他们坐着面面相觑,岁月在他们周围燃烧。

"这些枪能撂倒恐龙吗?"艾克尔斯开口问道。

"只要你打得准。"查维斯在头盔话筒里说,"有些恐龙有两个大脑,一个在脑袋里,另一个在脊柱下部。我们得避开它们,不然就太冒险了。头两枪先射眼,要是你做得到的话,射瞎它们,再射穿大脑。"

机器轰鸣着。时光像一部倒放的影片。岁月飞逝。"老天,"艾克尔斯说,"世上每个猎人今天都会嫉妒我们,我们时代的非洲简直跟像伊利诺伊州一样。"

机器慢下来,尖啸声变成了喃喃低语,最终停住了。

烈日当空。

笼罩着机器的雾气散开了。三个猎人、两个狩猎向导和他们横在腿上的蓝色金属枪,正处在一个古老的时代,一个确实非常古老的时代。

"基督尚未降生,"查维斯说,"摩西还没有上山去与上帝交谈。金字塔还在土里,亚历山大、恺撒、拿破仑、希特勒,一个都没出生呢。"

人们点着头。

"那边,"查维斯先生指着说,"就是距基斯总统时代六千万零两千零五十五年的丛林。"

他又指着一条在巨大的蕨类植物与棕榈之间、在蒸腾的沼泽之上伸进荒野的金属小径。

"而这,"他说,"是走道,是时间狩猎公司铺设供你们使用的。它悬浮在地面之上六英寸,没有碰到一片草叶、一朵花或一棵树。这是一种反重力金属,其目的是防止你们以任何方式接触这个过去的世界。留在走道上,不许离开。我重复一遍,不许离开,不论什么理由!倘若你们跳下去,就会受到处罚。未经我们同意,不要射杀任何动物。"

"为什么?"艾克尔斯问。

他们坐在远古的荒野中。风中传来远处的鸟鸣以及盐海、潮湿的草地和血红的花朵的气息。

"我们不想改变未来,在过去的时代里我们并不属于这儿。政府不喜欢我们在这儿,我们得付出巨额贿赂才能保住我们的许可证。时间旅行可是个麻烦透顶的该死营生,我们可能会在无意中杀死一个重要的动物,一只小鸟、一条鱼,甚至一朵花儿,从而毁掉一个发展中物种的一个重要环节。"

"我不太明白。"艾克尔斯说。

"好吧,"查维斯接着说,"假设我们在这儿偶然杀死了一只老鼠,这意味着这只老鼠的整个未来家族的毁灭,对吗?"

"对!"

"还有这只老鼠的家族的家族的家族!你用脚踩死了头一个,就等于毁灭了一打、一千、一百万、十亿只可能存在的老鼠。"

"于是它们死了,"艾克尔斯说,"那又怎么样?"

"那又怎么样?"查维斯嗤笑道,"那么,那些靠吃这些老鼠活命的狐狸会怎样呢?因为少了十只老鼠,一只狐狸饿死了;因为少了十只狐狸,一头狮子饿死了;因为少了一头狮子,全部种类的昆虫、鹫鸟和数以亿计的生命形式被抛入了混乱与毁灭。最终就会导致这么一个结果:五千九百万年后,一个饥饿的人,整个世界上寥寥可数的几个人之一,来打一头野猪或剑齿虎充饥。而你,朋友,已经通过踩死一只老鼠而'踩死'了这个地方所有的老虎。结果那个人饿死了,而那个人,请注意,不是随便一个可以牺牲的人,不!他是整整一个未来的民族。他可能生出十个儿子,而他们可能生出一百个儿子,如此延续下去直至产生一个文明。毁灭了这个人,你就毁灭了一个种族,一个民族,一部完整的生命史,这就好比杀死了亚当的一个孙子。你的脚在一只老鼠身上一踩,可能引起一场地震,其结果可能彻底动摇我们的世界与我们未来的命运。因为一个饥饿的人的死,十亿可能出生的人被扼杀在娘胎里。或许罗马永远不会在它的七座小山上建成,或许欧洲永远是一片黑暗的森林,而只有亚洲变得繁荣昌盛。踩死一只老鼠,你就等于摧毁了金字塔;踩死一只老鼠,你就在永恒上留下了大峡谷般的脚印……伊丽莎白女王或许不会出生,华盛顿或许不会渡过特拉华河,或许根本就不会有美国。因此小心,待在走道上,不许离开!"

"我明白了,"艾克尔斯说,"那么说来,就连碰倒一根草也会付出代价?"

"不错!毁掉一株植物也会后患无穷。此时犯的一个小错会在六千万年间累积起来,大得超乎想象。当然,我们的理论可能是错的,或许时间不会被我们改变,或许只会有细枝末节的改变。此时的一只死老鼠或许只会打破而后昆虫界的平衡,接着是一次人口失控,再后是一场庄稼歉收,一次经济萧条,饥荒,而最终是在遥远的异国引起一场气候的变化,或诸如此类更微不足道的事。或许只有像一阵微风、一声低语、一根头发或风中花粉般细微的变化,以至于凑到眼前才能看清。谁知道呢?谁真能说他知道呢?我们不知道,我们仅仅是猜测而已。但除非我们能确定我们对时间的干涉会在历史上造成什么后果,否则我们就得当心。你知道,这台机器,这条走道,你们的衣服和身体,在这次旅行前已经消过毒了。我们戴着这些氧气头盔就是为了防止我们把细菌带到远古的大气中。"

"我们怎么知道射击什么动物？"

"它们被标上了红点，"查维斯说，"今天，在我们动身之前，我们派莱斯普兰斯乘机器回到这儿。他在这块特定的区域追踪某些动物。"

"考察它们吗？"

"对，"莱斯普兰斯说，"我在它们的整个一生中跟踪它们，注意它们交配了多少次。次数也不多，因为寿命太短。当我发现其中一个被一棵树砸得奄奄一息，或是淹死在泥淖里，我就记下当时准确的时刻，然后射出一颗染色弹，在它皮上留下一个红点，以免我们认错它。然后，我调整我们到达过去的时间，正好在这巨兽死前两分钟内遇到它。这样，我们只杀死那些没有未来的、不会再去交配的动物。你瞧我们有多认真。"

"但如果你在这个早晨及时回来，"艾克尔斯急切地说，"你必定遇到了我们，我们的狩猎队！其结果怎样？成功了吗？我们全都活下来了吗？"

查维斯和莱斯普兰斯对视了一眼。

"那是一个矛盾，"后者说，"时间不允许出现这种混乱局面——让一个人遇到他自己。当真要发生这种意外时，时间就滑开了，像一架飞机撞到了一个气潭。在我们停下之前你没感觉机器跳了一下么？那就是我们在返回未来的路上经过了我们自己。我们什么也没看见，无法说出这次冒险是否成功，我们是否打到了巨兽，或是我们全体——包括你，艾克尔斯先生——是否都活下来了。"

艾克尔斯脸色苍白地微笑着。

"说够了！"查维斯厉声说，"大家起身吧！"

他们准备离开机舱。

丛林高耸，一望无际；丛林就是这整个世界，永无尽期。空中充满乐音和类似帐篷扇动的声音，那是翼手龙在用呼呼作响的灰色翅膀滑翔，像是在谵妄与夜间高烧时才能见到的巨大蝙蝠。艾克尔斯在狭窄的走道上站稳脚,开玩笑地举枪瞄准。

"住手!"查维斯说,"假装瞄准也不行,该死的!要是你的枪走了火——"

艾克尔斯红了脸,"我们的霸王龙呢?"

莱斯普兰斯看看怀表,"就在前面。六十秒钟内我们将见到它的足迹。寻找红点!等我们下令再开枪。待在走道上。待在走道上!"

他们在晨风里向前移动。

"多奇怪,"艾克尔斯喃喃自语道,"近在眼前,六千万年,选举日结束,基斯当选总统,大家都在庆祝,而我们却在这儿,数千万年消失了,而人类还不存在。我们成年累月甚至一辈子都在操心的那些东西还没产生、没被想到过呢。"

"全体打开保险。"查维斯命令道,"艾克尔斯,你开第一枪;比林斯,第二枪;克莱默,第三枪。"

"我打过老虎、野猪、野牛和象,可这次,噢,这次才够劲儿。"艾克尔斯说,"我哆嗦得像只羊羔。"

"啊!"查维斯说。

大家都站住了。

查维斯举起手。"就在前面,"他低声说,"它在雾里。吾王陛下驾到了。"

丛林一望无际,充满啁啾声、沙沙声和喘息声。

突然万籁俱寂,好像有人关上了门。

寂静。

一声雷鸣般的怒吼。

一百码之外,从雾气中走来了霸王龙。

"不,"艾克尔斯低声说,"不!不!"

"嘘!"

它迈着油润而有弹性的巨腿跨步而来,这巨大的凶神,巍然高出树腰之上三十英尺。它那钟表匠般灵巧的爪子，在油腻腻的胸脯前蜷着。每条后腿都像一个活塞，重达一千磅的骨骼深掩在粗壮的筋肉中，外面包着一层带卵石花纹的皮，像一位可怕斗士的锁子甲；每条大腿都是一吨厚实的肉和钢筋铁骨。从那巨大的起伏喘息的上身前探出两只纤巧的前肢，当它弯起长颈，前肢上的爪子就能将人像玩偶一样抓起来端详。它的头就像一吨重的石雕，却被脖颈轻易地举在空中。它的嘴大张着，露出一排匕首般的利齿。它的鸵鸟蛋般的眼睛转动着，充满饥饿的神情。它闭上嘴，死神般地狞笑着。它跑着，身躯压倒了树丛灌木，脚爪抓着潮湿的泥土，在落足之处留下六英寸深的足印。它以一种轻盈的芭蕾舞步奔跑着，极其平稳地平衡着它的十吨体重。它警觉地走进一片阳光灿烂的空地，漂亮的爬虫爪子感受着微风。

"我的天！"艾克尔斯的嘴唇抽搐着，"它能伸手抓住月亮。"

"嘘！"查维斯气冲冲地说，"它还没看见我们。"

"我们杀不了它。"艾克尔斯轻声断言道，好像这毋庸置疑，这是他权衡再三后得出的结论。来复枪在他手中就像一支玩具枪一样。"我们来这儿是犯傻。我们根本干不了。"

"住口！"查维斯申斥道。

"那是个梦中恶魔。"

"回去，"查维斯命令道，"悄悄回到机器里去。我们会退给你一半费用。"

"我没料到它这么大，"艾克尔斯说，"我估计错了，仅此而已。现在我要退出。"

"它看见我们了！"

"它胸前就是那个红点！"

霸王龙抬起身。它那披甲的身躯像一千个绿色的硬币在闪亮，硬币上满是黏液，冒着热气。许多小虫在黏液里蠕动着，以至于这巨兽的整个身躯即使在静止时也仿佛在痉挛般动弹。它喘息着，阴冷躯体的恶臭飘散到荒野中。

"带我离开这儿,"艾克尔斯说,"以前从未像这次这样,我总以为我能生还。我有好的狩猎向导、好的狩猎队和安全保证,可这次我想错了。我碰到了对手,我认输,我应付不了这个。"

"不要跑,"莱斯普兰斯说,"回去,躲在机舱里。"

"是。"艾克尔斯好像麻木了。他盯着自己的脚,好像试图使之移动。他无力地呻吟着。

"艾克尔斯!"

他听而不闻地迈出几步,浑身发抖。

"不是那条路!"

巨兽发出一声可怕的尖嚎,猛扑上来,在四秒钟内它越过了一百码。来复枪急忙上膛开火,人们淹没在这野兽口中喷出的黏液与污浊血液的恶臭中。巨兽咆哮着,利齿在阳光下闪耀。

艾克尔斯胳膊上挂着枪,头也不回,盲目地跑到走道边上跳下,在丛林里漫无目的地跑着。他的脚陷进了绿色的苔藓,他的腿带动着他向前。他感到自己独自一人,远离了身后发生的一切。

来复枪再次开火,枪声的尖啸消失在爬虫的吼叫声里。那巨大的爬虫尾巴左右甩动着,抽打着,树木被打得枝叶横飞。巨兽抽搐着它那珠宝匠般灵巧的爪子向下面的人抓去,想把他们撕成两半,把他们像浆果一样捣烂,把他们塞进嘴里大嚼一番。它那巨石般的眼睛盯着众人,他们看见自己映在其中的影子,向那金属般坚硬的眼睑和炯炯闪亮的黑色虹膜开了枪。

霸王龙像一座石像、一场山崩一样倒下来。它怒吼着,抓着树木,把它们一起带倒在地上,撞坏并撕裂了金属走道。人们急忙向后退去。它的身躯,十吨又冷又硬的肉撞了上来。猎枪开火,巨兽甩着它那甲皮厚厚的尾巴,扭动着长颈,躺下不动了。一股血从它的喉咙里喷出来。它体内的某个液囊破了,令人作呕的血淋了猎手们一身。他们站着,浑身血光。

吼声消失了。

丛林悄然无声。山崩之后,一片绿色的宁静;噩梦之后,来了黎明。

比林斯和克莱默坐在走道上呕吐。查维斯和莱斯普兰斯拿着冒烟的来复枪站着,若无其事地咒骂着。

在时间机器里,艾克尔斯脸朝下趴着发抖——他已经设法回到走道上,爬进了机舱。

查维斯走进来,瞥了艾克尔斯一眼,从一个金属盒里取出纱布,回到坐在走道上的其他人那儿。

"擦干净。"

他们擦掉头盔上的血,也开始咒骂起来。巨兽躺着,像一座结实的肉山。在它体内,你能听见那濒死的内脏发出的叹息与低语般的声音。器官失灵,血液不再流动,一切都永远中断、关闭了。就像站在一台损坏的机车或废弃的蒸汽铲旁边,一切阀门都大敞四开。它的骨头断了,数吨重的躯体失去了平衡,变得死沉。纤巧的前爪抽搐着,抓着地皮。肉体堆在地上,颤抖着。

又一声爆响,一根巨大的树杈从茂密的树顶断落下来,以致命的力量砸在死兽身上。

莱斯普兰斯看看表,"正是时候。原先就是这棵大树砸死了这头野兽。"他瞥了那两个猎人一眼,"你们想拍张纪念照吗?"

"什么?"

"我们不能把猎物带回未来,这具尸体就得留在它原来死去的这个地方,以便昆虫、鸟和细菌能像原来一样得到它。一切原封不动,尸体留下,但你们可以站在它旁边留个影。"

两个人想了想,还是摇头放弃了。

他们沿着金属走道走回机舱,精疲力竭地瘫坐在靠椅里。他们扭过头盯着那死去的巨兽,那纹丝不动的肉丘。在那热气蒸腾的甲皮上已经有奇特的鸟儿和金色昆虫在忙碌了。

机舱地板上传来的一个声音使他们一愣。艾克尔斯坐在那儿颤抖着。

"我很抱歉。"他最后说。

"站起来!"查维斯叫道。

艾克尔斯站了起来。

"出去自个儿待在走道上。"查维斯说,他用来复枪指点着,"你并没回到机舱里来。我们要把你留在这儿!"

莱斯普兰斯抓住查维斯的胳膊,"等等……"

"你别管!"查维斯把胳膊挣脱出来,"这个傻瓜差点儿害死我们。不仅如此,不,瞧瞧他的鞋!他跑到走道外面去了,这可毁了我们!谁知道我们会被罚款多少!上万美元的保险!我们保证过没有人会离开走道,他离开了,噢,这个该死的笨蛋!我不得不报告政府,他们会吊销我们的旅行许可证。天知道他对时间、对历史做了什么!"

"想开点儿,他不过惹了点儿麻烦。"

"我们怎么知道?"查维斯吼道,"我们什么也不知道!全都是一个该死的谜!滚出去,艾克尔斯!"

艾克尔斯摸索着衬衣,"我可以赔偿一切。十万美元!"

查维斯盯着艾克尔斯的支票簿啐了一口,"出去。那头怪物就在走道边上,把你的胳膊伸进它嘴里去,然后你才能回到我们这儿。"

"那是发疯!"

"那怪物死了,你这笨蛋。子弹!子弹不能留下来。它们不属于这儿,它们可能会改变什么。这是我的刀,把它们挖出来!"

丛林又活跃起来,充满了古老的骚动与鸟鸣声。艾克尔斯慢慢转过身去盯着那堆远古的废物,那梦魇与恐怖之山。过了好半天,他才像一个梦游者一样,沿着走道蹭了过去。

五分钟之后,他回来了,浑身发抖,胳膊直到肘部都被浸红了。他伸出双手,每只手都握着几颗钢制弹头。然后他倒下去,躺着一动不动了。

"你不该让他做这事。"莱斯普兰斯说。

"我不该？这话说得太早了。"查维斯碰碰那一动不动的身子,"他死不了,下次他就不会这样打猎了。行了。"他疲倦地对莱斯普兰斯晃晃拇指,"启动,我们回家。"

1492—1776—1812。

他们擦净手和脸,换下已经板结的衣裤。艾克尔斯又起来活动了,一言不发。查维斯瞪着他足有十分钟。

"别看我,"艾克尔斯叫道,"我什么也没做!"

"谁知道呢？"

"不过是跑出走道,鞋上沾了一点儿泥,仅此而已——你想让我做什么——跪下祷告么？"

"我们或许需要祷告。我警告你,艾克尔斯,我还可能宰了你。我已经准备好了枪。"

"我是清白的,我什么也没做!"

1999—2000—2055。

机器停下了。

"出去。"查维斯说。

房间像他们离开时一样,但又跟他们离开时不尽相同;同样的人坐在同样的桌子后面,但人和桌子又跟以前有所不同。

查维斯警觉地环顾四周,"这儿一切都好吗？"

"好极了。欢迎回家!"

查维斯并没有松懈下来,他好像在察看空气中的微尘,阳光透过一扇大窗户照耀在屋内。

"好了,艾克尔斯,出来。"

艾克尔斯动弹不得。

"你听见没有？"查维斯说,"你在看什么？"

艾克尔斯站在那儿嗅着空气,空气中有种东西,一股化学物质的腐味儿,它是那么微弱、稀薄,只有下意识里一声模糊的叫喊在警告他它存在着。那墙壁、家具和窗外天空的颜色:白色、灰色、橘色……他有种异样的感觉。他的身体战栗着,他的手抽搐着,他全身毛孔都吸进这种奇异的感觉。肯定有人在某处尖叫,那声音只有狗能听见,而他的肉体也无声地尖叫着回应。在这个房间外面,在墙壁外面,在这个与以前不尽相同的人和这张与以前不尽相同的桌子外面……有一个街道与人群的完整的世界。现在那是一个怎样的世界呢?不得而知。他能感到人们在墙外走动,像许多被风吹散的棋子……

但他即刻看见了那块钉在办公室墙上的牌子,那块他今天早晨第一次进来时读到的同一块牌子。

但是,那上面的字竟然变了:

寺间守猎公司
到过去壬何时代守猎
尼选定猎勿
我门带尼去猎杀

艾克尔斯跌坐在椅子上,他发疯般地在鞋底的厚泥中摸索。他举起一团脏东西,颤抖着,"不,不可能,不会是这种小东西。不!"

一只蝴蝶嵌在泥里,闪着绿、金、黑三色的光,极其美丽,但已经死了。

"不会是这种小东西! 不会是一只蝴蝶!"艾克尔斯叫喊着。

它掉在地上,一个纤弱的小东西,它打破了平衡,像撞倒多米诺骨牌一样引起一连串从小到大的连锁反应,改变了未来的一切。艾克尔斯头晕目眩了。它不可能改变什么,杀死一只蝴蝶不可能如此严重!可能吗?

他脸颊冰冷,嘴唇哆嗦着问:"谁——谁赢了昨天的总统选举?"

桌后的那个人笑了,"你开玩笑? 你知道得很清楚。当然是德国佬! 还有谁? 不是那个该死的可怜虫基斯。老天作证,我们现在有了一个铁腕人物,一个有魄力的人!"这个职员停下来,"有什么不对吗?"

艾克尔斯呜咽着,他跪下来,用颤抖的手指拨弄着那只金色的蝴蝶。"我们就不能,"他向世界、向自己、向职员们、向那台机器恳求道,"我们就不能把它送回去吗?不能让它再活过来吗?不能从头开始吗?不能……"

他一动不动,闭上了眼睛。他等着,颤抖着。他听见查维斯在房间里喘着粗气,听见查维斯摆弄着枪,咔嗒一声打开保险,把枪举起来。

一声霹雳。

告别神主

【美】哈里·贝茨 著
Ent 译

改编电影：《地球停转之日》 THE DAY THE EARTH STOOD STILL
（1951）导演：罗伯特·怀斯 / 主演：迈克尔·伦尼 / 上映日期：1951.9.18.（美国）
（2008）导演：斯科特·德瑞克森 / 主演：基努·李维斯 / 上映日期：2008.12.12.（美国）

在科幻黄金时代的小说里，你能看见的外星文明几乎都是邪恶、疯狂和充满侵略性的。然而，著名科幻杂志《惊奇故事》(Astounding) 前编辑哈里·贝茨的短篇小说《告别神主》的出现却改变了这一切。它告诉你，你曾经想象出来的那些外星坏蛋其实都是你自己内心的投射，而我们的世界将在强大而理性的外星文明到来后步入新的时代。

1951年，根据《告别神主》改编的《地球停转之日》上映之时，世界正处在冷战的寒潮之中，对于核武器的恐惧以及对于未来的不安与日俱增；而在2008年，新版的上映与环境污染、能源危机、天灾人祸以及2012末世论联系起来，更是把人类逼到了新的恐慌境地。"克拉图"的两度到来都恰逢其时，或者说，人类自发的潜意识中依旧在期盼强有力的新力量能够拯救自己已然迷茫、恐惧且毫无安全感可言的灵魂。

在《地球停转之日》中，我们可以看到外星使者"克拉图"的降临明显带有宗教哲学中神启、原罪和救赎的意味。将这种常人看来高深晦涩的逻辑诉诸科幻文化来表现，通过世俗化的语言来传递觉醒、改变和升华目的的影片，《地球停转之日》并不是第一部，但却是做得最为成功、最能让人理解并接受的一部。喜好NA理论(New Age，一种灵性的修炼，追寻宇宙的真谛、人类精神的更高层面)的人们如今每天都在散播着关于银河联邦或是某个强大外星力量会在某一日降临地球进而让全人类进入和谐新时代的信息，无论这是痴人说梦还是一相情愿，有一点是可以肯定的，如果再像现在这么折腾下去，想必我们自己和这颗星球的境遇并不会与科幻小说里的那些惨淡景象有多大不同。

这个世界已经让人愈来愈分不清科幻与真相之间的界限了，与其祈求等待别人来拯救，不如自救。

一

克里夫·萨泽兰德站在架在博物馆地面的梯子上,居高临下地仔细审视那个大机器人的每一条棱角,每一道阴影,然后转身若有所思地望着蜂拥而来的参观者。他们来自太阳系的每一个角落,只为了亲眼看看格纳特和那个旅行者,再听一遍他们令人惊异的悲剧故事。

他自己来这儿,则是出于一种对这展览的近乎占有欲的兴趣,而他有这感觉也不无道理。当来自未知之所的访客抵达时,他是身处国会广场的唯一一位自由职业摄影记者,因此也拍到了飞船的第一批专业级相片。在接下来的几天疯狂之中,他近在咫尺地见证了每一件事。自那以后,他又多次拍摄了这个身高两米五的大机器人,这艘飞船,那位被杀的英俊大使——克拉图,还有他立在华盛顿潮汐湖正中央的宏伟陵墓。对于所有可居住星球上数百亿的人而言,这起事件的新闻价值始终未曾衰减,因此现在他又一次来到这里拍摄更多的照片,以及,如果可能的话,寻找"新的角度"。

这次他希望能给格纳特拍一张照片,让它显得怪异而凶恶。昨天拍下的照片都没有达到他想要的效果,他希望今天能搞定;但是光线还有点不对头,他只好再等一会儿,让太阳再西沉一点。

又一批参观者刚刚被放了进来,他们匆匆融入馆内已有的人群中,面对这神秘的时空机器纯绿色的弧形外表惊叹不已;但是,一望见巨大的格纳特那庞大的头颅和令人生畏的身形,他们就马上把那飞船忘在脑后了。很多铰链机器人都带有粗糙的类似人类的面容,这并不稀奇,但地球人从未见过像格纳特这样的机器人。因为格纳特拥有几乎和人类一样的体型——巨大无比,但仍然是人形,只不过它身上的"皮肤和肌肉"都是泛着绿光的金属。除了一块缠腰布之外,它别无衣物。 站立此处,就像一位强大的机器神祇,来自某个人类不曾梦想过的科技文明;而它的脸上则露出阴郁的沉思面容。那些望见它的人都不敢妄出轻薄之言,而离它最近的那些人则根本噤若寒蝉。它奇异的红色眼眸放出淡淡红光,其姿态让每个人都觉得它是在凝视着自己;又让人觉得它随时可能一怒之下迈出一步,然后做出些让人无法想象的事情。

头顶天花板的内置扬声器传来一阵轻微的沙沙声,人群的声音立刻低了下去。很快要播放录制的讲稿了。克里夫叹了口气。那番话他早就烂熟于心,实际上录音时他就在场,而且还见过演讲者,一个名叫斯蒂维尔的小伙子。

"女士们,先生们。"传来一个声音,清晰明了,抑扬顿挫;但是克里夫并未留心去听。太阳西斜,格纳特脸上和身躯的凹陷处的阴影愈发深暗,最佳拍摄时机就要到来。克里夫翻出昨天照片的校样,认真审视,和眼前的实景仔细对比。

检查照片时,他的眉毛不自觉微蹙起来。他先前没有注意到这一点,但是现在,突然之间,他觉得昨天到现在,格纳特身上有什么东西改变了。眼前格纳特的姿态和照片所示的一模一样,每一个细节似乎都不曾改变,但是这种感觉却萦绕不散。他取出放大镜,更加仔细地比较照片和实景,逐点逐线。然后他看到,确实有了区别。

突如其来的激动之下,克里夫立即用不同的曝光率拍了两张照片。他知道他本应该再等一会儿,多补几张,但是他确信自己发现了一个重大秘密,必须立即开始行动。他迅速收起自己的装备,爬下梯子,离开展馆。二十分钟后,被好奇心席卷的他已经在旅馆房间里冲洗相片了。

比较了昨天和今天拍摄的照片之后,克里夫觉得有点头皮发麻。果然有偏离!而且显然只有他一人发现了这一点!不过,他的发现虽然足以成为太阳系内每一份报纸的头版头条,但究其本身不过是条线索,而线索背后的真正故事,他知道的并不比别人多——而找出背后真相则必须由他来完成。

这意味着他必须藏在展厅里面过一个通宵。就是今晚;他还有时间赶在关门之前回展厅。他得带一台灵敏的小型红外摄像机,能在黑暗中拍照;而他将拍到真正的相片,了解真正的故事。

他一把抓起摄像机,拦下一辆空中出租车,匆忙赶回博物馆。门口又是另一截永远不变的长队,而广播快要结束了。谢天谢地,他事先已与博物馆方面协商好,可以自由出入。

他已经想好了要做什么。首先他挤到悬浮警卫那边,问了一个问题;当他听到所期望的答案时,期待之情在脸上显现。第二件事是找一个隐蔽的地方躲开晚上清场的警卫;只有一处可能——飞船后面设立的实验室。他大模大样地把媒体报道证出示给第二个警卫——站在通往实验室隔离带过道口的那个,声称他是来采访科学家的;一眨眼工夫,他已经到实验室大门口了。

他之前已经来过很多次,对房间布局一清二楚。这片区域面积不小,和主厅大致隔离开,以便于科学家们的工作:想方设法进入飞船。这里杂乱无章地摆满了各式各样大号物件:电烘箱和灭菌锅、装满化学试剂的大玻璃瓶、石棉板、空气压缩机、水槽、长柄匙、显微镜,还有一大堆冶金实验室的常见小仪器。三个穿白大褂的家伙正专心致志地在另一端做实验。克里夫瞅准时机,悄悄溜了进去,藏在一张几乎堆满了补给的桌子底下。他觉得这里很难被发现。过不了多久,科学家们就要回家过夜去了。

飞船那边,他能听见又一群排队的游客拥入——他希望这是今天的最后一批。他尽可能让自己躺得舒服一点。广播马上又要开始了。他一想到录音里面将要说的一件事情时,就忍不住想笑。

"又开始了——斯蒂维尔那清晰而训练有素的声音。人群中的脚步声和低语声逐渐消失了；即便中间隔着一整艘飞船，克里夫仍然能清晰地听到每一句话。

"女士们，先生们，"又是那熟悉的语句，"史密森学会欢迎您来到本会新设的星际分馆，并参观您面前的奇特展品。"

稍一停顿。

"现在你们所有人一定都已对三个月前此处发生的事情略有所知，哪怕你们并未在遥感屏幕前亲眼见证。"声音继续，"简单地说，在九月十六日下午五点刚过，前来华盛顿的访客们聚集在此建筑门外的广场上，人数一如既往，他们的所思所想也大概是一如既往。那天风和日丽，一群人正离开博物馆的正门，就在你们所面对的方向。当然，彼时这座分馆还未建起。所有人都在归家途中，想必在参观了一整天的博物馆展品和周围众多附属建筑之后，已经颇为劳累。事情就在此时发生了。就在你们右边的区域，正如你们现在所看到的这样，时空飞船凭空出现了，就在转眼之间。它并非从天而降，有十多位目击者证实了这一点；就是凭空出现——上一秒还空无一物，这一秒就出现了，就在它现在所处的位置。

"离飞船最近的人们惊慌失措，大声叫喊着四处逃离。但是激动之情很快如浪潮般席卷了整个华盛顿。广播电视与报纸的记者们蜂拥而至。警方围绕飞船设立了很大一圈警戒带，军方的小分队也出现了，枪口和射线管全都瞄准飞船。人们做了最坏的打算，准备提防可能会发生的大灾难。因为从一开始，人们就认出这绝非来自太阳系内部的飞船。连小孩都知道，地球上一共只造出过两艘飞船，而其他行星和卫星上一艘都没有。这两艘中，一艘因被引力牵引落入太阳而毁灭，而另一艘刚刚发回消息，报告安全抵达火星。更何况，我们的飞船外壳是强化铝合金，而这一艘，如你们所见，是一种未知的绿色金属。

"这艘飞船出现之后就一动不动，无人出舱，也没有迹象表明里面有任何生命。在所有细节之中，这一件最引发人们的狂热。里面是谁,或者是什么?访客是友好的还是怀有敌意的?飞船从哪里来?为何突然现身而非从天而降?

"整整两天里,飞船静立不动,正如你们所见,也没有任何迹象表明里面有生命存在。科学家之前早已断定,这算不上一艘太空飞船,倒更接近一艘时空机器,因为普通的太空船不可能凭空现身。他们指出,这种时空机器虽然原理上我们已经能够理解,但是凭我们现有知识还远未到真正制造的地步;而这艘基于相对论原理的飞船很可能来自宇宙的遥远角落,距离之远连光也要走上数百万年。

"当这一观点传播开来后,公众情绪开始紧张起来,几乎不可收拾。这机器从何而来?搭乘者是谁?他们为何来到地球?最重要的是,他们为何不肯露面?他们是否在准备某种可怕的毁灭性武器?

"而飞船的舱门在哪里?那些敢于靠近观察的人汇报说根本找不到舱门。飞船的卵形弧线光滑而完美,没有一丝裂口或缝隙。而高级官员代表团访问飞船时试图敲击外壁,船内也没有任何迹象表明他们的敲击有人听到。

"最终,在整整两天之后,在四周聚集的数以万计人的众目睽睽之下,在军方上百支最强大的枪炮和射线管的瞄准之下,飞船壁上出现了一个开口,滑下一段舷梯,从中迈出一个人,躯体类似人类然而面容有如天神;他的身后紧随着一个巨大的机器人。当他们抵达地面时,坡道自动收回,出口像先前一样关闭了。

"聚集的上万旁观者立刻察觉到,这个陌生人显然是友善的。他做的第一件事情是高举右手,那是世界通用的和平姿势;但是这远不如他脸上的神色更让人们印象深刻:那神情散发着友善、智慧和最纯净的高贵。身着精心着色的长袍,他看起来就像一位慈悲的神灵。

"立刻,早已等候多时的政府高官与军队将校委员会上前迎接访客。那个人亲切而不失庄重地指了指自己,又指了指他的机器人同伴,以完美无缺但是略带一种奇特口音的英语说道:'我是克拉图'——起码听起来像这么个名字——'而这是格纳特。'这些名字当时并未被人们理解,但是摄像师的声光胶片捕捉到了它们,不久这两个名字变得人尽皆知。

"而随后发生的事情,将永远成为人类的耻辱。从距此三百米远的一棵树顶闪过一道紫光,克拉图倒下了。众人全都愣在原地,不明白出了什么事。处于克拉图侧后方的格纳特缓慢地把身躯转过来,两次摇晃头,之后就静止不动了,就在你们现在看到它的地方。

"紧接着,现场陷入了极大的混乱。警察把杀害克拉图的凶手从树上拖了下来。他们发现此人精神不正常;他不停地喊什么魔鬼来了,要杀死地球上所有人。他很快被警方带走,而克拉图,尽管显然已经死去,仍然被火速送往最近的医院寻求抢救的可能。困惑而惊恐的围观群众在国会广场上乱成一团,直到后半夜才稳定下来逐渐散去。飞船依然像先前一样无声无息,而格纳特也停在此处静立不动。

"自此格纳特再不曾移动。当晚它就停在你们现在所见之处,接下来的日子亦然。当位于潮汐湖的陵墓竣工时,克拉图的葬礼就在你们所站立之处举行,全世界所有主要国家的首脑均出席了葬礼。这不但是最合适的举动,也是最安全的举动,因为万一飞船中还有其他生命——当时看来这很有可能——那么他们肯定会被地球人表现出的诚挚悲伤所感动。至于格纳特,即便它还活着——也许应该说,还在运作——也没有任何迹象能证明这一点。在整场仪式中,它一直站在你们所见的位置上,而它主人的身躯则被置入陵墓,陪葬品只有那历史性访问的短暂声光记录——真是悲剧。自此之后,不分日夜,不论晴雨,它一直站在此处,从不曾移动,也不曾显露出任何迹象,表明它意识到周围发生了什么。

"葬礼过后,博物馆建立了这座分馆以遮蔽飞船和格纳特。人们意识到没有其他的办法,因为格纳特和飞船都过于沉重,无法以现有方式安全移走。

"您一定已经听说了自那以后我们的冶金学家所做的努力,他们试图强行进入飞船,但是所有尝试均一败涂地。飞船的后面设立了一处隔开的工作室,你们可以看到它的两端。现在科学家仍然在继续尝试中。迄今为止,这种神奇的绿色金属仍是毫无破绽。科学家们不但无法进入飞船,甚至不能精确定位克拉图和格纳特使用的出口。你们看到的粉笔痕迹是我们最佳的猜测。

"很多人都担心格纳特只不过是暂时失灵了,而一旦恢复运作,可能会带来危险;因此,科学家已经彻底消灭了这种可能。制成格纳特的绿色金属似乎和构成飞船的材料是同种金属,无法破坏,也无法穿透;但是科学家们有其他方法。他们把它的躯体接入强大的电流;他们向它的金属外壳各处施加极高的温度;他们把它浸泡在毒气、酸液和其他强腐蚀性溶液中;他们用每一种已知的放射线轰击它。你们现在已不必害怕格纳特,它不可能还保有继续运作的能力了。

"但是——有件事请诸位须引以为戒。政府规定参观者不得在这座建筑物里露出任何不敬。克拉图和格纳特所来自的未知文明,那个强大得无法想象的文明,可能会送出其他使节来探明这两位的下落。无论他们是否如此,我们每一个人的态度都不得有丝毫差错。虽然我们事先没人预料到会发生这种悲剧,我们内心深处都对此感到非常遗憾,但是从某种程度上来说,我们仍是有责任的,所以必须尽我们所能防止可能的回击。

"您还可以停留五分钟,当锣声响起时请迅速离开。靠墙的机器人讲解员将回答您的任何问题。

"请仔细观看,因为站在您面前的,既是成就与神秘的象征,也是人类不端品行的见证。"

录音停止了。克里夫小心地在狭窄的空间中移动着肢体,听到此言不禁面露微笑。要是他们知道得和他一样多的话就有意思了!

因为他的相片讲述的故事和演讲者的故事稍有不同。在昨天的相片里,花纹地板的一条线明显位于机器人一只脚的外缘;而在今天的相片里,这条线被遮住了。格纳特移动过!

也可能是被别人挪动了,但是这种可能性极小——不然为什么没有起重机,以及搬运所必然留下的痕迹?这种搬运一晚上几乎不可能搞定,何况还要把所有的痕迹这么快地隐藏起来。特别是,干吗要去移动它呢?

不管怎么说,为了确认,他还是问过了警卫。他几乎记得警卫回答的每一个字:

"不,自从主人死后,格纳特就再也没有移动过,也没有被搬运过。我们特意保证它处在克拉图死时所处的那个位置。地板就在它脚下铺设,而科学家们还在它的周围放置了仪器,以防它突然发狂。您不需要害怕。"

克里夫又笑了。他根本不害怕。

很快,入口上方高悬的大锣敲响了,闭馆时间到了。扬声器随即传出声音:"现在时间五点整,女士们先生们。闭馆时间到了,女士们先生们。"

那三个科学家好像有点吃惊,他们没有察觉到已经这么晚了。他们匆忙洗了手,换上便装,消失在走廊那头——显然不知道有个年轻摄影师躲在桌子底下。展厅里的脚步声很快弱下去,直到最后仅剩下两个警卫来回踱步,确保一切正常。有一瞬间,一个警卫向实验室的门口望了一眼,但是他很快就走向门口的另一个警卫。接着,巨大的金属门咣当一声关上,然后一片静寂。

克里夫等待了几分钟,然后小心地从桌子下面缓缓爬出。当他直起身来时,他听到脚边传来一声细微而清脆的碎裂声。他慢慢地俯下身去,发现一支细试管碎了一地,肯定是刚才从桌子上打翻下来的。这让他意识到一件之前没想到的事情:格纳特要是会动的话,很可能也能看能听——而且可能很危险。他必须非常小心。

他环视四周。房间两端由两层纤维挡板与其他区域隔开,这两块挡板在近端紧贴着飞船弯曲的底部。房间靠门那一侧的墙壁就是飞船本身,而另一侧则是分馆的南墙。四扇巨大的高窗,唯一的出入口就是过道。

不需四处探查,凭他对建筑物的了解,足以制订出计划。分馆和博物馆的西缘由一条过道相连,但从来没人用过;这条过道一直向西延伸到华盛顿纪念碑。飞船所处位置离南墙最近,而格纳特就站在飞船前面,距离东北角不远,在建筑入口和通向实验室的过道的正对面。如果克里夫原路返回,他会抵达离机器人最远的地方。这正是他所希望的,因为入口的一侧有个低矮的小平台,上面有张带面板的桌子,装有演讲用的设施;而这张桌子是房间里唯一既能让他躲起来又能观察周围环境的物件。地面上其他的东西就只有六台人形机器人讲解员,固定在北墙边上,为游客解答问题。他必须抵达桌子。

克里夫转过身,小心翼翼地走出实验室,走进过道。这里已经黑下来了,因为能照进展厅的那点光线全都被飞船的巨大身躯挡住了。他抵达了屋子的末端,没发出一点声音;接着,他很小心地侧身前趋,从飞船的底部偷窥格纳特的情形。

有一瞬间他大惊失色。机器人的视线正落在他身上!——至少看起来如此。这是因为那双眼睛的某种特质吗,还是他确实已经被发现了?他不知道。至少,格纳特似乎还没有移动过。很可能一切正常,但他希望在他穿过屋子的那一端时,不要总是觉得机器人的双眼在追踪着他。

他退回来,坐下,等待着。要等到伸手不见五指的时候,他才能向桌子那边出发。

他足足等了一个小时,直到外面广场路灯的微弱光芒射进屋子;然后他起身,再次绕过飞船窥视。机器人的目光看起来和先前一样,向他直刺而来;但是现在由于黑暗的缘故,那奇异的内源光亮显得明亮得多。这真让人毛骨悚然。格纳特知道他在这里吗?那机器人在想什么?一个人造的机器都能想些什么,哪怕是格纳特这样奇妙的机器?

是时候横穿大厅了。克里夫把相机挂在背后,手脚着地,小心翼翼地挪到入口墙的边缘。接着,他尽可能地贴紧墙脚,缓缓向前挪动。不停下,也不冒险去看格纳特令人不安的红眼睛,一次一寸,像蛇一样前行。他花了足足十分钟才穿过三十米的距离,等到手指终于碰到那个半米高的小平台时,身上已经满是汗水。依然缓缓前进,像影子一样沉默,他翻上平台边缘,身影消失在桌子背后。终于到了。

他稍稍缓了口气,然后,由于迫切想知道自己是否被发现了,他小心地转过身来,绕过桌沿向那边望去。

格纳特的眼睛现在正对着他!至少看起来是这样。一片黑暗之中,机器人隐约显现为一个神秘而更加黑暗的阴影,尽管离他足足有五十米远,却似乎霸占了整个房间。克里夫看不出来机器人动过没有。

但即便格纳特的确在看他也没什么,机器人没有任何其他举动。克里夫还没发现机器人有最轻微的动作。过去三个月里,机器人一直站立在这个位置,无论昼夜晴雨;最近这个星期也是如此。

克里夫下定决心不向恐惧屈服。他开始意识到自己的身体状况。刚才小心翼翼的旅途给他带来了某种影响——他的膝盖和肘尖火烧火燎地痛,而他的裤子肯定也完蛋了。但是,假如他所期望的事情发生的话,这些都算不得什么。只要格纳特动一丁点,而他的红外摄像机捕捉到了,他所能写出的故事就足够换来五十套衣服。而假如他还能了解到格纳特移动的动机的话——假如确有一个动机——那样得来的故事足以让整个世界附耳聆听。

他开始等待。他没法预知格纳特何时会开始移动,假如它当晚真的会移动的话。克利夫的眼睛早已适应了黑暗,他能很好地辨认出大型物体。时不时地,他会向机器人那边瞟一眼——漫长而费劲的一眼,直到机器人的轮廓模糊起来,似乎在移动——然后他就不得不眨眨眼,休息一下,确认这只是他的想象。

手表上的分针又绕过表盘一圈。沉寂让克里夫放松了警惕,他把头躲在桌子后面的时间也一次次越来越长。因此,当格纳特真的运动起来时,他险些吓破了胆。当时他已经觉得相当单调无聊了,突然发现机器人已经离开原地,移动到了他所在的方向。

但是那并非最可怕的事情。最可怕的是,当他看到格纳特时,根本没看见它动!它就像是猫在追踪老鼠那样,寂然不动。它的眼睛比之前更明亮了许多,而视线的方向也已毫无疑问:它就是在看着克里夫!

克里夫吓得大气不敢出一口,神情恍惚地回望一眼。他的思绪乱成一团。机器人的意图是什么?为何它一动不动?他是否被追踪了?它如何能这样悄无声息地移动?

浓重的黑暗之中,格纳特的眼睛移得更近了。几乎微不可闻的脚步声,缓慢但是节拍一丝不差,敲打着克里夫的耳膜。平常时刻,克里夫也算是足智多谋了,但是这次他完全措手不及。恐惧让他几乎动弹不得,遑论逃跑。他躺在那里一动不动,而这个眼如烈焰的金属怪物正在缓缓靠近。

有那么一会儿,克里夫差一点昏过去;当他清醒过来时,格纳特已经在俯视着他了,几乎伸手就能碰到它的脚。它的身躯微微前倾,那似乎正燃烧着的可怕双眼正直直地瞪着他!

现在考虑逃跑已经太晚了。克里夫浑身颤抖得像走投无路的老鼠,等待着毁灭他的致命一击。这段时间长得似乎无休无止,格纳特审视着他,一动不动。每一个瞬间,克里夫都等待着自己的毁灭,突然、迅速、完全。而突然间,出乎意料地,这一切都结束了。格纳特直起身子,后退一步,然后转过身去。接着,伴着所有机器人中它所独有的平滑节奏,它一步一步退回它所来的方向。

克里夫几乎不敢相信格纳特就这样放过了他。它本可以像捏碎一条虫子那样干掉他——然而它只不过转身回去了。为什么?无法想象机器人会有什么人类情感。

格纳特径直走向飞船的另一端。在某个地方它停了下来,发出一连串奇特的声音。克里夫立即看到一个开口出现在船侧,比建筑物里的阴暗还要黑暗;接着,随着一阵轻微的滑动声,一架舷梯滑出,接触地面。格纳特沿舷梯走上去,俯身消失在飞船里面。

这时,克里夫才想起他来这里的目的——拍摄照片!格纳特移动了,而他居然没有捕捉到!但最起码,不管之后还有没有机会,现在他能拍到敞开的门和舷梯;因此,他把相机对准目标,调好光圈快门,拍了一张。

已经过去很长时间了,格纳特仍然没有出现。它会在里面做什么?克里夫很好奇。略微拾回了一点勇气,他思忖着是否可以爬到那边去,从开口向里望;但最后他还是没这个胆量。格纳特放过了他,起码暂时如此;但是天知道它能容忍他到什么地步。

一个小时过去了,又一个小时。格纳特肯定在飞船里做什么。是什么事?克里夫想象不出。假若这机器人是人类,他肯定会上去偷窥一眼;但在现在这情况,它是个太大的未知数。就连地球上最简单的机器人,在特定环境下也会变成无法理解的东西;更何况这一个呢,来自于未知的、无法想象的文明,是人们所见过的最奇妙的造物?它会拥有何等超人的能力?地球上科学家所做的一切都没能使它失灵。酸,热,射线,蛮力击打——它抵抗住了一切;就连光泽都毫无消减。即便在黑暗中他的视力也可能完全正常。而它现在虽然在飞船里,很有可能也能听见或者以别的什么方式感知到克里夫的一举一动。

时间继续流逝。大约凌晨两点多的时候,发生了一件简单平常的事情;但这件事情是如此出人意料,有那么一会儿克里夫完全不知所措。在黑暗而寂静的建筑里,忽然传来翅膀扇动的声音,然后是鸟儿甜美而动人的鸣叫。一只知更鸟。躲在上面的黑暗中。它的音调清澈丰满,一支接一支地唱着短小的歌曲,不曾停歇——短暂而重复的呼唤,羞怯的低语,半哄半劝的鸣叫,细声细气的情话——世上最好的歌者所唱的春日恋曲。接着,那个声音沉默了,和出现时一样突兀。

哪怕一支入侵的军队从飞船中拥出,克里夫也不会有这么惊讶。现在是十二月份,就连佛罗里达的知更鸟都没有开启歌喉。怎么会有一只进入了密封而黑暗的博物馆呢?它是如何抵达这里歌唱的,又是为了什么?

　　他等待着,充满了好奇。突然间,他发现格纳特正站在飞船舱门口一动不动,发光的眼睛正朝他的方向看来。有一会儿,博物馆里的沉寂似乎变得更深更重了;但是很快,克里夫附近的地板上传来一声轻微的响动,打破了寂静。

　　克里夫不明白出了什么事。格纳特眼中的光芒发生了变化,他开始走向克里夫,步调节奏依然完美无缺。当机器人近在咫尺时,它停了下来,弯下身子从地上捡起了什么东西。虽然看不见,但克利夫知道就是那只知更鸟;或者说它的尸体,因为他觉得这只鸟已经永远失去了它的歌喉。格纳特转过身去,看都没看克里夫一眼,径直回到了飞船中。

　　又是不知几个小时过去了,克里夫还在等待这一令人惊讶事件的后续。也许是这种好奇心让他对机器人的恐惧减弱了。假如它不友好的话,假如它对他怀有恶意的话,它早就把他干掉了,刚才那是个绝好的机会。克里夫开始给自己打气,准备瞟一眼船舱里的景象。还有照片,他一定得记住拍张照片。他总是忘记自己来这里的原因。

　　直到黎明来临之前,他在黑暗里终于鼓足了勇气,出发。他脱掉鞋子,鞋带拴在一起挂在肩上,只穿袜子。他觉得手脚僵硬,但还是迅速移动到最近的机器人讲解员背后,然后察看是否有迹象表明格纳特意识到了他的行动。没有动静。他挪到下一个讲解员那里,又等待一会儿。还是没反应。胆子大将起来,他一路小跑到最远的机器人讲解员背后,这第六个讲解员正好位于飞船舱门对面。到了这里他很是失望,因为船舱里面一点灯光都没有,只有黑暗和无所不在的沉寂。不管怎么说,先拍张照吧。他举起相机,聚焦在漆黑的开口上,曝光时间稍微长一些。然后他站在这里,不知道下一步怎么办。

　　正当他不知所措时,一阵奇特的模糊声音传到了他的耳中,显然是来自飞船里面。是动物的声音——先是刮擦和喘息,夹杂几声尖锐的滴答声,然后是深沉粗粝的吼叫,间杂着更多的刮擦和喘息,好像是在挣扎。然后突然之间，克里夫还没来得及往桌子那边跑回去，一个低矮宽阔的黑暗身影就弹出了舱门，马上转过身来，长到一个人的高度。在意识到那个身影是什么之前，极度的恐惧就已经席卷了克里夫。

下一秒钟，格纳特就出现在舱门，毫不犹豫地走下舷梯，向那个身影走去。随着它的前进，那个东西缓慢地后退了几米，但随后就不肯再让步了。它伸出粗壮的手臂开始捶击胸膛，而喉咙里则发出深沉的怒吼，仿佛在挑战。世上只有一种生物会敲打胸膛发出这样的声音——那是只大猩猩！

而且是只个头巨大的大猩猩！

格纳特继续前进，当靠得很近时，猛扑上去抱住了大猩猩。克里夫根本想不到格纳特居然动作这么快。黑暗中他看不到细节，所能辨认出来的只有两个巨大的身影。有一瞬间，庞大的金属机器人格纳特和蹲坐着的强壮大猩猩融为一体，机器人默不作声，而大猩猩则发出可怕、低沉、难以形容的怒吼；然后两者又分开了，看起来好像大猩猩被抛到了对面。

那动物立刻直起身子，吼声震耳欲聋。格纳特向前迈了一步。双方又一次扑到一起，像之前一样又一次分开。机器人冷酷地继续前进，现在大猩猩开始沿着建筑内壁后退。它突然间冲向墙边的一个人形物体，转瞬之间，第五个机器人讲解员已经被撂倒在地，头断了。

克里夫既紧张又害怕地蜷缩在自己的那个机器人讲解员后面。谢天谢地，格纳特现在站在他和大猩猩之间，而且还在前进。大猩猩继续后退，突然冲向下一个机器人，然后以难以置信的力量把它连根拔了出来，丢向格纳特。一声尖锐的金属撞击声，两个机器人相撞了，地球机器人弹到一旁，滚了几圈停下来。

事后，克里夫狠狠地咒骂了自己一顿——他当时又忘记照片的事情了。大猩猩不断沿着建筑后退，以可怕的怒火毁坏沿途每一个机器人，把碎片向不肯停步的格纳特扔去。很快他们抵达了桌子对面，而克里夫则庆幸自己离开了那里。接下来是短暂的沉默。克里夫看不清楚发生了什么，但他觉得是大猩猩终于退到了房间角落，无路可逃了。

即便真是如此，那也没持续多久。沉寂突然被一声可怕的吼叫打破，那动物粗重矮胖的身影突然向克里夫直扑过来。它一路冲进屋子中央，然后转过身来，恰好位于克里夫和舱门之间。克里夫疯狂地祈祷格纳特赶紧回来，因为现在在他和那个疯狂而危险的畜生之间只剩下一个机器人了。格纳特果然从阴影中现身，大猩猩直起身躯，又一次敲打胸膛，发出挑战的怒吼。

接下来发生了一件奇特的事情。它突然四肢落地，缓缓地滚向一边，似乎是虚弱或者受伤了。然后，它喘息着，发出吓人的声音，勉强又立起身来，面对逼近的格纳特。在它喘息的时候，它瞥见了最后一个机器人讲解员，也许还看到了躲在后面的克里夫。带着一股可怕的、毁灭性的怒火，大猩猩摇摇晃晃地走向克里夫。但是这一次，尽管惊慌不已，克里夫还是能看出来这动物已经步履蹒跚，显然是病了或者受了重伤。他及时地向后退去；大猩猩拔起最后一个机器人讲解员，狠狠地朝格纳特掷去。那个机器人从格纳特身边飞过。

这是它最后的挣扎。虚弱又一次占了上风，它的躯体沉重地向侧面倾斜，前后摇晃了几回，然后抽搐倒地。再然后，它就一动不动了。

第一缕苍白而微弱的晨曦悄悄照进了房间。从避难的角落里，克里夫仔细地观察着大机器人。看起来它的行为非常古怪。它站在死去的大猩猩前，低头俯视着它，那种表情若是在人类脸上就可以算是悲伤了。克里夫清楚地看到了这一切；格纳特厚重的绿色面容带上了一种沉思的、悲哀的表情，这是他从未见过的。它在那里站了一会儿，接着，就像一个父亲抱起生病的孩子，它俯下身去用金属双臂抱起了这只庞大的动物，温和地把它抱进了飞船。

克里夫三步并两步逃回桌子，忽然间害怕起来，怕又出现些别的危险而不可解释的事情。他忽然想到在实验室里面可能会安全一些，于是他双膝颤抖着挪到实验室,躲在一只大炉子底下。他祈祷着白昼赶紧来到。他的思绪一片混乱。在他的脑海里,今晚发生的惊人事件一件接一件地飞速切换,搅成一团;但一切都还是谜,看起来根本没有合理解释。那只知更鸟,大猩猩。格纳特的悲伤表情和它的温柔。哪有什么东西能解释这神奇的大杂烩!

渐渐地,白昼到来了。已经过去很长时间了。终于,他开始相信自己也许还能活着逃出这个神秘而危险的地方。八点半的时候,入口传来一阵响动,他听到了美妙的人类嗓音。声音又突然停止,随即是一声惊呼,奔跑的脚步声,以及沉默。克里夫悄悄地穿过狭窄的过道,心怀恐惧地绕过飞船窥视四周。

格纳特又回到了它平常的位置,姿势和它主人死去时完全一样,阴郁地独自沉思着,背后是门又一次关上的飞船,还有一片狼藉的屋子。入口大门还开着,克里夫的心几乎提到了嗓子眼,一路飞奔出去。

几分钟后,克里夫安全地回到旅馆房间,累得半死不活,他坐下一会儿,几乎立刻就睡着了。后来,衣服也没脱,半梦半醒之间,他蹒跚着爬到床上,一直睡到正午。

二

克里夫模模糊糊醒来,一开始,他都没意识到自己脑海里翻滚的景象是真实的记忆而不是幻想中的梦境,直到想起那些相片。他翻身下床,匆忙着手冲洗相机里的底片。

握在他手中的就是证据:昨晚的一切都是真实的。两张照片都洗出来了。第一张清晰地显示出舷梯通向舱门,正如他躲在桌子后面模糊地辨认出来的一样。第二张是正对着打开的舱门拍摄的,让人有些失望,因为舱门后面有一堵白墙,把内部的一切都挡住了。这可以解释为什么格纳特在里面时没有透出一点光来——当然前提是格纳特工作时需要光。

克里夫看着底片,觉得很羞耻。那样的场景只带回这两张荒唐的照片,他这个摄影师也太差劲了吧!他有起码一二十次好机会拍到真正的好照片——格纳特移动时的照片,和大猩猩搏斗时的照片,甚至是手握知更鸟的照片——都是些惊悚到极点的画面!可是他却只带回来两张舱门的静照。没错,这也挺值钱了,可他还是觉得自己笨到了极点。

还有他"绝妙"表现的画龙点睛之笔——刚才他居然睡着了!

没办法,还是上街去看看现在怎么样了吧。

他迅速地冲了个澡,刮了刮胡子,换件衣服,没过多久就已经在附近一家摄影师和记者们常常光顾的餐馆里面了。独自坐在吧台上,他瞥见了一个朋友兼竞争对手。

"嘿,对这事你咋想的?"他的朋友在他身边坐下。

"我没吃早饭前什么也不想。"克里夫答道。

"你没听说?"

"听说什么?"克里夫回问道,虽然他很清楚接下来对方会说什么。

"你可真是个好摄影师啊,"对方回答,"真正的大事发生时,你却在床上睡觉。"

但他还是告诉克里夫当天早晨在博物馆发生了什么,以及这些新闻引发的全球轰动。克里夫成功地同时做了三件事——狼吞虎咽下丰盛的早餐、谢天谢地还没发生什么新进展,以及表现出持续的惊讶。嘴里还嚼着东西,他起身匆匆跑向博物馆。

馆外一大堆好奇的群众堵住了门,但是克里夫出示了记者证之后毫无困难地进了门。格纳特和飞船依然伫立在他离开时的位置,但是地板已经被清扫过,机器人讲解员的碎片堆成一摞搁在墙角。好几个别的朋友兼对手也在这里。

"我不在附近,错过了整件事。"他对其中一人——戈斯说道,"怎么解释这些事情?"

"拜托问点容易的吧,"对方答道,"没人晓得。估计是有啥东西从飞船里出来了，没准儿是和格纳特一样的另一个机器人。对了，你跑哪儿去了？"

"睡着了。"

"那你得抓紧点儿。几十亿两足动物都被吓傻了：外星人要为克拉图之死而复仇啦，地球将被入侵啦……"

"可是这——"

"哦，我知道，这都是疯话，可他们读到的就是这种故事。这种新闻才卖得出去。但是我们刚发现一个新问题，很让人惊讶。来这边。"

他把克里夫带到桌子那边，那里站着一小群人，正以极大的兴趣检查着几样东西，还有个技师守在一边。戈斯指向一块长载玻片，上面放了许多很短的暗棕色毛发。

"这些毛发来自一只大型雄性大猩猩，"戈斯说，语气里带着点久经沙场的随意，"大多数是今早扫地时扫出来的。剩下的是在机器人讲解员身上发现的。"

克里夫装出惊讶的神色。戈斯指向一支试管，里面装了一些淡琥珀色的液体。

"而这些是血，稀释了的大猩猩血。是在格纳特的胳膊上找到的。"

"老天呀！"克里夫装出一声惊呼，"没解释？"

"连猜想都没有。千载难逢的机会来了，天才小伙儿。"

克里夫挣开戈斯的手，再也装不下去了。他没法决定自己要拿这个故事怎么办。媒体肯定会出大价钱买这个故事，还有他全部的照片；但是那样的话之后的进展就没他的份了。他脑海里暗自希望今晚再在馆中待一晚上，但是——也罢，他就是害怕。昨晚的经历够他受的，而他还想活下去呢。

克里夫走了过去，花了很长时间打量格纳特。没人会猜到它曾经移动过，也不会想到它的绿色金属面容上曾带有哀伤的神色。那双诡异的眼睛！克里夫很想知道，它们是否真的在望着他，就像看起来那样,并且认出他就是昨夜的大胆闯入者。它们是由何种未知的材料制成的——那些置入眼眶的物质,由某一支人类种族置入,能让地球的全部科学家连干扰其运作都做不到?格纳特又在想什么?一个机器人能想些什么——不过是人的陶坩埚里炼成的金属,锻铸成一套装置?它对他的举动愤怒吗?克里夫没觉得。格纳特本可以随意处置他,可是它却走开了。

他敢再待一晚上吗?

也许敢,克里夫想。

他在屋中踱步,反复思考。他敢肯定,格纳特还会有所行动。一支米克顿射线枪足以保护他免受另一只大猩猩的攻击——哪怕是五十只。他还没有拿到真正的故事。他只带回来两张可怜的飞船静景!

其实他早就知道自己不得不再来一趟了。当天傍晚,手持相机和一支小号米克顿枪,他又一次躺在了实验室的补给桌下面,听到分馆金属大门关闭的响声。

这一次,他一定会拿到想要的故事——还有照片。但愿馆里没有安排警卫!

克里夫聆听了很长时间,寻找着警卫可能发出的声音,但是分馆中的沉寂始终无人打破。谢天谢地——但是不完全如此。四周的黑暗愈发浓密,意识到自己已经无可挽回地上了贼船,他开始觉得有个伴儿也不是那么不好。

天完全黑下来的一个小时后,他脱下鞋子,将之拴在一起挂在背后,躬下身子,小心翼翼地走出过道,抵达展区。一切都如同昨晚一样。格纳特看起来像一个不祥的模糊阴影,立在屋子远处,发光的红眼睛好像仍盯着克里夫。和昨晚一样,但是更加小心地,克里夫沿着墙角俯下身子,像蛇一样缓缓挪到那个小平台上。抵达掩蔽所之后,他把鞋重新拴成跨肩的样式,然后取出相机和挂在腰边的枪,搁在胸前做好准备。这一次,他告诉自己,他一定会拿到照片。

他开始耐心等待,每分钟都出去瞄一眼格纳特的动静。他的眼睛现在完全适应了黑暗。最后他开始觉得孤单，还有点害怕。格纳特发红光的眼睛有点让他受不了了，他必须时刻提醒自己，机器人不会伤害他。他现在可以肯定自己被监视了。

几个小时缓缓过去。时不时地他能听到外面入口处传来细微的声音——可能是警卫，也可能是好奇的旅游者。

大约晚上九点钟，他看到格纳特动了。先是头转了个角度，眼睛朝克里夫的方向望过来。有那么一会儿没别的动静，接着，那个暗淡的金属身影稍微晃动了一下，开始前进——正朝着他的方向。先前克里夫以为自己不会害怕——但是现在他的心脏几乎无法跳动了。这次会发生什么？

格纳特还在靠近，动作安静得让人惊讶，直到它的身躯笼罩了克里夫躺的位置，一个不祥的阴影。它燃烧的眼睛盯着平台上躺着的人，很久很久。克里夫浑身颤抖，这比第一次要糟多了。他发现自己情不自禁地向着机器人说起话来。

"求你别伤害我，"他恳求道，"我只是好奇，想知道发生了什么。这是我的工作。你能听懂吗？我不会伤害你也不会妨碍你。我……我即便想也做不到！求你了！"

机器人一动不动。克里夫猜不出它有没有听见他说的话，有没有听懂。当他觉得自己再也无法忍受时，格纳特伸手从桌子的抽屉里取走了什么——也可能是放回了什么。然后它后退一步，转身，原路返回。安全了！机器人又一次放过了他！

从那一刻开始，克里夫大部分的恐惧都消散了。他现在可以肯定，格纳特不会伤害他。他两次成为瓮中之鳖，而它只是看了看他，然后安静地离开。克里夫想象不出格纳特在抽屉里干了些什么。他带着极大的好奇，等待着接下来会发生什么。

和前一天晚上一样，机器人径直走到飞船那头，发出特殊的声音序列打开舱门，舷梯滑出来时它进去了。之后，克里夫独自在黑暗中待了很长时间，可能有两个小时。飞船那边一点声音都没有。

克里夫知道他应该偷偷摸过去看看里面发生了什么,但他还是不太敢这么做。他手里的枪足够解决另一只大猩猩,但是假如被格纳特逮到,那就玩完了。这时,他期待着发生些奇特的事情——他不知道会是什么;也许又是知更鸟或者大猩猩,也许——任何东西。但是,最后发生的事情又吓了他一大跳。

他突然听到一阵模糊的声音,然后是词句——人类语言——每一个字都是那样熟悉。

先是"先生们",然后短暂的停顿,"史密森学会欢迎您来到本会新设的星际分馆,并参观您面前的奇特展品。"

那是斯蒂维尔的录音!但是它并非来自头顶的扬声器,而是来自于飞船内部,声音小得多。

稍作暂停之后,声音继续:"现在你们所有人一定都已经……已经——!"在这里,声音卡壳了,然后消失。克里夫毛发倒竖。演讲录音里面本来是没有卡壳的!

有一瞬间寂静无声,接着传来一声尖叫,嘶哑的人的尖叫,来自飞船里面什么地方,有些模糊;接着是微弱的惊呼和哭喊,就像是一个人陷入极大的恐慌或灾难之中。

克里夫每一根神经都绷得紧紧的,直盯着舱门。他听到船内传来碰撞声,接着,一个显然是人类的身影冲出了舱门。喘息着,跌跌撞撞地,他径直向克里夫所在的方向跑来。还有十米远时,格纳特巨大的身影出现在舱门口,向那人追来。

克里夫看着这一切,紧张得喘不过气来。那个人——他现在看到了,就是斯蒂维尔——正向他躲藏的桌子直冲过来,好像是要躲到桌子后面;但是还有几米远时,他双膝一软,跌倒在地上。突然间,格纳特已经在他身边了,但斯蒂维尔显然没有意识到。他看起来病得很重的样子,但是依然抽搐着想要爬到平台上,寻求桌子的保护。

格纳特一动不动,因此克里夫大胆地发问了。

"怎么了,斯蒂维尔?"他问道,"我能帮得上什么忙吗?别怕。我是克里夫·萨泽兰德,你知道的,那个摄影师。"

斯蒂维尔没有对他的在场表示一丁点的惊讶,而是像落水的人抓紧稻草那样,向着他,上气不接下气地说:

"救我!格纳特……格纳特——!"

他似乎说不下去了。

"格纳特怎么了?"克里夫问道。意识到机器人火红的双眼就在斯蒂维尔上方,他不敢离开桌子,只是安慰道:"格纳特不会伤害你的。我确信它不会。它也没有伤害我。出了什么事?我能帮什么忙?"

仿佛突然获得了一股力量,斯蒂维尔的胳膊撑地,抬起了身子。

"我在哪里?"他问。

"星际分馆,"克里夫答道,"你难道不知道?"

一片沉默,只有斯蒂维尔粗重的呼吸声。接着,他虚弱地问道,声音嘶哑:

"我怎么会在这儿?"

"我不知道。"克里夫回答。

"我正在做一个录音,"斯蒂维尔补充道,"突然间发现自己到了这里……我是说,那里面——"

他的话中断了,恐惧显然又回来了。

"然后呢?"克里夫温和地问。

"我就到了那个盒子里面——那里,在我上面,是格纳特,那个机器人。格纳特!可是科学家们已经让格纳特无害了!它再也没动过!"

"别激动,"克里夫说,"我觉得格纳特不会伤害你。"

斯蒂维尔跌回地面。

"我很虚弱,"他喘息着,"不知为什么——你能叫个医生来吗?"

他完全没有意识到,他那么害怕的那个机器人现在就站在他身旁,双眼透过黑暗直盯着他。

正当克里夫犹豫着不知如何是好时,斯蒂维尔的气息变得短促起来,像钟表一样规律。克里夫大胆地离开桌子走向他,但现在克里夫已经无能为力——斯蒂维尔的喘息弱下去,变成了痉挛抽搐,然后突然间完全停止了,寂静无声。克里夫摸了摸他的心脏,然后抬头望着上方的阴影。

"他死了。"克里夫低声说。

机器人似乎听懂了,起码是听见了。它俯下身子,望着那个一动不动的身形。

"怎么回事,格纳特?"克里夫突然发问,"你在做什么?我能帮你吗?不知怎的,我不相信你有恶意,也不相信你杀死了他。到底发生了什么?你听懂了吗?你能说话吗?你想做什么?"

格纳特没出声也没移动,只是看着脚下静止的身躯。机器人的脸现在离克里夫是那样近,他看到它脸上显露出悲哀的沉思。

格纳特像这样站了好几分钟,然后它俯下身子,小心地,甚至让克里夫觉得是温柔地,伸出大手抱起了那具瘫软的身躯,把他抱到了墙那边,机器人讲解员的碎片所堆放的位置。它小心地把他放在碎片旁边,然后回到了飞船中。

克里夫现在已经没了畏惧,他贴着墙悄悄跟了过去。快要抵达地板上那些散乱的零件时,他突然止住脚步——格纳特又出现了。

它拿着一样东西,好像是另一具躯体,更大。它单手抱着这东西,小心地放在斯蒂维尔的躯体旁边;另一只手握着什么东西,克里夫看不出来,它把那东西也放在旁边。之后它返回飞船,又抱来一个物件,轻柔地放在其他物体旁边。最后,它低头看了一会儿这些东西,缓慢地转身回船,站在舷梯边一动不动,好像在沉思。

克里夫强忍着自己的好奇心,但最后还是忍不住悄悄上前,低头细看格纳特放在那里的东西。第一个是斯蒂维尔的躯体,如他所料;下一个是一只死去的大猩猩,毛发蓬乱,几乎没了形状——就是昨天那一只。大猩猩的身边躺着机器人另一只手握的东西:知更鸟的小小躯体。看来后二者整夜都在船上,而格纳特,虽然搬动它们时温柔得令人惊讶,似乎也不过是打扫房间罢了。但是还有一具躯体他不知道是怎么回事。他凑近点,俯身下去看。

所见的景象让他屏住了呼吸。不可能!他想,一定是他刚才搞晕了方向,于是他转过头凑近第一具躯体。他觉得浑身冰冷——第一具躯体是斯蒂维尔的,最后一具也是斯蒂维尔的!两个斯蒂维尔,形貌完全一样,都死了。

克里夫一声惊呼,倒退两步,一阵恐慌攫住了他。他开始向屋子另一端跑去,逃离格纳特,惊声尖叫,拼命敲打着大门。门外有些声响。

"让我出去!"他恐慌地大喊,"让我出去!让我出去!拜托,快点!"

两扇门之间打开一道缝隙,他像一只发狂的动物一样挤出去,一直跑到草坪正中央。一对晚归的情侣在附近的小路上惊讶地望着他,他稍稍冷静下来,放慢步伐,逐渐停住。建筑那边一切照常,尽管他怕得要死,然而格纳特并没有来追他。

克里夫还只穿着袜子呢。他大口喘着气,在潮湿的草坪上坐下,穿上鞋;然后他站起身,望向建筑,努力打起精神。多么不可思议的大杂烩!死去的斯蒂维尔,死去的大猩猩,死去的知更鸟——全都是在他眼前死去的。还有最后那件可怕的事情,第二个死去的斯蒂维尔,他没见到这一个的死亡。还有格纳特奇异的温柔,还有他两次见到的沮丧表情。

在他回望建筑时,四周的广场有了人迹。好几个人已经聚集在分馆门口,头顶响起警用直升机的警报,远处还有另一架。人们从四面八方跑来,开始只有几个人,接着越来越多。直升机在分馆门外草坪上降落,他似乎看见警官向建筑物里面窥视。突然间,分馆的所有灯光大开。克里夫稳住自己的情绪,向分馆走去。

他进了门。他离开时,格纳特正站在舷梯边上沉思;但现在格纳特又回到了老位置,还是老姿势,就像从来没动过一样。飞船的舱门关闭了，舷梯也不见了；但是躯体，那四具奇特地摆在一起的躯体，却还躺在毁坏的机器人讲解员身边，和他离开时一样。

克里夫被身后的一声叫喊吓了一跳。一个穿制服的博物馆警卫正指着他。

"就是那个人！"警卫大喊，"我打开门时就是他挤了出来，然后没命地跑开！"

警官围住了克里夫。

"你是谁？这是怎么回事？"其中一人粗暴地发问。

"我是克里夫·萨泽兰德，摄影记者。"克里夫冷静地回答，"我确实是从房间里跑出来的人，正如警卫所言。"

"你当时在干什么？"警官问道，瞪着他，"这些尸体哪儿来的？"

"先生们，我很乐意告诉你们——但是公事优先。"克里夫答道，"这间屋子里发生了一些绝妙的事情，我都看到了，可以把整个故事讲给你们听，但是——"他微笑道，"如果没有律师的陪同，我不得不拒绝回答，直到我把我的故事卖给哪一家新闻辛迪加[①]为止。你知道这是怎么回事。如果你们允许我使用你们直升机上的无线电——就用一下，先生们。事后我可以把整个故事告诉你们，比方说，半小时之后吧，到时候电视台就会播出。这期间，相信我，你们什么都做不了；而拖一会儿对你们也没什么损失。"

问这个问题的警官眨了眨眼，而另一个人——反应很快，而且显然不是位"好"先生——攥紧了拳头走向克里夫。克里夫把自己的各种媒体执照递给他，表明自己所言非虚。对方飞快地扫了一眼，揣回自己兜里。

现在已经有五六十人聚集在此，其中有两个人是辛迪加的成员，他认得，都是坐直升机来的。警察发了一通牢骚，但克里夫悄悄对他们说了几句话之后，还是得以在警察陪同下前往摄影组的飞机。其后，通过无线电，五分钟之内克里夫就达成了一笔买卖，数额比他先前

[①] 一种垄断组织，几家媒体在一起共享稿源。

一整年的收入还要多。接着,他向摄影组人员交出全部的相片和底片,给他们讲述了这个故事。然后,他们一秒钟都没浪费,立刻电告办公室。

更多的人到来了,警察开始清空建筑。十分钟后,一组电台与电视台的人挤了进来,他们是与克里夫谈妥的那家辛迪加送来的。又过了几分钟,舞台人员架起了耀眼的大灯,克里夫站在灯下,距离飞船很近,离格纳特也不远(他拒绝站在格纳特身子底下),把整个故事讲给摄像机和麦克风。在不到一秒钟的时间里这个故事传遍了整个太阳系。

事后,警方立刻将他带到监狱:既是出于一般原则——私闯展馆——也是因为他们恼火到了极点。

克里夫在监狱里待了一晚上,直到次日早晨八点辛迪加终于找来一个律师把他保释出来。接着,正当他要离开时,一个联邦特工拽住了他的手腕。

"大陆调查局想进一步了解些情况。"那个特工告诉他。克里夫欣然前往。

足足三十五位联邦高层官员在一间华丽的会议厅里等着他——总统秘书、国务院副总理、国防部副部长、一堆科学家、一位上校、好几位总经理、几个部门领导,还有主席级的人。主持会议的是FBI的头头桑德斯,年纪挺大,一把灰色胡子。

他们让他又复述了一遍整个故事,然后一段段地再复述一遍——不是因为他们不相信他,而是他们一直在希望能发掘出某些事实,可以大大有助于解开格纳特的奇异行为之谜,还有那两天晚上都发生了什么。克里夫耐心地从脑子里挖出所有他能记得的细节。

桑德斯主任问了大部分的问题。一个多小时之后,当克里夫以为他们已经完事了的时候,桑德斯又问了好几个新问题,全都是关于克里夫个人如何看待发生的事情。

"你觉得格纳特有没有以任何形式受到科学家加给它的酸、热、射线之类的东西的影响?"

"我没有看出任何迹象。"

"你觉得它能看见东西吗?"

"肯定能,或者有其他类似视觉的功能。"

"你认为它能听见吗?"

"是的,先生。那次我告诉它斯蒂维尔死了的时候,它俯下身去,好像是要亲眼看看。假如它听懂了我的话,那我也不觉得奇怪。"

"它没有在任何场合下说过话吗,除了开舱门时发出的声音?"

"一个字都没有,不管是英语还是什么别的语言。它的嘴就没动过。"

"在你看来,它的力量是否被我们的处理削弱了?"一位科学家问道。

"我已经告诉过你们,它搞定大猩猩多么轻松。它向大猩猩进攻,直接把对方甩了回去。之后大猩猩就一路后撤,显然是害怕它。"

"你怎样解释那些尸体?我们的尸检没有发现任何致命的伤口,没有死因——不管是大猩猩、知更鸟,还是两个完全相同的斯蒂维尔。"一位医疗官员问道。

"我无法解释。"

"你认为格纳特危险吗?"桑德斯问。

"潜在的危险很大。"

"但是你说你觉得它并无敌意。"

"对我没有敌意,我是说。我确实有此感受,恐怕我给不出充足的理由,除了它在手到擒来之时饶了我两次。我想它处置尸体时的温和态度也让我印象深刻,还有我两次看到的那种悲伤的、沉思的表情。"

"你愿意冒险独自在建筑里再待一晚上吗?"

"杀了我我也不回去了。"四周涌起一片微笑。

"你拍到昨晚事件发生时的照片了吗?"

"没有,先生。"克里夫勉强保持住镇定,但是他内心羞愧难当。

这时一个人开口,打破了难堪的沉默:"刚才你描述格纳特的行动时,用了'有目的性'这个词。你能否稍加解释?"

"是的,这是我注意到的事情之一:格纳特从来不做无用的动作。只要它愿意,它动起来速度惊人;攻击大猩猩时我看到了这一点。但其他时候它只是缓慢地四处走动,好像是有条不紊地完成什么简单的工作。对了,说起来还有一件事,有时它会走到某个地点,随便什么地点,可能会半躬下腰,然后待在那里好几分钟。就好像它的时间概念和我们的比起来很奇特,有的事情它做起来快得惊人,有些又慢得惊人——这也许可以解释它为什么长时间不动。"

"这很有趣。"一个科学家说,"你怎么解释它近来只在晚上活动?"

"我想它在做什么不希望别人看到的事情,只有在晚上的时候周围才没有别人。"

"但即便发现了你在那里,它还是继续做。"

"我知道,但我想不出别的解释了,除非它认为我是无害的,或者不可能阻止它——这倒是没错。"

"你抵达之前,我们正在考虑用一大块玻胶把它封住。你觉得它会允许我们这么做吗?"

"不知道。很可能会的,酸、热、射线它都挺住了。但是最好在白天进行,夜晚似乎是它活动的时间。"

"但是,它随同克拉图下飞船是在白天。"

"我知道。"

他们似乎想不出别的问题可问了。桑德斯在桌子上拍了下手。

"好,我想就到此为止了,萨泽兰德先生,"他说,"感谢你的帮助,请允许我祝贺你这个非常愚蠢、倔强又勇敢的年轻人——年轻商人。"他微微一笑,"你现在可以走了,但是也许以后我还要再找你。后会有期。"

"我可以留下来等你们决定玻胶的事情吗?"克里夫问道,"既然来了,我希望你们能透个口风。"

"决定已经做出,你可以报道。浇注工作马上就开始。"

"谢谢你,先生。"克里夫说,然后冷静地接着问,"您可否高抬贵手,允许我今夜停留在建筑物外面?就在外面。我预感到要发生些什么事情。"

"你还想再赚一把,我明白,"桑德斯说,但是语气并无讥讽,"然后再让警察等着你把买卖做完。"

"这次不会了,先生。如果任何事情发生,他们会马上知道。"

主任犹豫了一下。

"对此我可没把握,"他说,"这样吧。所有的新闻媒体都想往那里派人,我们不可能允许;但是如果你能设法代表他们全体,那就成。不会发生什么事情,但是你的报道会安慰某些歇斯底里的民众。安排好了告诉我。"

克里夫谢过他,匆忙离开,给他的辛迪加打电话告知这条新闻——免费的——然后告诉他们桑德斯的建议。十分钟后,他们打回电话,说一切已经安排妥当,让他补点觉,他们会派人报道浇注过程。心情愉快的克里夫匆忙赶往博物馆。这地方已经被上千名好奇的群众包围了,一圈警察围成警戒线阻止他们进一步靠近。这一回克里夫也进不去了;有人认出了他,那些警察立刻大发牢骚。但是他也不太在乎,他忽然觉得很累,需要小睡一觉。他回到酒店,留了个电话录音,然后上床睡觉了。

他才睡了几分钟就被电话铃吵醒了。他闭着眼睛接了电话,是辛迪加的一个小伙子,一条特别的新闻。斯蒂维尔刚刚去警局报到了,活得好好的——真的斯蒂维尔。那两个死去的是某种拷贝;他想象不出如何解释这一点:斯蒂维尔没有兄弟。

刚才一瞬间克里夫全然清醒过来,现在又倒在了床上。已经再没有什么事情能让他大惊小怪的了。

下午四点钟,睡了一觉精神大振的克里夫通过了隔离带,肩上挂着一架红外望远镜进入了分馆大门。警察们早已接到通知,没有刁难他。他再次看见格纳特时,一种奇特的感觉涌过全身,不知为何他突然有点同情这个大机器人。

格纳特依然站在它一直在的地方,右脚略微向前,脸上还是沉思的表情;但是这回多了些别的东西。它被牢牢地凝固在一大块透明的玻胶之中:从它所站的地板一直到它高达两米五的头顶,从那里再往上同样的高度;前后左右各自大约也有两米五的厚度。它浸没在清澈如水的监狱里,每一寸外表都被淹没,它那惊人的肌肉将连最轻微的抽搐也做不到。

毫无疑问,同情一个机器人是件荒唐的事情,不过是一个人造的装置而已;但克里夫逐渐觉得它真的是活着的,和人活着一样。它会表现出目的和意志;它能完成复杂而灵活的举动;它的面容两次表现出悲伤的情感,还有多次显得是在沉思;它对大猩猩毫不留情,对知更鸟和那两具躯体却是温柔有加,而他自己两次免于被压扁,哪怕它有充足的理由这样做。克里夫毫不怀疑,它还活着,不管这个"活"是怎么个活法。

但是,电台和电视台的人在外面等着,他还有活要干。他转过身去,走向那些人,大家一起忙活起来。

一个小时后,克里夫独自坐在一棵树上,距地面大概五六米,正好和建筑隔路相望,通过一扇窗户可以清楚地看到格纳特的上半身。他的胳膊上绑着三件仪器——红外视野放大器、无线电麦克风,还有一台带声音接收的红外电视眼。第一件可以让他在黑暗中看清楚机器人的放大景象,就像在白天一样;另两件则可以捕捉任何声音和景象,包括他自己的评论,并转发到好几家广播电视台,再向所有的方向播送,穿过上亿公里的空间。很可能从来没有哪个摄影记者接过这么重大的任务——至少,老是忘记拍照的家伙肯定没份,但是那件事已经被人遗忘了,而克里夫现在洋洋自得,准备就绪。

他的身后远远围着一大群围观者——好奇而害怕。塑料玻胶能挡得住格纳特吗？如果挡不住,它会出来报复吗？会不会从飞船中涌出无法想象的生物,释放它,然后再为它复仇？电视前面,数百万的观众紧张不安；远远观望的人们希望不要发生什么糟糕的事情,但同时却又希望发生点什么事情,而且准备好了要逃跑。

距离克里夫不远的地方,在精心挑选的点位,四面八方都布置了移动射线炮阵,由军队操控；而他右后方的一个凹坑中则停放着一辆巨大的坦克,主炮口径也极大——每一件武器都瞄准了分馆的门口。一列较小较灵活的坦克停在正北方四十米处。坦克的射线枪也瞄准了大门,但主炮没有。仔细的计算表明,建筑物周围只有一个点——就是大坦克所在的凹坑——能保证从该点向大门发射的炮弹不会对首都的其他建筑造成人员伤亡和财产损失。

暮霭降临了,最后一批大人物从馆中鱼贯而出,都是军官、政治家和其他特权人物。巨大的金属门合了起来,上了锁。很快,克里夫几乎已是独身一人,除了他周围四散的武器瞭望员之外。

几个小时过去了。

月亮出来了。

克里夫时不时地向无线电收发组汇报一下。仅凭肉眼现在已经看不到格纳特的身躯了,只能看到它的眼睛——一双黯淡的红点。但是通过放大器,它看起来清晰异常,好像是在白天、距离只有几米时那样。除了它的眼睛,没有任何证据表明它并非一块死去的、没有功能的金属。

又过了一个小时。时不时地,克里夫会摆弄一下他的无线电视眼——每次只几秒钟,因为它的电池有限。收到的信号全是格纳特和他自己的脸,还有他自己的名字；有一次,小小的屏幕展示出他所在的树,还短暂地播放了一下他自己的身影。附近有利地形处安放的功能强大的远程红外摄像机当时还聚焦在他身上,他觉得很好玩。

接着突然间,克里夫看到了什么东西,立刻把眼睛凑上视野放大器。格纳特的眼睛在动；起码它的眼睛发出的光线强度在变,就像是两支微小的红色手电在来回晃动,每动一下光束就扫过克里夫的眼睛。

克里夫激动异常地给演播室发信号,让他们切入他的扩音器,然后描述了这一现象。成百上千人回应了他声音里的激动。格纳特有没有什么办法突破这座可怕的监狱呢?

几分钟过去了,眼睛仍在闪烁,但克里夫尚未发觉机器人有任何动作或者行动的企图。他用简短的句子描述着他所见到的一切。格纳特显然活着,毫无疑问它在用力企图挣脱这座透明的监狱,这终于能把它关牢的监狱;但是除非它能挣脱,否则不会显示出任何行动。

克里夫的眼睛从放大器那里移开——然后大吃一惊。他的肉眼望向笼罩在黑暗之中的格纳特,看到一件惊人的事情,仪器里看不到的事情。机器人的外表有一层微弱的红光正在扩散。他用颤抖的手指调节电视眼的棱镜,但是在调的同时,光亮也变强了。看起来格纳特的身躯正在升温,达到红热的程度!

克里夫用激动的只言片语描述着这些,因为他的大部分注意力都用在不停地校正镜头上了。格纳特暗红的身影变得越来越亮,现在,就算通过放大器也能看到它发出的红光了。

然后它移动了!

毫无疑问地移动了!

显然它有某种方法可以加热自己,并且正在利用禁锢它的塑料的唯一弱点摆脱束缚。因为玻胶——克里夫想起来了——是一种热塑性材料,冷却时被固化,而加热时又会变软。格纳特正在融化玻胶逃出来!

现在克里夫的描述全是几个词几个词地往外蹦。机器人变成了樱桃红色,像冰一样的玻胶块原本锐利的边缘已经变得圆滑,整个结构开始坍塌。进程越来越快,机器人的躯体运动范围也越来越广。塑料已经融化到了它的头顶,然后落到脖颈,然后是腰部,再往下克里夫就看不到了。它的躯体自由了!然后,还是遍体樱桃红色,它走出了视野！

克里夫竖起耳朵、眯起眼睛,但还是什么都没看到,只听到警戒线后面围观者的吼叫,还有几声低沉而锐利的命令来自他身边的炮阵。他们也听到了,可能还通过遥感屏幕看到了,也在等待。

几分钟过去了。随着一声尖锐响亮的断裂声,分馆的金属大门突然洞开,那金属巨人从中迈出,身上已不再发光。它停下来,完全静止,红色的眼睛穿透黑暗,从一侧扫视到另一侧。

一片漆黑之中,许多声音在吼叫着下命令,转眼之间格纳特已经满身细碎的射线光斑,带着颜色,嘶嘶作响。它身后的金属大门开始熔化,但是它巨大的绿色身躯没有显露一点变化。然后,有一瞬间世界似乎终结了:一声震耳欲聋的怒吼,克里夫面前的一切都似乎在烟尘和混乱中爆炸开来,他所在的树被吹到一旁,险些把他甩下来。残片如雨点般倾泻下来。坦克的主炮开火了,而他敢肯定,格纳特被击中了。

克里夫紧紧抱住树,向一片阴霾中窥视。随着烟尘散去,他看到门口的废墟中有一阵颤动,模糊但不容置疑,是格纳特。它缓缓起身,转向坦克,突然绕了一个大弯冲向它。巨炮缓缓地旋转,试图瞄准它,但是机器人一个侧步就已经移动到了坦克上方。乘员四散逃离,而它一拳就击毁了坦克,接着,它转过身来直望着克里夫。

格纳特向他走来,转眼间已经在树下了。克里夫往上面爬。格纳特双臂环绕大树向上一提,大树被连根拔起,然后向一侧倾倒。克里夫还没来得及爬走,机器人已经用它的金属手抓起了他。

克里夫以为自己的运气这次真的到头了,但跟前两天晚上一样,格纳特并未伤害他。它隔着一臂的距离望了他一会儿,然后把他举到肩膀上坐下,两腿夹住它的脖子。接着,格纳特握住他的一只脚踝,毫不犹豫地转身沿着向西的路走过去,离开了星际分馆。

克里夫无助地骑在机器人的脖子上。他能看到草坪那边四散的炮口随着他们移动,瞄准着格纳特和他。但是他们没开火。格纳特把他架在肩膀上,阻止了他们的攻击——至少克里夫希望如此。

机器人径直走向了潮汐湖。大部分炮阵缓慢地紧随其后。远远地,克里夫望见身后一团黑色的潮水涌入了肃清区——警戒带已经取消了。前方的人群迅速地向两侧散去;接着,除了前面之外,人潮又开始从四面八方逼近,直到他能听出单个人的呼喊。人群在五十米开外的位置停下了,没有几个人敢再走近。

格纳特根本没留意他们,也不在乎它肩上的人,好像克里夫只是一只苍蝇而已。它的脖子和肩膀很是坚硬,像把钢铁的椅子,区别在于它们底下的肌肉每动一下都有伸缩,和人的肌肉一样。对克里夫而言,这些金属肌肉群是个生动的奇迹。

笔直前行,跨越小径,横穿草坪,通过一排排的稀疏树木,格纳特带着这个年轻人前进,身后是成千上万的人的喧嚣,紧紧追随;头顶上是无人驾驶直升机和轻型飞机,人群中有警车,警笛响得让人神经崩溃。潮汐湖的静水就在前方,而就在正中央竖立着为被杀的大使克拉图所修建的朴素的大理石陵墓,夜色中,陵墓在一打探照灯的光芒下更显黑暗冰冷。这是一次与死者的聚会吗?

没有一丝犹豫,格纳特走下湖岸,迈入水中。水升到了它的膝盖,然后是腰,克里夫的脚随后也被浸没。径直穿过黑暗的水域,机器人走向它必然的目的地——克拉图的陵墓。

闪着微光的大理石块巨大且方正,随着他们靠近而显得越来越高。湖底开始向上倾斜,格纳特的躯体开始从水中显露,直到它滴水的脚踏上了金字塔的第一级台阶。没过多久,他们就抵达了塔顶窄小的平台,平台正中是朴素的长方形墓穴。

在耀目的探照灯光之中,机器人的身影显得非常鲜明。它绕着墓穴走了一圈,接着弯下腰去,对着墓穴顶部奋力一推。大理石碎裂了;厚重的顶盖向侧面歪斜,然后在一声巨响中断裂,落到了另一头。格纳特跪下向里面张望,使得克里夫刚刚能从墓穴边缘露出脸。

墓穴里,在汇聚的光束所形成的边缘锐利的阴影中,躺着一具透明的塑料棺材。厚壁，密封，挡住时光的流逝；其中保存着克拉图的遗体，那不可言说、来自巨大的未知的访客。他躺着就像睡着了一样，脸上的表情仍然是神灵般高贵，那表情曾经让某些无知者以为他就是神。他穿着抵达时身着的长袍。没有凋落的鲜花，没有珠宝，也没有其他装饰；这些东西在他这里都显得是一种亵渎。棺材边上摆放着一个小的密封盒子，也是透明塑料的，里面保存着他这次来访的所有地球方面的记录——对他抵达之后的事件的描述，格纳特和飞船的照片，还有一小卷声光胶片，永远留存了他在地球上短暂的瞬间和言语。

克里夫一动不动，只盼自己能看到机器人的脸。格纳特也不曾从它虔诚的沉思中离开——很长时间都是如此。在这光芒耀眼的金字塔上，在一大群恐惧而喧嚣的人群眼中，格纳特对他高贵而受爱戴的主人做了最后的告别。

接着，突然间，一切都结束了。格纳特伸手取出了那个装记录的小盒子，站起身，沿台阶走下。

通过湖水，一路走回建筑，和先前一样穿过草坪和小径，它坚定地一路向前。在它面前围成圈的混乱人群散去，而在它身后的人群则跟随得尽可能近，努力地让它保持在视野中，以至于互相践踏也不顾。它的返回没有任何电视记录——在它去往陵墓的途中，每一台接收器都被破坏了。

当他们靠近分馆大楼时，克里夫看到建筑被坦克的炮弹炸出了一个大洞，足足十米宽，从房顶直到地面。门依然开着，格纳特几乎没有改变它平稳的步伐，一路走过废墟碎片，径直走向飞船的舱门一端。克里夫不知道自己还会不会得到自由。

——他得到了。机器人把他放下，指了指大门；接着，它转身发出声音开启飞船。舷梯滑下，它走了进去。

接着，克里夫做了那件疯狂而大胆的事情，这将让他名垂青史——正当舷梯滑回时，他纵身跳上它，然后翻进了飞船。舱门关闭了。

飞船中一片漆黑，寂静无声。克里夫一动不动。他觉得格纳特就在附近，就在前面——确实如此。

格纳特巨大的金属手一把抓住他的腰，把他拽到了自己冰冷的身边，然后又移到了前面。隐藏的灯突然发出青色的光芒，照亮了周围。

格纳特放下克里夫，看着他。年轻人已经为自己的莽撞举动后悔了，但是机器人，那双始终深不可测燃烧着的眼睛，看上去并不显得生气。它指向屋角的一把小椅子。这一次克里夫立即服从，乖乖地坐下，有一会儿甚至不敢四处张望。

克里夫觉得自己正身处某种实验室当中。复杂的金属和塑料设施沿墙分布，堆满了好几张小桌子；他一件都不认识，也猜不出它们的功用。屋子中央有一张长长的金属桌，上面躺着一只大箱子，外表看来很像棺材，有很多电线通往远端的一个复杂装置。上方不远处，一盏无影灯洒下一圈明亮的光锥。

不过，附近的桌子上有一件东西看起来倒是挺眼熟——而且很不搭调。那东西从他坐的地方看过去是个手提箱——普通地球人的手提箱。他很好奇那是什么。

格纳特没有理会他，而是举起一件笨重的工具，用它的窄边划开了记录盒的顶盖。它取出声光胶片，花了足足半小时在那边的仪器上调节它。克里夫看着，着了迷，为机器人那有力的金属手指的娴熟技巧而惊叹。调节完毕，格纳特又在相邻的一张桌子上工作了很久，调节一些附属装置。然后，它停下沉思一会儿，把一根长棍子往里推了一下。

一个声音从棺材一样的箱子里传出——被杀的大使的声音。

"我是克拉图，"那声音说，"而这是格纳特。"

来自录音的声音！克里夫脑海里闪过这个念头。大使说的第一句，也是唯一一句话。但是，下一秒钟他就发现并非如此。箱子里有个人！那个人动了一下，坐起身来，克里夫看到了克拉图活着的面孔！

克拉图似乎有些惊讶，随即和格纳特用一种未知的语言交谈起来——而格纳特也回应了他，这是克里夫第一次见到它答话。机器人口中发出的音节就像是人类情感的产物，而克拉图脸上的表情也从惊讶变成了好奇。他们谈了好几分钟。克拉图显然很疲劳，开始躺下，但是中途停止了——因为他看到了克里夫。克拉图招手呼唤克里夫，于是他走了过去。

"格纳特把一切都告诉了我。"克拉图的声音低沉温和。然后，他沉默地看了克里夫一会儿，脸上是微弱而疲倦的笑容。

克里夫有无数个问题想问，但是有一会儿他连嘴都张不开。

"但是你，"他终于开口了——非常尊敬，但是忍不住激动——"你不是陵墓里的那个克拉图吗？"

对方的笑容消逝了，他摇了摇头。

"不是。"

他转向身后的格纳特，用他自己的语言说了什么，听闻此言，机器人的金属面容扭曲了，仿佛带着痛苦。然后他转向克里夫。

"我要死了。"他简单地说，好像是在为地球人重复他刚说的话。他的脸上又挂上了微弱而疲倦的笑。

克里夫说不出话。他只是瞪着对方，希望得到解释。克拉图似乎看懂了他的念头。

"我知道你不明白。"克拉图说，"格纳特有强大的力量，虽然和我们的力量不同。当分馆建立、录音开始播放时，它突然灵机一动。当天晚上它就开始行动，组装仪器……而现在它已经把我重新制造出来——通过你们录制的我的声音。你一定知道，任何给定的躯体都会发出自己特殊的声音。他建造了一台仪器，能够反转录音的过程，利用任何给定的声音制造出相应的躯体。"

克里夫惊叹一声。原来是这样！

"但是你不必死去啊!"克里夫突然急切地呼喊,"你的录音是你迈出飞船时录制的,那时你还好好的!我得迅速带你去医院!我们的医生水平很高!"

克拉图微微摇了摇头,动作几乎看不出来。

"你还没明白,"他缓慢地、更加微弱地说,"你们的录音并不完美。也许是很小的缺陷,但是成品却因此而注定毁灭。格纳特所有的实验品都在几分钟内死去了,它刚刚告诉我了……而我也必将死去。"

突然间,克里夫明白了那些实验品是怎么来的。他记得分馆开放的那一天,一位史密森学会的官员丢了一只手提箱,箱中的胶片记录着世界各地动物群落的声音。那边的桌子上正是一只手提箱!而那两个斯蒂维尔一定是来自平台上抽屉里面的录音带!

虽然想通了来龙去脉,但克里夫的心情依然很沉重。他不希望这个陌生人死去。缓缓地,一个重要的念头逐渐显现在他脑海中。他愈发激动地开始解释这个想法。

"你说录音并不完美,当然如此。但是不完美的原因在于使用了不完美的录制器材。所以,假如格纳特在反转过程中使用了和录制时完全相同的器材,那么这些缺陷就可以加以研究,设法抵消,这样你就能活下去了!"

说出最后一句话时,格纳特忽然像一只猫一样扑过来,紧紧抓住了克里夫。它脸上的金属肌肉闪耀着真正的人类激动时的神情。

"给我拿那种器材来!"它命令道——以清晰而完美的英语!它把克里夫向门口推去,但是克拉图举起了手。

"不必着急,"克拉图温和地说,"对我而言已经太晚了。你叫什么名字,年轻人?"

克里夫告诉了他。

"陪我到生命尽头吧。"他说。克拉图闭上眼睛,休息了一会儿;接着,微微一笑,但是没有睁眼,他补充道:"不要悲伤,因为现在我有可能真正复生……而那是因为你。没有痛苦——"他的声音突然迅速地变小。克里夫虽然有无数的问题,却只能看着,不知所措。克拉图似乎又一次看透了他的想法。

"我知道,"他虚弱地说,"我知道。我们有这么多的问题要互相询问。关于你的文明……还有格纳特的……"

"还有你的。"克里夫说。

"还有格纳特的。"那温和的声音重复着,"也许……某一天……也许我会回来——"

他突然躺下去,然后一动不动了。他这样躺了很久,最后克里夫终于明白他已经死去。泪水涌上了眼眶;就在这几分钟里,克里夫已经对这个人产生了深厚的感情。他望向格纳特。那个机器人也知道克拉图死了,但是红色的眼睛里没有泪水,只是直视着克里夫,这一次,克里夫明白了它在想什么。

"格纳特,"他诚挚地说,仿佛是在发一个神圣的誓言,"我会把原始器材带给你。我会的。每一个原件。"

格纳特一言不发地领他走向舱门。它发出声音打开舱门。随着舱门打开,外面那一大群喧器的地球人在突如其来的混乱中互相践踏着想要逃出建筑。分馆灯光大亮,克里夫走下舷梯。

接下来的两个小时在克里夫的记忆里始终像梦一样,就好像那个神秘的实验室和那个平静地熟睡的死人才是他生命中最真切、最核心的部分,而这群和他谈话的吵闹的人不过是粗糙野蛮的间奏。他站在距离舷梯不远处。他只讲述了故事的一部分。人们相信了他。他沉默地等待着,而地球上所有高官的权力都被用来寻找机器人所需的那件仪器。

当器材抵达时,他携带着它走到舱门后面的小小门廊。格纳特站在那里,就像是在等待。它的胳膊中抱着第二个克拉图的修长身躯。它温和地把这具躯体交给克里夫,而克里夫一言不发地接过,好像这一切都早已安排好了一样。这似乎就是告别。

之前克里夫有无数的话想告诉克拉图,但渐渐只剩一件事在他的脑海中盘踞不去。现在,当这个绿色金属机器人站在巨大的绿色飞船中、仿佛定格了一样时,他抓住了最后的机会。

"格纳特,"他急切地说,小心翼翼地怀抱着瘫软的躯体,"求你一定要为我做一件事。仔细听。我希望你告诉你的主人——你那未曾到来的主人——发生在第一个克拉图身上的一切都只是意外,对此所有的地球人都表示最真诚的歉意。你愿意这样做吗?"

"我已经知道了。"机器人温和地说。

"但是你会告诉你的主人吗,就这些话,等他来的时候?"

"你误会了。"格纳特说,神态依然很温和,然后低声又说了八个字。克里夫听到时,眼前泛起一阵迷雾,躯体变得不听使唤了。

当他恢复过来、眼睛又能聚焦的时候,他看到巨大的飞船消失了;就是突然间不在那里了。他退后了一两步。耳中洪钟一般回荡着格纳特最后的话。直到临死他也不会向别人透露这句话的内容。

"你误会了,"那强大的机器人当时说,"我是主人。"

鲜花献给阿尔吉侬

【美】丹尼尔·凯斯 著
孙维梓 译

改编电影:《查理》Charly
导演:拉尔夫·尼尔森/主演:克里夫·罗伯逊/上映日期:1968.9.23.(美国)

《鲜花献给阿尔吉侬》发表于1959年4月的《科幻和奇幻小说》杂志，获得了当年的雨果奖。后来，作者将其扩写为长篇小说，同样取得巨大成功，于1966年获得星云奖。

　　这篇小说诞生于美国民权运动将要兴起的时代，当时的美国社会仍充满各种歧视：种族歧视、性别歧视……而一些残障、智障、精神病患者，在社会上也经常会受到不公的待遇。作者丹尼尔·凯斯学医出身，研究生所修是精神分析。这样的学术背景下，凯斯萌生了通过手术提高人类智商的想法。1957年，在一次为特殊学生安排的英语课上，他的一名学生问道："如果我更努力学习，变得更聪明，是不是就可以进入正规课堂上课？"凯斯当时深受触动，于是把这种好学的品质给予了自己作品中因智力缺陷从小就被父母抛弃、长大后仍经常被他人作弄耻笑的主人公查理。正如1962年的小说《飞越疯人院》揭露了"额叶切除"这种治疗精神病的残忍手术一样，《鲜花献给阿尔吉侬》的发表，也唤起了人们对智障者处境的关注。这篇小说最终见证了美国智障人士权利条款的订立。

　　到目前为止，这部小说已多次被改编成电影和电视剧，拍摄于1968年的《查理》，其男主角获得了奥斯卡最佳男主角奖。有消息称，好莱坞将再次将其搬上大银幕，男主角已确定为好莱坞著名黑人影星威尔·史密斯。

近度抱告1

【3月5日】 施特劳斯医生说从今天起我应该把想到和发生的同同记下来。我不明白这是为什么但他说这非常重要。是为了看看能不能用我。我希望他们用我。金尼叶小姐说他们也许能使我变得更聪明。我也希望更聪明。我叫查理·戈登。今年37岁。两周前刚过生日。现在我写不出更多的东西所以到此结束。

近度抱告2

【3月6日】 今天我有一个测验。我想我没有没及格。他们可能不会再用我了。当时房间里有个善良的年轻人。他有几张满布墨斑的白卡片。他说查理你看看这些卡片。我心理非常害怕尽管兔子爪①就搁在上衣口带里。我小时候在学校里就考不好还把墨水涧得到处都是。

我说我看到了墨斑。他说不错。我想这该完了但当我站起来走开时他又把我留了下来。他说查理坐下我们还没有测完。后来的事我记不清了。好像他让我说说在墨斑里看到些什么。我说这里面我什么也没有看出来但是他说那里面有图。而且别人也看到了这些图。我可看不出任何图画。我真的努力去看。我先把卡片凑到眼前。后来又放得很远。我说如果有眼镜我也许能看得更好。我只有在电影院或看电视时才戴眼镜。眼镜在衣帽间的柜子里。我去拿来

---

①在西方某些文化中,兔子的爪子是一种护身符,能带来好运。

戴上。我说让我再看看这些卡片现在一定能看出图画来。

我非常努力但还是看不出有什么图。我看到的只是墨斑。我告诉他说我也许需要换一副新眼镜。他在纸上记下了什么。我怕是没能通过测试。不过我告诉他说这是些非常美丽的墨斑。周围还有许多小点点。他的样子非常失望。这说明我又错了。我说请再让我看几分钟我一定能看出图画因为我有时反应不是很快。在金尼叶小姐的成人学习课堂上我读书就很慢。但我读得非常认真。

他又拿了一张卡片,上面有红的和蓝的两种颜色的墨斑。

他是个很好的人。说话时也像金尼叶小姐一样慢声慢语。他告诉我这叫自然震动测试①。人们都能在墨迹里看到图案。我问图案在哪里他让我自己想。我说这是一个墨斑但这仍然不对。他提示我可以对墨斑做一些联想。我毕眼想了很久最后说这是一个人把钢笔水洒了一桌子。

我觉得我没通过自然震动测试。

近度抱告3

【3月7日】 施特劳斯医生和尼缪尔医生说那墨斑的事情算不了什么。他们仍然考虑用我。我对他们说我没有把墨水弄到卡片上而且从墨斑中什么也没看出来。他们说还有别的测试。我说金尼叶小姐从来不给我做这种测验。她只检查写字和阅读。他们说金尼叶小姐夸我是她在成人夜校中最好的学生。因为我比其他人都努力最想学习。他们问我为什么会这样。我说人家对我说要想学会读写就应该去上夜校。我一直都在想变得更聪明些。我不愿意做傻瓜。只是聪明是很困难的。他们问我你知道这需要时间吗。我说是的。金尼

---

① 医生说的是其实是 Rorschach Test(全名罗夏墨渍测验,是瑞士精神科医生罗夏在1921年首创的一种测验。将墨水涂在纸上,折叠成对称的浓淡不一的墨水污渍图,适用于成人和儿童,主要用于性格测试和观察智力),而查理听成了 raw shock test,在报告中还拼错了单词,写成 raw shok test。

叶小姐也对我这样说过。即使这非常痛苦我也不怕。

今天又有几个测验。是一位善良的女士测试我。我问了她测试的名字还有那几个字怎么写。主题感知测试。虽然有两个字我不会写。但我知道这是一次测试。而且我必须通过否则分数会很低。这个测试好像很容易。因为我看出了上面的图画。不过这次那位善良女士不要我告诉她上面是什么图画。这使我迷惑不解。我说昨天有个男人要我在大片墨斑中看出什么图来着。她说这次不需要。她要我根据图画中的人扁出一个故事。我说怎么可以去扁根本没有见过的人的故事呢。为什么我要说假话呢。我现在再也不说假话了因为说了总归要被戳穿的。

后来有个穿白大褂的人带我到医院的另一处让我做游戏。和白老鼠比赛。他们把这个老鼠叫做阿尔吉侬。阿尔吉侬蹲在纸盒里。那里面有许多七拐八弯像是墙壁的东西。他们还给我铅笔和纸。上面画的全是条条块块。一处写起点而另一处是终点。他们说这叫迷宫。我和阿尔吉侬要走同样的迷宫。只不过我是在纸上走而阿尔吉侬则是在盒子里走。我什么也没有来得及说。没有时间。比赛已经开始了。

一个男人有块表。他想把表藏起来。因为我老在朝那边看并且心神不定。

这次测试我比哪一次都要叉。因为他们让我俩重复比了十次。每次都用不同的迷宫。阿尔吉侬总是赢我。我不知道老鼠怎么能这么聪明。可能因为阿尔吉侬是白的。也许白老鼠比别的老鼠更加聪明。

近度抱告4

【3月8日】 他们要用我了。我激动得几乎写不下去。一开始尼缪尔医生和施特劳斯医生在为这个争论。当施特劳斯把我带到办公室时尼缪尔医生已经在那里了。尼缪尔医生不知道该用我还是不

用。但施特劳斯医生对他说金尼叶小姐推荐了我。说我是她所教过的人中最好的一个。我喜欢金尼叶小姐因为她是非常聪明的老师。她说查理你有个机会。如果你同意做这个实验你可能会成为聪明人。他们也不知道能不能成功但这是个机会。所以我说好吧尽管她说这是一次手术时我害怕极了。她说查理别害怕你付出了这么多理应得到回报。

所以我在尼缪尔和施特劳斯医生争论时非常害怕。施特劳斯医生说我身上有某种非常好的东西。是某种动力。我也不知道我有没有。当他说到志商68的人都没有我这种动力时我感到非常骄傲。我不知道我的动力在哪儿也不知道我怎么有的。不过他说阿尔吉侬也有。阿尔吉侬的动力是他们放在盒子里的一块乳酪。但我知道我的动力不是乳酪。因为这周我没吃过乳酪。

接着他又对尼缪尔医生说了些我听不懂的话。我就在他们说话时记下了几句。

他说尼缪尔我知道查理不是你心目中最理想的〇〇超人(我没听懂那个词)。但是大多志商低下的人都充满敌意不肯合作又木讷而难以接近。唯有查理本性善良而且有上进心。

尼缪尔说请记住他将会是世界上第一个通过手术提升三倍志商的人类。

施特劳斯医生说完全正确。你看以他的志商来说学会读写简直是一个奇迹。就像咱俩没人指导就能学会爱因斯坦的〇〇论一样。我说我们就用查理吧。

我听不懂他们所说的全部话。因为他们说得太快。看上去似乎施特劳斯医生是站在我一边而尼缪尔医生不是。

后来尼缪尔医生点点头。他说好吧也许您是对的。我们可以用查理。当他这么说时我非常激动。我跳起来握住他的手因为他对我如此仁慈。我对他说谢谢医生你们不会为了给我一个机会而遗憾的。我说的是真心话。在手术以后我一定要努力成为聪明人。我会努力得不得了。

近度抱告5

【3月10日】 我很害怕。这里许多工作人员和护士还有那些为我做过测试的人都来送我唐果并祝我成功。我希望自己能走好运。我带上了兔子爪和幸运币。但当我进医院时却碰到了一只黑猫①。施特劳斯医生对我说查理这是科学不要迷信。但不管怎样我一定要把兔子爪带在身边。

我问施特劳斯医生在手术后我能不能战胜阿尔吉侬。他说有可能。手术结束后我想给那只老鼠看看我有多聪明。我希望能更好地读书。更好地写字。和别人一样懂得许多事情。我希望和大家一样聪明。如果我能永远这样继续下去。他们就将使世界上所有的人都更加聪明起来。

进度报告6

【3月15日】 手术不是很痛。医生是在我睡着时做的手术。今天他们拿掉我头上和眼睛上的绷带于是我可以写报告了。尼缪尔医生看到我的报告后说"近度抱告"中有两个字写错了②。他教我该怎么写。我应该努力记住这两个字。

我很难记住每个单词的拼写。施特劳斯医生对我说过应该把发生的一切都写下来。但他说我应该更多地写下我所思考的和感觉到的。我对他说我不会思考时他让我试试看。当我蒙着眼睛时我曾用全部时间努力去思考。但什么也没有思考出来。我不知道该去思考什么。也许我问他他会告诉我该怎么思考。要知道现在我应当是个

---

① 在西方文化里,黑猫是不祥之兆。
② 在小说英文原文中,查理做手术之前基本是错字连篇,但译成中文依然错字连篇会给阅读带来很大障碍,所以在上文中,译者挑出一些字故意写错,希望能保留一些原文的味道。

聪明人了。聪明人在思考些什么呢。他们大概是能思考的。我也要学会思考。

进度报告7

【3月19日】 一切还是照旧。我做了许多测试。和阿尔吉侬进行了许多次竞赛。我恨这只老鼠。它总是赢我。施特劳斯医生说我应当参加这种游戏。他还说我不久就会通过这些测试。这些墨斑是一种心理测试。那些图画也是心理测试。我爱画男人和女人。但我不想去编造那些人的谎话。

我思考得这么吃力以至于我的头都疼了。施特劳斯医生是我的朋友但他帮不了我。他不告诉我该去想什么或究竟什么时候能聪明起来。金尼叶小姐也不来看我。我觉得每天写这些报告很无聊。

进度报告8

【3月23日】 我回工厂上班了。他们说如果我重新上班会更好些但我不能对任何人说我做了什么手术。我还要在下班后每晚到医院去一小时。他们会每月付给我钱。为了使我变成聪明人。

我很高兴能回工厂去因为我想念我的工作我的朋友和我那里的快乐。

施特劳斯医生说我应该继续记录。但不必每天记录而只有在我想到什么或发生了什么特别事情后才记录。他告诉我不要灰心因为这需要时间而且来得很慢。他说当时让阿尔吉侬比从前聪明三倍时也花了不少时间。这说明阿尔吉侬之所以能赢我是因为它也动过手术。我感到轻松多了。也许我能够比普通老鼠更快地通过这些迷宫。什么时候我能赢阿尔吉侬就太棒了。但现在阿尔吉侬看上去还是比我聪明。

【3月25日】 （我不必再在上面注明"进度报告"。只在每周一次

送给尼缪尔医生看时注上日期就行。这样能节省时间。）

今天我们在工厂里过得非常快活。乔·开尔普说喂我们来看看查理做过手术的地方。看看他们给查理添了什么大脑。我想讲给他听但又想起施特劳斯医生的话。后来弗兰克·莱里说查理扔了钥匙吧用你以前的笨法子开门。我笑了。他们是我真正的朋友而且他们爱我。

有时候会有人说嘿快看乔或弗兰克或乔治他又来了一次"查理·戈登"。可真像。我不知道他为什么这么说而且之后大家都哈哈大笑。今天上午工头阿莫斯·伯格大声训斥小工厄尼因为他弄丢了一个包裹。他说厄尼看在上帝的分儿上你都快赶上查理了。我不知道他为什么那样说。我从没有弄丢过包裹。

【3月28日】 今天晚上施特劳斯医生来我家打听为什么我没有像讲好那样去他那里。我对他说我不再想和阿尔吉侬玩耍了。他说现在我还得去。他会带给我礼物不过这不是送的而是借的。我以为是个小电视机。不过我错了。他要我在睡觉时才开它。我说您开玩笑吧为什么我得在睡觉时打开它呢。哪里听说过有这种事呢。但他说如果我想成为聪明人就该听他的话。我对他说我不会成为聪明人的。他把手放在我肩上说查理你对此还不了解。但你正在越来越聪明。你只是没注意到罢了。我认为他只是在好心安慰我。因为我完全没感觉到自己正在聪明起来。

啊我差点忘了。我问什么时候能够回到金尼叶小姐的课堂上去。他说我再也不用去那里了。金尼叶小姐很快就会去医院单独教我。

【3月29日】 由于这个电视机我整夜没能睡好。它一直在我耳边嚷嚷我怎么能入睡呢。还有那些傻乎乎的画面。真可怕。我不懂那里面在讲些什么。我连醒着的时候都听不懂又怎么能在梦中听懂它们呢。

但是施特劳斯医生说一切正常。他说当我睡着时我的大脑是在学习的。金尼叶小姐去医院教我时这个电视机也能帮助我学习（不过我现在知道这那并不是医院而是一个研究所）。我想这全是鬼话。如果人们可以在梦中变得聪明为什么还要去上学呢。我想这不会有用的。从前我经常看晚上或深夜的电视但我一点也没聪明起来。也许用电视学习的时候必须睡着才管用。

进度报告9

【4月3日】 施特劳斯医生做给我看应该怎么把电视机音量调小。我现在能睡着了。我什么也听不见了。而且仍然不懂那里面在说些什么。有几次我早上打开电视把内容回放一遍想看看在睡着时学会了什么。我觉得什么也没学会。金尼叶小姐说那也许是另一种语言。但听上去它很像美国话。它说得甚至比我六年级时的老师高尔德小姐还要快。

我对施特劳斯医生说要是在梦中能变得聪明些倒也蛮好。但我希望在醒着的时候也聪明。他说这是一码事。还说我有两种意识。意识和潜意识（潜字就是这么写的）。一个意识不会告诉另一个意识它在干什么。它们之间不说话。这就是我做梦的原因。十几岁时我做了很多疯狂的梦。啊哦。就自从看那次播放得非常晚的晚间节目开始。

我忘了问他是只有我还是所有人都有两个意识。

（我正在用尼缪尔医生给我的词典查那个词。潜意识的。形容词。是指没有被意识到的心理活动。是潜伏在意识之下的一种精神实质。比如潜藏起来的欲望冲突。词典上还说了很多可我还是不懂这个词的意思。对于我这种笨人来说这不是一本好词典。）

我的头因为那次晚上的聚会而疼得厉害。我的朋友乔·开尔普和弗兰克·莱里邀我和他们一起去喝酒。我不喜欢喝酒但他们说这很愉快。能很好地消磨时间。我确实很愉快。

乔·开尔普说应该给姑娘们看看我在厂里是怎样洗刷厕所地板的。他给我找来抹布。在我演示时大家都笑了。我说多尼冈先生夸我是他雇过的清洁工中最好的一个。因为我热爱工作并干得很认真。从不迟到或旷工。除去做手术的那几天。

我还说金尼叶小姐对我说查理要以自己的工作而自豪。因为你干得很出色。

所有的人都笑了。我们过得很愉快。他们让我喝了不少酒。乔说查理喝醉了可真是个活宝。我不明白这是什么意思。但大伙都喜欢我而我们又那么高兴。我都等不及要像我最好的朋友乔·开尔普和弗兰克·莱里那样聪明了。

我记不得那天晚上是怎么结束的。我似乎出去给乔和弗兰克买报纸和咖啡。当我回去时他们都不见了。我到处寻找他们直到很晚很晚。后来的事我记不清楚了但我好像要睡觉或是病了。某个好心的警察送我回了家。我的房东弗林太太是这么说的。

我的头很疼。头上肿了个大包又青又紫。我想也许我跌过一跤。但乔·开尔普说这是警察干的。他们有时会殴打醉汉。但我不这么想。金尼叶小姐说警察是帮助人们的。我的头还是非常疼痛并且想吐。全身都疼。我再也不喝酒了。

【4月6日】 我赢了阿尔吉侬。要不是伯特实验员告诉我这事我简直不知道我已经战胜了它。但第二次我又输了因为在比赛还没结束时我就激动得从椅子上跌了下去。后来我至少连胜了它八次。如果我能战胜阿尔吉侬这么聪明的老鼠那么我应该已经聪明起来了。不过我并没感到这样。

我还想和阿尔吉侬比赛。但伯特说今天已经够了。他答应让我抱抱老鼠。它并不那么坏。它像棉花球一样软和。它的眼睛老在眨巴个不停。眼珠是漆黑的。但周围微微有点发红。

我建议喂它一点吃的因为我战胜了它而且我希望能和它成为朋

友。但伯特说这可不行。阿尔吉侬是只特殊的老鼠和我一样做了手术。它是到现在为止第一只能聪明这么久的动物。阿尔吉侬实在太聪明它每天必须通过一个测试才能获取食物。比如打开一把经常变化的锁。它要想吃到食物就必须努力学习开锁的新方法。我觉得它很可怜因为如果它学不会就得挨饿。

我觉得拿食物去强迫别人通过测试是不对的。如果尼缪尔医生吃饭前也得通过测试他会喜欢吗。我认为我和阿尔吉侬能成为好朋友。

【4月9日】 今天金尼叶小姐下班后来了实验室。她看到我很高兴但又有点害怕。我对她说金尼叶小姐别担心我还没有聪明起来呢时她笑了。她说我相信你查理你比别人都更用心地去学习读写。虽然一开始你进步不大但你至少能为科学做出贡献。

我们在一起读了一本很难的书。书名叫《鲁滨逊飘流记》。讲一个人漂流到荒岛上的事情。他很聪明有很多好主意。盖了房子还弄到了吃的。他还特别会游泳。不过我很可怜他因为他太孤独连一个朋友也没有。但是我认为岛上还有人因为那里面有张图。画的是他拿着可笑的雨伞在查看地上的足印。我希望他将来能有个朋友就不再孤独了。

【4月10日】 金尼叶小姐教我把字写对。她说好好瞧着字然后闭上眼多写几次直到记住为止。我对那些拼写不同于读音的字最感到困难。既然单词 through 中的字母组合 ough 与单词 threw 的 ew 一样发[u:]音。即 ough=ew。为什么单词"足够的"和单词"坚强的"只能拼写为 enough 和 tough 却不拼写为 enew 及 tew 呢。我想这两个单词应该拼写为 enuff 和 tuff。我在变聪明之前完全是按照读音来拼写的。我感到有点糊涂但金尼叶小姐说拼写规则就是这样。

【4月14日】 我读完了写鲁滨逊的这本书。我很想知道他还发生过什么事但金尼叶小姐说故事已经结束了。为什么呢?

【4月15日】 金尼叶小姐说我学得很快。她读了一些我的报告并奇怪地瞧着我。她说我是一个优秀的人并且应该让大家都看到。我问她为什么。她让我不要把那些坏事放在心上。但当我发现不是每个人都如我想象的那么善良时我也许会感到伤心。她还说你的人这么好而上帝赐予你的又太少。很多比你聪明得多的人还都还不好好地用自己的脑子呢。我说我所有的朋友都是聪明人他们也都是好人。他们爱我而且从不对我使坏。她不知怎的眼睛里涌出些什么不得不跑到洗手间去了。

【4月16日】 今天,我学会了,用逗号,逗号,就是一个黑点,下面加个尾巴,金尼叶小姐,说,这很重要,因为,逗号,使,所写的文章,变得更好,她还说,有些人,还会损失,一大笔钱,如果逗号,点错了,地方,我没有,钱,我也不知道,逗号怎么,让你,不丢钱。

【4月17日】 我的逗号用得不对。它是个标点符号。金尼叶小姐让我在词典里查找那些很长的词。我问如果我能读出它们为什么还要这样做。她说这是你训练计划的一部分。现在当我不能肯定有些词怎么拼写时我就去查查。这样做很慢但我现在查一次就会记住怎么去拼写。现在我能正确地拼出"标点符号"这个词(词典里就是这么写的)。金尼叶小姐说句号也是标点符号。此外还有许多其他的标点符号我需要学。我告诉她我认为所有的句号都应该有一条尾巴。她说不对。

你得把标点结合起来用,她教?我"综合使用!它们(现在,我做到了!把标点结合起来使用"在!我的一篇报告里?我用了,很多标点!还有使用规则?要学习;但我会全部记在'脑子里。

有一件事我很喜欢,亲爱的金尼叶小姐:(这是写商务信函的格式,如果我以后能做生意的话)就是她,总会告诉我'为什么'——当我问问题的时候。她'真是个天'才! 我希望我可'以像,她;一样"聪明'(标点符号,真好;玩!)

【4月18日】 我真够笨的! 因为我当时竟然没有听懂她所教的内容。昨天晚上我读了语法书,那里面说明了一切。我终于明白这和金尼叶小姐讲给我听的是同样的,不过我那时没有听懂,只是在我半夜起身后,脑子里才豁然开朗。

金尼叶小姐说,是那台小电视机帮了我的忙,它在我睡着时还在工作。

在我弄明白标点符号到底怎么使用以后,我把从前写的所有报告都读了一遍。小子你疯了! 错字连篇,还乱点标点! 我对金尼叶小姐说我应该从头把这些报告的错误改正过来,但是她说:"别,查理,尼缪尔医生希望那些报告原封不动。这就是他们把报告拿去影印后又还给你的原因,让你能看见自己的进步。你进步得很快,查理。"

她的话让我很开心。上完课我就直接去找阿尔吉侬玩,不过我们再也不用比赛了。

【4月20日】 我感到很不舒服。我不是需要看医生,而是内心感到空虚,五脏六腑似乎都打翻了,胃也很难受。我本不准备把这些都记录下来,但这是我的职责,而且这很重要。今天是我第一次没去上班而留在了家中。

昨晚乔·开尔普和弗兰克·莱克又邀请我去参加聚会,那里有许多姑娘和厂里的小伙子。我回忆起上次我喝得太多时有多么不雅,所以我说什么也不想喝。乔给我可口可乐代酒。它的口味很特别,但我想不过是我嘴里的余味所造成的。

起初我们都很开心。乔说,我该和爱丽跳舞,由她来教我不同的舞步。我好几次跌跤而且闹不清为什么，因为当时除了我和爱丽以外谁都没有跳。但我还是时不时地被绊倒了，一定有人伸腿绊我。

有一次爬起来以后，我看见了乔脸上的那种表情，于是心中翻腾起来。

"这样下去简直要死人啦！"一个姑娘说。

所有人全都哈哈大笑起来。

"自从那天晚上派他去买报纸而我们溜走以后我还没这样痛快过呢！"弗兰克说。

"你们只消瞧瞧他，那张脸有多红啊！"

"他脸红了，查理脸红啦。"

"喂，爱丽，你对查理干了什么？我从来没见到他这样。"

我不知道自己该做什么，该躲到哪儿去。所有人都在瞧着我并笑话我，我感觉自己像是赤身裸体地站在那里。我想躲起来。后来我跑到街上吐了。我回到了家。真奇怪，我怎么从来没发觉乔、弗兰克和其他人接近我是为了作弄我并取笑我呢。

现在我懂得当他们说"快赶上查理·戈登"是什么意思了！

我感到非常羞耻。

进度报告10

【4月21日】 我依然没去上班。我请房东弗林太太打电话到厂对多尼冈先生说我生病了。后来弗林太太奇怪地望着我，她似乎有些怕我。

我觉得发现大家在嘲笑我反而是件好事。我对此考虑了很多。这是由于过去我笨得在闹出笑话后还无法察觉，当一个蠢人显得傻乎乎时人们当然会觉得这很可笑。

不管怎么说我现在已经明白了，我一天天地变得聪明起来。我掌握了标点符号并能正确拼写，我喜欢在词典里查找复杂的词并记住它们，现在我书读得很多，金尼叶小姐也说我阅读速度很快。有时一闭上眼,那些书页就像一幅幅画面在我脑海中回放。

除了历史、地理和算术以外金尼叶小姐还让我学习外语。施特劳斯医生给了我一些新录像带,让我在睡觉前塞进那台小电视机里。

今天我的感觉要好多了,但我还在生气,因为他们侮辱我并拿我开心,因为我曾经那么愚蠢。当我像施特劳斯医生所说的那样变得聪明起来,智商也增长到68的三倍时,也许我就能和大伙一样。人们也将喜欢我。

我闹不清楚智商是什么。尼缪尔医生说智商可以测量人的智力程度,就像用秤来称东西的重量那样。但是施特劳斯医生不同意,并说智商并不代表智力,智商只是指出智力能够提高到多少,它好比是量杯上的刻度,根据它可以看出还需要多少液体才能把杯子装满。

然后我去问了伯特,他曾给我和阿尔吉侬做过智商测试。伯特却说两位医生的说法都不正确(不过他叫我千万别透露这是他说的)。伯特说智商体现在很多方面,包括你已经学会了的东西,智商实际上完全不是一样好东西。

所以我仍然不知道智商是什么,只知道我的智商已经超过了200。我对此不予置评,只是不理解如果他们连智商是什么、在哪里都不知道,怎么可能会知道如何测量它呢?

尼缪尔医生说我在明天得去做罗夏墨迹测验。真有趣,我不知道那究竟是什么玩意儿。

【4月22日】 我知道罗夏墨迹测验是什么了。这项测试我在手术前做过,其实就是观察那种带有墨斑的卡片。主持测试的仍旧是原来那人。

我怕死卡片上的墨斑了。我知道那个人要让我从里面看出图画来,但是我知道自己看不出来。我心说要是知道那些图画藏在哪里就好了。可也许里面根本没有任何图画,也许这只是一个花招,看我是不是真的笨到家了,居然去找根本不存在的图画。想到这里我简直怒气冲冲。

"查理,"他说,"你曾经看过这些卡片,还记得吗?"

"记得,当然!"

听到我口气中有些许不满,他看上去非常吃惊,"好,我希望你再好好看看这些卡片。看看这张,你从里面能看出什么?有人从这些墨渍中看出了各种各样的事物,说说看,它们让你想到了什么?"

我非常吃惊,他的话似乎和我过去所听到的完全不同,于是我问:"您刚才的意思是这些墨渍里面其实并没有任何图画吗?"

他皱起眉头并取下眼镜,"你说什么?"

"图画,藏在这些墨斑里。上次你跟我说每个人都能从中看到图画,你还让我去找这些图画。"

他对我解释说,上次他的话和这次一模一样。我可不信,我仍然疑心上次他拿话误导了我,就是想要捉弄我。莫非——我也搞不清——我过去这么好骗?

我慢慢地察看卡片。有一张上面的黑斑很像一对蝙蝠,另一张使人联想到两个持剑捉对厮杀的武士。我想象出了许多许多的事情,我猜自己当时已经忘乎所以了。但我却不再信任他。我拿着卡片翻来覆去地看,还盯着背面看是否能看出什么来。他做笔记的时候,我就用余光偷看。但他写的都是一行行密码:

WF+ADdF-Ad orig.WF-A

SF + obj

不过依我看这种测验没有什么意义:任何人都可以乱说一气,测试人员怎么能知道别人没有在骗他呢?别人所说的也许根本是想象不出来的东西。也许在施特劳斯医生让我阅读心理学书籍以后,我才会理解这种测试。

【4月25日】 我在工厂里提出重新安排机床的新方法。多尼冈先生说,这项改革每年能为他节约一万美元,还能提高产量。他发给

了我25美元奖金。

为了庆祝,我去请乔·开尔普和弗兰克·莱里和我共进晚餐,但乔说他要为老婆买东西,而弗兰克说要和表妹吃饭。我想也许得有段时间才能使他们慢慢习惯我的变化。大伙似乎都有点怕我,当我拍拍伯格的肩头时,他简直吓了一大跳。

人们现在很少和我讲话,不像从前那样开玩笑,所以我显得有些孤单。

【4月27日】 今天,我鼓起勇气邀请金尼叶小姐明晚和我共进晚餐,庆祝我得了奖金。

一开始她有点犹豫,怕这么做不太合适,但是我去问了施特劳斯医生,他答说没有问题。我的两位医生相处得不怎么融洽,老在无休止地争论。今晚我就听见他俩在大声争吵。尼缪尔医生坚持说这是他的研究项目,而施特劳斯医生回击说他也没有少干,而且是他通过金尼叶小姐发现了我,还成功给我做了手术。他认为全世界的神经外科医生都将采用这项技术。

尼缪尔医生打算在这个月底发表实验结果。施特劳斯医生则认为再等一等才更有把握,他指责尼缪尔医生只对登上心理学讲台感兴趣。而尼缪尔医生则骂施特劳斯医生是机会主义者,为了荣誉不惜踩着他的肩膀往上爬。

离开时,我浑身打了个冷战。我说不出为什么,似乎第一次真正看透了他们俩。我记得伯特曾经说过,尼缪尔医生有个妻子,那是真正的妖婆,总在不断逼迫他。她的全部梦想就是有一个出人头地的丈夫。

难道施特劳斯医生真的想踩着别人的肩头往上爬吗?

【4月28日】 真弄不懂,过去我为什么没察觉到金尼叶小姐是那么漂亮呢?她才34岁!一双棕色眼睛和一头蓬松飘垂的秀发,发髻

光可鉴人。可能从一开始她对我来说就是高不可攀的——是大人。而现在,随着频繁的会见她在我眼里变得越来越年轻,魅力与日俱增。

我们一起用餐,聊了很久很久。当她说到我很快就要超越她时,我朗声大笑。

"这是真话,查理。你现在完全可以做到一目十行,而我根本不行;你在阅读时能记住其中每个细节,而我最多也只是知道个大概。"

"我并不觉得自己有多聪明,有那么多的事情我还不懂呢。"

她掏出香烟,我为她点着。

"你得有耐心,"她说,"你在几天里做到的,平常人得花上一辈子,这真令人吃惊。你吸取知识就像海绵吸水一般,无论是事实、数字,还是信息,你都能透彻理解消化,还掌握了不同知识领域之间的相互联系。查理,你好像在一道高耸入云的阶梯上不断攀登,对周围的世界了解得越来越深刻。

"而我只能理解一点点,查理,而且也不会进步多少了。但是你将越登越高,眼界越来越宽,每上升一个高度都将拥抱一个崭新的世界。"她皱了皱眉,"我希望……我只希望上帝……"

"希望什么?"

"没什么,查理。我只希望我让你头一个接受手术不会是一个错误。"

我笑了,"怎么会呢?手术成功了,不是吗?阿尔吉侬现在也仍然那么聪明。"

一时间我们相对无语。她看着我把玩钥匙链上的兔子爪和钥匙,我知道她在想什么。我不想去考虑那种不祥的可能性,就像老年人不喜欢探讨死亡一样。我知道这一切只是开始,我也明白她说的"进步"意味着什么,我已经察觉到了一些迹象。我的智力将要超过她,远远地超过。一想到这个我就不好受。

我爱上了金尼叶小姐。

进度报告11

【4月30日】 我已经辞掉在多尼冈先生的塑料盒生产公司里的工作。多尼冈先生表示,如果我离开工厂,那么一切都会重新变好。我究竟做错了什么让他们如此恨我?

多尼冈先生给我看了那份联合请愿书,上面有840个工友的签名——工厂里每一个人,除了芬妮·格登。快速扫了一遍那张名单,我立即发现里面没有芬妮的名字。而其他所有人都要求开除我。

乔·开尔普和弗兰克·莱克都不愿和我谈这件事,其他人自然也不会说,除了芬妮。芬妮是工厂里少数有主见的人之一,不管别人怎么说怎么做,她认为对的就会去做。芬妮说我不应该被开除,她顶着压力和威胁,坚决抵制那份请愿书。

"这并不意味着,"她说,"我认为你还是你。你变得奇怪了,查理。至于怎么变的我不清楚。你以前是个好人,可靠、普通——可能不太聪明,但是诚实善良。没人知道你为什么一下子变聪明了,就像厂里人说的那样,查理,这不对劲。"

"你怎么能这么说,芬妮?一个人变聪明了,想要获得知识,想要理解他身边的世界,这有错吗?"

她垂下目光,盯着手里的活计。我正转身准备离开,她低着头开口了:"夏娃听信了蛇说的话,偷吃了智慧树上的禁果,这是一种罪;她意识到自己浑身赤裸,这也是一种罪。要不是她,我们的世界里将不会有疾病、衰老和死亡。"

又一次,我从内心深处感到羞愧。我的智力竟然在我与所有熟人之间筑起了一道高墙。从前他们因为我无知愚钝而嘲笑我蔑视我;可现在,他们又因为我学识渊博而敌视我。上帝啊,他们究竟要我怎样做?!

他们把我赶出了工厂,现在我比任何时候都更加孤独……

【5月15日】 施特劳斯医生对我很气愤,因为我两周来没写过报

告。他生气是不无道理的,因为研究所按期在付我工资。但是我对他说自己实在太忙,我得读许多书,思考许多问题,而我写字又很慢很耗费时间。后来他建议我改用打字,于是我轻松多了,我在一分钟里能打75个词。施特劳斯医生不断提醒我要写得更通俗些,这样别人才能理解。

我正尽力回忆起上两个星期发生的所有事。我和阿尔吉侬参加了美国心理学学会举办的会议,我们的事迹引起了巨大的轰动。尼缪尔医生和施特劳医生都把我们看成是他俩的骄傲。

尼缪尔医生今年六十岁,比施特劳斯医生长十岁。我隐约察觉到,尼缪尔医生急于公布实验的结果,而这显然是来自尼缪尔太太的压力。

与我原来的印象相反,尼缪尔医生并不是个天才。他很有才华,但不太自信,同时又想让别人崇拜他。因此,自己的研究成果被世界所承认对他来说至关重要。依我看,尼缪尔医生急于发表研究成果是生怕别人占了他的先。

施特劳斯医生则算得上是位天才,但他的知识面不宽,只接受过传统教育,专业面过于狭窄。一些对于神经外科医师来说必需的背景知识他都不去研究。

我很吃惊,因为在古代语种中,他只会阅读拉丁文、希腊文和希伯来文,而且几乎不懂高等数学。当他跟我坦白这些时,我感到心烦意乱,就好像他一直戴着假面具在欺骗我一样——还有其他人,没有一个表里如一。

在和我谈话时,尼缪尔医生也显得相当窘迫,往往只是奇怪地瞪着我,有时还把脸扭开去。最初,听到施特劳斯医生说我让尼缪尔医生自卑时我相当生气。我认为他在捉弄我,我现在对别人的愚弄特别敏感。

而我哪里知道,这位受到人们高度尊敬的心理学专家对印地语和汉语竟然一窍不通呢?这实在有点荒唐,现在印度和中国都正在他的专业领域进行深入的研究呢。

我曾经问过施特劳斯医生:如果尼缪尔医生无法阅读印度学者拉哈贾玛的著作,那么他又何从驳斥后者对他的尖锐批评呢?我发现施特劳斯医生脸上的表情相当奇特,后来我才醒悟到:若不是施特劳斯医生不想把印度人的话告诉尼缪尔医生,那就是说——这让我很不安——连施特劳斯医生自己也不懂印地语。我以后说话写字必须要清楚简洁,以免别人笑话。

【5月18日】 我非常激动。昨天晚上我又和金尼叶小姐见了面,在那之前我已有两周多没看见她了。我努力不去谈论高深问题,尽量把话题转到日常生活上,但是她依然窘迫地瞅着我问,我说的多勒曼《第五协奏曲》中的数学等价变化是什么意思。

当我向她解释时,她煞住我的话头然后尴尬地笑了。我有点生气,但我知道自己在用一种不太相称的水平与她交流。不管我提到什么问题,我们之间都无法产生共同语言。我得回去复习弗洛斯塔德论述的一个"语义进程水平"方程式了。我知道自己已没法和普通人正常来往,幸好这个世界上还有书籍、音乐和供我思考的课题。

【5月20日】 如果不是那次打碎盘子的意外事件,我是不会注意到那家小饭馆里一个16岁小伙子的,他是新来的洗盘工。

当时一摞盘子哗啦一下跌落地上,雪白的瓷片四面飞溅。那个小伙子吓得目瞪口呆,傻傻地立在原地一动不动,连托盘也忘记放下来。吃客们成群地起哄挖苦,夹杂着尖厉的口哨声,使得那小伙子更加不知所措。

后来,小饭馆的老板来了,闯祸者缩成一团,准备挨揍。

"好吧,你这白痴!"那老板怒吼道,"别还像木头那么傻站着啊!还不快去拿扫帚来扫掉这堆垃圾?扫帚!我说的是扫帚!……真是个白痴!扫帚在厨房里,这里连一块碎片都不准剩下来,懂吗?"

小伙子这才听懂了,他去拿了扫帚并清扫地面,惊恐的神色从他那傻乎乎的脸上消失了,嘴里似乎在嘟哝着什么。不少顾客还在拿他开心,继续起哄:

"快点扫啊,这里,还有那里……"

"消灾祛祸,碎碎平安……"

"他才不傻哪,把盘子打碎就不必去洗它们啦……"

那小伙子以茫然的眼光轮番瞧着嬉笑怒骂的顾客,他脸上也逐渐显出笑容,最后竟朝扫帚傻笑,显然他无法理解这些嘲笑。

我的心完全被他这呆板的笑容、孩子般的眼神和企图讨好别人的表情刺痛了,人们都在嘲笑他,因为他智力低下。

甚至连我也在一起嘲笑他。

于是我迸发出一阵狂怒,跳起来大声嚷道:

"你们全都闭嘴!不能让他安静一会儿吗?如果他什么也不懂,那不是他的错!他自己别无选择!看在上帝的分儿上……他总归也是一个人啊!"

屋子里顿时安静下来。我诅咒自己:为什么要脱口说出这一番话?我避而不看那个小伙子,迅速结账离开了饭馆,我是在为我们两个感到羞耻。

真是奇怪,健全的正常人一般不会去嘲笑身有残疾的人,却会肆无忌惮地侮辱智力低下的人。一想到不久以前,我也像那个弱智男孩一样,犹如跳梁小丑般被人取笑,我就怒从心生。

而我竟然快要不记得,自己过去也是那么的愚蠢。

从前的查理已被我亲手埋葬,我以为自己变聪明了就应该忘记以往,但是今天,我在这个小伙子身上看到了我的影子,我曾经也是那种模样!

我刚刚才意识到从前人们对我的嘲弄和侮辱,而如今我居然和他们一起来嘲笑过去的自己。这一点最令我痛心。

我经常读自己过去的病情报告,仿佛看到一个智力低下、天真无知的孩童躲在漆黑的屋子里透过锁孔窥视外面的灿烂阳光。以前我懵懂无知的时候，我知道自己低人一等，缺乏人人都有的某种东西——我以为那跟读和书写有关，只要我学会了读书写字，就会聪明起来。

难道弱智就不想要变得和正常人一样吗？

婴儿没法养活自己，也不会吃东西，但是他会肚子饿。

过去的我就是如此，但我从来不知道；即使在变聪明以后，我仍然没有真正意识到这一点。

今天对于我来说意义重大，让我更加清晰地看清了过去以往。我决定用我的知识和才能来研究如何提高人类的智力水平。我比别人更适合干这项工作，我曾生活在这两种不同的世界里，所以我有可能用自己的才干为兄弟们做些什么。

明天，我要和施特劳斯医生讨论这项工作，也许我能帮他解决推广这种手术的难题，在这方面我已经有了一些设想。

我面前有多少事情可干啊！如果连我也能成为天才，那世界上将会有成千上万个天才了！而普通人在手术以后，恐怕能达到奇迹般的水平呢！如果是那些天才呢……

有无数道难题摆在我面前，我都有点迫不及待了！

进度报告12

【5月23日】 今天阿尔吉侬咬了我一口。当时，我同往常那样到实验室看望它，我刚从笼子里把它取出来，它突然狠狠咬住我的手指。后来我把它放回笼里继续观察，发现它骚动不安，变得异常凶狠。

【5月24日】 负责动物实验的伯特告诉我，阿尔吉侬正在起着变化。它越来越孤僻，拒绝走迷宫，也不进食，似乎丧失了生存的动力。所有的人都很不安，不知道这种情况意味着什么。

【5月25日】 他们现在需要给阿尔吉侬喂食了,因为它现在已拒绝解答智力题。人们把我和阿尔吉侬联系在一起,因为在某种意义上我俩都是手术的第一实验对象。大家表面上说阿尔吉侬的事情不一定与我有关,但谁也回避不了这个事实:和我经受过同样实验的这只动物现在每况愈下。

施特劳斯医生和尼缪尔医生请我别再去实验室。我知道他们的想法,但是不能同意这个请求,我不能放弃推进他们研究的努力。尽管我对这两位可敬的学者极为尊崇,但我也非常了解他们能力的极限。如果真的存在某种答案,那得靠我自己去寻找出来,而时间因素对我来讲是至关重要的。

【5月29日】 现在我已经获准继续研究,实验室也已对我开放。某些问题已经有了进展。我不分昼夜地工作,把吊床也搬进实验室。大部分的时间我都在进行研究,但也抽空把自己的情绪和想法记下来。

我发现智商研究其实是一项非常吸引人的课题,我学到的所有知识都有了用武之地。而从某种意义上说,我这一生都献给了这项研究。

【5月31日】 施特劳斯医生认为我工作过度紧张,尼缪尔医生则说我企图把别人毕生的研究工作压缩到几周内完成。我知道自己需要休息,但是内心的冲动迫使我倾尽全力。我必须找到阿尔吉侬迅速退化的原因,我还要弄清楚这种变化会不会也在我身上出现。如果会的话,将在何时发生。

【6月4日】 给施特劳斯医生的信(副本)
亲爱的施特劳斯医生:

兹随函奉上一份研究报告,标题是《阿尔吉侬—戈登效应:关于人工提升智力的方式及其作用》，我希望您在阅读后能加以发表。

众所周知，我的实验已经结束。在报告中我列举出全部公式，并把对它们的数学分析作为附件。这些材料我都已核对过。

由于该项研究对于您和尼缪尔医生至关重要（应该说对我也同样如此），本人曾再三检验这些研究结论，希望能找出其中存在的错误，可惜这些结论依然是正确的。不过，从科学利益出发，能贡献出这么一份关于人类脑功能以及人工提升智力所需服从的客观规律的报告，我感到十分欣慰。

我记得，您有一次曾对我说：实验及理论的成功或失败对于科学进步都具有同等重要的意义，现在我才理解到这话有多么正确。我很遗憾，因为在这个知识领域里，我的成果竟彻底否决了您二位的劳动，而你们恰好又是我最最尊敬的人。

查理·戈尔顿 上

附报告一份

【6月5日】 我应该控制住自己。我的实验结果表明（即使我的智力得到了急剧提升也不能掩盖这一事实）：施特劳斯医生和尼缪尔医生用外科手术将智力提升三倍的方法对于人类的智力是完全没有或只有很少实用价值的，至少目前如此。

仔细察看关于阿尔吉侬的记录及其他材料，我发现尽管它在肉体上还处于发展的早期阶段，但智力却在退化。运动的主动性在削弱，内分泌腺的活动出现总体下降，协调性也在加快丧失。

进行性遗忘症的指数更是极为严重。

从我的研究报告中可以看出，根据公式的统计结果，可以断定它身上还会出现一些生理和智力上的综合恶化症状。

我们两个所接受的外科手术刺激使智力提升在短期内加速走完了它进化的全部进程。那个原先未能预见的发展结果，也就是我冒昧命名的阿尔吉侬—戈登效应,是智力进化过程全面加速的必然结果。已经证实:人工提升智力的退化速度与其提升程度成正比。

我认为这本身就是一个重要的发现。

只要我还能书写,我就将继续把我的想法写进报告。这是我不多的乐趣之一了。不过,从各种迹象来看,我的智力将退化得非常迅速。

我已经察觉到自己时常情绪不稳,还很健忘——这些都只是最初的症状。

【6月10日】 退化在加剧,我成了一个心不在焉的人。两天前阿尔吉侬死了,尸体解剖证实我的预测是正确的,它的脑重量减少了,大脑皮层的沟回变得平坦。

可以推测,我也在发生或很快即将发生类似的变化,任谁也无法改变。虽然我不愿它发生。

我把阿尔吉侬的尸体盛入一个奶酪纸盒,把它葬在后院。我哭了。

【6月15日】 施特劳斯医生又来看望我。我不愿开门,于是请他离开。我希望自己单独待着。我逐渐气量狭隘,容易动怒。周围是一片漆黑,很难从脑子里赶走自杀的念头。我时刻提醒自己,这种内省性的日记将来会有多么重要。

当你发觉一个月以前才读过并很欣赏的书现在却完全忘记了它的内容时,那是怎样一种什么滋味啊!我记得自己曾认为约翰·弥尔顿是那么伟大,可现在翻开他的《失乐园》我竟怎么也读不懂。我气愤地把书扔到了屋角。

我应该力争保留一些东西,那些我在这段时间里学到的知识——哪怕一点点也好。哦,上帝啊,请别把它们全部拿走。

【6月19日】 有时我半夜出去散步。昨天夜里,我竟然想不起自

己住在哪里了,后来一位警察送我回了家。这种情况似乎以前发生过一次,那还是很早以前的事。我不停地告诫自己,只有我自己才能描述出现在我身上发生的一切。

【6月21日】 为什么我会丧失记忆呢?我必须反抗。我整天躺在床上,不知道自己是谁也不知道身在何处,突然间又如一道霹雳在脑际闪过。这是健忘症,衰老的象征,我人生中的第二童年开始了。多么无情的逻辑!我曾经头脑灵活,如今却江河日下。我不允许这样,我要反抗。我忘不了饭店里的那个洗碗工,忘不了他脸上迟钝呆板的表情和那愚蠢的微笑,忘不了讥笑的人群。不……我祷告……只要不……不再……

【6月22日】 我连不久前刚学会的东西也忘记了,一切都如那条谚语所言——最后学的最先忘。这条谚语是这样说的吗?我最好去查查……

我重新翻阅了《阿尔吉侬—戈登效应》的报告,感觉它似乎是别人写的,有些章节我根本无法理解。

中枢活性在降低,手脚开始不协调。我经常跌倒,打字也越来越困难。

【6月23日】 我完全不能打字了,身体的协调性很糟,手指动作越来越慢。今天还发生了一件可怕的事:我拿起克留盖尔的《精神的完善性》,这是我在研究时曾用过的书,想看看它现在能否帮助我理解自己的报告。起初我还以为是自己的视力有点不正常,后来才意识到,我再也看不懂德文了。我又试了一下其他外语,全忘了。

【6月30日】 一个星期以后我才决定重新开始写日记。一切都在逐渐流逝,像沙子流过手指间那样。现在,大多数的书籍对我来说

都太难了,我气急败坏,因为仅仅几周前我还能阅读并理解它们。

我再三告诫自己,要继续写报告,让别人能够了解发生在我身上的事,但是我遣词造句越来越困难,连一些简单的词汇都得去查词典,我气得直骂自己。

施特劳斯医生几乎每天都来看我,但我对他说我不想见任何人,也不想交谈。他有一种负罪感,但我不想责怪别人。我知道这种事迟早会发生,但从没想过会这么痛苦……

【7月7日】 我不知道这个星期是怎么过的。我只知道今天是星期天因为从窗外可以看见人们去了教堂。整整一周似乎我都躺在床上但我记得弗林太太好几次带来吃的。我总是反复对自己说应当干些什么但后来又忘记了。也许不干还更好些。

这些日子我对父亲和母亲想得很多。我找出三个人在海滩上拍下的照片。父亲的腋下夹着大球而母亲把我抱在手中。我已不记得他们在照片上的这种模样。我只记得父亲总是醉醺醺的总是为了钱而和母亲吵架。

他很少修脸所以抱我时胡子总会扎到我。母亲说他死了但我堂兄米尔季听他父母说我父亲是跟别的女人走了。当我去问母亲时她揍了我一个耳光还说我父亲就是死了。我觉得我永远也不知道真相而这对我也算不了什么。(有一次父亲说要带我去农庄看母牛但没有去。他从来说话不算数。)

【7月10日】 房东弗林太太对我很担心。她说我整天躺在床上什么也不干让她想起了她的儿子。他也是这样并被她赶出了家门。她说她不喜欢不干活的人。我有病是一码事而如果我不干活这又是另一码事。她不能忍受这个。

我说我想我是生病了。

我每天努力读一点故事书但有时不得不反复重读某个章节因为

我读不懂里面的意思。我写字也很困难。我知道我应该查词典但这也很难。我非常吃力。

后来我决定不写难词只写容易的。这节省了时间。我每个星期总要放点花在阿尔吉侬的墓上。弗林太太认为我疯了居然把花放在一只老鼠的坟上但是我对她说阿尔吉侬是只特别的老鼠。

【7月14日】 又是星期天了。我现在什么事也不干因为电视机也坏了而我没钱去修。这个月研究所给我的支票好像是丢了。记不得了。

我的头疼得厉害吃阿司匹林也没用。弗林太太知道我真的病了并可怜我。有人生病时她是位非常好的女人。

【7月22日】 弗林太太给我找来一位陌生的医生。她怕我会死。我对医生说我的病并不很重只是有时把一切都忘了。他问我有没有朋友或亲戚而我回答说没有我什么也没有。我对他说我曾有个朋友叫阿尔吉侬但它是只老鼠。我们常在一起比赛。医生奇怪地望着我大概以为我是个疯子。

当我对他说我曾经绝顶聪明时他笑了。他和我讲话的样子就像我是个小孩子一样还朝弗林太太直眨眼。我很生气把他赶走了因为他像别人那样讥笑我。

【7月24日】 我再也没有钱了而弗林太太说我应该去干活付她房租。要知道我已经有两个多月没付过了。

我不会干别的活除了我在多尼冈先生公司里的工作。我不愿回那里去因为他们知道我聪明过也许现在会笑话我。但我不知道还能干些什么来挣钱。

【7月25日】 我看了一些原来写的报告很奇怪我无法读懂自己

写的东西。我认得一些词汇但不懂它们的意思。

金尼叶小姐来了站在门外。但我对她说走吧我不愿看到你。她哭了我也哭了但我没让她进来因为我不想让她笑话我。我对她说我不再喜欢她了。我还说再不想成为聪明人。这不是真话。我依然爱她依然想成为聪明人。但我必须这么说才能让她走开。她把我的房租给了弗林太太。我不愿意这样。我应当去工作。

请……请不要夺走我读和写的能力。

【7月27日】 当我去工厂请多尼冈先生重新用我当清洁工时他非常仁慈。一开始他不相信地望着我。但我说了我的情况后他就非常难过地把手放在我肩上说查理·戈登你是个男子汉。

当我下去像从前那样清洗厕所时所有人都瞧着我。我对自己说查理如果他们嘲笑你那么你别抱怨。你得记住他们并不像你曾经有过的那么聪明。他们曾是你的朋友如果他们嘲笑你这也没什么关系。因为他们同样也爱你。

有一个新来的工人恶意地开我的玩笑。他说喂查理我听说你是个头脑很棒的小伙子就和真正的教授差不多。现在说些聪明话来听听。

我很窘迫但这时乔·开尔普走过来抓住他的衬衫说别打扰他你这个长疥疮的家伙不然我折断你的脖子。我没想到乔会站在我这一边。我想他是真正的朋友。

后来弗兰克·莱里也过来跟我说查理如果有谁缠住你或骗你就来叫我或乔·开尔普由我们来对付他。我说谢谢你并叹了口气。我不得不去仓库我不想让他们看到我在哭。有朋友真好。

【7月28日】 今天我干了件蠢事我忘了已经不能像以前那样去上金尼叶小姐的课了。我去了教室并坐在教室后面的老位置上。她奇怪地望着我并说了声查尔斯。

我不记得她什么时候像这样喊过我。她只是喊查理。于是我说金尼叶小姐你好我准备了今天的课程只是把课本给丢了。她哭了起来并从教室里跑了出去。所有人都瞧着我。我这才看见这完全是另外一些人而不是我以前班上的同学。

然后我突然想起关于手术和我怎么成为聪明人的事。我说上帝啊我真的又成为傻瓜了。不等她回来我就离开了教室。

这就是我为什么要永远离开纽约。我不希望再干出这样的事来。我不想金尼叶小姐可怜我。而我也不愿意工厂里的人都可怜我。所以我要去没人知道查理·戈登以前是天才而现在连读写也不会的地方。

我随身带了两本书即使我读不懂它我也要多多练习。也许我不会把学过的全部忘记。如果我非常努力也许会比手术以前稍微聪明一些。我带着兔子爪和幸运钱币也许它们能帮助我。

金尼叶小姐如果你有机会读到这一段请别可怜我。我很高兴有过变聪明的机会因为我曾经懂得过世界上的许多事情。哪怕我只知道很短一段时间我也为此而感激你。

我不知道为什么自己又变笨了。也许因为我并不太努力。但是如果我非常用功的话也许还能使自己变聪明一点能读懂那些单词。我记得当我阅读那些书本时是多么快活啊。所以我一定会努力让自己重新体会到那种快乐。当聪明人的感觉可真好。我现在如果聪明的话该有多好我会立马坐下来读上一整天。我敢说我是世界上第一个知道科学有多重要的笨人。我知道我一定为科学干过些什么但是记不清了。但我猜那是为像我一样的弱智人干的。

再见了金尼叶小姐还有施特劳斯医生以及所有的人。请告诉尼缪尔医生当别人笑他时不要发火就会有更多朋友的。只要允许人们嘲笑自己就不难交到朋友。我打算在我要去的地方交许多朋友。

另外,如果有可能请放一些鲜花在阿尔吉侬的墓上。那墓是在后院……

火星孩子

【美】大卫·杰罗德 著
邹运旗 译

改编电影:《火星孩子》MARTIAN CHILD
导演:曼诺·迈依杰斯 / 主演:约翰·库萨克、琼·库萨克 / 上映日期:2007.11.2.(美国)

《火星孩子》是大卫·杰罗德的代表作,讲述了"我"收养一个自称来自火星的孩子的故事。行文轻松温暖,且不失诙谐,带有不少自传性质——作家本人也确实收养了这么一个小孩。文中还穿插了不少科幻圈内的名人逸事,不知道是这种生活中顺手拈来的情调,还是文中真挚细腻的父子之情打动了评委,抑或是那个"火星孩子"真的许了个火星愿望,总之,作者凭此文一举捧回了1995年的"星云"和"雨果"双奖奖杯。十二年后,同名电影公映。

　　原著小说大放异彩,搬上银幕后反响如何呢?发展到今天,美国科幻电影大体来说可以分为两类,一类是充斥着特效的大制作,展示给观众一种电影奇观,如《星球大战》、《阿凡达》等;另一类是低成本的小制作,整部影片没有几个、甚至完全没有特效镜头,导演意图用平凡生活与科幻理念之间的巨大反差,带领观众进行一场思想实验,比如《这个男人来自地球》和《K星异客》。《火星孩子》显然应该拍成后一种。然而最后,导演却将影片拍成了一部探讨"问题儿童"的家庭伦理片。如果说《K星异客》中的主人公到底是疯子还是外星人尚有待商榷,那么在《火星孩子》中,那个小脸苍白、病恹恹的孩子显然只是患有自闭症,并不是什么火星人了。

会议行将结束时,那位社工强调说:"哦,对了——还有一件事,丹尼斯说他自己是个火星人。"

"你说什么?"我不太确定是否听清楚了她的话。我带来的文件摊满了桌子——厚厚装订着的事故报告书、夹在马尼拉纸文件夹里的精神病评估、临床诊断分析的影印件、胡乱涂写的社工记录、打印出来的伤害报告、卷在一起的庭审记录,还有我抄写的天书一般的笔记:多动症、胎儿酒精综合征、情绪暴躁、身体伤害、康纳斯评定量表、阿普伽新生儿评分……关于孩子们,我实在不知道需要了解的东西有这么多。我还在纸堆里翻找了一阵,看看是不是有一个文件夹上标注着"火星人"。

"他说自己是个火星人。"布莱特女士重复道。她身材娇小,衣着得体,谈吐很有礼貌。"他对儿童之家的家长说,他和其他的孩子不一样——他来自火星——所以不要指望他能一直表现得像个地球人。"

"好的,没关系。"我回答得有点快,"我有几个最好的哥儿们也是火星人。只要那孩子不吃小毛球,不去招惹野生的索尔怪,那他跟我绝对合得来。"

与会的社工们脸绷得紧紧的,他们没有被我逗笑。我的心顿时一沉。可能是我说错话了,也可能是我的回答太过油腔滑调了。

——办理收养手续中最麻烦的一环,就是你必须要说服他们,让他们相信你有能力照顾一个孩子。

这就意味着,你必须心甘情愿地任他们仔细检查你的整个人生,你的一切：你的财政收入、你的家族病史、你的家庭财产、你的受教育程度、你的人格品性、你的收养动机、你的犯罪前科、你的智商高低，甚至还有你的夫妻生活。就是说，所有涉及你自尊心方面的东西都要像气泡一样浮上水面，就像你昨晚吃下一肚子炒豆，第二天清早还要来泡浴缸。

在整个收养手续的办理过程中，只要你感觉到什么事情最没把握，最后整个过程的焦点就会集中到这件事情上。拿我来说，就是这种很熟悉、很糟糕的感觉，当个"万年老二"——总是做不到最好——小时候没法和大孩子们一起玩，长大了没法找到一份更好的工作，或者赢得一份奖项，或者做好其他什么生死攸关的事情。尽管这次会谈的内容很简单，就是要看看丹尼斯和我在一起是否合适，我却感觉像是在接受审判。如果我这一次表现得不够好怎么办？

我又尝试了一次。这次我慢慢地开口了："你们看哦，你们总是在告诉我一堆坏消息——甚至你们都不知道那孩子能不能和其他人建立深度情感交流——好像你们就是要想办法劝我退出一样。"我闭上嘴以免再说更多难听的话。不知道为什么，我突然有点蹿火。这些家伙只想完成自己的工作。

这个想法让我深受打击。没错——这些家伙只是在完成自己的工作而已。

我突然意识到，在这个房间里，再没有别人能像我一样愿意全心全意地照顾丹尼斯了，尽管我连他的面都没见过。对他们来说，他不过是手头上的一起案例；而对我来说，他是……组成一个家庭所必需的。把我的怨气强加到这些疲惫不堪、加班加点却收入不高的人头上是不公平的。他们也很尽责，但他们所考虑的和我是不一样的。我压了压火。

"听我说。"我一边说，一边向前坐坐，把双手摊开摆在桌面上，摆出一副从容不迫的架势，"这可怜的小家伙经历了那么多，如果他想把自己当成是个火星人——我不会同他争论的。实际上，我觉得这挺可爱。这是他适应环境的一种表现。也许这是他在最不合理的环境中所能做出的最合理的假设了。他可能感觉到被疏远、被抛弃、与众不同、内心孤独。至少,他有理由这么做。他被环境所迫,就编了一个故事,好去应对现实。也许他的想法是错的,但这是他能做出的唯一解释,硬要去纠正他岂不是太蠢了吗?"

说完这些,我忍不住又发表了一番见解:"我见过有不少人都躲藏在幻想世界里,因为现实很残酷,很难应对。幻想是我的事业。唯一的不同是我创造幻想,让世界上的其他人花钱来享受这些。幻想不是用来逃避现实的,它是一种求生机制,是一种生活方式,用来应对那些比你复杂许多的事物。所以我觉得幻想是很特殊的,是需要受到重视和保护的,因为它很脆弱。没有了它,我们也会失去防备,步履维艰。

"我了解这孩子的感受,因为我曾经也像他一样。情况不完全相同,感谢上帝——但我也能了解。如果他周围的大人们都不理解他真正需要的是什么,那他就永远没有机会去了解别人口中的一切。"这是我头一次可以盯着她们的眼睛说话,就好像她们必须理解我的意思,"请原谅,我就直说了吧——他应该和这样的一个人一起生活,那人会告诉他,他是个火星人也没什么大不了。既然他想,就让他当个火星人好了。"

"很好,非常感谢。"负责人打断了我,"我想我们需要了解的就是这些。我们会尽快给你答复。"

她的话让我彻底失去了信心。我说的话她一个字都没听进去,我相信她绝对不会考虑我的申请了。我整理好所有的文件,我们相互握手致意,之后我就带着公务式的微笑一路走向电梯。

我一句话都没说,我姐姐也没说话。我们就这样上了车,经由好莱坞高速公路回家。她坐在驾驶位上,开着大型跑车毫不费力地穿过滚滚车流,只有洛杉矶的房地产经纪人才有这本事。

"我搞砸了。"我说,"是吧?我老是这样……太自以为是了。"

"亲爱的,我觉得你表现不错。"她轻轻拍拍我的手。

"他们不会批准我们的配对的。"我说,"我是个单身父亲,他们才不会考虑让我收养呢。他们优先选择的是已婚夫妇,沃德和珍。然后是单身母亲,莫菲·布朗。再然后,除非没人愿意要那个孩子,他们才会考虑我这个单身汉。我在名单上是倒数的。我永远也别想领养那孩子了,我永远也别想领养任何孩子了。负责我的那位社工都劝我死了这条心。有希望的是另外两个家庭,这次会面也就是走走过场,我早就知道。就是要证明他们也考虑过其他家庭。"郁闷之情在我心头渐渐满溢,就像鼓起一只装满苦闷的气球,"但这个孩子就是为我准备的,爱丽丝,我知道的。不知道为什么,我就是知道。"

我第一次见到丹尼斯的照片是在三个星期以前。一方小小的彩色照片,立刻使我绽开了笑容。

那时,我正在参加洛杉矶希尔顿机场酒店举行的全美家庭收养研讨大会。周六和周日,开足两天,每天六个小时,每小时有六场小组会议同时进行。我精挑细选一些小组会议参加,希望对我寻找并收养一个孩子能起到最大的帮助。我还订购了录音带——足足二三十盘——都是我没办法亲自参加的会议的录音。我从没想过收养孩子还需要面对如此多的问题。我像海绵一般吸收知识,迫切地倾听建议——向有收养经验的家长们、在收养家庭中长大的孩子们、临床心理学家们、辩护律师们、社会工作者们,当然还有收养资源专家们。

我做这么多的真正原因,不过是想收养一个孩子。

我早就得到了批准。我花了一年多时间填写各种表格,接受数次面试。但是获得批准不等于找到了孩子,只能说明写着你名字的字条被扔进了帽子等待抽取。配对是否成功首先取决于孩子的需要。很公平——但也让人很难熬。

最后,我走进一间更像是展品陈列厅的会议室。一排排桌子上摆满了让人揪心的相册,无数孩子陈列其中待价而沽。各种组织机构、中介代理、东欧的孩子们、拉美的孩子们、亚洲的孩子们、需要特殊护理的孩子们……一张张的照片,如同房产代售清单。一页页翻开,看看这么多双眼睛吧,这么多张笑脸,这么多的需要。"约翰尼,三岁时被生母遗弃。他有多动症,有纵火前科,虐待过小动物。需要长期心理治疗……""雅妮,九岁,智力发育不全。曾被继父性侵犯,需要全天候护理……""迈克尔,患有严重的癫痫病……"琳达需要这个,丹妮需要这个,麦克需要那个……如此多的需要,令人心碎,令人难以承受。

为什么名单里有这么多孩子需要"特殊护理"?他们大多智力低下、有多动症、曾遭受虐待。他们就是因为不够完美才被遗弃的吗?还是因为优秀的孩子都被挑走了,所以才把他们剩下了?最困扰我的,正是因为我能够理解这种复杂的情感。我想要一个孩子,而非一起案例,名单里的一些描述简直让人望而生畏。可供收养的只有这种孩子吗?

也许是我太自私了,因为我发现自己正一页页翻找,看看有没有哪个孩子的条件不那么糟糕。我是个单身汉,这一把年纪快跨入中年行列了,又要好好考虑一下退休问题——我还会想在余下的生命中再多挑一副担子吗?

这也是所有问题中最重要的一条。"为什么你想收养一个孩子?"这是我无法回答的一个问题。我没办法组织语言。似乎有些原因是我无法启齿的。

收养动机调查问卷被我扔在抽屉里尘封了一周。我打印了整整三十页纸才把思绪整理出来。我可以编一个动听的故事,来说明我想要的家庭是什么样;但我没有办法回答我想要一个儿子的真正原因。至少现在还不行。

事实的真相其实很自私,令人生厌。

我不想一个人孤零零地死去,我不想被后人遗忘。

所有我写过的小说和剧本……不过是明日黄花。它们浪费树木,它们言过其实,它们为一些人换来金钱,但它们对我来说一文不值。它们虽然塞进了别人的书架,深深触动他们的心,但它们不足以证明我是个活生生的人,不足以证明我的人生有多少意义。实际上,它们的价值和美国副总统差不多。

我真正想要的不是这些。我想让别人知道,那些文字背后有一个活生生的人,一个活生生的父亲。

我时常躺着却无法入睡,眼望着虚空,发挥着想象。以后会怎么样?我将如何面对接踵而来的各种状况?我该如何日复一日地扮演好父亲的角色?生活不能太戏剧化了,我需要设法面对真实的环境。

在我自己眼中,我一直是个温柔慷慨、仁慈睿智的人。我想要的孩子是那种单纯可亲、惹人疼爱、满眼求知欲的,为来到我家而充满感激。他是个无形的存在,就活在我的灵魂深处,不能被现实所玷污。我想知道他现在会在哪儿,我在何时何地才能见到他——如果现实能和梦想一样美妙,那该有多好。

——但那只是梦想。这份名单才是现实的依据。真实的孩子都有过去,不堪回首、充满悲剧、令人心酸的过去。

我走向另一张展台。一位来自洛杉矶市立儿童服务部的社工接待了我,她手里也拿着一本名册。我做了自我介绍,告诉她我已经通过了批准——但还没有合适的配对。我问她是否可以让我看看那本名册,她说当然可以。我慢慢翻看着,观察着一张张单纯的小脸蛋,寻找有谁可以做我的儿子。整本名册里都是黑人孩子,而本市不允许任何形式的跨种族收养。争议太大,所以黑人社工们提出过反对意见——我理解他们的想法——但如今,又有多少黑人孩子找不到适合的收养家庭?

在名册的最后一页,唯一一个白人男孩的相片像尾巴一样挂在那里。我匆匆扫了一眼照片,正要合上整本相册——就是那一眼的印象打动了我,我愣了片刻,随即又触电般啪地翻开了名册。

一个小男孩,在洒满阳光的林荫道上骑着自行车,正对着镜头开心地大叫大笑。他的一头金发在风中飘舞,双眼在镜片后闪闪如星,洋溢着一脸的轻松和愉悦。

我目不转睛盯着那张照片，一股寒意自后脊梁直蹿上来，如同经历了冰火两重天。这是一种久违的认同感。就是他——那个在我想象中出现了无数次的孩子！我简直已经听见他在对我打招呼："嗨，老爸！"

"跟我说说这个孩子吧！"我急不可耐地脱口而出。社工用相当怪异的眼神看着我。我能理解，我的声音在我自己听来都够怪异的了。我试着解释："跟我说说吧。看照片我就知道找对人了，你明白那种感觉吗？"

"当然明白。"她回答说，脸上浮现出心领神会的微笑。

他叫丹尼斯，刚刚八岁。今天早上，她才把他的照片插进名册里。是的，她会通知负责男孩的社工与负责我的社工联系。不过……她也提醒我……要有思想准备，也许会有别的家庭对这男孩感兴趣。而且，儿童部考虑配对的立场是站在孩子一边的。

我一个字也没听进去。我知道她在说话，但没注意说的是什么内容。

在我的积极斡旋下，他们决定召开一次会议，讨论我们配对是否合适。但他们也事先就提醒我——"他可能不是你真正想要的孩子。他被分级为'难以相处'，有多动症，精神上受过伤害，可能患有胎儿酒精综合征。他曾先后被八个家庭收养，但找不到真正适合他的家……"

我还是一个字也没听进去，我根本就不想听。照片里的男孩已经深深抓住了我的心，所以我一下子就放宽了标准，打算接受他的一切。

我到"在线信息网"上发帖询问有关收养儿童的信息和建议，还有注意力缺陷、多动症、精神伤害等的治疗方案，以及我所能想到的一切——这个孩子能够健康成长的几率有多大？我打电话给"收养热线"，向有过收养经验的家长们请教，逛遍了各大书店和图书馆。我给一位做医生的远亲打电话，他传真给我整整二十页的报告。最后在见面会上，我带着大包小包的文件、满腹经纶的见解和油嘴滑舌的意愿，那副嘴脸绝对是个十足的混蛋。

结果呢……全搞砸了！

我姐姐开着车，我坐在副驾驶位，脑袋倚在车窗上唉声叹气："他妈的！愁死我了。十三个月啊，还不如自己生一个呢！我都快得儿童恐惧症了，连超市我都不敢去。我老是盯着那些带小孩儿的爸爸妈妈，眼泪就在眼圈里打转。我总是在想：我的孩子在哪儿呢？"

我姐姐明白。她一共生养了四个孩子，没有一个进过看守所。她在照顾孩子上一定很有一套。"听我说，大卫。没准儿那个小男孩真的不适合你……"

"不可能！他太适合我了，他还是个火星人呢！"

她没搭理我，还在自顾自地说着："如果他确实不合适，我敢跟你说，总有别的孩子更适合你。你自己也说过，你都不知道能不能应付得了这孩子给你带来的麻烦。"

"我是说过——不过那是因为……我想——我都不知道我在想啥。以前从没经历过这么糟糕的事儿，想要的却得不到，有时候我真怕自己是竹篮打水一场空。"

爱丽丝把车停在路旁，关掉了引擎。"好啦，该我说了。"她说道，"别再折磨你自己了。你是全家最聪明的一个——不过，有时候你也傻得够呛。你会当一个好老爸的，希望那小孩儿足够幸运。负责你的社工明白这一点。所有那些参加会议的社工也都见识了你的热心，都听到了你的承诺。你做了那么多调查——你谈到了阿普伽评分和康纳斯量表，你给他们看了关于多动症的报告，他们自己知道的都没你多——你把他们侃晕了！"

我把头摇得像拨浪鼓，"做做调查简单极了。你到'在线信息网'上发个帖子，等上两天，再到邮箱里下载就行了。"

"调查到了什么并不重要，关键是你确实调查了。"爱丽丝说，"那就说明你是诚心诚意地想知道养一个孩子都需要什么，而这些都是你能提供的。"

"希望你说得对。"我说。

她仔细打量着我,"你怎么了?"

"要是我确实不够好怎么办?"我问,"我就担心这个——我摆脱不了这种想法。"

"哦,那个……"她轻声说,"那也正常。说明你正努力做到最好。只有真正想为人父母的才会有这种担心。"

"呃。"我回应着。接着,两个人都大笑起来。

她揽着我的肩,"你不会有事的。咱们还是赶紧回家吧,还得给妈打个电话,省得她提心吊胆的。"

熬过两百年以后——虽然日历上显示的日期不是那么回事——布莱特女士打来了电话:"我们决定了。如果你还对丹尼斯感兴趣的话,我们可以安排一次会面……"接下来她说了什么我就不记得了,基本都是些细节问题,关于我们下一步该怎么进行。不过,她最后说的话我还是记住了:"我想告诉你,帮助我们下决心的有两件事。第一,你的那些研究工作,证明你确实很关注丹尼斯的需要。这是历次收养手续中最重要的考虑因素,尤其是对小丹尼斯。第二,就是你在上次会议结束时发表的见解——你理解他为什么会想当个火星人。你能设身处地为他考虑,让我们非常感动。我们认为,不管丹尼斯以后到哪个家庭,这种理解都是必需的。所以,我们决定首先考虑你。"

我穷尽辞藻地赞美她,到最后,马屁拍得我自己都恶心了。我突然发现自己看东西都是雾蒙蒙的,整整一盒纸巾被我抽得底朝天。

三天以后,我在卡尔弗市的约翰逊儿童之家见到了丹尼斯。加上他,那里一共住着六个孩子,四个男孩,两个女孩。因为社工们不想让丹尼斯知道自己将被收养,所以我是以儿童之家家长的朋友身份出现的。

那孩子刚刚放学回来,一脸的闷闷不乐,简直像具小僵尸,一点生气都没有。他直挺挺地走进来,闷声不响地从我身边经过,径直走向房间。我说"嗨!",他嘟囔着发出两个含混的音,听起来像是"哈-罗",连头都没回。顿时,我有种被欺骗的感觉:我认出他了,为什么他没认出我来?我强挤出一丝笑容,谁叫我是大人呢,而他毕竟还是个孩子。还好,没多久,他钻出自己的小窝,邀请我和他一起玩电动曲棍球。

刚开始,他把所有精力都集中在游戏上,完全当我不存在。我想起了在一节交流课上做过的训练——如何与另一个人独处。我不再努力玩好游戏中的角色,单单把精力集中在丹尼斯身上,努力让他和我相处时也能无拘无束。

可是,我也没法关闭大脑中的分析单元。读过了那么多报告,听过了那么多位社工的评价,我没法阻止自己寻找那些迹象,但我没发现,一点都没有。结果,一个成年人和一个孩子玩时所能发生的一切都在我身上应验了。我又找回了童年的感觉。我融入游戏当中,很快,我就和他一起欢笑起来,放开手脚体会着游戏的乐趣。这个时候,他也意识到游戏板对面有个活生生的人在和他一同竞技。如一丝火花闪过,他也对我有反应了,而不单单只是对游戏本身。我能感觉到,我们两个已是心有灵犀一点通,就像身体接触一般真实。

一眨眼就到了他做家务的时间。我们推着小车,装满了垃圾箱里倒出来的瓶瓶罐罐,送去附近的垃圾站。一路上我们天南海北地聊着。他说个不停,我就支着耳朵听。有时候我会问一些问题,有时候是他问。回来时,他赖在小车里,非让我推着他走。那个时候,他笑得很开心,照片里的阳光男孩又回来了。

当我们返回儿童之家时,其他孩子也都放学回来了,他们在后院玩得正热闹。丹尼斯一看到他们,就抛开我跑到院子后面去了。他把自己埋在一张破旧的大沙发里,双手抱膝蜷成一团,仿佛是要远离那些孩子——远离整个世界——用他自己的方式。

是什么让他在转瞬之间就如此不开心?难道他是在想,现在多了这些孩子可以一起玩,我就会远离他吗,所以他要先远离我?还是有其他什么原因？我在屋子里远远地望着他，他就那么一个人孤零零地坐着。男孩很不开心，他不再开怀大笑。那个时候，我明白我不能再把他留在这儿了。就算他身上毛病再多，我也愿意收养他，我就是这么想的。

儿童之家的家长们邀请我和孩子们一同享用晚餐。我本来没有这个打算，但孩子们坚持要我留下，恭敬不如从命，我特意要求坐在丹尼斯旁边的座位上。他一声不吭，像是拼命压抑着，生怕失去什么他想要的东西一般——或许这只是我一厢情愿的想法。他埋头安静地吃着饭，但另一个活蹦乱跳的名叫汤尼的孩子突然开口了："你们知不知道丹尼斯说啥？"

汤尼就坐在我对面，他露出一脸坏笑——小孩子在揭别人短时都是这个表情。"说啥？"我问，心里隐隐有一丝不安。

"丹尼斯说想让你当他老爸！"不用特意去看，我也知道，旁边的丹尼斯缩起了身子，准备好照例接受一个礼貌的回绝之词。

但是，我转过头，认真地打量着他，说："哦！多棒的想法啊，太谢谢你了！"我真正想说的话可不止这些，但我不能说太多，至少现在不行。"游戏规则"有要求，我只能先当丹尼斯的"忘年好友"，至少六个星期，在这段时间里我不能给他任何形式上的承诺。他还不知道，其实我的心意和他完全一样，我真恨不得马上加一句"我也愿意"，但我明白制订这个规则的用意，我也会好好遵守的。

"你最好当心。"汤尼说，"他没准儿许了一个火星愿望，那时候就由不得你了。"

那时候，我还没明白汤尼说的是什么意思，根本没往心里去。

我再次听说"火星人"这个词儿，是在十三个月以后了。

那时我在亚利桑那州，参加在杰夫·邓特曼的豪宅里举办的一场聚会。杰夫曾获得过两次雨果奖[①]提名，但他现在不写科幻小说了，而

[①]世界幻想文学最高奖项，每年在世界科幻大会上颁发。

是改行撰写有关计算机编程的书籍。显然,这活儿比写科幻赚得更多。他还出版发行了自己的杂志,叫《PC技术》。我在这本杂志上有一个专栏,专门发表一些稀奇古怪的文章,比如《代码和禅宗的结合体》。我经常为杂志贡献一些笑料,他们称之为"火星观点"。

我坐在露台上,看着丹尼斯在游泳池里翻江倒海地撒欢儿。他正一个猛子扎进深水区。一年以前,他还赖在浅水区的台阶上,我拽都拽不动他,他甚至都不让我教他狗刨——现在呢,他简直是一条鱼,潜在水底的时间比在岸上还多。

一年以前,他还是个孤儿——他也有过短暂的快乐时光,有照片为证——但更多时候,他还是满腹心事、忧心忡忡、与人格格不入,还时常发火。一年以前,他还对社工说:"我觉得上帝根本就不听我的祷告。我祷告说想要有个爸爸,但什么都没有。"那天,当他搬来和我一起住时,我请那位社工又重复了一次那段对话,然后告诉他,有时候,上帝会让人等上一小会儿,好预备奇迹的发生。

奇迹——用我老朋友蓝迪·麦克纳玛拉的话讲——就是永远也不可能发生的事情。如今,在经过那么多状况之后,经过最初时日的悲喜交加之后,经过那几日心情跌至谷底之后,经过让人火气不断的试练之后,经过一千零一块抹上花生酱的蚕皮三明治之后,我理解了他的话,理解了更多含义。奇迹的实现需要你的努力,奇迹绝对不是偶然发生的。在我的生命中一共出现了两次奇迹——我已经写下了一个,另外一个我永远也不会写下来——后者才是最棒的,我家墙上的相框就是证明。

有一天下午,我打开丹尼斯的饭盒,想看看他吃了多少。早晨我放进去的纸条还在。上面写道:"今天的午饭要吃光哦!爱你的老爸!"字条的背面,丹尼斯歪歪扭扭地写了个错字连篇的回信:"我叶爱你。你对我直是太好了。我直的认为你是取好的。我飞常飞常爱你老爸,我从来没这么爱果别人。我不知到谁还会比你更好。"在下面,他还画了三颗心。最大的那颗心里写着一个词:"老爸。"

所以说,奇迹总是会发生的。丹尼斯在我身边有一种强烈的归属感,他也总会将这种情感适时地表达出来。我需要做的就是坐下来,好好地体验人生。经过那么多的疑虑和误解,我总算漂亮地完成了人生中最重要的功课。我从"想要"到"将要",再到"要怎么做",最后顺理成章地"当上"了一个老爸。此时的我,心情十分畅快,就像亚利桑那州这暖暖的夕阳,映照着粉红的晚霞,将黄昏的天空点染得异常绚丽。

参加今晚聚会的人中,我只认识杰夫和卡罗尔——这位世界知名的计算机先生正赖在厨房里,恳求主人能施舍一些本不适合他的垃圾食品。管他呢,我心满意足地坐着,看着我儿子玩得正开心。这时我听到背后有人说到一个字眼——"火星人"。我没有回头,注意力却转了180度的弯。

四位主妇围坐在一起——这种聚会就是这样,程序员们聚在一起谈代码,主妇们就聚在一起谈子女。这两个领域我都不熟,而我又愿意对各个方面都多了解一些,所以我学会了做个好听众。一位主妇说道:"没错,是真的。自打她学会说话,她就坚持说她是个火星人。她妈妈费尽九牛二虎之力也没能说服她。她妈妈问她:'我还记得我是怎么到医院,又是怎么生下你的,这怎么解释?'猜她怎么说?'我是被植入你肚子里的。'现在她都十二岁了,还是相信这个。她编了一整套故事,解释得有头有尾的。她还说,飞碟一直都在往女人肚子里植入火星孩子。"

其他几位主妇低声笑起来,我也不知不觉地微笑着。我望着丹尼斯,想起第一次听到这个词的情景。那是很久以前了,他曾对社工说——他也是个火星人。这巧合怪有意思的。

又有一位主妇说道:"我女儿的学校也有这么一个孩子。一个男孩,整天都穿着一件T恤去上学,T恤上写着'我是火星人',闹出了不少笑话。校长也劝他别再穿这个了,可他不听。学生们觉得他疯了。"

"也许他就想用这种方法引起别人的注意。"

"可能吧。"第四个声音说道,"这不是小孩们常有的幻想么——尤其是低能儿或者孤儿,或者是后妈带大的孩子。加点火星之类的元素,也算是利用了现实世界中的信息,能让整个故事听起来更合理。"

后来,谈话被打断了,卡罗尔宣布说该上甜点了,我也没再继续听,但好奇的种子还是生了根,我想一探究竟。如果只是简单的幻想,我想也能写出一个好故事;如果我真的发现了真相就更完美了。想想看,有人收养了一个小男孩,后来发现他是个火星人!

不过,卖点在哪儿?

恐怖小说?火星孩子将把我们全都宰杀在床上——太简单了,太肤浅了。再说理查德·马德森[①]写得更好,除非他不愿意动笔;而约翰·温德姆[②]已经写过了。秘密入侵?火星人在无人察觉的情况下接管地球?弗雷德·布朗[③]早在四十年前就把这个点子玩烂了,他的小说最后还是用希区柯克风格作结尾的。那换个温柔一点、绅士一点的故事怎么样?养育一个星际孤儿?这可能是最难写的了——但珊娜·亨德森[④]不知道都写过多少回了。要是斯特金[⑤]的话,也许会从别的角度入手,我真想打个电话请教请教他。他铁定能想出个最有趣的点子作结尾,但是电话费也能要我老命了。当然,我还可以打给哈兰[⑥]。不过,很可能会被他鄙视的,因为会打搅他玩《危机在线》。再说了,我也不

[①] Richard Matheson,生于1926年,美国著名科幻小说作家,他创作的多部小说都被改编成了电影,如《时光倒流七十年》、《我是传奇》等。

[②] John Wyndham(1903~1969),英国科幻小说作家,作品都带有浓烈的后现代主义风格。

[③] Fred Brown(1906~1972),美国科幻和推理小说作家。

[④] Zenna Henderson(1917~1983),美国的一位小学教师,曾写作过一些中短篇幻想小说。

[⑤] Theodore Sturgeon(1918~1985),美国著名科幻小说作家,科幻小说"黄金时代"奠基人之一。幻想界有以他的名字命名的奖项。斯特金尤其擅长写作短篇小说,他的长篇代表作有《超人类》等。

[⑥] Harlan Ellison(1936~),美国著名科幻小说作家,曾数次获得雨果奖和星云奖。

相信他能严肃对待我的问题。"哈兰,听我说——我觉得我儿子是个火星人,我想把这事儿写进小说里……""是啊,没错。大卫,你最近没吃错药吧?"

我把这个先记下来,留到以后再想。也许我会在开车回家的路上不经意地想起来。也许在无意之中,我会想出一个漂亮的结尾。要是脑子里没有一个结尾,我可什么都写不出来。写个开头很容易,但是如果我不知道该怎么收尾,就没法预测笔下该如何发展了;再写不了多少,故事就脱节了;然后精力一枯竭,不管再写什么都是彻头彻尾的失败。我有一个箱子,装满了没写完的故事,可以证明,这可不是个赚稿费的好办法。

第二天,我们驾车横穿荒凉的红色沙漠。从远处看,车子就像悬浮在炙热的天空和干燥的大路之间。我们俩谁都没说话,一边听着范·迪克·帕克斯的磁带,一边小口抿着冰镇苏打汽水。磁带播到头,一股热风呼啸着迎面扑来。敞篷车什么都好,就是开起来太吵了。

突然间,我想起了昨晚听到的谈话。

"嘿!"我问他,"你是火星人吗?"

"什么?"

"你是火星人吗?"我又问了一遍。

"干吗问这个?"

"哈,你肯定是个火星犹太人。你喜欢用问题回答问题。"

"谁跟你说我是火星人的?"

"凯西说的。在我见到你以前,我们一起开了个会。有关你的一切事,她都告诉我了。她说你跟她讲过,你是个火星人。还记得吗?"

"记得。"

"那你还是火星人吗?"

"是啊。"他说道。

"哦。"我说,"愿意跟我说说吗?"

"当然愿意。"他回答,"我是在火星出生的,那时我还是个蝌蚪。然后飞碟把我带到地球上,植入我妈妈的肚子里,当然她自己不知道。再然后我就出生了。"

"哈!"我说,"和我想的差不多。就这些吗?"

"嗯哼。"

"火星人为什么送你来地球?"

"为了让我当个地球孩子。"

"哦……"

"我们能去圆桌比萨店吃饭么?"他问我。突然间就转换了话题,好像是一件再自然不过的事。

"火星人也爱吃比萨?"

"当然!"他高兴地回答。然后他朝我并起手指,像是举起一支滑稽的激光枪。大多数孩子都是用拇指和食指装手枪,但丹尼斯用的是食指和小指,大拇指竖起来当扳机。"要是今晚你不带我去吃比萨,我就把你变成米老鼠。"

"哎呀!我好怕。我可不想变成米老鼠。我可不想一辈子站在小黑屋里唱那些难听的歌,更不想陪一船又一船的日本游客没完没了地照相。不过今晚我们不吃比萨。等明天吧,还得看你在学校的表现够不够乖。"

"不要,就今晚!"他举起"手枪"吓唬我——还是两支——那时候我还真想知道,要是他把大拇指按下去会发生什么,我是不是真的就会变成一只长着三根指头的大老鼠?

"要是把我变成米老鼠,"我说,"你肯定吃不成比萨了。"

"说的也是。"说着,他收起了"凶器",先是一只手,然后是另一只手;先是左手的小拇指,再是食指;然后是右手的小拇指,最后又是食指。每次他收拢一根手指,嘴里就咔嗒一声,最后他放下了大拇指——枪一下子又变回了双手。

后来,我也学他做这些动作。原来人类也可以。不过就像是火神星人的敬礼①一样,需要经常练习。

我后背有根神经又开始抽痛了。要是我能每周做几次扭腰锻炼,或者时不时推开键盘活动一下,或者能记得每隔几天就泡一次温泉,咕嘟咕嘟热水泡,我的身体机能就应该可以恢复正常。是个公平交易!我一般都会等到晚饭后再去泡温泉,日落以后才是裸浴的最佳时间。

从凤凰城回来,过了几天以后,我和丹尼斯正在浴池里泡澡。浴池上方有个蓝色的遮阳棚,温泉上的遮阳棚是红色的,当水泡翻滚上来时,看起来就像是个熔岩池。有时候我们随意地聊着天;有时候我们就静静地泡着澡,让气泡按摩着皮肤;有时候我们抬头望着天数流星。有一次,我们看到一大颗火红的流星嗖地划过苍穹,就像是一发炮弹。

但是今晚不一样。他在戳水里的气泡,我却情不自禁地研究起生命之光是如何塑造出他的形象的。我不是专家,对儿童颅骨的形成也不够了解,但突然之间,我就被他前额和双眼的奇怪比例吸引住了。

在收养他之前,我就拿到了好几位医师做出诊断的影印件。其中一位——曾在丹尼斯五岁时为他做过检查,看他是否患有胎儿酒精综合征——说他是个"长相独特"的孩子。我不明白他具体是什么意思,不过要我说,丹尼斯那张漂亮的小脸确实很独特。

人类的脸只有两种形状——圆的和长的。丹尼斯就长了一张圆脸,而我是一张长脸。所以说,老天真是很照顾他,因为他总是笑得像朵花儿,那笑容需要一张圆脸才装得下;他还长着一头浓密的金发,长可垂肩;他那棕褐色的双眼像小狗一般温顺,藏在两排扑扇扇的睫毛后面,绝对能让睫毛膏制造商睡不着觉;他的皮肤透亮金黄,就像亚利桑那州的夕阳。

---

① 《星际迷航》里火神星人的手势,意思是"我为和平而来"。右手举起,食指与中指、无名指与小拇指分别并拢。

他的身材比例也相当匀称；他的腿很长，体形一看就是个游泳健将；他很苗条，但不消瘦；他看上去就像是迪斯尼动画里的小孩子。我猜他长大以后会是个情圣，姑娘们得举着绳套追在他屁股后面。我早就在想，他到了青春期会是什么样——不知道我能不能管住他？

不过现在……看到他沐浴在温泉上方红色的遮阳板下——在火星上光线也是这种颜色吗？我发现他确实像个小外星人了。他的前额朝着头顶鼓起一块；他颧骨生长的角度有点诡异；他双眼细长，有点像爬虫类……也许是因为光线入射的角度来自下方，加上红色的滤光……这倒有点让我失望了。有一阵子我还在想，进入我生命中的他会不会是另外一种生命形式。

"干吗？"他瞪着眼睛问我。

"没事儿。"我回答道。

"你一直在盯着我。"

"我是在欣赏你。你知道不？你长得可真俊。"

"嗯哼！"一转眼他又变回丹尼斯了。

"你自己也知道？"

"人人都这么说。他们都喜欢我的睫毛。"

我大笑起来。没错，这孩子正在学习如何融入社会。在这方面他可是个高手，学得确实非常快。他能迅速换上招牌式的笑容，好从别人那里得到他想得到的东西。他当然也知道自己的眼睫毛有多迷人。

不过——在那个瞬间，这个小男孩不是丹尼斯，而是别的什么东西，是某种冷酷而警惕的存在。他发觉我在观察他，他意识到了我的疑心。难道这只是我在挖掘素材时的职业病作怪？很多指导为人父母的书上都说，当你突然间觉得你的孩子会把舌头探出去抓苍蝇时，不用感觉太内疚，做父母的一般都会有这种担心。

于是……每当我怀疑丹尼斯的真实身份时，每当我怀疑我能否和他一起生活时，我都会问自己一个简单的问题：如果社工凯西·布莱特女士说她必须带走丹尼斯的话，我会怎么想？答案也很简单，我的心会像被撕裂一般。事实上,丹尼斯到底是不是个火星人,我根本就不在乎。我的心已经和他的紧紧连在了一起,他也一样。

不过,出于好奇心的缘故,同时也是为了说服自己,这一切不过是我个人的胡思乱想,我登录了"在线信息网"。我在论坛上的"养儿育女"专区发了一个帖子,题目是《你们的孩子是火星人吗?》

"我儿子说他是个火星人。我还听人说过,有另外两个孩子也坚称自己是火星人。还有谁听说过有孩子自认为来自火星的吗?"

在接下来几天里——直到我的帖子被挤出版面进了回收站——我一共收到三十三条回帖。

有一些回帖表示了关切,还帮我分析为什么我儿子会这么说,其中大部分是一位住在凤凰城的母亲写的:一般来说,孩子们都有个梦想,想要有个高贵的出身。过去的孩子们都希望自己其实是王子或公主,有朝一日,他们真正的父母会带他们回到黄金城堡。后来,随着这些童话被宇宙飞船和外星怪兽的故事取代,现在的孩子们更愿意幻想登上"千年隼"号或"企业"号[①]去遨游太空。等到这些孩子有了足够的知识,认识到这些故事纯属虚构,他们也就明白了火星才是真实的。这样……他们发现幻想登上火星会更实际一些。如此这般,等等等等。这些想法应该会随着孩子年龄增大而消失,如果不能,最好去看看心理医生吧,有可能是某些心理问题的前兆。诸如此类,等等等等。

我知道丹尼斯的心理问题是什么。他像只皮球一样在各种护理机构之间辗转了八年,最后才投入我的怀抱。他不知道自己从哪里来,也不知道哪里才是他真正的家。

还有一些回帖是别的家长写的,他们的孩子或多或少也都有些古怪的表现。这些分享很有意思,但是对我的需求帮助不大。

此外,我还收到不少短信留言:

"我妹妹的女儿过去也这么说过,说她是被飞碟带来地球的,在她妈妈睡觉的时候植入了妈妈的肚子里。十四岁以前她一直这么说,后

[①] "千年隼"号和"企业"号分别出自《星球大战》和《星际迷航》。

来就不说了。不过,别人再问起她这些事,她死活也不承认。"

"我对门的邻居家有个小男孩也说他不是地球人。他在十二岁的时候失踪了,音信全无。警察认为是被绑架了。"

"我前妻是个儿童心理学家。她以前曾拿火星孩子的事儿开玩笑,说她每年都能见到一大堆火星人,可见纽约已经疯狂到一定程度了。起初她还不厌其烦地对家长们解释说,小孩子都愿意幻想他们有个显赫的背景,但是后来,连她自己都感到惊奇了,因为不同的孩子讲述的故事却惊人地相似。他们起初的形态都是火星上的蝌蚪,来到地球后被植入女性人类的子宫。她曾经想做一个关于火星孩子的调查,可惜没有得到批准。"

"我以前和一个女孩约会过,她也说她来自火星。对此她十分坚持。我那时很认真地向她求婚,可她直接就拒绝了。她说她也喜欢我,可我们有缘无分。我问她为什么,她说因为她是火星人。就这些。我猜火星上的法律是禁止异族通婚的。"

"我上中学的时候听说过一个火星人的事儿,他自杀了。我不认识他,只是事后听人说的。"

"我以前也相信我是从火星来的。我甚至还有身处火星时的记忆——那是一片粉红色的天空——所以我知道那时我是在火星上。后来喷气实验室发回来火星的照片,那天空也是粉红的,和我记忆里的一模一样,这就是我来自火星的证据吧。我告诉父母之后,他们带我去看医生。我接受了好长一段时间的治疗,现在我已经好了。也许你也应该带你儿子去看看医生。"

最后这条把我吓了一大跳。我知道这位仁兄的心意是好的,可是,他的留言起到反效果了。

好吧,也许都是我的错。也许因为我是个作家,我无中生有地读出了不少潜台词。也许是这些留言积累了太多的情愫,尤其最后这条惆怅、哀怨的短信,把我也深深地感染了。

所有的回帖和短信,我都一一回复了:

"我知道听起来有点傻,但是请原谅我吧。请问你的火星朋友(或亲戚)长什么样?他(她)有什么特殊的身体特征或医学症状吗?他(她)的性格怎么样?你还知道他(她)的其他什么事吗?他(她)现在还相信自己是火星人吗?"

我又花了一两个星期等候回音。被明确提及的十位火星人中,两人自杀,一人商运亨通,三人拒绝再谈火星,还有两人已经"痊愈",其他的下落不明,他们在青春期时就时常离家出走,我很想知道他们出走都会去哪儿。

十位火星人中,有六人长着金褐色的皮肤、圆脸、褐色眼睛、睫毛很长,基本上头发都是深深的金黄色或棕褐色。这个统计结果有些异常,也挺有意思。

十位火星人中,五人患多动症,两人有癫痫症,其他人情况不明。

至于那位前妻是儿童心理学家的老兄,我问他前妻在火星人的研究中是否发现了什么统计规律。他说不知道,他连他前妻去哪儿了都不知道:两年前她就失踪了。

我给老朋友史蒂夫·巴恩斯[1]打了电话。领养丹尼斯的时候,他帮我写过一份性格参照书,所以我私下里已经把他当成了丹尼斯的教父。我们先是天南海北地胡扯了一通。接着,终于,我说了:"嘿,史蒂夫,你对火星人的事儿了解多少?"他说不怎么了解。我就把我的情况说了一下,结果这家伙问我是不是又嗑药了。

"我是认真的,史蒂夫。"

"我也是。"

"自打我甩了那个什么什么女人我就没碰过那狗屁东西!"我有些生气了。

"我就随便问问。你也必须承认,这故事挺诡异的。"

---

[1] Steve Barnes(1952~   ),美国著名科幻小说作家、演讲家,以及人类行为研究学家,曾为《星际之门》撰写剧本。

"我知道,所以我才问你。我认识的人里面,也就你能站在正常人的角度考虑这事儿。天哪……为什么写科幻的都这么爱疑神疑鬼?"

"因为我们遇见的荒唐事儿比别人多得多。"史蒂夫张口就答,没有任何迟疑。

"我不知道该怎么办了。"我承认自己已经束手无策,"我知道这听起来又像是一起老套的神秘飞碟事件。实际上就这事儿是可以证实的。这么反常的统计数字没办法用'巧合'来解释。我敢打赌,还不止这些呢。比方说,这些孩子的血型是否一致?他们母亲怀孕的时候,地球与火星的位置如何,月亮的相位怎样?他们最爱吃什么?在学校都如何表现?如果这里面真有大文章怎么办?——可能不关火星人的事,可能就是什么社会现象或症候群——我不清楚到底是什么,我也不知道该怎么说,更不知道该找谁谈。更主要的,我还不想上《全国调查报》的头版。你能想象吗?'科幻作家养了个火星孩子!'……"

"对你的职业生涯有好处。"史蒂夫很体谅地说,"你会拥有不少新读者。"

"哈,是啊,没错!我也会失去一大票老读者的。我可不想晚节不保。史蒂夫,还记得那个谁谁谁吗?"

"一辈子也忘不了。"史蒂夫说,"是啊,那么写确实不太像话。"

"总而言之……"我问,"你明白了?我接下来该怎么办?"

"想听我说句实话?"史蒂夫问道,没等我回答他就自顾自说下去,"什么也别做,直接放弃吧!留给别人去研究!估计也没人管……大卫,你自己不是也说吗?'知道得越多,危险也越多。'别自找麻烦了。实在放不下就写进故事里,让读者当成个无关痛痒的小说看看就得了。千万别把自己的生活搞得一团糟。你喜欢那个孩子,对不对?现在你如愿了,把他养大就是了。这才是你应该做的,也是你必须做的。"

他说得对。我也明白,但我就是接受不了,"当然了。你是站着说话不腰疼!你家里又没养一个火星小孩。"

"谁说没有?"他大笑,"只不过我家的是个丫头。"

"啥——?"

"听不明白?所有小孩都是火星人。我们当父母的要花十三年教化这些小怪物,要不然就完蛋了。他们会在我们的余生里一点一点啃掉我们的心脏。"

"你说话越来越像我妈了。"

"你是在夸我?"

"还好你不认识她,要不你就不会这么说了。"

"听我说,大卫。"他的语气突然严肃起来,我把六个差点脱口而出的笑话又活生生咽了下去,"你的表现和我预料的一样。你还没见过初为父母那些人的脸色吧?他们大多走路都魂不守舍的,搞不清楚发生了什么状况——生活中怎么一下子多了个讨厌的小鬼头?这是同化过程中必不可少的一步。唯一的不同是,你比普通人的想象力更加丰富,你会给心中的恐惧感加个新名字。相信我,我和托妮刚生下小妮可的时候也一样。我们还以为她……别提了。你就记住,这很正常。过段日子,你就能确定了,你家那个确实是个又可爱又讨厌的小外星人。"

"但是我每天都……"

"相信我没错的。会过去的。再有个一两年,你连以前的日子是怎么熬过来的都不记得了。"

"嗯……也许火星人给他的人类宿主洗脑的时间也就这么长……"

史蒂夫长叹一声:"你小子没救了!"

"没错,我想也是。"我承认。

火星孩子这档子事像溃疡一样,让我抓心挠肝的。我就是没有办法不去想。不管我做什么,那些想法都挥之不去。

当我们在前院前前后后地打着弹力球时,我就在想,他的协调性这么差是不是因为他对地球引力感到不习惯？当我们到后院一头扎进游泳池时，我又会想，他这么喜欢玩水是不是因为火星上的液态水太稀有？我还想到，他每次听过一小段音乐就能把旋律记得清清楚楚，甚至一个月之后还能一个音符不落地唱下来；有时候他在屋子里一边走来走去一边哼着歌，那曲子只有我偶尔放过一次磁带才能听到；有多少九岁大的孩子能用佩·班娜塔①的嗓音唱一遍《我的克隆独自睡》？在我的印象里，他对漫画没什么兴趣，却喜欢看电视剧里的人生百态；他讨厌《星际迷航》，因为他说"拍得太假"；他爱看"探索频道"——尤其是有关动物和昆虫的节目。

他的行为举止没有明显的模式，也没有任何迹象表明他来自未知的世界。他和普通的地球小孩没什么两样，这一点反而让他的老爸更加疑神疑鬼。

可是，每当我想要忘掉这个茬儿……总会有事情发生。他评价电视节目的惊人之语总能让我为之刮目。有一次，我们在看兔八哥的动画片。兔八哥在找火星人马文的麻烦，他偷走了马文的eludium-235炸弹，不让后者把地球炸毁。正演到一半，丹尼斯嘟囔着表示抗议："不对，火星人才不这样呢！"说着，他站起身关掉了电视机。

"怎么不看了？"我问他。

"演得不对。"他轻声说。

"不过是动画片而已。"我本来想说，这是我最喜欢的一部动画片。

"不对就是不对。"他转身出了屋子，好像所有的电视节目都不再合他的胃口。

自从我填好第一张申请表，到现在已经有两年了。尘埃已经落定，我却经常大半夜地坐在床上思考，为什么有那么多等待领养的孩子患有多动症？

我身边有不少证据，只是我以前从没注意过。比如说那本带照片

---

① 拥有高亢嗓音的美国摇滚女歌手，20世纪80~90年代可谓红遍全世界。

的名册，好像上面每三个孩子中就有一个患多动症。我在各种各样的书籍、文章、学习班和录音带中也得到共识，被收养的孩子中，绝大多数都得过注意力缺乏症，换言之就是多动症。为什么会这样？

有些专家宣称，这是由于双亲的照顾不当引起的，所以在被遗弃的孩子和失去家庭温暖的孩子中患病的比例较高。还有些医生认为，造成多动症的原因是由于身体接受某些特定的刺激时无法产生关键的生化酶，因此孩子需要过度刺激自己的身体，好让酶的产生量与正常人的数量相当。还有人假定说多动症的诱因中含有情感因素，是缺乏养育的结果。我无意中看过这么一篇文章，解释得最有意思了，那些专家认为所谓的"注意力缺乏症"纯属误诊。如果你不跟人接触、不知道自己是谁、不知道自己从哪儿来和要到哪儿去，你也会异常焦虑，你的注意力也别想集中。

也许……对我们地球孩子来说反常的行为，对火星孩子来说是完全正常的呢？也许……火星上根本就没有多动症这么一说？

从研究问题的角度看，在这一点上，我达到极限了。我该找谁商量一下吗？谁还会有继续探查的能力？还有谁能认真考虑我的想法？

假如明天我翻开《洛杉矶时报》，发现本·波瓦①召开了记者招待会，宣称他被外星人绑架到外太空，他们还在他身上做了稀奇古怪的性试验……我会相信他吗？本是世界上最值得信赖的人之一，他以前还说服我投票给罗纳德·里根②。但是如果我在报纸上发现这么一条新闻，我肯定第一时间打电话给芭芭拉，向她询问本的精神是否正常。

换句话说……我没办法再继续研究这个问题了，除非我放弃身为一个作家的清誉。

更糟的是，如果我再研究下去，我可能连父亲的角色都当不上了。

迄今为止，我与社工和医生们都是坦诚相对：我们一起探讨培养

---

①Ben Bova(1932~)，美国著名科幻小说作家。出版过五十多部科幻小说，曾担任美国最有影响的科幻杂志之一《类比》的主编以及美国科幻作家协会主席，多次获雨果奖和星云奖。

②Ronald Reagan，1981~1989年担任美国第四十任总统。

方案,探讨我遇到的挫折,探讨正确方向上的小小进步和重大突破。不过……我突然意识到我不能就这事儿跟他们谈。想想吧,我打电话给凯西·布莱特,我该说什么?"嗨,凯西,我是大卫。我想跟你谈谈丹尼斯的事儿。他以前就说过他是火星人,对吧?没错,我也这么觉得,他绝对就是个火星人……"

啊哈!

如果一个养父看着他儿子都能出现幻觉,儿童服务部的长官们还能留给他多长时间?我猜,也就二十分钟吧,刚刚够他们冲进来把孩子抢走。布莱特女士出手之快,准能引发一场音爆,波及范围远达马里布①。我连争辩的机会都不会有。她这么做其实无可厚非。孩子需要一个稳定的成长空间。要是他老爸整天寻思着这孩子打哪个星球来,是不是有什么重大使命,那他成长的环境实在不怎么样。

如果我继续下去,我就会失去我的儿子。

我无法忍受这种情况,我会一蹶不振的。我相信丹尼斯也一样。在他的生命中,他也是第一次找到了归属感。突然失去这个,会对他造成多大的伤害?毫无疑问,他以后再也不敢相信任何人了。

我不能这么对他,我不能做任何伤害他的事。

那我怎么办?我也有自己的"归属问题"。我也无法承受另一次失败。墙上的另一块砖②?说得真好。

我这辈子都没这么进退维谷过。三个星期以来,我拖着一身疼痛辗转反侧。我的胸口疼,我的头疼,我双腿都疼,我后背也疼,我眼睛疼,我嗓子也疼。唯一不疼的地方就是脑子,它已经麻木了,我都感觉不到它。

我不知道丹尼斯到底是不是个火星人,但总有些怪事出现,没错吧?如果是我的原因呢?——如果是我自己发疯了呢?——那我还

---

① 指马里布海滩度假村,位于泰国苏梅岛。

② 平克·弗洛伊德的名曲。这首歌曲对当代教育进行了强烈的控诉,教育的刻板使得孩子们失去了创造性,千篇一律,没有自己的思维,成了传送带上的又一块砖。

怎么能继续抚养这个孩子呢？不管怎么样，我都要不行了。如果他是火星人，我该找谁说？如果他不是火星人，那我一定是快疯掉了。

我开始着手寻找证据。我先是翻阅自己的日记。我一直有个习惯，把生活中的逸闻趣事都写进日记，万一哪天我想写个自传呢？一开始，没找到什么特别的。我的大部分日记都相当平淡，连上《读者文摘》的水平都不够。

比如说，他搬过来后一个星期，我带他到道奇体育馆看棒球比赛。上半场期间，他对场地上的比赛漠不关心，反而对手中的小旗子和嘴里的棉花糖更感兴趣。直到第五局开始，他才爬到我大腿上，让我给他讲比赛规则。"看到本垒板上那个人没？就是挥舞球棒那个。真希望他能把球打出场外。"

"没问题。"丹尼斯说。

砰！棒球像炮弹一般径直飞进右场看台。前排有位观众接住了球，跑垒员闲庭信步般绕场一周，风琴手演奏起《荣耀！荣耀！哈利路亚！》

"真有你的，丹尼斯。太神奇了，再来一次怎么样？"

"不要。"

"那就算了……"

两局过后，道奇队还落后一垒。我又让丹尼斯许了个愿。四投之后，一垒和三垒上都有了跑垒员。

对我来说，谁上来击球都无所谓。自从罗伊·坎帕奈拉接替了顿·德莱斯戴尔和桑迪·库法克斯以后，我连其他球员的名字都叫不上来。我就知道谁排第一，谁排第二，第三之后谁是谁都不清楚。我喜欢棒球，但我不是专家。我还从来没亲眼见过道奇队赢球，每次我来体育馆看球他们都输，所以我宁可离道奇队的主场远点，好给他们一个赢球的机会。今晚我就没指望他们能赢，不过丹尼斯许的愿已经让他们从落后三垒迎头赶上了。

"好样的,丹尼斯。"我给了他一个拥抱,"再许最后一个愿好吗?看着本垒板上那家伙,挥舞球棒的。你让他也来一个本垒打,一家伙打到场外去。像刚才一样,好不好?"

"好的。"

真的像刚才一样——砰!——又一颗炮弹飞进右场看台,激动的球迷们都被炸了起来,看台上开了锅。

那晚,道奇队赢球了!我对丹尼斯的神奇愿望赞不绝口,整整夸了他一路。

几个星期以后,我们在红灯前面停下车,等着它变色。每个十字路口都像是游离于现实世界之外,只要你往哪儿一停,时间就会慢得像乌龟爬。我不假思索,张口就说:"丹尼斯,麻烦你让灯变绿。"

"没问题。"他说。

——突然,灯真的变绿了。我皱了皱眉,我感觉时间还没到。

怪事儿,我是不是在做白日梦?我开动车子穿过十字路口。没过一会儿,我们又在下一个红灯停下来。我嘟囔了一句。

"你说什么?"

"红绿灯应该都是同步的。"我说,"就是说,你把一个灯变绿了,一路都应该是绿灯。再许个愿把这个灯也变绿吧。"

"好吧。"

——绿灯!

"好小子!真有一套。"

"承蒙夸奖。"

一分钟以后,我又说:"把这个灯也变绿吧。"

"不行。"他说,他有点生气了,"你快把我的愿望都用光了。"

"啥?"我仔细打量着他。

"我能许的愿是有数的,而你就想用在这些红绿灯上?"他的声音……听起来很受伤。

我把车停在路边隔离带里,转身面对他,手搭在他肩膀上,"嘿,宝贝儿。不知道是谁这么告诉你的,不过那是胡说八道。许愿袋是没有底儿的。你想许多少愿就能许多少。"

"你才胡说八道。"他坚决不相信,"我必须留点愿望给真正重要的事。"

"那你许过的最重要的愿望是什么?"我问他。我差不多想到答案了。

但他没说话。

"你最重要的愿望是什么?"我又问。

他终于回答了,声音很轻:"我想要个爸爸。一个真心对我好的人。"

"啊哈,愿望实现了吗?"

他点了点头。

"那,瞧见了吧? 宝贝儿,奇迹是无穷无尽的。"

我不知道他是否听信了我的话。那时我们还处于磨合期,我们还在相互了解对方。我把这些对话写进日记,之后就忘了个精光。不过我现在有点不安了,当初发生了什么,竟让一个孩子相信愿望是有限的?

一年以后,当这些文字再次出现在电脑屏幕上时,我又想起了丹尼斯许愿的超能力。也许是巧合,也许不是。记得有一次我们买彩票,六个数字猜中了四个,中了八十八美元——那一周我不会是逼着他中彩票吧?

难道火星人天生就有未卜先知和遥控电器的能力……

丹尼斯喜欢打扫卫生。不用要求,他就会自动自觉地去刷车,打扫阳台,或是给狗洗澡;他喜欢用吸尘器清理地毯,给沙发除灰;他还愿意拖地板;给他一块小海绵和一小瓶新波绿[①],他就能玩上半天。

[①]美国产行销全球的高效全能环保清洁及乳化剂,其独特配方对人体及环境都不会造成任何伤害,并被公认无毒性、不燃烧、无腐蚀性且具生物分解性。

有一次我看见他在空地上捡到一把锈迹斑斑的旧扳手,他愣是把锈渍擦了个干净,让扳手锃亮如新。一天晚饭后,他有条不紊地把餐具都装进碗碟清洗机。我让他在餐桌边上坐下,准备给他个惊喜。

"是什么?"

"一本智力测验。"

"哦。"听起来他没什么兴趣。

"嘿,是这样。这是个游戏,给你二十分钟时间做这些题。等你做完了,我把分数加起来,就能知道你有多聪明了。你愿意玩不?"

"真能知道我有多聪明?"

"嗯哼。"

他抓过这本书,又拿起一支铅笔。

"先等等——我要开始计时了,好吧?只要一开始动笔,你就不能停。你必须一口气儿做完,明白了?"

"明白。"

"准备好没?"

"准备好了。"

"一、二、三……开始。"

前三道问题他做得飞快,它们都很简单:

从以下序列中找出下一个图形:三角形、正方形、五边形……

下列物体中哪个不属于同类:马、牛、绵羊、剪刀。

鸟类的羽毛相当于什么的皮毛:狗、汽车、冰激凌……

接下来的问题难度加大,他皱起了眉头。他时不时扒拉一下挡住眼睛的头发,有时还擦擦眼镜。但他完全被题目迷住了,时间到了,他还在继续做。他坚持要把所有题目都做完。那怎么行?我把书收了回来。

"结果怎么样啊?"丹尼斯问我。我正在核算分数,他老想把书从我手里抢回去。

"等会儿……让我算完。"我把书拿开,让他够不着,照着计分表比对分数。

测验表明他的智力处于中等偏上——这不奇怪,患多动症的孩子一般都比较聪明——但也就是一个九岁孩子的正常水准。"上面说你身高五十二英寸,体重六十六磅,你老爸非常爱你。还说你很聪明。"

"有多聪明?"

"嗯……如果有一百个孩子做测验,你比其中九十二个聪明。"

"是很聪明吗?"

"相当聪明,没法再聪明啦。也就是说饭后应该奖赏你点冰激凌,爱吃吗?"

"爱吃!"

对了,还有一点。他不喜欢巧克力味儿的,他更喜欢彩虹果露。以前还真没见过小孩子会喜欢这个口味。

两个星期以后,我们又玩了一个游戏。我特意挑了一个安静的夜晚,免得分心。"这回的游戏有点难,是一种卡片游戏。"我解释说,"看见这些卡片没?有六种不同的形状。圆的、方的、星形的、曲线的、十字的,还有个'8'字形的。你需要猜一猜我拿的是哪种形状,看你能不能读出我的思想。明白了吗?"

他对着我大皱眉头,我只好又解释了两三遍。他不喜欢玩这个游戏,我说好吧,就打算把卡片收起来。要是他不配合,得出的结果也就没什么意义。但他马上问:"玩完以后可以吃冰激凌吗?"

"当然可以。"我回答。

"好极了,那就来一把。"

"得来一宿。最少要玩五把,太少了试不出结果。"

他不置可否地耸耸肩。我摊开一张白纸,给他看每个形状,好让他记住。我让他最好闭上眼睛,因为可以集中注意力。今晚这个实验条件不是最完美的,不过还好,如果他有未卜先知或是心灵感应的能力，五次测试也就可以证实了。

半个小时之后，我知道结果了。

火星人没有心灵感应能力。

不过火星人确实喜欢彩虹果露，喜欢得要命。

后来我又做了几个测试。次数不算太多，也不是什么太古怪的试验，就是些小打小闹，看看有没有进一步研究的必要。结果是没有！就我的理解，丹尼斯没什么太异乎寻常的地方，即使重复试验也得不出反常的统计数据。他不会半空飘浮，不会隔空取物；他不能让物体凭空消失，也不能灵魂出窍；他屏住呼吸只能坚持三十三秒；他不能凭意念移动物品，也没法知道敲门的人是谁……

不过……

他能预测电梯。带他进一座大楼，随便哪座都行。带他去电梯间，然后请他按键等电梯上来。啥也不用说了，绝对错不了。不管他往哪个门前一站，准是这台电梯先开门。究竟是他许了愿呢，还是他真能预测电梯呢？我不清楚。这个特异功能在参加科幻大会时太有用了，那儿的电梯可是出了名的不听话。要是去其他地方，这个能力就没什么太大作用。

他还能让十字路口的红绿灯变绿——有时可以。大多数时候，他非要等到变成黄灯才开口许愿。也许他还能让道奇队两局连拿四分——也是一阵儿一阵儿的。五月份我们又去了一次道奇队的主场，结果……或许他根本就没有许愿，或许他的火星愿望真的用光了。

他唱歌从来不跑调，尤其喜欢唱大力水手拉肚子那一段；他可以不吃不喝，一连玩上四个小时的电子游戏；他还能编出一大堆千奇百怪的借口逃避上床睡觉；他还老是使劲抱我的脖子，有一次我感觉气管差点被勒折了，为此我的嗓子疼了整整一个星期。

我最近在想，是不是我一开始就把问题想错了？

他上学的时候，每到晚上九点半，我就送他进被窝。我们有一整套睡前程序。到了时间,我们先一起读一段故事书,什么书都行。然后,我们一起祷告——

"上帝呀,请饶恕我……可我不知道有什么需要饶恕的。"

"你跟老爸顶嘴!不记得了,中场休息的时候?"

"哦对。请上帝饶恕我,我不该和爸爸顶嘴。上帝呀,感谢你……嗯,我想不起来了。"

"去游泳的时候……"

"不是。感谢上帝保佑我的猫咪加尔文。"

"很好。还有什么要对上帝祈祷的?"

"上帝会听火星人的祈祷吗?"

"嗯……当然,他会听的。上帝倾听每个人的祈祷。"

"除了火星人……"

"不对,火星人的也听。"

"嗯哼。"

"为什么说上帝不听?"

"因为上帝没有创造火星人。"

"上帝没造火星人?那是谁造的?"

"是魔鬼。"

"魔鬼造了你?"

"嗯哼!"

"你怎么知道的?"

"因为……我是火星人嘛。"

"嗯……"我想起了一年前那个信誓旦旦的宣言——没关系,只要他想,就让他做个火星人好了。"好吧。"我说道,"但我要告诉你一个小秘密。"我压低了声音,"魔鬼根本就没有创造火星人。是它撒谎,想骗你们相信。火星人也是上帝创造的。"

"真的?"

"千真万确,骗人是小狗!"

"你怎么知道?"他还是不太相信。

"因为我也每天向上帝祷告呀。"我回答,"和你一样,我也要祷告。上帝创造了整个世界。"

"但是火星人不属于这个世界……"

"说得没错。但是上帝也创造了火星,还有火星上的一切。她创造了这个世界,她也创造了别的世界,包括火星。没错吧?"

"你说上帝的时候为什么用'她'?"

"因为上帝有时候是女的,有时候也是男的。上帝就是一切。好了,现在你该闭上小嘴儿上床睡觉了。来,抱一个,亲一口!"

"抱一个,亲一口!"

"晚安。不许说话了。"

"我爱你!"

"我也爱你。不许说话了。"

"老爸?"

"干吗?"

"我想跟你说点事儿。"

"说啥?"

"我爱你!"

"我也爱你。行了,嘘——丹尼斯,不许再说话了!"

"晚安。"

"好好睡觉……"

最后,我也学乖了。我不再吱声。我俩真般配,都是想说最后一句话的主儿。

我光着脚,蹑手蹑脚地穿过走廊;我在客厅里待了一会儿,关掉电视机、录像机和立体声音响;我又穿过饭厅,最后来到我的工作间。桌子上摆着两台电脑,显示时间都是21:47。这败家孩子,今晚磨掉了整整十七分钟。

我一屁股坐下,背往后靠,双脚搁在桌子上,两眼盯着后院黑黝黝的游泳池。池水映出幽暗的蓝色光泽。夜……很幽静。不知何方,一条狗,在轻吠。

何方——就是那条狗的名字。没错,它真是一条作家的好狗——就睡在我的写字台下面。不管它在房子哪个角落,只要我一喊:"开工咯!"何方就会摇摇晃晃地站起身,啪嗒啪嗒地踱进工作间,哼哧哼哧地俯身钻到写字台下面,还摆出一张热情的犹太人似的老脸给我看,"要知道感恩,看我多捧你场!"

只要电脑一开,它就能在这儿待上一整天。何方原本只对两件事情感兴趣——饼干和门铃……但是门铃已经坏了。自打我搬进来门铃就不响了,我也一直懒得修理。要是有人来,狗会叫的。

何方,就是我的狗,在轻吠。

所以我才会这么爱它。它就是一部活字典。因为它,我虽然写了那么多陈词滥调的烂小说,但至少我还知道逗号应该往哪里点。

何方聪明的地方,就是它不会打扰别人;它也能找到自己的狗食盘——只要没人挪动。它早晨会在写字台下面小憩,中午就在沙发后面打盹儿,下午就贴着丹尼斯打呼噜,天黑以后,它会在我床头的阴影里一趴到天亮,在梦中还惦记着我的冰箱。

每天一到晚上,丹尼斯一开始祷告,何方——这只毛茸茸的、心不在焉的美洲犬——就会一路哼哧着穿过走廊,跨过所有障碍物,毫不在意地撞翻丹尼斯花一整天堆好的乐高积木。它会蹦到床上,从我大腿上跨过去,从丹尼斯身上跨过去,哼哼唧唧地在丹尼斯身边挤出个位置。它还伸出又粗又长的大舌头,从丹尼斯的左边脸开始,一路舔到他右耳朵眼,真不知道那舌头是从里面还是从外面伸过去的。

不过今天晚上,它知道我还有工作要做。有些事儿我需要好好想想。它蜷缩在桌子下面,唉声叹气地陪我加班。我告诉它:"现在是工作的黄金时间。"它不出声了。

无论何时,一旦我心存疑虑,我就坐下来奋笔疾书。一切所思、所感、所虑的东西,我都会写下来。有什么就写什么,直到掏空我自己。我第一次这么做,是在我老爸去世后的第二天。那次我写了整整两天没有挪窝。当我终于搁下笔时,《死亡之地》出炉了,为我赢得了星云奖提名。直到今天,我也没能完全搞懂那部小说在讲什么,但它带来的情感冲击令我终生难忘,现在还能让我战栗不已。

那次经历给我上了宝贵的一课,从此我明白了,情感体验才是写作的真谛。真正的写作不是机械的。写作不是堆砌字词句章,不是把人物从A点挪到B点,那种东西是个人都会写,书店里不是也堆满了这种"著作"吗?但那不是真正意义上的写作。写作的重点不在辞藻,而在于情感体验,在于故事带给你的内心的共鸣。如果没有情感的共鸣,就没有故事。

但有的时候,只有情感。那些说不清道不明的情感交织着,连故事本身都被忽略了。我对于丹尼斯的感情就是这样,令我困惑,令我心烦,真是剪不断理还乱,让人无从下手。我只能把所有的片段记录下来——这样,也许整个故事就能自己慢慢理顺。有时候这个办法还真有效。

当我再次抬起头,已经过去了三个小时。我腰酸背痛,狗都回去睡觉了,我却感觉没写出来什么东西,反而让我更加郁闷了。

外星生物为什么要到地球上来?上次我花了好长时间研究这个问题,最后憋出的答案是大号的粉红色食肉鼻涕虫来地球找好吃的。那火星人把小孩送到地球上来能干什么?

我能想到的最靠谱的解释是——他们是侦察兵,是间谍。

当你穿内裤的时候,有没有注意到你家的小猫小狗正盯着你?你应该考虑一下这种可能性,小猫小狗之间也有一种秘密渠道,没准儿它们也会彼此分享你的秘密。"切,少见多怪!我家那个人类穿的内裤上还画着波波鹿和飞天鼠[1]呢。"

不过,小猫小狗的观察还是有局限的,你要想真正了解一个文

---

[1] 出自《洛基和布温克历险记》。

明,就必须融入其中。外星人不能随随便便就走进人类的生活,对吧?他们也得学习,需要有人来教他们……

火星人上哪儿去学如何"做人"呢?谁来教他们怎么成为人类呢?

当然是爸爸妈妈了。这不就对了吗?

"你得妄想症了吧?!"一位"神志清醒"的友人如是说。他要求我略去他的名字,所以我就叫他"神志清醒"的友人好了。

"什么意思?"

"在你眼里,所有外星人都是邪恶的。你已经写了四部外星坏蛋吃人类小孩的小说,还正在写第五部。也许你的想法是错误的呢?"

"啥?哪儿错了?"

"你想过杜鹃没有?"这位"神志清醒"的友人问道。

"没有。"我回答。

"那好。想一会儿杜鹃。"

"好吧。"

"你对杜鹃有什么看法?"他接着问。

"是一种坏鸟。"我说,"它在麻雀窝里下蛋。杜鹃幼鸟会把窝里其他小鸟推出去,麻雀就只能养活它一个了——结果却失去了自己的孩子。就像是寄生虫。"

"听见了吧,你说话的时候已经下结论了。"

"我是陈述事实……"我抗议道。

"是吗?你也是这么跟丹尼斯说他的亲妈吗?"

"呃……我跟他说,他亲妈不能照顾他,不过她也爱他,也想念他。这总是事实吧,只不过略微……粉饰了一下。"

这位"神志清醒"的友人嘿嘿地笑了。

"好啦。"我承认,"我是为了保护我儿子,不行吗?"

这位友人耸耸肩,"你觉得杜鹃会怎么想?"

"鸟类没有想法。"

"如果它有想法，你觉得它会怎么想？"

我想了一下。脑子出现的第一个形象就是苏斯博士①笔下那只傻乎乎的小鸟，它自己飞走了，却让大象霍顿留下来帮它孵蛋。我摇摇头，"我想不出……"

"那你觉得丹尼斯的亲妈会怎么想？"

我又摇了摇头，"就是我听说的那些……我想不出来。"

"那算了，换个思路。在什么情况下，你会放弃丹尼斯？"

"打死我也不会。"我说，"他让我感到幸福，天底下没人能代替他。我就是看着他，内啡肽分泌都顺畅多了。谁要是敢把他抢走，看我不把他一脚踢到新西兰去……"我突然停下了，"等等，我明白你的意思了。"我又想了想，"如果我不能再照顾他了，或者我觉得我会伤害他，再或者我做不了一个好父亲……"一股熟悉的阵痛涌上心头，"要是我觉得他跟着别人会更幸福，我愿意放手给他一个更好的机会。但我相信，再没有别人会对他更好了。"

"啊哈……"友人笑了，"这回，你能明白火星人的想法了吧？"

"啥？"

他又问了一遍。

我认真思考了一会儿，"我想，如果他们有能力把火星小孩植入地球人类的子宫，那他们的科技水平一定相当发达，那么——要我说——他们的思维情感一定也很发达，相对的道德水准一定也更高。至少，我相信会很高。"

"如果你说的对……"他说。

我接下去："……那么火星人相信我们能照顾好火星孩子。"

"他们会吗？"他问道。

我没有回答。这么推想下去，得出的结论让我不太高兴，但我还继续想下去。

---

①20世纪最卓越的儿童文学作家之一。大象霍顿出自他的笔下。

"你会把孩子交给猿猴或狼吗?"友人问道。

"当然不会。"我说,"你知道狼孩是什么样。"

他点点头,"我也看过这方面的书。"

"所以说,如果火星人能放心地把孩子交给我们……也就是说,他们并不怎么关心自己的孩子——是这样吧?"

"想知道我的想法吗?"

"每次我有难题不都是找你解决的吗? 说吧。"

"不一样,这次我就是说说我的看法。我觉得火星人是在做一个长期的抚养实验……为了提升人类的智力和道德水准。"

"啥?"我的眼珠子都快瞪出来了,"还记得史波克①不? 他也是个混血儿。他父母本来想要一个正常的人类,结果他们养出来一个重感情的火神星人。"

"那你还有更好的想法吗?"

"没了。"我承认,"但我们养的是什么样的火星人呢?"

"是你! 你养的是什么样的火星人呢?"他纠正道。

没错,养育火星小孩的是我。这才是问题的重点。"我不知道。"我不得不承认,"不过……毕竟是我在养他,对吧?"

"当然。"这位"神志清醒"的友人表示同意。

我费了好半天才回过神来。最后,我咧嘴笑了,接受了现实。"是啊。"我说,"我会照顾好他的……"

作为一道文学命题,还没有结论;作为一篇小说,还没有完工:因为没有结局。

因为证据不足,我没办法下结论。我们了解火星人吗? 反过来说,我们了解自己吗? 这是个无法进行推论的问题。就算火星人真的是在做一场大型的基因改良实验,他们有什么意图呢? 我们也没办法了解,只能等到火星孩子们长大成人。到2005年,丹尼斯就有选

---

① 《星际迷航》中的著名角色。

举权了。到了那时,又会出现新的问题,火星人把孩子送到地球人的生活中有多久了?我们现今的世界,是不是已经被火星人掌控了呢?

也许这些火星孩子会成为超级天才,会发明冷核聚变、硅基智能和纳米技术——会成为史蒂芬·霍金[1]和巴克明斯特·富勒[2];也许他们会成为世人的精神领袖,带给人们超乎寻常的思想,让那些勇于追随他们脚步的人成为开启文明的圣徒;也许他们会蛊惑人心,成为大独裁者;也许他们会疯疯癫癫,在疯人院终老一生;也许他们会变成恶魔,成为新一代的连环杀手或邪教领袖——就像开膛手杰克[3]和查尔斯·曼森[4]。

我们能做的,只有静静等候,坐观其变。

还有一件事儿。

回头整理故事素材的时候,我发现一个很有意思的巧合。凯西·布莱特女士给过我好几本厚厚的报告,是治疗专家和心理顾问写的,关于丹尼斯的测评。我一直没有时间读完,看了个开头就放下了——我不想听他们对丹尼斯的评价,我想要亲自了解他。这次我又翻开了文件,看着其中与火星人有关的材料,其中一条吸引了我。1992年6月27日,星期六,卡罗琳·格林(当时是丹尼斯的心理顾问)写道:"丹尼斯认为上帝没有倾听他的祷告,因为他想要个父亲,但愿望没有实现。"

我第一次看到丹尼斯的照片,也是在1992年的6月27日,星期六,大概是下午两点钟。根据卡罗琳·格林的报告,那个时间点,正是

---

[1] 英国著名数学和物理学家,当代最重要的广义相对论和宇宙论家,被称为在世的最伟大的科学家。

[2] 美国工程师、建筑师、设计师和发明家。他设计的网格穹顶被认为是自拱门诞生以来最伟大的建筑发明。

[3] 英国以残忍手法连续杀害至少五名妓女的凶手代称。至今他依然是欧美文化中最恶名昭彰的杀手之一。

[4] 美国历史上最疯狂的超级杀人王,他所控制的邪教组织丧心病狂、杀人如麻。

她和丹尼斯进行每周一次心理辅导的时间。我情不自禁地相信，我第一次看到他照片的时候，也正是他许愿想要个父亲的时候。火星愿望！所以我当时的感觉才会那么强烈吗？

这能说明一切吗？也许能，也许不能。不管怎么样，还是不要质疑火星愿望为好。今晚，睡觉之前，他还说希望我一生幸福。

我笑了，问他："这是火星愿望吗？"

"当然。"他的回答让我所有的疑虑一扫而光。

"嗯，我很幸福。"我回应着。实际上，我确实很幸福。

以前我没有意识到这种幸福，是因为连我自己都不愿意承认。但如今，我大跨步穿过走廊，一路走进工作间，心里头已经乐开了花。我想要的一切都实现了，一个堪称完美的儿子，一个充满希望的家庭，一个全新的每天清早按时起床的理由。就算他真是个火星人又怎么样？一点关系都没有，对吧？他是我儿子，我爱他，绝不抛弃，绝不放弃，他是个特殊的孩子。

当丹尼斯许愿时，他能预测电梯，能让红绿灯变绿，能让道奇队赢球，能中彩票（差一点点，只中了四个数），还能给自己找个好老爸，这些本事已经够了不起的了！

我想，我们还可以稍稍做几个试验。我们有段日子没买彩票了，也许今晚就应该买两张。要是能中，谁知道他还能许下什么好愿望？我还在想，让他帮老爸赢一回雨果奖——试验而已嘛，不要当真——今天早上他却说，还不如许愿要个老妈！我很欣慰，就看以后的进展了！

后记：

本篇小说，据我所知，纯属虚构。

没错，我也领养了一个儿子！没错，他也叫丹尼斯！不过，他不是火星人。

我问过他是不是，他说不是。然后他凑过来在我耳边轻声说："我说不是，是因为他们不让我说。"

上午八点整

【美】雷·内尔森 著
魏铮 译

改编电影:《极度空间》 They Live
导演:约翰·卡朋特 / 主演:凯斯·大卫 / 上映日期:1988.11.4.(美国)

如果先看小说，你第一个联想到的电影可能是1998年的《黑暗都市》(Dark City)。确实，《黑暗都市》的气氛、情节都像极了这篇《上午八点整》，很显然是受了小说的强烈影响。不过，真正根据小说改编成的电影，却是著名恐怖科幻片导演约翰·卡朋特的《极度空间》。

　　这部邪典电影描写的是一个蓝领工人无意中得到了一副太阳镜，戴上后发现原来地球早已被外星人占领，这些骷髅似的家伙催眠了人类，颠倒黑白，路边、报纸上到处写满了"服从""消费""结婚并繁殖""睡觉""看电视"等等口号。整部电影充满了强烈的讽刺意味。

　　小说却是一篇悬疑色彩浓厚的经典科幻。其最核心、最精彩的内容在于：人们生活在一个被表象迷惑的世界中，在这个世界背后则隐藏着巨大的阴谋和危机。正是这点成了《极度空间》和《黑暗都市》着力发掘的部分，后者更是从哲学、心理学等角度对小说进行了拓展，应该说，《黑暗都市》才是对本篇小说最成功的翻拍。

表演结束的时候,催眠师对他的催眠对象们说:"醒来!"

这时,一件非比寻常的事发生了。

有一名催眠对象真的"醒"了过来。这是史无前例的。那个人的名字叫乔治·纳达。他努力眨巴着眼睛,想看清戏院里那密密麻麻的一大片人脸。一开始他并没有察觉什么古怪的地方,但他不久便注意到,人群中偶尔会浮现出一张张非人类的脸——"魅惑者"的脸。当然,"魅惑者"一直都待在那里,但由于只有乔治是真正清醒的,所以也唯独他才能识破他们的本来面目。乔治霎时恍然大悟,但他同时也明白,倘若自己这个时候表现出什么异样的话,那些"魅惑者"就会立即命令他进入催眠状态,而他也只能俯首听命。

乔治溜出了戏院,挤入霓虹灯闪烁的夜色中。他小心翼翼地避开了那些地球的统治者。在他眼中,他们是一群长着爬虫似的绿色皮肤和多对黄色眼睛的家伙。他们中的一个向他询问道:"有火吗,伙计?"乔治掏出打火机给那家伙点了火,随后匆匆离开。

在街上,乔治时不时都会看见印有"魅惑者"形象的海报,在"魅惑者"的多对眼睛下面,写着他们五花八门的命令,例如"工作八小时,娱乐八小时,睡眠八小时。"或者"结婚,然后繁殖。"一家商店橱窗里的电视机吸引了乔治的眼睛,但他只瞥了一眼便急忙挪开了视线。"请继续收看本频道。"电视里的"魅惑者"说。只有将屏幕中的"魅惑者"隔离在视野之外,乔治才能抵抗住这一命令。

乔治独自一人住在一间狭小的寝室里,他到家后做的第一件事,就是将电视机的电源线拔掉。可是，别的房间里电视机发出的声音还是传入了他的耳中。大多数时候，那些声音都是人声，但他间或也能听见外星人那傲慢自大、有如蛙鸣的奇怪的呱呱声。"服从政府。"一个呱呱声说。"我们就是政府。"另一个则这样说，"我们是你们的朋友，为了朋友，你们什么都能做，不是吗？"

"服从！"

"工作！"

突然，电话铃响了。

乔治拿起听筒。打电话来的是"魅惑者"中的一个。

"你好，"那个声音说，"我是你的主宰者，警察局局长罗宾逊。你是个老家伙，乔治·纳达。明天早上八点整，你的心跳将会停止。请复述一遍。"

"我是一个老家伙，"乔治说，"明天早上八点整，我的心跳将会停止。"

主宰者挂断了电话。

"不，我的心脏不会停。"乔治喃喃道。他搞不懂他们为什么要让他死。难道他们怀疑他已经清醒了？可能吧。或许有人察觉了他的异样，发现他的反应与其他人的不同。如果乔治在明天早上八点过后还能多活一分钟的话，他们就会进一步肯定他已经清醒。

没有必要在这里束手待毙。他寻思道。

于是他再次出了门。那些海报、电视和擦身而过的外星人不时发出的命令并不能绝对控制他，尽管他仍然能感觉到那股强大的魅惑力在引诱他去服从命令，去按照他的主人们期望的方式看待事物。经过一条小巷的时候，他停下了脚步。一个外星人孤零零地杵在那儿，背靠着墙。乔治朝他走了过去。

"一直走过来。"那东西咕哝道，死鱼般的双眼紧盯着乔治。

乔治感到自己的清醒度似乎有所下降。有那么一小会儿，那只爬虫的头在乔治眼前融化开，变成了一张可爱的老醉汉的脸——当然，醉汉相对来说要更可爱些。乔治捡起一块砖头,用尽全身力气朝那个老醉汉的头上砸了下去。乔治眼前的影像又模糊了片刻,接着,蓝绿色的血液从那张老脸上渗了出来。那只爬虫颓然倒地,身体痛苦地扭曲着,抽搐不已。没过多久,那家伙便死掉了。

乔治将尸体拖进阴暗处,仔细搜索了一番。他在怪物的一个衣袋里找到了一台小型收音机和一把模样奇特的小餐刀,在另一个衣袋里找到了一把餐叉。那台收音机里传出的是一种他无法理解的语言。乔治将收音机放在尸体旁,却带走了那两把餐具。

我可能逃不掉了,为什么还要和他们斗呢?乔治想。

但他的确可以作最后一搏。

倘若他能够唤醒其他人,那就值得去冒险一试。

乔治走过了十二个街区,来到他女朋友丽尔住的公寓,然后敲了门。丽尔穿着一身浴衣来应门。

"我想让你醒过来。"他说。

"我是醒着的呀,"她说,"进来吧。"

他进了屋。电视还开着,他立即将其关掉。

"不,"他说,"我的意思是真正醒过来。"丽尔迷惑不解地看着他,于是他打了一个响指,高声道:"醒来!主人命令你醒过来!"

"你发什么疯,乔治?"丽尔满腹狐疑地问道,"你的行为可真滑稽。"乔治抽了她一个耳光。"别再这样了!"丽尔尖叫道,"你他妈的究竟要干什么?"

"没什么,"乔治万分沮丧地说,"我只不过在闹着玩儿。"

"抽我耳光可不是什么好玩的事!"丽尔抗议道。

这时传来了敲门的声音。

乔治打开了门。

门外是一个外星人。

"你们就不能将声音放小点么?"他抱怨道。

那家伙的眼睛和爬虫似的皮肤在一瞬间微微褪色,闪现出一个上身只穿着一件衬衣的中年胖男人形象。当乔治用餐刀割断他的喉咙时，那家伙还是人的模样，但当他跌撞在地板上时，就已经恢复了外星人的原貌。乔治将他拖进公寓，狠踢了一脚门，将它关上。"你都看见什么了？"他指着地上那只长着多对眼睛的爬虫问丽尔。

"科……科尼先生。"她结结巴巴地回答道，惊恐地睁圆了双眼，"你……你刚刚杀死了他，却跟个没事儿人似的。"

"不要乱嚷嚷。"乔治警告说，朝丽尔逼近了几步。

"我不会的。我发誓我不会的。但请你看在仁慈的上帝的分上，把那把刀放下来吧。"丽尔连连后退，直到肩胛骨抵住了墙。

乔治发现自己的警告没有发挥作用。

"我要把你绑起来。"乔治说，"但首先你要告诉我科尼先生住哪个房间。"

"朝楼梯走的左手第一间就是。"丽尔说，"乔治……乔治，请不要折磨我。如果你打算杀我的话，就干得干净利落些。求求你了，乔治，求求你了。"

他用床单将丽尔捆了起来，塞住她的嘴，然后开始搜查那具"魅惑者"的尸体。他又找到了一台发出外星人语言的收音机和一套餐具，但除此之外一无所获。

乔治走到科尼先生的房门前。

他敲门的时候，一个爬虫一样的东西应门道："谁啊？"

"我是科尼先生的朋友。我想要见他。"乔治说。

"他暂时出去了，但一会儿就回来。"门"嘎吱"一声开了条缝，露出门后那向外窥视的四只眼睛，"你要进来等一等么？"

"好的。"乔治说。他没有直视那怪物的眼睛。

"现在这里就你一个人？"外星人背朝他关门的时候，乔治问道。

"是的。怎么了？"

乔治从身后割断了那家伙的喉咙，然后开始搜索公寓。

他发现了人类的骨头和头盖骨，还有一只吃了一半的手。

他发现了几个装有营养液的箱子,里面漂浮着一群群又肥又大的幼虫。

孽种。他想,然后将它们尽数杀死。

他还找到了许多支枪,其中一种他从未见过。他不小心开了一枪,但幸运的是没有造成多大的响动。似乎那东西发射出去的不过是细小的毒镖。

他将这把枪和尽可能多的毒镖放进自己的口袋,然后返回了丽尔的住处。看见他的时候,丽尔无助地挣扎起来,恐惧异常。

"放轻松,宝贝。"他说,一边打开了她的钱包,"我只是想借你的车钥匙。"

他带走了车钥匙,沿着楼梯来到街上。

丽尔的车仍然停在她经常停车的那块区域里,他从右侧挡泥板上的一处凹痕认出了那辆车。他跳进去,发动了车,然后开始漫无目的地游荡。他一连驾驶了数小时,苦苦地思索着——拼命想寻找到一条出路。他打开了车上的收音机,试图弄点音乐来听,但广播里全是新闻,而新闻的主角就是他,杀人狂乔治·纳达。播音员是主人们中的一员,但那家伙听上去似乎有点害怕——他何必这样呢?一个人类能搞出多大的名堂?

看见路障的时候,乔治并没有感到奇怪。在到达路障前,他拐进了路旁的一条街道。看来你要去乡下旅行一趟了,小乔吉①。他对自己说。

他们刚刚发现了他在丽尔家里做的一切,所以他们现在可能正在到处寻找丽尔的车。他将那辆车停在了一条巷子里,改乘地铁。不知出于什么原因,地铁里没有外星人。可能是因为他们品行端良,只愿意在地面上光明正大地活动吧;也可能仅仅是因为现在夜已经很深了。

当地铁里总算进来一个外星人的时候,乔治却走出了车厢。

---

① 乔治的爱称。

他来到地面的街道,步入一家酒吧。一个"魅惑者"在电视里不厌其烦地重复道:"我们是你们的朋友。我们是你们的朋友。我们是你们的朋友。"那只愚蠢的爬虫听上去相当忧惧。为什么?区区一个人类能把"魅惑者"这一集团怎么样?

乔治点了一杯啤酒,然后猛然意识到电视上的那个"魅惑者"似乎对他一点作用都没有了。他又朝那家伙看去,心想:如果"魅惑者"要操纵我的话,他们就必须保持充分的自信;倘若他们流露出丝毫恐惧动摇的话,催眠的效果就会丧失。电视画面切换到乔治的照片,但他未加理会,而是径直走进一个僻静的电话亭,拨通了他的主宰者、警察局局长家的电话。

"你好,罗宾逊吗?"他问。

"是的,请讲。"

"我是乔治·纳达。我想出了唤醒人类的办法。"

"什么?乔治,别挂电话!你现在在哪儿?"罗宾逊听上去几近歇斯底里。

乔治挂上了电话,付了账,离开了酒吧。他们可能会追查到他打电话的地方。

他乘坐另一趟地铁来到市中心。

现在已经是黎明时分。他走进市内最大的电视演播室所在的那幢大楼。他询问了大楼的向导,然后步入电梯。演播室门前的那个警察认出了他。"怎么回事?你是纳达!"他惊呼道。

乔治并不愿意用毒镖射杀那个警察,但他必须这样做。

进入演播室之前,他不得不又干掉了几个人,包括那些当值的技师。门外警铃大作,恐惧的尖叫声和零乱的脚步声在楼梯上响作一团。那个外星人坐在电视摄像机前面,没有看见乔治闯了进来,还在那儿一个劲儿地念叨着:"我们是你们的朋友。我们是你们的朋友。"乔治二话没说就向那家伙发射了一枚毒镖,后者的声音立刻戛然而止。未经挣扎,那外星人便僵坐在那儿断了气。乔治站在尸体旁边,模仿着外星人的蛙鸣声说:"醒来吧。醒来吧。看清我们的本来面目,然后杀掉我们!"

那天早晨,人们听见的是乔治的声音,但看见的却是"魅惑者"的形象。于是,整座城市第一次在真正意义上苏醒了过来,接着,战争开始了。

乔治没能看见人类最终的胜利。他在那天上午八点整死于心脏病突发。

少数派报告

【美】菲利普·迪克 著
顾 备 译

改编电影:《少数派报告》MINORITY REPORT
导演: 史蒂文·斯皮尔伯格 / 主演: 汤姆·克鲁斯、柯林·法瑞尔 / 上映日期: 2002.6.2.(美国)

就像把库布里克的《人工智能》变成了顶着"斯氏制造"金字招牌的《人工智能》一样，根据菲利普·迪克小说《少数派报告》改编的电影也充满了斯皮尔伯格的风格。影片加入了浓厚的人性因素——主人公失子的背景——强调即使在命运抛弃了你的时候，人依然能够有自己的选择。很不错，但这不是迪克的思想。影片中的"少数派报告"是指男主角最终没有像另外两份报告那样杀人，而是自己把握命运改变了预测中的行为。这和小说有很大差别——事实上，在小说里，三份报告都是少数派报告：第二份报告是在第一份的基础上做出的，第三份报告则是在第二份的基础上做出的。只不过第三份和第一份的结论一样，使得第二份看起来就像是"少数派报告"。结尾时，主人公像少数派报告预测的那样，杀死了一个军方领袖，正是他企图毁掉犯罪预测系统而使军方重新得到权力。最后，犯罪预报体系也并没有被取消。

这绝不仅仅是情节安排的区别，迪克在这个悬念故事中想的问题与斯皮尔伯格完全不同。一方面，迪克对生活背后的政治阴谋充满了神经质的警惕和恐惧，因为渺小的个人在这种阴谋的旋涡中完全无足轻重，无能为力，只能被牺牲被毁灭；另一方面，他似乎又在怀疑：是否可以为了群体利益而牺牲个人？举个极端点的例子，你愿意为了千万人的正义把硫酸泼到一个无辜老太太身上吗？

作为一部科幻片，《少数派报告》尚算出色之作，但较之原作，它的改编只能说不太成功，没有抓住原作的精髓。

一

约翰·安德敦看到那个年轻人时，脑中第一个念头便是："我的头发日渐稀疏，快要变成秃子了。我是个既秃又肥的老头子。"但他并没有大声地把这念头说出来。相反，他把椅子向后推开站了起来，果断地绕到写字桌的一侧，然后刻板地伸出右手，在脸上强挤出一个和蔼的笑容，和那年轻人握了握手。

"威特沃？"他问道，尽量让这句问话听上去既亲切又庄重。

"没错，"年轻人答道，"但你可以叫我艾德，当然了，我是说，如果你和我一样不喜欢那些毫无必要的繁文缛节的话。"这位金发碧眼的年轻人过分自信的脸上所流露出的表情显示说，他认为此事已经解决了。从一开始，艾德和约翰就注定是令人愉快的合作关系。

"这栋大楼会不会很难找？没遇到什么麻烦吧。"安德敦谨慎地换了个话题问道，故意忽略了对方过于友好的提议。老天啊，他一定得坚持住，要有所保留！他突然害怕起来，浑身直冒冷汗。威特沃在办公室里四处走动着，仿佛他早就拥有了这间办公室一样——他仿佛正在丈量这间办公室的大小呢。他就不能多等两天吗——只等上一段恰当的过渡时间？

"没问题。"威特沃愉快地答道，双手插在口袋里。他急切地查看着那些为数众多的陈列在墙上的档案文件，"我来你们这个机构并非是盲目的，这你明白。对于犯罪预警系统的运行模式，我还颇有一些自己的想法。"

安德敦相当震惊地点起烟斗,"那么,它运行得如何?我倒想知道。"

"还不错,"威特沃说道,"事实上,相当出色。"

安德敦紧盯着他不放,"这是你个人的看法,抑或仅仅是一句恭维之言?"

威特沃迎着他的视线和他对视着,目光诚挚,"既是我个人的,也是公众的看法。参议院对你们的工作很满意,事实上,他们的态度简直可以称得上狂热了。"他补充道,"对那些年迈的老人而言,可以说是能多狂热就多狂热呢。"

安德敦畏缩了,但表面上却仍保持着那份冷漠与镇定,不过,这的确费了他不少气力。他猜测着威特沃内心真正的想法是什么。这个小平头的脑袋里究竟打的是什么主意?这个年轻人的眼睛湛蓝而明亮——聪颖过人却令人不安。威特沃可不是什么可以愚弄的对象,而且显而易见的是,他这人野心勃勃。

"以我的理解而言,"安德敦谨慎地说道,"你将会是我的助手,直到我退休为止。"

"我也是这么理解的。"对方毫不迟疑地回答道。

"也许是今年,也许是明年——甚至可能是十年以后。"安德敦手中的烟斗颤抖着,"并无任何限制条例规定我几时退休。犯罪预警系统是我一手创立的,而我想在这儿待多久就待多久。这完全取决于我个人的意愿。"

威特沃点了点头,他的表情还是那么诚挚,"那当然。"

安德敦颇费了一番工夫才稍微冷静了一些,"我只不过是直截了当地把话说明白。"

"从一开始,"威特沃认同道,"你就是老板。你说了算。"一切迹象都表明他是诚恳的,而他又接着问道,"你是否介意带我去参观一下整个机构?我希望自己能尽快熟悉这套系统的正常运作程序,越快越好。"

当他们沿着走廊、沿着一间间射出黄色灯光的忙碌的办公室前行之时,安德敦说:"当然了,你应该已经相当熟悉犯罪预警系统的运作原理了。我想我们可以这样假定吧?"

"我所了解到的信息也就是公开的那些。"威特沃回答道,"在你们那些有预知能力变异人的帮助下,你们已经大胆而成功地彻底废止了以监狱和刑罚为主的罪后惩罚系统。正如我们大家所公认的那样,惩罚永远都起不到什么有效的阻吓作用;同时,对于已死的受害者而言,也丝毫起不到安慰的效用。"

他们行至电梯处开始下行,安德敦说:"那么你或许也已经了解到,如果严格遵循法律条文的话,我们的犯罪预警理论有一个最根本的缺陷:我们所逮捕的人其实并没有犯下违法的事。"

"但毫无疑问他们会那么做的。"威特沃斩钉截铁地判定道。

"很高兴他们还没有犯下罪案——因为我们在他们实施暴力之前先捉到他们,因此,罪案本身的实施才成为绝对的空谈。我们宣称他们是有罪的;可他们,从另一角度而言,永远都辩称自己是清白的,而从某种意义上讲,他们也的确是清白的。"

电梯门开了,他们再次沿着黄色灯光照耀下的走廊徐徐而行。"在我们的社会里没有一级罪案,"安德敦继续说道,"但我们却的确有一个拘留营,里面满是将会犯下罪案的凶手。"

门开了,又再闭拢。他们现在置身于分析部门的翼楼中。在他们的正前方,一个令人印象深刻的设施防护栏徐徐升起——那是数据接收仪以及计算机装置,用来分析、调整输入的资料。而在这套设备的后面,坐着那三个有预知能力的人——他们被称为普里科——几乎淹没在那堆错综复杂的线路中。

"他们就在那儿。"安德敦干巴巴地说道,"关于他们,你怎么看?"

在一片朦胧之中,那三个白痴般的家伙呆呆地坐着,嘴里发出些模糊不清的声音。任何看似毫无逻辑的呓语,任何胡乱发出的音节,都将被分析、比较,再以视觉信号的模式集合,然后以通用码誊写在打孔卡上,弹射到不同的码槽中。这些白痴成天都在嘟哝着,被禁锢在特殊的高靠背座椅上,被金属带和成捆的电线、夹子固定在某个位置。他们的肉体完全由自动系统照料。他们并无精神需求,就像蔬菜一样。他们嘟哝一会儿,小睡一会儿,就这样存活于世。他们的思维是麻木的、混乱的,迷失于一片阴影之中。

然而今天并没见到什么阴影。那三个喋喋不休、笨拙无知的生命体有着特别大的脑袋和一具毫无用处的身体,他们正注视着未来。分析仪记录着他们的预言,只要那三个普里科白痴开始说话,机械装置便会极其认真地去听。

这时,威特沃的脸上头一次失去了轻松而自信的表情,一种厌恶、沮丧的神情渐渐流露在他眼中,混杂着羞耻感和道义上的震惊。"这并不令人……愉快。"他嘟哝道,"我从未意识到他们会这么——"他努力地试图在脑海中搜索出一个正确的词汇来形容他的感受,比了个手势道,"这么……畸形。"

"畸形,且智力低下。"安德敦立即认同道,"尤其是那边那个女孩。多娜已经四十五岁了,但她看上去只有十岁。这一方面的天赋攫取了一切养分,超感知能力部分的脑叶打破了平衡,使大脑的前叶区完全萎缩了。但我们有什么可在乎的呢?我们得到了他们的预言,他们交给我们所需之物,虽然他们自己并不理解这些预言,但我们懂。"

威特沃屈服了,穿过房间走到机器跟前,从卡槽里收集到一叠卡片,"这就是分析出来的名字吗?"他问道。

"显而易见,是。"安德敦皱着眉头从他手中接过那一叠卡片,"我还没来得及检查这些。"安德敦解释道,不耐烦地隐藏起心中的厌烦情绪。

威特沃着迷地看着机器又将一张新卡弹到已经空空如也的卡槽里,其后是第二张——然后是第三张。卡片接二连三地从呼呼转动着的圆盘中冒出来。"普里科一般都能看到相当遥远的未来吧?"威特沃惊叫道。

"他们的时间跨度相当有限。"安德敦告诉他说,"最多不过是提前一到两周。他们所提供的数据有许多对我们来讲是毫无价值的——简单说来,就是与我们的工作无关。我们会把这些信息转给相关机构,作为交换,他们也会向我们提供数据。每个重要部门都有他们自己的秘密实验室来放他们的宝贝猴子。"

"宝贝猴子?"威特沃局促不安地盯着他,"哦,是了,我明白了。说是实验用途,秘不告人,可又心照不宣,诸如此类的。真有趣。"

"很聪明嘛。"自然而然地,安德敦拿起了那张被旋转仪自动翻转过来的卡片,"这些名字中有些会被完全舍弃,而大多数提示卡上的记录都是些小打小闹:盗窃啦、偷税漏税啦、人身攻击啦、勒索啦什么的。我敢担保你一定知道,犯罪预警系统已经使犯罪率下降了百分之九十九点八。我们很少会遇到真正的谋杀或叛国罪,毕竟,那些犯罪分子都明白,我们一定会在他们有机会实施罪行的前一周就把他们缉拿归案,关进拘留营。"

"那么,最后一次得逞的事实谋杀案发生在什么时候呢?"威特沃问道。

"五年前。"安德敦说道,语气中透着自豪。

"怎么发生的?"

"那个罪犯从我们手心里溜掉了。我们有他的名字——其实,我们拥有罪案的一切细节,包括受害者的名字。我们确切地知道那桩当时就已经策划好了的罪行将会在何时何地发生,但他还是甩掉了我们,顺利地实施了他的计划。"安德敦耸耸肩道,"毕竟,我们不可能做到一个不落。"他一边说一边用拇指很快地翻看着那一叠卡片,好像洗牌一般,"但我们也的确捉住了绝大多数。"

"五年一起谋杀案。"威特沃的自信又回来了,"令人印象深刻的纪录……确实值得……为此自豪。"

安静了片刻之后,安德敦说道:"我的确为此而自豪。三十年前我推算出了这套理论——而在当时,其他那些自私自利的人却只在想着如何快点抛售股票。我看到了一些很真实的东西——一些具有非凡社会价值的东西。"

他把那一叠卡片扔给了瓦利·佩治——他的下属,专门负责"猴子"事务。"看看哪些是我们要的。"安德敦告诉他说,"完全由你自己判断。"

当佩治带着卡片消失在门后的时候,威特沃关切地说道:"真是责任重大啊。"

"是的,是这样的。"安德敦同意道,"如果我们让任何一个犯罪分子逃脱了的话——就像五年前我们的那次失误一样——从良心上讲,我们就欠下了一条人命。我们对此负有完全不可推卸的责任,如果我们错过了,就会有人因此而丧命。"他一脸沉痛地从卡槽里抽出三张新弹出的卡片,"这关乎公信力的问题。"

"你是否曾经被诱惑过——"威特沃有些犹豫地说道,"我是说,你挑中的那些人里一定有那么几个可以给你一大笔的。"

"那么做可没任何好处。一份完全相同的卡片文档资料会同时输出到陆军总部,这是监督与制约机制。只要他们愿意,他们可以一刻不停地盯着我们。"安德敦粗略地瞄了一眼最上面的卡片,"因此,即使我们想要接受贿赂——"

他突然停了下来,双唇紧闭。

"出什么事了吗?"威特沃好奇地问道。

安德敦仔细地将最上面那张卡片对折起来,塞进了自己的口袋。"没什么,"他低声说道,"能出什么事?"

他的语气颇为刺耳,威特沃的脸顿时涨得通红,"看来你是真不喜欢我。"

"那倒是真的,"安德敦承认道,"我的确是不大喜欢你,不过——"

其实他并不认为自己有多么不喜欢这个年轻人——但是,这似乎不可能,绝对不可能,一定是什么地方搞错了。一阵晕眩之后,他企图让自己混乱的头脑镇定下来。

卡片上写着他的名字。第一行——一个已经被指控将要犯下谋杀罪的凶手！根据卡片的孔码看，犯罪预警系统指控约翰·A·安德敦将要谋杀另一位男性——就在下周。

出于对自己绝对的、压倒一切的坚定信念，他绝不相信这样的预言。

二

外面的办公室里，站着一位苗条而美丽的少妇，她正和佩治谈论着什么。这就是安德敦的太太，丽莎。此时，她正专注于一场关于策略性问题尖锐而激烈的辩论，所以当威特沃和她丈夫走进办公室的时候，她几乎没抬头看上一眼。

"你好，亲爱的。"安德敦说道。

威特沃仍旧一言不发，然而，他那原本暗淡无神的双眼立时闪起点点微光，停留在这位身穿整洁的警务人员制服的棕发女人身上。丽莎现在是犯罪预警系统的执行人员，而据威特沃所知，她曾经一度是安德敦的秘书。

安德敦注意到了威特沃脸上显而易见的兴奋，于是他开始思索。要想栽赃把卡片输入系统的机械装置中，一定需要内部的共犯——一个与犯罪预警系统有着密切联系的人，同时还必须拥有一定的权限以接触系统的分析装置。当然，同谋者有可能为数众多，而且煞费苦心，牵扯进来的可能远远不止在流水线上塞进一张这样的伪造卡片那么简单，甚至可能连原始数据本身都已经被篡改了。事实上，根本无法断定动过手脚的部分到底有多少，被篡改的程度又有多高。当他开始分析种种可能性的时候，一阵寒冷彻骨的恐惧感袭上他的心头。他的第一个冲动是——拆开那些机器，把里面的数据全毁掉——然而这念头太幼稚了，全无用处。也许磁带上的数据确实与卡片相符，而他这么做只会使自己被多控几条罪名。

他还有大约二十四小时,然后,陆军的人就会发现两地资料的不符之处,他们会从那边的档案里找到一张一模一样的卡片,和他私藏起来的这张完全相同。他只有两份副本中的一份,这就意味着,和他口袋里一模一样的被折成两半的卡片有可能就被摊在佩治的桌子上公之于众。

大楼外面传来警车的轰鸣声,那只是他们开始每天例行的巡逻线路罢了。他们中的某个家伙将车停到他家门口会是几个小时之后的事呢?

"出什么事了,亲爱的?"丽莎局促不安地问道,"你看上去就像刚见了鬼似的。你没事吧?"

"我很好。"他向她保证道。

丽莎似乎是突然间才注意到艾德·威特沃那满怀倾慕的迫人目光。"这位绅士就是你的新合作伙伴,亲爱的?"她问道。

安德敦小心谨慎地介绍他的新助手给丽莎认识,丽莎微笑着友好地问候他。他们两人是否在私下里传递着什么信息?他说不上来。老天啊,他在怀疑每一个人呢——不仅仅是他的妻子和威特沃,还有他手下十几个成员。

"你是纽约人吗?"丽莎问道。

"不。"威特沃答道,"我这辈子大部分时间都是在芝加哥度过的。现在我住在旅馆里——市中心最大的旅馆之一。等等——我有一张写着旅馆名字的卡片,放在哪儿来着?"

正当他下意识地在兜里翻找的时候,丽莎提议道:"你愿意和我们一起共进晚餐吗?我们今后在工作上应该会是亲密无间的合作关系,所以我确实认为我们应该增进一下彼此的了解。"

安德敦颇为吃惊地倒退了一步。他妻子这种过于友善的举动究竟有几分是出于善意呢?仅仅是偶然吗?整个下午余下的时间里威特沃都将出现在他身边,而现在更有了个借口尾随到他的私人住宅去。安德敦顿时感到心中一阵大乱，于是冲动地转身朝着大门口走去。

"你去哪儿？"丽莎惊讶地问道。

"回猴子楼。"他告诉她说，"我要去查一些非常奇怪的数据资料，要赶在陆军的人看到这些资料之前。"在她想出任何可信的理由挽留他之前，安德敦已经跨出大门走在走廊上了。

安德敦飞快地走下走廊尽头的坡道，然后大踏步地奔向楼门口的阶梯，向公共人行道走去。这时候，丽莎上气不接下气地出现在他身后。

"你到底是出了什么事啊？"丽莎拉住他的胳膊，快速地转到他面前，"我知道你是要离开办公室。"她大叫着拦住了他的去路，"你怎么了？每个人都以为你——"她停顿了一下，"我是说，你的行为很怪异。"

人潮在他们身边汹涌而过——通常每天下午都会这么拥挤。安德敦不去在意周围的人群，他把妻子的手指从自己的手臂上一根根掰开。"我是要离开，"他告诉她说，"不过那之前倒还有点时间。"

"可——为什么？"

"我正在被人架空——这是有计划的、居心叵测的行动。那个家伙的出现正是要取我而代之，参议院正通过他来搞垮我。"

丽莎抬头凝视着他，一脸困惑的样子，"可他看上去像是个年轻有为的好人。"

"好得就像剧毒的水蛇一样。"

丽莎的困扰变成了怀疑，"我不信。亲爱的，一直以来你的工作压力太大了——"她不确定地笑了笑，支吾着说道，"实在是难以置信，说什么艾德·威特沃企图要架空你。他怎么可能？即使他真想那么做，也没那个可能的。我可以肯定艾德他不会——"

"艾德？"

"那是他的名字啊，不是吗？"她那双棕色的眼睛里闪现出惊异、怀疑和强烈的抵触情绪,"我的老天爷呀,你该不会是在怀疑每一个人吧。你一定以为连我也在一定程度上与此事有染吧,是不是?"

他考虑了片刻后答道:"我不能肯定。"

她把他拉近自己,眼中满是责问的神情,"这不是真话,你确实是信以为真了。也许你应该离开几周时间,你现在绝对需要好好休息一阵子。这一切不过是一种过分紧张的情绪和精神上的冲击所造成的,只不过因为部门里来了个更年轻的男人。告诉我,你有没有任何事实根据呢?"

安德敦取出钱包,拿出那张折起的卡片。"你仔细看一下这个。"他说着,把卡片递给了她。她的脸顿时失去了血色,发出一声轻嘘,只是地喘着气,闭口不言。

"这么做的目的非常明显,"安德敦告诉她,尽可能地不动声色,"这就给了威特沃一个合法的借口,让他现在就可以把我给撵走,而无须等到我退休。"他恶狠狠地又补了一句道,"他们知道我的身体状况良好,还能再干上很多年。"

"可是——"

"这会使监测和制约机制完全解体。犯罪预警系统将不再是一个独立的机构,参议院将会控制警察局,而那之后——"他的双唇紧绷,"他们会把陆军那边也抢到手的。哦,光从表面上看,这样的逻辑就已经足够解释了。我个人对威特沃也相当有敌意,甚至可以说是愤恨——当然我是有理由的。"

他继续说道:"没人愿意被一个比自己年轻的人替代。这一切似乎真的确有其事——除了我还没偏激到想要杀了威特沃,但我无法证明这一点。你说我该怎么办?"

丽莎沉默不语,脸色苍白,随即摇了摇头道:"我……我不知道。亲爱的,如果仅仅是——"

"此时此刻,"安德敦突然打断了她的话,"我正要回家收拾东西。我现在所能想到的也就这样了。"

"你真打算要——要藏起来吗?"

"是的,甚至可能会搭乘定位系统传送器远避到边远的殖民星球上去,只要有这个必要。以前不也有过成功的案例吗?我还有二十四个小时。"他断然转身道,"回大楼里去吧,跟着我毫无意义。"

"跟着你?你以为我会那么做吗?"丽莎反诘道。

安德敦惊异地盯着她。"你不会吗?"随即他自言自语道,"不,我看得出你并不相信我,你还是以为这一切都是我想象出来的。"他粗暴地戳着那张卡片说,"即使有此为证,你还是不相信。"

"是的,"丽莎迅速承认道,"我不信。你看得并不够仔细,亲爱的,艾德·威特沃的名字可没在那上面。"

安德敦怀疑地从她手中接过卡片。

"没人说你将会杀死艾德·威特沃。"丽莎飞快地继续说着,声音既尖锐又冷漠,"卡片一定是真的,你明白了吗?这事和艾德完全无关,他并没对你耍什么阴谋诡计,也根本就没有任何人想要这么做。"

困惑已极的安德敦无言以对,直愣愣地站在原地研究着那张卡片。她是对的。艾德·威特沃并没被列为他的受害者。就在第五行,机器整整齐齐地印上了另一个名字:列欧坡德·卡普兰。

他麻木地将卡片装回口袋,他这辈子从没听说过这个人。

三

屋子里冷清空荡,安德敦进门几乎一刻也没耽搁,就立即开始收拾旅途所需的各式物品了。在打包装箱的同时,一个疯狂的念头突然出现在他脑中。

他可能的确是错怪了威特沃——可他又如何能确定呢?无论如何,针对他的这个阴谋一定是复杂得远远超出他的想象了。威特沃,从整体布局而言,也许仅仅是个无关紧要的傀儡而已,另有人在他背后操纵着一切——远距离遥控,仅仅在后台露出一些隐约可见的模糊形象。

把卡片拿给丽莎看可真称得上是个错误,毫无疑问,她一定会把卡片上的内容仔仔细细地描述给威特沃听的。他永远也无法逃离地球,永远也没有机会去体会遥远的天外行星上的生活是什么样子了。

正当他全神贯注于想象中的时候,身后的地板突然发出吱吱嘎嘎的声音。他从床边转过身来,手里抓起一件因风吹雨淋而早已变色的冬季运动服,镇定自若地面对着眼前蓝灰色Ａ式手枪的枪口。

"不会耽搁你很久的。"他说道,略带一丝悲苦地盯着面前那个双唇紧闭、身材魁梧的男人。那人身穿一袭棕色大衣,戴着手套,双手持枪默默地站着。安德敦接着说道:"她甚至一点都没犹豫吗?"

闯入者的脸上摆明了没有任何反应。"我不知道你在说些什么,"他说,"跟我来。"

安德敦十分震惊地放下了手中的运动服,"你不是从我们部门来的吗?你不是警官吗?"

安德敦在惊讶之余连声抗议,却被半推半架地带到早已等候在屋外的豪华轿车中了。三个全副武装的彪形大汉随即紧跟着上了车,将他围在中间。车门砰的一声关上了,轿车迅速驶上高速公路,朝着远离市区的方向驶去。他周围那几张脸上始终挂着漠然而冷淡的神情,随着高速行驶中的车身一起上下晃动着,而车外,黑暗阴郁的田野呼啸而过。

安德敦仍旧徒劳地企图弄清楚发生的这一切究竟意味着什么;与此同时,车子驶上一条印满车辙的小路,然后转向,又向下开进一个昏暗的半地下车库中。有人大声发出指令。厚重的金属门在一片嘎嘎声中落下,而头顶一盏盏大灯闪了闪,陆续亮了起来。随即,司机熄掉了汽车引擎。

"你们一定会后悔的。"当他们将安德敦从车里往外拖的时候,他嘶哑着嗓子威胁道,"你们认出来我是谁了吗?"

"我们认得你。"那个身穿棕色大衣的男人答道。

在枪支的威逼下，安德敦被推搡着上了楼，从那阴冷而静默的车库中向上走进一条铺着厚厚地毯的走廊。很显然，他现在正身处一处豪华的私人住宅中，而这住宅一定是在某个曾经被战争吞噬了的乡野荒郊之处。隐隐约约看得到走廊的尽头有个房间——这是间书房，里面的家具看上去很简单，然而却很有品位。在一圈光影之中，一个他从未见过的男人正端坐在那里等着他，而那人的脸一半隐没于阴影之中。

当安德敦走近后，那个男人神经质地把一副无边眼镜推正，叭的一声合上了手中的眼镜盒，然后抿了抿干燥的嘴唇。他看上去很老，也许有七十岁吧，或许更老些。他手边有一根细长的银色手杖。他的身材瘦长而结实，神情中则同时混杂着好奇与坚决两种态度。他那渐渐灰白的棕色头发已经稀稀落落了——被细心梳理过的头发闪耀着自然的光泽，覆盖在他那苍白消瘦的头颅上，只有他的眼睛切切实实地闪现着警觉的神色。

"这位就是安德敦吗？"他用一种抱怨似的语气问道，随即又转向那个身穿棕色大衣的男人，"你们从哪儿把他带来的？"

"他家。"另一个人回答道，"他正在收拾东西——和我们所预料的一样。"

老人明显地颤抖起来。"收拾东西。"他取下眼镜，然后迅速把眼镜放回眼镜盒中。"瞧，"他直截了当地对安德敦说道，"你是出什么毛病了？你是个无可救药的神经病吗？你怎么能杀害一个素不相识的人呢？"

这位老人，安德敦突然意识到，就是列欧坡德·卡普兰。

"首先，我要问你一个问题。"安德敦快速地在心里盘算了一下，"你知道自己都干了些什么吗？我是警署专员，我完全可以把你送进监狱关上二十年。"

他正打算继续说下去，但突然，一个念头闪现在脑中。

"你们怎么发现的？"他询问道，不知不觉中，他的手伸进口袋里，那张折起的卡片就藏身于此,"这事不可能透露给其他——"

"我并不是通过你的机构得到通知的。"卡普兰打断了他的话,满怀怒意,语气显得极不耐烦,"事实是,你从未听说过我,而这丝毫也不令我感到意外。列欧坡德·卡普兰,联邦西区集团军的将军。"他又不甘愿地补充了一句,"退休了,自从战争结束、陆军联邦西部战区同盟解体之后。"

这就对了。安德敦早就怀疑是陆军方面出于自我保护的缘由,立即处理了他们那边的备份卡片,于是他略微放松了些许,又询问道:"那么,你已经把我弄到这儿来了,接下来想怎么样?"

"很显然,"卡普兰说道,"我不会把你给毁了的,否则,那堆令人不快的小卡片中就应该会有一张对此有所显示。我对你很好奇。对我来说,这简直是难以置信的,一个像你这样既有成就又有才干的人,怎么可能如此冷血地企图谋杀一个素昧平生的人。这里面一定另有玄机。坦率地讲,我很是困惑。如果这显示了警方的某种策略——"他耸了耸他那瘦削的肩头,"那你肯定不会允许那张复制的卡片落到我们手里。"

"除非,"他手下的一个人提出,"这是个经过深思熟虑的复杂计划。"

卡普兰抬起他那双锐利的鹰眸,仔细观察着安德敦道:"你怎么看?"

"就是那么回事。"安德敦说道,他很快就看出坦白相告的好处,于是原原本本地说出了他从一开始就深信不疑的简单事实,"这张卡片上的预言其实是警方某个派系故意伪造的。卡片准备就绪,我也就上钩了。我被自动解除职务。我的助手则会插一只脚进来,宣布他将按照惯例、遵循有效的犯罪预警程序阻止这起谋杀。根本无须多言,不会有任何谋杀,或是任何潜在的谋杀。"

"我同意你的观点,不会发生任何谋杀案。"卡普兰冷酷地断定道,"因为你将会身处警察局的拘留营里,而我则是想要确保这一点。"

惊骇之下,安德敦抗议道:"你要把我带回去吗?如果我进了拘留营,就永远也无法证明——"

"我才不管你要不要证明什么,"卡普兰打断了他的话,"我要做的就只是确保你别挡我的路。"他冷淡地又补充了一句,"这也是为了我自己的安全起见。"

"已经准备好送他走了。"一个手下宣布。

"没错,"安德敦说道,浑身汗透,"他们一抓到我,我就会被送进拘留营里去的。威特沃会接手一切,资料库和设备,"他的脸色阴沉下来,"还有我老婆。他们正一致行动呢,太明显了。"

有那么一刹那,卡普兰似乎有些动摇了。"有这可能。"他勉强承认道,一边沉稳地注视着安德敦,然而他摇了摇头,"我不能冒这个险。如果这个阴谋是针对你的,那我很抱歉。可这又不关我的事。"他微微一笑道,"无论如何,祝你好运吧。"他对他的手下说道:"带他去警察局,把他转交给最高执行官。"他提及了一位行动专员的名字,然后等着瞧安德敦的反应。

"威特沃!"安德敦重复着那个名字,一脸惊疑的神情。

卡普兰仍旧微笑着,转过身去,按下书房里收音机控制板上的按钮道:"威特沃早已接收了指挥权。很显然,他正打算对此大做文章呢。"

一阵短暂的电子噪音发出的嗡嗡声,随即,很突然地,收音机的声音轰鸣在整间屋内——夹杂着噪音,一个职业化的声音正宣读着一份预备好的声明。

"……警告所有民众,不要窝藏这名危险的处于犯罪边缘的人犯,也不得提供任何形式的援助或协助。若让逃犯得到了适当的时机,他就有可能为所欲为地实施暴力行为,因而绝不能掉以轻心。当然,这一特殊情况在现代社会实属罕见。在此特别通告所有民众,如果涉案,务必在追捕约翰·艾利森·安德敦的过程中与警方通力合作,否则将会面临法律制裁。再重复一遍:联邦西区政府之犯罪预警机构正在追查并缉拿其前专员,约翰·艾利森·安德敦,通过犯罪预警系统的预警方法,我们在此宣判该犯为潜在的杀人犯,并因此宣告剥夺该犯的人身自由及其他一切公民权。"

"没花他多少时间。"安德敦自言自语道,一脸震惊的样子。卡普兰猛地关掉收音机,那声音便立即消失了。

"丽莎一定是直接去找了他。"安德敦苦涩地推测着。

"他干吗要等?"卡普兰问道,"你已经把你的目的表现得很清楚了。"

他冲着他的手下点了点头,"把他带回城里去,让他离我这么近还真让我感到很不舒服呢。关于这一点,我完全赞同威特沃专员。我要他尽快处理此案。"

四

冷冷的细雨倾洒在公路上,而轿车就沿着纽约市漆黑的街道一路驶向警察局大楼。

"你该明白他的立场吧,"其中一个人对安德敦说道,"如果你处在他的位置上,你也会做出同样的决断。"

安德敦愁眉不展,满心愤恨。他一声不吭,直直地瞪着前方。

"不管怎么说,"那人又继续说道,"你只是许多人中的一个罢了,有上千人都被送进那座拘留营里去了呢。你不会寂寞的,事实上,兴许以后让你走你都不愿意走呢。"

安德敦无助地看着路上的行人沿着被雨水淋湿了的人行道匆匆忙忙地走着。他感觉不到自己有任何激烈的情绪波动,只觉得极度疲劳。他茫然地数着街区编号:越来越靠近警察局了。

"那个什么威特沃倒是很会把握时机嘛。"又有一个人打开话匣子评论道,"你见过他吗?"

"一面之缘。"安德敦回答道。

"他想坐你的位置，所以才陷害你。你能肯定是这么回事吗？"

安德敦做了个苦相，"有关系吗？"

"我只是好奇。"那人无精打采地注视着他，"所以，你就是前任警署专员喽。拘留营里的人一定很高兴看到你进去，他们会记起你的。"

"毫无疑问。"安德敦同意。

"威特沃肯定一点儿时间也没浪费。卡普兰真幸运——有那么个官员在处理此案。"那人几乎是在用一种辩护律师的目光看着安德敦，"你早就确定这是一起阴谋了，哦？"

"那当然。"

"你根本就不会伤害到卡普兰一根毫毛的，是吗？有史以来头一遭，犯罪预警系统出了差错？一个清白无辜的人被那些卡片中的一张陷害了。也许，还有其他无辜的人也是遭人陷害的——对吗？"

"这很有可能。"安德敦冷冷地承认道。

"也许整个系统都可以被推翻呢。毫无疑问，你并没打算去实施一起谋杀案——而也许，他们中间没有一个人想这么干过。你告诉卡普兰说希望能置身事外，是不是就因为这个？你打算证明系统是错的吗？我可是够坦率的了，你要是有什么话就直说吧。"

另一个人也靠了过来，他问道："就我们俩，我们不会告诉别人的，真是有什么阴谋活动吗？你真是遭人陷害了吗？"

安德敦叹了口气。关于这一点，连他自己也无法确定。也许，他是陷在时间轨迹上一个毫无意义的死循环里了，既无动机，也无起点。事实上，用不着挣扎，他甚至考虑过要回去自首。一种精疲力竭之后巨大的负重感袭上他的心头。他一直在和这种种的不可能作着心理斗争——然而，所有堆积起来的卡片却都在指证他。

突然，轮胎急速摩擦地面所发出的刺耳声音使他惊醒过来。司机疯狂地用尽全身的力气企图控制车身，他奋力把住方向盘，一边猛踩刹车。原来，一辆运面包的重型货车赫然出现在前方的一片浓雾之中。如果他当时猛踩油门而不是猛踩刹车的话，也许倒可以救了大家,然而,当他意识到自己的错误之时已经太迟了。车子只是不停地打滑,然后倾覆,又缓缓地向前滑了一小段,最后一头撞上了货车。

安德敦身下的座位向上掀起,将他弹开去,面向前方紧贴在车门上。一阵突如其来、无法忍受的疼痛立时向他袭来,让他觉得自己的头像是要爆炸开来一般。不知是车子的什么部位着了火,只听到火焰闷烧时发出的噼啪声四处回荡。车身裂开一条大缝,嘶嘶作响的火苗发出耀眼的光芒闪烁在浓雾的旋涡中,而那雾气便沿着裂缝一路浸进已经纠成一团的汽车残骸之中。

一双手从外面伸进来摸到了他。慢慢地,他才意识到自己正被人从那个曾经一度是车门的裂缝中往外拖曳着。一个压着他的沉重坐垫被人粗暴地一把推开,于是,他立刻就发觉自己已经"脚踏实地"了,他全身靠在一个黑暗的身影之上,而那人正带着他往不远处一条小巷的阴影中退去。

远处,警笛长鸣。

"你会活下去的。"一个刺耳的声音刺激着他的鼓膜,低沉而急促。这个声音他以前从未听到过,既陌生又粗鲁,一如那打在他脸上的雨水一般。"你能听见我说的话吗?"那人问道。

"是的。"安德敦点点头。他漫无目的地拨弄着已经被撕破了的衬衫袖子,脸颊上的一处割伤此时开始一阵一阵地痛起来。他万分惊惑,于是尝试着搞清楚状况,"你不是——"

"别说话,听着。"那人看上去很魁梧,简直可以称得上是肥硕了。他用他那双大手架着安德敦靠在大楼湿漉漉的砖墙上,避开了大雨和那辆正在燃烧的汽车摇曳的火光。"我们不得不这么做。"他说道,"这是唯一的转机。我们没有多少时间了,本来以为卡普兰会留你在他那儿更久些。"

"你们究竟是什么人?"安德敦应对道。

这是一张湿透了的脸,雨水在上面画下一条条印记,现在,这张脸的主人咧开嘴,挤出一个毫无幽默感的笑容来,"我的名字叫佛雷明,你会再见到我的。在警察赶到这儿来之前我们还有五秒的时间,然后我们又会回到原来的起点。"一个扁扁的包裹被塞进安德敦的手中,"这些钱足够你跑路了,里面还有一套完整的身份证明。我们会随时跟你联络的。"他的嘴咧得更大了,变成了一种类似于神经质的哈哈大笑,"直到你证明了你的观点是正确的为止。"

安德敦眨着眼,"那么说,这确实是个陷阱?"

"当然了。"那人尖刻地肯定道,"你是说,他们搞到连你也相信了不成?"

"我以为——"安德敦现在说话困难,他有一颗门牙似乎松了,"我只是针对威特沃……我被人顶掉了,我老婆和一个比我年轻的男人,自然而然地就会产生怨恨……"

"别拿你自己开玩笑了,"那人说道,"你知道的比那多得多。整件事都是经过精心策划的,每个环节都在他们的掌控之下。卡片定好了是在威特沃现身的那一天出现,他们早就设计好第一幕了。威特沃是专员,而你则是通缉犯。"

"是谁在后面捣鬼?"安德敦追问道。

"你老婆。"

安德敦立时感到一阵头晕目眩,"你算是好人吗?"

男人笑了起来。"你拿命赌吧。"他飞快地扫视着四周,"警察来了,快走,沿着这条小巷。搭一辆公共汽车,去贫民窟那儿,租间房间,买上一打杂志,让自己有点事干,别太闲了。弄套别的衣服——以你的聪明才智而言,照顾好你自己简直没问题。不要企图离开地球,区域系统内所有的交通工具都处于他们的监视之下。如果你能在今后七天里保持低调,不被人发现,那你就成功了。"

"你们到底是什么人?"安德敦再次追问道。

佛雷明松开了架着他的手,于是他谨慎小心地向小巷的入口处移去,一边朝外面偷窥着。第一辆警车已经到了,就停在潮湿的人行道旁,发动机发出些微的轰鸣声,迟疑地向前方那堆仍旧闷烧着的废铁滑去，而那堆废铁曾经是卡普兰的轿车。汽车残骸中的那班人正无力地挣扎着，开始从那一大团钢铁与塑料的混合物中痛苦地向外爬，一个个跌倒在冷冷的雨中。

"把我们当成是一个防卫团体吧。"佛雷明轻声说道，他那圆鼓鼓的毫无表情的脸湿漉漉地闪着光，"一种监督警方的警力部队。为了确保，"他补充道，"所有的一切都处于稳定状态。"

他那厚厚的手掌猛地向前一推，安德敦踉踉跄跄地被他推开去，跌进一片阴影之中。

"出发吧，"佛雷明厉声说道，"还有，别把包裹给弄丢了。"安德敦踌躇地探索着脚下的路，正当他朝着远处小巷的出口摸去之时，那人最后的赠言飘到了他的耳边："仔细研究研究，也许你还是可以幸免于难的。"

五

身份证明卡片上的他是厄耐斯特·丹波，一个失业的电工，每个星期都从纽约州政府那里领取一笔救济金，在布法罗有一个妻子和四个孩子，资产少于一百美元。这张汗渍斑斑的绿卡使他得以四处旅行而居无定所：一个正在找工作的男人当然得四处旅行了，他也许不得不走上很长一段时间呢。

搭上几乎空无一人的公共汽车横穿市区之时，安德敦仔细研究着关于厄耐斯特·丹波的描述。很明显，这套身份卡是比着他量身定做的，所有的身份特征都完全相符。过了一会儿，他想起了指纹和脑波特征指数，这些是不可能经得起验证的，所以说，这些宝贝身份卡只能帮他蒙混过那些最粗浅的检查。

但这至少还是有些帮助的。除了这套身份卡，包裹里还有一万美元的钞票。他把钱和身份卡一起放进口袋里收好，然后把注意力转向那张塞在包裹里的用打印机打得整整齐齐的字条。

一开始他没明白是怎么回事,他仔细琢磨了许久,满心困惑。

"多数派的存在从逻辑上暗示着相应的少数派的存在。"

公共汽车已经驶入一大片贫民窟,连绵数英里的全都是破旧的廉价旅馆和快要坍塌了的住屋,这些全是在战争年代大规模破坏之后草草重建的。汽车渐渐放慢速度,在一个汽车站前停下来,于是安德敦在这里下了车。不少乘客懒洋洋地打量着他被割伤了的脸颊和破损了的衣服,他不去在意他们的目光,自顾自地踏下被雨水打湿了的台阶。

除了向他收取住房的押金之外,旅馆职员对其他的一切丝毫不感兴趣。安德敦爬上楼梯来到二楼,随后走进一间狭小的、散发着霉味的房间,这间房现在就属于他了。满心欢喜地,他锁住房门,又放下窗户的百叶窗好让外面看不到房间里面的情景。房间很小但还算干净,床、衣帽间、风景画日历、椅子、灯,还有一台收费的收音机,上面有一道让人塞进二角五分硬币的狭槽。

他扔了一个二角五分的硬币进去,然后便重重地往床上一躺。所有的主要关口都遍布警察的子弹头巡逻车。对现在这一代人而言,这简直称得上是完全陌生、令人兴奋的新体验,只有在小说上才见到过。一个在逃的通缉犯!公众的兴趣在高涨。

"……此人利用了他身居高位的职务之便,策划实施了最初的逃亡行动。"发言人正在说着,带着职业化表示愤怒的腔调,"由于他所担任的是警局高级职务,所以有机会提前看到数据,而公众对他的信任使他得以避开通常的侦查步骤并躲藏起来。他在任期间曾经在授权之下执行任务,将无数潜藏的犯罪分子送进了拘留营接受应有的惩罚,从而挽救了许多无辜受害者的生命。这个人,约翰·艾里森·安德敦,曾经在犯罪预警系统创建初期立下汗马功劳,该系统巧妙利用了变异的有预知能力的普里科,因此得以对犯罪行为进行预测、预查。它能够预见未来将要发生的种种事件,并将这些通过口头表述出来的数据转译成原始数据,输入分析仪中进行分析。而这三个普里科,其最重要的功能就是……"

他离开房间走进微型浴室,那声音渐渐隐去。他脱下自己的大衣、衬衫,然后往浴缸里放热水,开始清洗脸颊处的伤口。安德敦已经从拐角处的杂货铺里买来了碘酒、邦迪创可贴、刮胡刀、梳子、牙刷和其他一些他用得着的东西。明天早上他打算去找家二手成衣店,多买几套合适的衣服。毕竟,现在他可是一个失业的电工,并非被意外事件毁了的警署专员。

收音机正高声鸣响着,在浴室里只能隐隐约约听得到它的声音。他站在一块有裂缝的镜子前,仔细检查着一颗断裂了的牙齿。

"……这套利用三位普里科创立起来的系统起源于本世纪中叶的电脑技术。那么,电子计算机又如何检查这些结果正确与否呢?办法就是把数据输入第二台设计完全相同的电脑。然而,两台电脑并不够用。如果两台电脑分别得出一个完全不同的答案,那我们就没有任何办法判定出哪个结论是正确的。基于对数据分析方法的仔细研究,其解决办法就是利用第三台电脑检查前两台电脑的结果。在这种情况下,一个所谓的多数派报告就生成了。根据概率论的公平性,我们可以认为由三台电脑中的两台公推出的结果,最大程度地表明了这二选一的答案中究竟哪一个是正确的。说这两台电脑都各自推算出了完全相同的错误结论是不大可能的……"

安德敦扔掉了手中原本紧握着的毛巾,冲进卧室。他颤抖地弯下腰努力听着从收音机里流出的每一个字。

"……当然,我们希望每次这三个普里科都能得到完全相同的结论,但这种情况却绝少发生,执行专员威特沃这样说。最通常的情况是得到两个普里科意见相同的多数派报告,再加上第三个异能者的一份少数派报告,而这份少数派报告仅与多数派报告存在着极小的差异,通常是关于时间和地点方面。这种情况可以用多重未来的理论来解释。如果只存在一条时间轨迹,那么预见的信息也就不再重要了,因为那样的话,在处理这条信息时,无论怎样也不可能改变未来,又如何能够制止犯罪行为的发生呢？在犯罪预警部门工作，我们首先就必须假定——"

安德敦狂乱地在这间窄小的房间里踱着步。少数派报告——只有两个普里科同意那张卡片上的基本资料，这也就是包裹里那张字条所暗指的意思吧。第三个普里科的报告，少数派报告，从某种意义上讲，非常重要。

为什么？

他的手表告诉他现在已经过了午夜时分，佩治此时已经下班。到明天下午之前他是不会回到那栋猴子楼里的。机会微乎其微，但值得一试。也许佩治会替他代班，也许不，他必须要冒险一试。

他一定要看到少数派报告。

六

正午十二点到一点之间，四处丢弃着垃圾的街道上满是蜂拥的人群，安德敦选择了这个时间——一天中最繁忙的时段——来打这个电话。他挑了超级市场里面的一个公共电话间，拨打着熟悉的警局电话号码，然后站在那里，把冷冷的听筒紧紧贴在耳边。他故意挑了一个仅有声音、没有图像的电话机：就算他穿着二手的旧衣服，这浑身破烂、没刮胡子的邋遢形象还是有可能被人认出来。听上去这个接话员是个新人，安德敦小心翼翼地报上了佩治的分机号。如果威特沃正着手把原来的正式职员调走换上他的心腹，那安德敦也许会发现自己正在和一个完全陌生的人讲话。

"你好。"佩治粗犷而嘶哑的声音从听筒那头传过来。

安德敦的心中顿时宽慰许多。他四下里张望着，没有任何人注意他，店员正依照他们日常的路线巡视着贩卖机。"说话方便吗？"他问道，"还是你已经被停职了？"

听筒那边一阵沉寂。他能够在脑中描绘出佩治那温和的脸上此时是如何露出不可置信的神情，一边在心里狂乱地盘算着到底该怎么做。最终，听筒里传来一句几经踌躇的话："为什么——你要打来这里？"

安德敦不去理会他的问话，只是说道："我听不出那个接话员的声音，新人？"

"全换新人了。"佩治承认道，声音压抑而尖锐，"翻天覆地的变更，就这几天。"

"我听说了。"安德敦紧张地说道，"你的工作如何？还安全吗？"

"等一下。"那边的听筒被放下了，一阵模糊的脚步声传入安德敦的耳中，随后是门被快速关上时发出的一声短促的巨响。过了一会儿，佩治回来了，"现在我们可以稍稍放心地谈一谈了。"他嘶哑的声音再次响起。

"有多安全？"

"不算太多。你在哪儿？"

"在中央公园里徘徊，"安德敦说道，"享受阳光。"根据他的了解，佩治一定是去检查了电话线上的窃听装置是否正在工作。此时此刻，也许正有一队空中巡警往这儿赶呢，但他必须一试。"我现在进了新的领域工作。"他简短地说，"这些天以来我是个电工。"

"哦？"佩治困惑了。

"我想，也许你那儿会有些活儿给我干吧。如果可以安排的话，我希望能顺路拜访拜访，检查一下你的基础电脑装置，特别是猴子楼里的数据和分析结果储备区。"

停了一会儿，佩治说道："这——可以安排，如果真很重要的话。"

"的确很重要。"安德敦向他保证道，"什么时候对你最方便？"

"那么，"佩治的内心在挣扎着，"我正在安排一个维护小组来查看内部通信装置。执行专员想要把这套系统升级，这样一来就可以更快地进行操作了。也许你可以跟着进来。"

"我会的。大概几点？"

"四点。大楼B门,六楼。我会——会去接你的。"

"很好。"安德敦同意道,已经准备好要挂电话了,"希望我到那儿的时候,你仍旧大权在握。"

他挂断电话,快步离开了电话间。一会儿工夫,他便在熙熙攘攘的人群中挤出一条路,挤进了附近的自助餐厅——没人能在这儿把他给找出来。

他还要等上三个钟头,看上去这将会是一次漫长的等待。事实证明,在他最终按照预定的计划见到佩治之前,那确实可以称得上是他这一生之中最漫长的等待了。

佩治的第一句话便是:"你疯了吗?你他妈的干吗要回来?"

"我这次回来不会待得太久的。"安德敦紧张地在猴子楼里四处查看,有条不紊地把一扇扇门依次锁好,"别让任何人进来。这个风险我可冒不起。"

"你早先得手的时候就该退了,见好就收你懂不懂。"佩治一路跟在他身后,忧心忡忡,内心剧烈地斗争着,"威特沃充分利用时机,牢牢地抓住了控制权。他已经成功地让全国上下都疯狂地想要抓到你。"

安德敦不去理会他,自顾自"啪"的一声打开了分析仪的主控存储区,"那三个猴子,究竟是谁给出了少数派报告?"

"别问我——我要出去了。"佩治正要朝门口走,听到这话立刻停下脚步,指了指中间的那个人形,然后便消失在房门之外。大门关起,安德敦独自一人留在了房间里。

中间的那个。他太了解那家伙了。矮个子,驼背弯腰,那家伙已经埋在电线底下整整十五年了。当安德敦走近时,他甚至没有抬头看一眼。他的目光呆滞而茫然,他所注视着的是一个并不存在的世界;而对于他所身处的现实世界而言,他只是个瞎子。

"杰瑞"今年二十四岁。最开始他被分类为大面积脑积水的白痴,但当他长到六岁的时候,心理分析测试人员便鉴定出,他是个有预感天赋的天才,而他的天赋便埋藏在那一堆看似腐朽的脑组织层之下。

于是，他被带往政府经营的一所训练学校，那所学校专门培养具有潜质的特异人。当他九岁时，他的能力已有了大幅提升，到了可以实用的阶段，但"杰瑞"却仍然停留于白痴般毫无意义的混乱状态之下——发展中的特异功能已经攫取了他人格发展过程中的全部养分，阻断了他发育成一个正常人的任何可能性。

安德敦蹲下来，开始拆卸分析仪上保护磁带卷的防护层。在简图的指引下，他循着导线回溯，从信息处理最终阶段的系统集成电脑开始，一路找到"杰瑞"的分支设施。没用几分钟，他就取出了两盒长个半小时的磁带；磁带上所存储的便是近期因与多数派报告不符而被弃用的数据。参考了代码图之后，他找出了关于他自己那张卡片的磁带。

身旁不远处的一台磁带析像仪弹了出来。他屏住呼吸，把磁带插进析像仪，启动传译器，然后用心地倾听起来。报告的第一句就很清楚地表明到底是发生了什么事；他已经得到了他想要的东西，可以不用再找了。

"杰瑞"的结论其实是将全部材料重新组织、分析后得到的。由于预测未来特有的不确定性，他所检测的时空领域与他的同伴稍有不同。对他来说，关于安德敦是否真会实施一起谋杀案的报告，是与其他所有事件都相互关联的一个事件。这个结论——以及安德敦所做出的反应——将成为众多材料中的一部分。换句话说，报告本身影响到了安德敦的行为，从而也影响到了最后的结果。

很明显，"杰瑞"的报告事实上是多数派报告的延续。在得知自己将实施一起谋杀案之后，安德敦将会改变主意，不那么去做。对于谋杀案的预演已经使谋杀本身不会被施行了，因为安德敦已经被知会将要发生的谋杀，所以便有了种种防范措施，因此就有一条新的时间轨迹生成了，然而，"杰瑞"遭到漠视。

安德敦战栗着倒带，然后按下复制键。他飞速地复制了一份报告副本，又把文件放回，然后从传译器上取下了副本。这就是证据，足以证明原来那张卡片是无效的，因为它已经作废了，而他所要做的就是把这带子拿去给威特沃看看……

不，是他自己的愚蠢使他糊涂了。毫无疑问，威特沃应该已经看过报告了，但他决定弃之不用。他已经承接起专员的职责，将警队的人屏蔽在外了。威特沃才不会希望降回原职呢，他才不会关心安德敦是否清白无辜呢。

那么，他能怎么做呢？还有谁会对此感兴趣呢？

"你这该死的傻瓜！"在他身后响起一个尖锐的声音，狂乱而又焦虑不安。

他飞快地转过身。他的妻子身穿警服，站在众多大门中的一扇之前，双眼狂乱中带着忧虑。"别担心。"他简短地对她说，一边向她挥舞着手中的那盒磁带，"我正要离开呢。"

丽莎的脸扭曲起来，疯狂地冲向他，"佩治说你在这儿，可我就是不相信。他不该让你进来的，他就是不明白你到底是什么人。"

"我是什么人？"安德敦讽刺地反问道，"在你做出回答之前，也许你最好先听一听这盘磁带。"

"我不想听什么磁带！我只想要你马上离开这儿！艾德·威特沃已经知道有人在这下面了，佩治正竭尽全力缠住他不让他脱身，可——"她突然顿住，头颈僵直地转向一侧，"他现在下来了！他正要强行往这里闯呢。"

"难道你就没有一丁点儿影响力吗？殷勤些，妩媚些，也许他会忘记我的存在呢。"

丽莎望向他的目光中满是严厉的谴责意味。"楼顶停着一艘飞船，如果你想要离开这儿的话……"她的声音哽咽起来，但只一瞬间，她突然沉默了，随后便又说道，"我大约一分钟之后就要起飞了。如果你想一起来的话——"

"我会去的。"安德敦说道，他别无选择。他已经搞到了他要的带子，他的证据，但他却想不出任何逃离的好办法。他心存感激，急急忙忙地跟在他妻子苗条纤细的身影之后，大踏步地走出猴子楼，通过一个边门，走下补给专用走廊。她的高跟鞋在无人的阴暗甬道里踏出了响亮的脚步声，一路回响着。

"那是艘相当不错的快船，"她回过头来对他说道，"我刚刚申请过紧急加油了——已经准备好随时出发。我正要去监督几个小组的工作。"

七

在飞驰的巡逻艇上，安德敦端坐在方向盘后，大致描述了一番那份少数派报告磁带的内容。丽莎不加任何评论地听着，她的脸颊紧绷，神情紧张，双手则牢牢扣住自己的膝头。飞船下方，饱经战火蹂躏的田园乡村一路伸展开来，极似一张浮雕版的地图。城市之间的茫茫原野上遍布着弹坑和壕沟，其间还零星散布着废弃的农田和小型工业厂房。

"我在想，"当他说完后，她说道，"这种事情以前究竟发生过多少次。"

"少数派报告？相当多。"

"我是指，一个普里科重新组织、分析材料，把其他两人的报告当成是原始数据输入——然后再生成一份替代报告。"她的双眼漆黑而幽深，十分严肃的样子，随后她又补充道，"也许，拘留营里关着的人里有很多都跟你一样。"

"不。"安德敦坚持道，然而，他却开始感到一丝不安了，"我所处的位置使我有机会看到那张卡片，又得以看到报告；正因如此才会有那样的结果。"

"可是——"丽莎打了个手势，意味深长地说，"也许，他们所有人都可能像你一样做出反应。我们本该告诉他们实情。"

"那样做实在太冒险了。"他固执地说。

丽莎尖声大笑起来,"冒险?机会?不确定性?在普里科的监视之下?"

安德敦全神贯注地驾驶着小小的高速飞船。"这只是个独一无二的案例。"他重复道,"而现在我们眼前正有个大麻烦。我们可以等以后再来解决这些理论方面的事,我必须把这盒磁带拿给合适的人看——在你那聪明的小朋友下手彻底毁掉它之前。"

"你说的是卡普兰?"

"我可以肯定。"他敲敲那盒放在他俩座位之间的磁带,"他一定会感兴趣的。这个证据可以表明他的生命没有受到丝毫的威胁,而这对于他而言绝对是最重要也最关心的事。"

丽莎从皮包里拿出了她的烟盒,"而你认为他会帮助你。"

"也许他会——也许他不会,但这总是个值得一试的机会。"

"你是怎么这么快就安排好潜入地下的?"丽莎问道,"一套完全有效的伪造身份证明可是很难在短时间内搞到的。"

"所需的无非是钱而已。"他委婉地答道。

丽莎一边抽着烟,一边沉思着。"卡普兰有可能保护你,"她说,"他可是个颇有势力的人。"

"我以为他不过是个退了休的将军。"

"从技术上讲,他的身份的确如此;然而,威特沃翻出了此人的相关资料:卡普兰领导着一个与众不同、相当排外的老兵组织。其实,那可以算得上是个俱乐部,颇有一批经过严格挑选的会员,只有高级军官可以入会——一个战争各方成员都可入会的国际性团体。在纽约,他们拥有一栋高楼大厦,三家平装版图书出版社,还有花费了他们一小部分资产而获得的临时新闻报道权。"

"你想要说什么?"

"就这些。你已经说服了我相信你是无辜的,我是说,这很明显,你不再会去实施什么谋杀了,但你现在必须明白,那份最原始的报告,也就是多数派报告,并不是伪造的。没人捏造那份报告;艾德·威特沃并没有凭空捏造出那份报告,也没有任何针对你个人的阴谋——从来就没有过。如果你打算接受这份少数派报告,认为它是真实的,那你就必须承认,多数派报告也同样是真实的。"

他不情愿地认可道:"我想是的。"

"艾德·威特沃,"丽莎继续说道,"完全只是本着一个美好的信念而采取行动的。他真以为你的确是个潜在的犯罪分子——为什么不呢?他桌子上摆着多数派报告,而你却把卡片折起来塞进了口袋。"

"我已经把那张卡片给毁了。"安德敦静静地说道。

丽莎靠向他很认真地说:"艾德·威特沃并没有为篡权夺位的念头所驱使,驱使他这么做的动机和一直以来支配着你的信念完全相同。他信任犯罪预警系统,他希望这个系统能继续运行下去。我已经和他谈过了,而我坚信他所说的都是真的。"

安德敦问道:"你是不是想要我把这盒磁带拿给威特沃?要是我真这么做了——他一定会把它给毁了的。"

"胡说八道。"丽莎反驳道,"从一开始,母带就一直在他手里。要是他想毁掉磁带,什么时候下手都可以。"

"那倒是真的。"安德敦承认说,"不过更有可能的是,他压根儿就不知道有这么个带子存在。"

"他当然不知道。要这样看这件事:如果这带子落在卡普兰手上,警方就会失去威信。你还不明白为什么吗?这将会证明多数派报告是错误的,艾德·威特沃绝对正确。你必须做出牺牲——如果想要犯罪预警系统幸存下来的话。你只想着你自己的安全,但是,想一想,就一下子也好,想想这套系统。"她侧过身去,按熄了手中的烟蒂,又开始在包里四处摸索起烟盒来,"哪一个对你来说更重要呢?——你个人的安危,还是系统的延续?"

"我个人的安危。"安德敦毫不犹豫地答道。

"你肯定?"

"如果系统仅靠禁锢无辜的民众来苟活于世的话,那它理应被毁掉;而我个人的安全之所以重要不仅因为我是个人,更重要的是——"

丽莎从皮包里掏出一把小得惊人的手枪来。"我确信,"她沙哑着嗓子对他说道,"我的手指正扣在扳机上。我以前从没像今天这样动用过武器,但我愿意一试。"

停了一会儿,安德敦问道:"你要我把飞船掉回头吗?是这样吗?"

"是的,飞回警署大楼。对不起,如果你把系统的利益置于你自私的个人利益之上——"

"把你的说教留给别人去听吧。"安德敦告诉她说,"我会把飞船开回去的,但我可不想听你那通什么辩护词。你那套行为准则,只要是有点头脑的人都不会认同的。"

丽莎的双唇抿成了一条线,毫无血色。她紧紧地握住手枪,面对他坐着,她的双眼专心致志地死盯着他,看着他将飞船沿着一条很大的弧线转了个弯掉过头去。小小的飞船倾成一个基本的斜面,其中一侧机翼高高耸起,笔直地插向蓝天,而这时候,货舱里许多没固定住的东西便噼里啪啦地倾覆下来。

安德敦和他的妻子都由座椅上的金属安全臂支撑着保持平衡,可这场聚会中的第三个成员却受不住了。

从眼角的余光中,安德敦看到一个身影一闪而过。与此同时,巨响传出,一个大个子男人因为脚下突然失了重心而骤然前倾,重重地撞在飞船加厚了的舱壁上。他奋力挣扎,双手徒劳地在墙壁上抓挠着,企图找到一个支撑点——是佛雷明。他迅速从地上爬起,脚下踉踉跄跄,却又极度警觉。他伸出一只胳膊猛冲向女人。安德敦惊吓过度,一声尖叫竟卡在嗓子里发不出来了。丽莎转过身,看见了那名男子——于是尖叫起来。佛雷明将手枪从她手中击落,只听见哗啦一声巨响,手枪掉落在地板上。

佛雷明嘟哝着将丽莎猛推到一旁,然后快速地把枪捡在手里。"对不起。"他喘着气,尽量直起腰来,"我以为她还会再多讲些什么,所以才等了那么久。"

"你什么时候进来……"安德敦刚开始问——又停住了。很明显,佛雷明和他的手下一直都在监视着他的一举一动。丽莎的飞船本身就已经够引人注目的了,而当丽莎还在考虑要不要载他去一个安全的地方、考虑这么做是否明智之时,佛雷明却已经蹑手蹑脚地潜进货舱里了。

"也许,"佛雷明说道,"你最好把那盒磁带交给我。"他用湿乎乎且笨拙的手指摸索起那盒磁带来,"你是对的——威特沃一定会把它丢进烂泥里化成灰的。"

"卡普兰也会这么做吗?"安德敦有些麻木地问道,他还处于对这个男人突然现身的震惊中。

"卡普兰和威特沃是一伙的,两人直接合作,这就是为什么他的名字会出现在卡片第五行的原因所在。他俩中间到底谁是老板,这我们还说不上来。也许,两人都不是。"佛雷明将手枪扔到一旁,然后取出了他自己的武器,"你带着这个女人一起逃亡可真是下下策,把事情全搞砸了。我告诉过你她是这一切的幕后黑手。"

"我无法相信。"安德敦反对道,"如果她——"

"你这人一点判断力都没有。这艘船是在威特沃的命令下启动的,他们是想让你飞离那栋大楼,这样我们就够不着你了。把你和我们分隔开,光靠你一个人单打独斗,你连一丁点儿机会都没有。"

丽莎负伤的脸上闪过一丝奇异的神情。"那不是真的。"她低声说道,"威特沃根本就没看见这艘船。我本来正要去督察——"

"你几乎就要侥幸成功了呢。"佛雷明无情地打断她,"只要警察的巡逻艇没悬在我们头顶,就已经算我们够走运的了。没时间细查了。"他一边说着一边蹲下身去,就蹲在那女人椅子的正后方,"第一件事就是摆脱掉这个女人。我们必须要把你安全地带离这片区域,佩治已经把你最新的假身份告诉了威特沃,可以肯定,这事儿已经在各大媒体上广为传播了。"

佛雷明仍旧蹲在地上，却突然伸手捉住丽莎。他把手中的武器丢给安德敦，然后很专业地将她的下颌用力朝上抬起，将她的太阳穴重重地砸在椅背上。丽莎疯狂地在他身上又抓又挠，一阵尖锐的哀号声自她口中传出。佛雷明根本不管她如何挣扎，只将一双大手环在她的脖子上，然后开始残忍地收紧，再收紧。

"不会有弹痕，"他喘着气解释说，"她会是摔下去的——自然死亡。这种事常有发生，只不过，在这次事件中，她将会是脖子先断。"

很奇怪安德敦居然等了这么久。佛雷明粗大的手指残酷地深深嵌入女人苍白的肌肤，而正当他继续用力之时，安德敦举起手中的枪，把枪托顺势狠狠地砸在佛雷明的后脑勺上。那双巨大的手顿时松开了，佛雷明摇摇晃晃地一头向后栽倒，跌靠在飞船的舱壁上。他企图集中精神，慢慢地拖着身体向上爬。安德敦再次袭向他，这次打在他左眼向上一点的部位。他向后跌去，然后就躺在地上一动不动了。

丽莎蜷缩成一团，拼命地用力呼吸着，许久，许久。她的身体前后摇摆着，渐渐地，她的脸上终于又恢复了血色。

"你还能控制飞船吗？"安德敦问道，一边摇晃着她的身体。他的声音听上去十分焦急。

"是的，我想可以吧。"她几乎是机械地伸手摸到了方向盘，"我没事，不用担心我。"

"这支枪，"安德敦说道，"是陆军军械库里出来的，但并不是战争期间使用的武器。这是他们最近刚刚开发出来的很有用的几款新型武器之一。我可能有很长的一段路要走，但毕竟是个机会。"

他爬到佛雷明身边，后者正四仰八叉地躺在甲板上。他尽量不去碰那人的头部，只撕开了他的大衣，然后在他的口袋里四处翻找着，过了一会儿，佛雷明那被汗水浸透的钱包便落入他的手中了。

根据他的身份证看，托德·佛雷明，隶属于陆军总部，现暂时调配军事情报局内部情报总署。那里面有好几份各式各样的文件，其中一份是列欧坡德·卡普兰将军亲自签署的，申明说，佛雷明现在正处于他的集团的特殊保护之下，而这个集团便是——国际老兵团。

佛雷明和他的人是在卡普兰的授命之下行动的，面包货车、车祸，全都是经过精心策划和巧妙安排的。

这表明卡普兰精心安排了一切，好让他不落入警方手里。这个计划一直可以追溯到在安德敦家中双方的第一次接触，当他收拾东西时，正是卡普兰的人把他带走了。怀着一种不敢置信的心情，他渐渐意识到所发生过的一切究竟是怎样的事实。即使在最初那一刻，他们也只是要确保在警方之前找到他。从一开始，这就是个深谋远虑的作战计划，一切的一切，都是为了保证让威特沃无法及时地将他逮捕归案。

"你说的全是真的。"安德敦告诉妻子说，一边爬回到座位上，"我们能和威特沃联系上吗？"

她沉默不语地点了点头，一边分辨着仪表盘上的通信电路，一边问道："你——发现什么了吗？"

"帮我联络，我想尽快和他谈一谈。十万火急。"

她急忙拨号出去，先用飞船上的机械电路链上了警局内部通信网，然后拨通了纽约的警察总部。先是一个微缩的警局全景视图一闪而过，然后，艾德·威特沃的缩影人像便出现在屏幕上。

"还记得我吗？"安德敦问道。

威特沃顿时脸色苍白，"我的老天啊，出什么事了？丽莎，是你带他进来的吗？"很快，他的双眼便紧紧盯在安德敦手中握着的机枪上了，"听着，"他的语气突然强硬起来，"不要伤害她。无论你是怎么想的，但这一切都不关她的事！"

"我早就发现这一点了。"安德敦答道，"你能帮我们安排一下吗？我们回来的路上可能需要护航。"

"回来！"威特沃难以置信地盯着他问道，"你们正要回来？你是要自首吗？"

"是的,没错。"安德敦快速地说道,然后,他又急忙补了一句,"有件事你必须马上采取行动:关闭猴子楼,确保没人能进去——无论是佩治还是其他任何人,尤其是陆军那边的人。"

"卡普兰。"那个微缩的人影说道。

"他怎么了?"

"他在这儿,他——他刚离开。"

安德敦的心脏几乎立刻停止了跳动,"他都干了些什么?"

"来取数据,是关于你的报告。他来抄走了一份我们犯罪预警系统报告的副本,因为他坚持说他想单独保存一份。"

"那他就已经得手了。"安德敦说道,"太晚了。"

威特沃突然警觉起来,几乎是大叫道:"你到底是什么意思?发生了什么事?"

"我会告诉你的,"安德敦语气沉重地说,"等我先回到办公室再说。"

八

威特沃和安德敦在警察局大楼的楼顶见了面。当那艘小型飞船停下来的时候,一艘护卫舰在他们头顶伸出机翼,飞速地驶离了。安德敦立即迎向那位金发碧眼的年轻人。"你已经得到你想要的了。"他告诉威特沃说,"你大可以把我关起来,然后送我去拘留营,但那还不够。"

威特沃的蓝眼睛因为怀疑而显得有些阴晴不定,"我恐怕不太明白……"

"那不是我的错,我要是从没离开过警局大楼就好了。瓦利·佩治在哪儿?"

"我们已经对他加强了管制,"威特沃回答道,"他不会再给我们带来任何麻烦了。"

安德敦却一脸严厉。"你抓他用错了理由。"他说道,"让我进入猴子楼算不上犯罪,但把机密泄露给陆军的人却是了。你手下出了个陆军的间谍,"随后,他又中气不足地纠正自己道,"我是说,我手下。"

"我已经收回了搜捕你的通缉令,现在所有的小组都在找卡普兰。"

"运气如何?"

"他是乘着陆军的卡车离开的,我们跟着他,但卡车开进了一座军事化兵营。现在他们弄来一辆大型战时R-3坦克堵在大街上,想要把它挪开恐怕是要爆发内战了呢。"

丽莎慢慢地、迟疑地从飞船中走出来。她仍旧那么苍白,一脸震惊的神情。在她的喉头,一片难看的淤伤正逐渐成形。

"你怎么了?"威特沃焦急地问道。随后,他看到了佛雷明那毫无生气的躯体四脚朝天地躺在机舱里。他转向安德敦,直截了当地问道:"那么,你终于停止声称这是我搞的阴谋了吧。"

"是。"

"你不认为我……"他的脸上现出自我厌恶的神色,"千方百计地想谋取你的职位吗?"

"你当然是了,每个人都不会为这种事而感到内疚的,我不也是千方百计地想保住自己的职位嘛。但除此之外还有一点——这不是你的错,不该由你来承担。"

"你为什么那么肯定,"威特沃询问道,"即使你自首也已经来不及了?我的上帝啊,我们会把你关进拘留营的。这一周很快就会过去,而卡普兰却还活着。"

"他是会活下去,是的,"安德敦承认这一点,"但他可以证明,即使我现在就在大街上闲逛,他也还是会活生生的。他手里有资料证明多数派报告已经作废了,他可以推翻整个犯罪预警系统。"他又接着说道,"从头到尾,不管我们再怎么做,他都赢定了——而我们却输了。陆军会对我们表示质疑,总之,他们的阴谋得逞了。"

"但他们为什么要冒那么大的风险做这种事呢?他们到底想要什么?"

"自从战争之后,陆军彻底出局。世界再也不是过去陆军联邦西部战区同盟的黄金时代了。那时的他们一手导演着一切,无论是军事还是国内政局。那时候他们自己就是警察,执行他们自己的军警任务。"

"就像佛雷明。"丽莎孱弱地说道。

"而战争结束后,西部战区被解除了军备。像卡普兰那样的军官则被迫退休,被弃置一旁——没人喜欢这样。"安德敦扮了个鬼脸道,"我可以对他表示同情,他并不是唯一的一个,但我们不可能永远这样操纵政局,必须将权力分散。"

"你说卡普兰已经赢了,"威特沃说,"那我们还可以做些什么?"

"我不打算去杀了他,我们都明白他已经知道了这一点。也许他会跟我们达成某种协议,我们仍将继续操作,但参议院会移除我们的实权。你肯定不愿意事情变成这样,对不对?"

"我当然会说不。"威特沃斩钉截铁地回答道,"总有一天,我会管理这个部门的。"他的脸突然红了起来,"当然了,我并不是指马上。"

安德敦的脸色还是阴沉沉的,"真是太糟了,你竟然公开了那份多数派报告。如果你静悄悄地收住那份报告,我们就可以小心谨慎地收回它。可现在每个人都知道了,我们再也没可能撤回那份报告了。"

"是啊,我想是不可能了。"威特沃尴尬地承认,"也许,我——我做起这份工作来并不像想象中的那么得心应手。"

"你会的,只要时机一到,你会是个好警官的。你是个相信现实的人,但要学会放松。"安德敦说着离开了他们,"我要去研究一下那份多数派报告的数据母带。我想要弄明白,他们究竟是如何推定我杀死卡普兰的。"他在沉思中发表了结束语说,"那也许会给我一些下一步要怎么走的提示。"

普里科"多娜"和"迈克"的数据磁带是分别存储的。安德敦先选了负责分析"多娜"的仪器，他打开防护层，然后将里面的仪器摊开。和以前一样，编码告诉了他相关的是哪一卷。很快，他就已经在操作磁带传译器了。

情况和他所怀疑的大体相似，这的确就是供"杰瑞"分析用的素材——那条被取代了的时间轨迹。在这里，安德敦于下班回家的路上被卡普兰下属的军情局干探给绑架了。他被带到了卡普兰的别墅——国际老兵团的综合总部。他们给了他最后通牒：要么自动解散犯罪预警系统，要么就将面临陆军公开的对抗。

在这条被废弃了的时间轨道上，身为警署专员的安德敦转而向参议院寻求援助。然而，他没能得到任何援助。为了避免内战，参议院认可了警察系统的解体，同时下达了最终决议，退回到执行军管的路线上，目的是"应对紧急状况"。于是，安德敦带领着一队狂热的特种部队找到了卡普兰，开枪将之射杀。和卡普兰在一起的还有老兵团其他一些军官，但只有卡普兰死了，其他人则通通被擒。行动获得了成功。

这是"多娜"提供的资料。安德敦将磁带倒回，然后转向由"迈克"预见的材料。材料应该是一样的：这两个普里科联合在一起才提交了一份统一的谋杀案全貌。"迈克"的开始部分是"多娜"已经预见了的情节：安德敦知悉卡普兰针对警察部门的阴谋，但有些东西似乎不大对头。他满腹困扰地把磁带倒回最开始的部分，不可思议的是，两者并不相同。他再次播放整卷磁带，专心致志地倾听着。

"迈克"的报告迥异于"多娜"。

一个小时后，他已经完成了他的检验，他将磁带放回，然后离开了猴子楼。他刚一出来，威特沃便问道："是什么问题？我看得出一定有什么事不大对头。"

"不。"安德敦缓缓答道，他仍旧沉浸在冥想中，"没什么事不对头。"

一个声音突然传入他的耳中,他下意识地循声走到窗前向外张望着。

街上挤满了人,沿中心线向前移动着的是四列全副武装的士兵。来复枪、钢盔……前进中的士兵们身穿褪了色的战时军服,高举着珍藏的陆军联邦西部战区同盟军旗,那旗帜在午后寒风中迎风招展开来。

"是陆军的集会,"威特沃神情黯淡地解释说,"我们错了,他们并不打算和我们做什么交易。为什么要做交易呢?卡普兰要把此事公开了。"

安德敦并不感到惊讶,"他要宣读少数派报告了吗?"

"显然是。他们将向参议院提出要求解散我们,剥夺我们的权限。他们将会宣称,一直以来我们都在逮捕无辜的民众——警察局逮捕行动的黑幕,诸如此类的话。恐怖统治。"

"你猜参议院会不会屈服呢?"

威特沃犹豫了,"我可不想瞎猜。"

"我来猜猜看。"安德敦说道,"他们会的。外面发生的事正好与我在楼下所了解到的相符。我们已经自投罗网,现在就只有一条路可走。不管我们喜欢还是不喜欢,我们都必须那么做。"他的双眼熠熠发光,显示出一股钢铁般的意志。

威特沃担心地问道:"怎么做?"

"我话一出口,你就会想为什么自己早没想到。很明显,我打算完全实现那份公开了的报告。我将不得不杀死卡普兰。这是唯一一个可以避免让他们解散我们的办法。"

"可是,"威特沃惊讶地说,"多数派报告已经被替代了呀。"

"我能做到。"安德敦告诉他说,"但这是有代价的。你熟悉用于指控一级谋杀案的法令吗?"

"终身监禁。"

"至少是终身监禁。也许,你可以帮我打几个电话,把刑罚减为流放。我可能会被送到某个殖民行星上去……所谓的美好的老边疆什么的。"

"你……宁愿那样吗?"

"见鬼,才不呢。"安德敦一脸诚恳地说道,"但是,两害相权取其轻嘛。何况,本来就是要那么做的。"

"我可看不出你怎么才能杀死卡普兰。"

安德敦取出了佛雷明扔给他的那支枪,"就用它了。"

"他们会制止你的。"

"他们干吗要那么做?他们已经拿到了少数派报告,上面说,我已经改变主意了。"

"那么,少数派报告错了吗?"

"不,"安德敦说道,"它绝对正确。但无论如何,我已经打定主意要谋杀卡普兰了。"

九

安德敦从来没杀过人,也从来没亲眼看到有人被杀,而他身为警署专员已经三十年了。对于他这一代人来说,计划周详的谋杀早就已经销声匿迹了,不管怎么说,这种事就是没发生过。

一辆警车载着他来到距离陆军集会点不到一个街区的地方,他坐在车后座的阴影里,仔细地检查着从佛雷明那儿弄来的那支枪。这枪看上去像是从没有人用过似的,事实上,倒也丝毫不用怀疑它的效果,他绝对肯定在未来半个小时里将会发生什么事。之后,他把枪收好,打开车门,机警地下车。

没人对他加以丝毫的注意,人潮汹涌,大家都焦急地向前挤去,想尽量挤到能听见集会发言的距离之内。身穿制服的陆军有着优先权,所以早就占据了最好的位置。而在一片事先清理出的空地上,沿边排成一线供大家参观的是坦克和其他一些重型武器——全是现今仍然出产的威力强大的武器。

陆军的人已经搭建起了一座金属高台,旁边还有台阶以供上下。高台后面高挂着一条大大的横幅,上面写着"陆军联邦西部战区同盟",标志着当年参战的联军力量。奇怪的是,在时间的侵蚀之下,陆军联邦西部战区同盟老兵团里竟然也包括了不少当年敌军的军官。然而,将军总还是将军,当年那条细微的分界线已经随着时光的流逝而渐渐淡去。

最前面两排座位上坐着同盟军指挥部的高级将领,在他们身后坐着高级军官。五颜六色、标志各异的军团旗在空中飞扬着,其实,这次集会单从表面上看就已经是一次盛大的庆典了。搭建的高台上端坐着表情严肃的老兵团高官政要们,全都是一副紧张中略带企盼的神情。最靠边的地方,几乎可以说是在不为人注意的角落里,有几支警察队伍等在一旁,表面上看是在维持秩序,而事实上,他们已被告知只要密切关注就行了。如果秩序井然,陆军的人自然会维持下去。

人群密密麻麻地挤作一团,午后的风载来许多人压低了嗓子说话时发出的嗡嗡声。安德敦在密集而喧闹的人群中奋力前行,人们挤得严严实实,很快他就淹没在人群中了。一种热切的期望使每个人的神情都显得格外严峻,人群似乎已经感觉到将会有什么不同寻常的事要发生了。安德敦艰难地从一排排座椅中挤出一条路来,冲着高台边缘那一团密集的陆军军官挤去。

卡普兰就在他们中间,只不过,他现在是卡普兰将军。背心、黄金怀表、藤条手杖、保守的西服——全都不见了,为了这次庆典,卡普兰穿上了他收藏已久的老军服。他站得笔直,令人瞩目,旁边围绕着的是他当年的老部下。他佩戴着他的军衔、军功章和装饰用的短剑,脚蹬军靴,头戴阔檐军帽——真是令人惊叹,一顶尖顶阔檐军官帽竟能把一位秃顶的老人变得魅力四射。

卡普兰将军注意到了安德敦,于是突然从人群中大踏步地走了出来，走到这位相对他而言的"年轻人"面前。他那消瘦的脸上露出了阴晴不定的神情，看得出，他对于能在此地见到这位前警署专员是多么高兴，同时又是多么疑惑。

"真是意外啊。"他对安德敦说，一边伸出了他那瘦小的戴着灰色手套的手，"在我的印象里，你应该已经被新任警署执行专员带走了嘛。"

"我还没被关起来，"安德敦简短地说道，和他握了握手，"毕竟，威特沃也有一盒跟这一模一样的磁带。"他指了指卡普兰那如钢爪般的手指紧紧握住的一个包裹，然后自信十足地迎上老人凝视着他的目光。

除了有些神经质以外，卡普兰将军还是很有幽默感的。"对陆军来说，这可是一个极其盛大的场面，"他说，"关于针对你的那条伪造的指控，你将会听到我向公众做出一个全面的说明。"

"好极了。"安德敦含糊其辞地应承道。

"对你的指控是不公正的，这一点将很快得到澄清。"卡普兰将军企图试探安德敦，看他都知道了些什么，"佛雷明有没有向你介绍一下现在的局势呢？"

"大概吧，"安德敦回答道，"你只打算宣读少数派报告吗？你这儿就只有这份报告吗？"

"我打算把它跟多数派报告做个比较。"卡普兰将军朝他的副官比了个手势，然后，一只皮制手提箱被呈了上来。"所有东西都在这儿——所有我们需要的证据，"他说道，"你不介意被当成样板吧，嗯？你是一个典型的案例，无数人就是这样被不公正地逮捕了的。"卡普兰将军刻板地举起手表看了看，然后说道，"我必须要开始了。你要不要跟我一起到高台上去？"

"干吗？"

冷冷地、但是带着些许被压制着的兴奋，卡普兰将军说道："这样一来他们就可以看到活生生的例子了。你和我一起出现——凶手和受害人，我们肩并肩站在一起，可以充分揭露出警方一直以来在暗中操纵的险恶大骗局。"

"荣幸至极。"安德敦认同道，"那我们还等什么？"

卡普兰将军不安地朝高台上走去。他再一次将怀疑的目光投向安德敦，似乎是在猜测安德敦为什么会在此地出现、又究竟知道多少。看到安德敦心甘情愿地踏上高台、直接在发言人的位置旁找了个座位坐下，卡普兰将军愈发怀疑起来。

"你充分了解我将要说的是什么吧？"卡普兰将军问道，"这次的揭发将会有相当大的反响，这将有可能会导致参议院重新考虑犯罪预警系统最基本的合法性。"

"我明白。"安德敦回答道，双臂交叠在胸前，"让我们开始吧。"

人群中突然一片寂静。然而，当卡普兰将军拎着手提箱走上台并开始把材料一样样在面前摊开之时，人群中立刻出现了经久不息而又热切的骚动。

"坐在我身旁的这个人，"他以一种清晰且干脆的声音开始了演讲，"对你们大家而言可算是非常熟悉了的。看到他你们也许会感到非常惊讶吧，因为直到最近，他还被警方描绘成一个危险的杀手。"

众人的目光立刻全都聚焦在安德敦身上。他们贪婪地凝视着这位潜在的杀手，这是他们有生以来第一次得到可以在近距离观察的特权。

"然而，不管怎么说，在刚刚过去的几个小时里，"卡普兰将军继续说道，"警方对此人的通缉令已经被取消了。是因为前警署专员安德敦主动自首了吗？不，从严格意义上说，这么讲并不准确。他就坐在这里，他并没有去自首，然而，警方却已经不再对他感兴趣了。约翰·艾利森·安德敦是无辜的，并没犯下任何罪行，无论是过去、现在，还是将来。对他的指控很明显是伪造的，是对事实残忍的扭曲，是这套已然被玷污了的刑罚系统基于一些虚假的预设机制而捏造出来的——这个预设机制是一个巨大的、非人的毁灭性引擎，正从无数男男女女的身上碾过,将人们带向死亡的陷阱。"

人群目光的焦点又着迷地从安德敦身上转向卡普兰,每个人都对这起事件的来龙去脉熟谙至极。

"有许多人已经在这套所谓的防范性犯罪预警机制之下被逮捕、监禁。"卡普兰将军继续说道,他的声音越来越有感情,越来越有力,"指控他们的理由并不是因为他们犯下了罪行,而是因为他们将会犯罪。预警系统坚持说,如果容忍他们在外面自由行动,这些人就将在未来的某个时刻犯下重罪。

"然而,关于未来的所谓认知,其实并没有任何根据。预测的信息刚被发布,它就自己推翻了自己刚做出的结论。这种对某个人将会犯罪的推断根本就是荒谬的,对这样提交上来的数据进行操作的行为本身就是一种谬误。每一起案例,毫无例外,这三个警方的普里科所提交上来的报告都会使他们自己的原始数据变成无效数据,因为实际情况已经在他们的参与下发生了改变。所以说,即使没有逮捕行动,也仍然不会出现任何他们所指控的犯罪行为。"

安德敦心不在焉地听着,只听到只言片语,然而民众却对此表示出极大的兴趣来。卡普兰将军现在正从少数派报告中总结出他的观点,他解释着那份报告的来历和其生成的过程。

安德敦悄悄地从大衣口袋里掏出枪来,然后把枪横放在膝头。而此时,卡普兰早已把那份少数派报告,也就是从"杰瑞"那儿弄来的材料,放在一边了。接着,卡普兰倾下身子,用瘦骨嶙峋的手指摸索着总结报告的第一份,"多娜",然后是"迈克"。

"这就是多数派报告原本,"他解释说,"头两个普里科断定说,安德敦将会实施一起谋杀。而现在,这就是自动无效了的资料。让我来念给你们听。"他掏出眼镜,把眼镜架在鼻梁上,开始慢慢读起来。

一种奇怪的神情出现在他的脸上。他先是踌躇起来,结结巴巴地念了几句,然后很突然地停了下来,那几页纸自他手中缓缓飘落。像头被逼进了角落的困兽,他转过身,蜷起身子,从演讲台后猛冲出来。

只一瞬间，他那扭曲的面孔就从安德敦身边闪过。就在此时，安德敦站起身来，迅速向前迈出几步，然后开火。高台上摆满了椅子，卡普兰被那一排排从椅子下面伸出的脚绊倒了，在极端的痛苦和恐惧之下，他发出一声骇人的尖叫。然后，就像是一只被人从空中击落的鸟一样，他颤抖着，抽动着，从高台滚落。安德敦跟着踏上栏杆，但一切已经结束了。

卡普兰，正如多数派报告所断言的那样，死了。他那干瘪的胸前露出一个正在冒烟的黑洞，血肉模糊，他的尸体软软地瘫倒在地上，兀自抽搐着。

安德敦顿时感到一阵恶心，他转过身去，朝着被吓得目瞪口呆、正在纷纷站起身来的那群陆军军官中间走去。枪仍握在手中，为了确保不会被人半路拦下。他从高台上一跃而下，然后缓缓地侧身直插进混乱中的人群中。在莫大的震惊和恐惧之下，人群争着想看清楚面前发生的究竟是怎么一回事——这起事件就发生在他们的眼皮子底下，是那么的不可思议，他们需要一点时间才能从盲目的恐怖中醒悟过来，接受这样的事实。刚到人群外围，安德敦就被早已等候多时的警察抓住了。"你真走运，居然还能走得出来。"当汽车小心翼翼地朝前开去时，其中一人这样对安德敦说道。

"我想我也是够走运的了。"安德敦缓缓地答道。他朝车后座靠下去，一边试着想让自己镇定下来。他的身体在颤抖，一阵头晕目眩的感觉。毫无征兆地，他突然向前倾身，开始猛烈地呕吐起来。

"可怜的恶棍。"一个警察同情地嘟哝着。

痛苦的晕眩感和极度的恶心给了安德敦双重打击，在这样的痛苦之中，他实在无力去分辨那个警察所指的究竟是卡普兰还是他自己。

约翰尼的记忆

【美】威廉·吉布森 著
李克勤 译

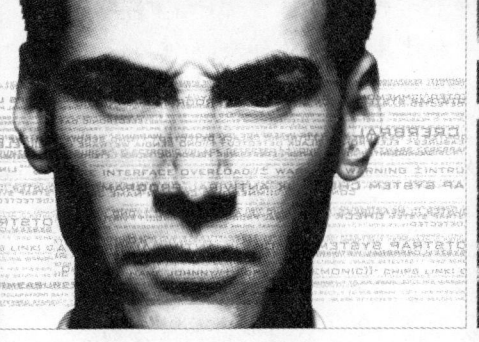

改编电影：《捍卫机密》 JOHNNY MNEMONIC
导演：罗伯特·郎高 / 主演：基努·李维斯、戴安·梅尔 / 上映日期：1995.5.26.（美国）

本篇是赛伯朋克流派科幻小说的创立者之一威廉·吉布森的代表作，其最成功之处在于营造了一个充斥着高科技产品，但非常混乱、尔虞我诈的赛伯朋克世界，尤其是基于身体改造的杀手令人印象深刻——这些在后来的电影中并没有完全呈现出来。

将这篇小说搬上大银幕的编剧就是小说作者本人。所以，影片在内容上相当忠实于原作：在影片和小说原作中，未来世界混乱、肮脏，但到处充满着超级的科技（例如肌肉电信号传感技术、量子计算机、人脑单向储存信息等等），这些科技多半与计算机、信息有关，而主人公就是数字世界的牛仔，在其中冒险、求生。

影片拍得不算成功，原因之一是成本较低，特效相对粗糙（不过以当时技术看也算不上大失水准），另外就是名不见经传的导演对影片的把握能力不足，以至于整个故事松散、缺乏合理的节奏和逻辑性。不过，由于风格性十足，作为一部低成本B级片，《捍卫机密》还是值得一看的（顺便说一句，其中有北野武客串）。影片把故事结尾主人公用头脑中的信息闷声大发财提升到了公布治疗整个人类病痛的配方的高度，虽说很俗套，但似乎更能体现出"信息＝权力"这样一种思想；同时也体现出了当时刚刚崭露头角的黑客们的价值观："所有禁锢的信息都要被释放。"

影片对后来关于虚拟空间的科幻电影影响很大，甚至在《黑客帝国》中也能看到本片的影子。也是从这部片子开始，基努·里维斯开始了他"救世主"的演员生涯。

约翰尼的记忆
JOHNNY MNEMONIC

我把霰弹枪装进阿迪达斯运动包,又往里塞了四双网球袜,把包包填实在。完全不是我的风格,可我要的正是这种效果:如果他们觉得你是个凶悍家伙,就跟他们玩技术;如果他们觉得你是个技术型,就跟他们玩凶悍。我是技术型,所以我决定凶悍点,越凶越好。可现在这个时候,你至少得有点技术,才能凶悍得起来。比如说我这两把口径十二的霰弹枪吧,我得自个儿在机床上卸掉它们的铜枪托,安上新的;我得到处挖资料,从一张旧缩微胶片上发掘出教程,学会怎么手动上膛;还得用新的压力装置替换子弹上的底火。一大堆麻烦事儿,棘手。但我知道,这东西能用。

约会地点是航空港酒吧,时间2300。我坐地铁,过了三站才下车,然后一路走回去。这样安全。

我在一家小咖啡馆的铬面外墙上照了照:五官鲜明,普普通通的白种人,一头又粗又硬的黑头发。"刀锋下"整容医院的姑娘迷索尼·毛①那张脸迷得要命,还喜欢给客人添上流行的双眼皮。拿她们没办法。这一套多半蒙不了拉尔菲·费斯,但或许能让我走近他的桌子。

航空港酒吧是个窄长条,一边是吧台,对面是桌子。一大堆皮条客、毒贩子在这儿混,还有不少鬼鬼祟祟的掮客。今晚把门的是磁力犬姐妹。要是我的事儿办得不顺,我可不想从她们身边夺门而逃。这两人足有两米高,瘦得像猎犬。一个是黑人,另一个是白的。除了这点区别,两人简直一模一样——全是整容大夫的功劳。这两人好多年

---

① 作者杜撰的当时的风头人物。

来一直是一对儿,打起来的话,不好对付。我一直没弄明白哪一个原本是男的。

拉尔菲坐在他的老座位上。欠我一大笔钱。我脑子里存着几百兆资料,白痴—明白人机制。就是说,我自己不知道储存的是什么信息,也够不到。这些东西是拉尔菲的,可他没来取货。资料只有拉尔菲才能提出来,靠的是他自个儿设计的密码条。我的要价不便宜,超期储存的延误费更是天文数字。而拉尔菲是个小气鬼。

接着,我听说拉尔菲·费斯悬赏要我的命,于是我跟他定了个约会。我把自个儿弄成埃德华·巴克斯的模样——埃迪是个非法进口商,近来在做里约热内卢的生意。

酒吧里热烘烘一股子非法生意味儿,神经紧张造成的,跟金属发热的臭味差不多。一群群肌肉男在人堆里荡来荡去,互相比试肉块儿,脸上绷出冷冰冰的假笑。有些人的肌肉嫁接搞得太过分,身体轮廓简直不像人类了。

对不起,朋友们,对不起,埃迪·巴克斯,一个人来的,进口商快手埃迪,带着做生意时惯带的运动包。还有,别在意他包包上那道能伸进右手的小开口。

拉尔菲不是一个人,身边的椅子上还有一堆八十公斤加州肌肉。肌肉男一头金发,坐姿警觉,全身上下都是练家子模样。

没等肌肉男的双手离开桌面,快手埃迪已经在他们对面的椅子里落座了。"是黑带?"我热切地问。他点点头,蓝眼睛进入扫描模式,在我的眼睛和双手之间来回扫。"我,也是。"我说,"我的黑带就在这个包包里。"手往那道开口里一伸,拇指扳开保险。咔。"两支十二口径霰弹枪,扳机绑一块儿。"

"是枪。"拉尔菲说,一只胖手在打手绷着蓝色尼龙背心的胸口一拍,让他别冲动。"约翰尼的包包里还藏着古董武器哩。"埃迪·巴克斯的伪装到此为止。

我猜,不管姓怎么变,他的名字一直是拉尔菲。拉尔菲这个,拉尔菲那个。至于眼下这个姓①,纯粹是他的虚荣心带来的。他用了二十年的这张脸像熟透了的梨子,一度很有名,是雅利安人雷盖乐队的克里斯蒂安·怀特的脸。此人是他那个时代的索尼·毛,牙买加摇滚之王。这类细枝末节的小事,我知道得很多。

克里斯蒂安·怀特:典型的漂亮脸蛋,皮肤细嫩,颧骨突出——有时像天使,有时又散发一种令人堕落之美。但这张脸上那双闪亮的眼睛是拉尔菲的:又小,又黑,又冷。

"咱们还是像正正经经的生意人一样解决这个问题吧。"他的声音总是真诚得要命,漂亮的克里斯蒂安·怀特的嘴角总是湿漉漉的。"这位刘易斯,"朝肌肉男那边点点头,"是个笨蛋。"刘易斯不动声色,跟组装起来的模型人似的,"你不是笨蛋,约翰尼。"

"我是笨蛋,拉尔菲,一个满身植入设备的大笨蛋,让你往我的脑子里塞你那些破烂货,同时到处找人干掉我。瞧瞧我这个包,拉尔菲,它的意思是你得作点解释。"

"问题出在这最后一批货上,约翰尼。"他深深叹了口气,"作为经纪人——"

"赃物贩子。"我纠正道。

"作为经纪人,我总是很谨慎地选择货物来源。"

"只从最高明的贼那儿买东西。懂你的意思。"

他又叹了口气。"我尽可能做到,"他疲惫地说,"不从白痴那儿收货。可这一次,恐怕我正好犯了这个错误。"第三次叹气是个信号。刘易斯打开了他们事先粘在我这一侧桌子下边的神经阻断器。

我把全身力气都用在右手食指上了,拼命想扣动扳机,可我跟这根手指的联系好像中断了似的。我能感到金属枪身和我缠在短短的枪把上的泡沫胶带,但我的手成了一团软蜡,离我老远,动弹不得。我希望刘易斯真是个笨蛋,蠢得过来夺走我的包。只要一扯,就会牵动我那根放在扳机上的僵硬食指。可惜他不是笨蛋。

---

① 费斯,face,脸的意思。

"我们一直很担心你啊,约翰尼,非常担心。你瞧,你储存的货是日本黑帮的。一个白痴从他们手里偷了出来。一个已经死掉的白痴。"

刘易斯怪笑起来。

难怪我脑子里的感觉那么糟,像塞了几大口袋湿沙似的。杀人不是拉尔菲的风格,他的风格甚至不包括刘易斯这种打手。可他现在被夹在中间:一方是弧光灯时代的菊花之子①,另一方是属于他们的某种东西——更有可能的是,这东西也不是他们的,原本属于别的什么人。当然,拉尔菲可以用上他的密码条,让我进入白痴—明白人状态,然后我便会一口气吐出他们那些烫手程序,事后半点也记不得。对拉尔菲这样的赃物贩子来说,这就足够了,但日本黑帮却不会就这么轻易放手。日本黑帮肯定知道乌贼②,而那些程序会在我脑子里留下难以觉察、但却是永久性的痕迹。他们才不肯提心吊胆唯恐有人把这些蛛丝马迹提取出来哩。乌贼的事我知道得不多,只听说过一些故事。当着我的客户,这些故事我是不会提的。不,日本黑帮肯定不喜欢那些蛛丝马迹,看上去太像证据了。那伙人混到如今这个地步,靠的绝不是到处留证据或者活口。

刘易斯笑得合不拢嘴。估计他正想象着我前额后头的什么地方,以及怎么敲破我的脑壳够到那儿。

"嗨。"我右肩后响起一个低沉的女声,"瞧上去,你们这些小伙子好像不大开心呀。"

"滚开,婊子。"刘易斯说。他那张晒得黑黑的脸上很平静,拉尔菲更是毫无表情,一张白纸。

"高兴点嘛。想买点乐子吗?"没等刘易斯或拉尔菲阻止,她已经

---

①菊花之子指日本人。弧光灯时代是指故事发生的时间,人类生活在穹顶之下,靠弧光灯照明。

②即量子扰动超导探测器。这几个词的首字母组合在一起,正好是英文中"乌贼"一词。电影《黑客帝国》中也用了同样的设定,只不过把它具象化了。或许这是对前辈表达的敬意。

拖过一把椅子,一屁股坐了下来。我一动不能动,但刚好能从眼角看到她。瘦瘦的一个姑娘,戴着镜面眼镜,一头蓬松的黑发。她穿着一件黑皮夹克,大敞着胸,里面一件T恤,上面对角刷着一溜儿黑红大字:身轻如燕。

刘易斯恼怒地"哼"了一声,想一巴掌把她扇下椅子。可不知怎么回事,巴掌没碰着人家。只见她手一抬,好像只擦了擦从眼前掠过的手腕。鲜血喷在桌面,刘易斯一把攥住手腕,紧得连指关节都变白了。指缝中,血滴答滴答直往下淌。

可她手里不是什么都没有吗?

刘易斯的手腕得用上肌腱连缀术了。他小心地站起来,没费心先挪开椅子,椅子"哗啦"一声翻倒,他一声不吭,离开了我的视域。

"他最好找个大夫瞧瞧。"她说,"那一下割得不轻。"

拉尔菲的声音突然变得无精打采到极点:"你不知道你刚刚陷进去的这堆麻烦有多深。"

"真的?这么神神秘秘?我最喜欢神神秘秘的事儿了。比如说,你这位朋友干吗这么安静。看上去像被麻痹了。还有,这东西为什么在这儿。"她举起那个小小的控制器——本来一直在刘易斯手里,也不知她是怎么弄到手的。拉尔菲的样子很不舒服。

"你,呃,我付二十五万,你把那东西还给我,然后开路。如何?"一只胖手抬起来,紧张兮兮地拭着那张苍白的瘦脸。

"我想要的,"她捏了个响指,控制器随之一转,灯光下闪闪发亮,"——是一份工作。你的小伙子不是正好伤了手腕吗?二十五万算预付好了。"

拉尔菲响亮地呼出一口气,笑了起来,露出一嘴跟克里斯蒂安·怀特不般配的牙。于是,她按下控制器的开关,关闭了神经阻断器。

"两百万。"我说。

"这才是我的好东家。"她笑道,"那包里是什么?"

"霰弹枪。"

"真原始。"用的却是赞赏的口气。

拉尔菲什么都没说。

"我叫米利安，莫莉·米利安。想离开这儿吗，老板？别人已经开始注意咱们了。"她站起身来。她穿的是条牛仔裤，颜色像凝固的血。

我这才发现，那副镜面眼镜原来是植入物。银色镜片从颧骨处升起，形成一道弧形曲线扣在眼窝上。镜面亮晶晶地闪动着两个我新做的这张脸。

"我叫约翰尼。"我说，"咱们要带费斯先生一起走。"

他在门外等着，模样如最普通的向游客推销科技小玩意儿的技术员：一双日本木屐，一件傻乎乎的夏威夷衬衣，上面大大地印着他的公司最热门的微处理器。文文静静的小个子。这种人会在酒吧里就着小块海藻脆米饼喝清酒，喝个酩酊大醉，最后高唱公司员工歌曲，痛哭流涕，没完没了地跟酒保握手。皮条客和毒贩子不会招惹这种人，从这类天生老实人身上拉不到生意。这类人很保守，而且很在意自个儿的名声和钱包。

我后来猜想，他们肯定切掉了他的一截左手大拇指。从第一个指关节下面一点截断，换一个指尖，再钻空残留部分，在里面安上仙台小野公司出产的类金钢石材料制成的线轴和底座，最后把三米长的单分子细丝仔细地缠在线轴上。

莫莉正跟那对磁力犬姐妹说着什么，我则把运动包轻轻抵在拉尔菲腰眼上，押着他走出门去。莫莉似乎认识那对姐妹，我听见黑的那个笑了起来。

我向上扫了一眼——这是过去留下来的老习惯。大概是因为我一直不适应空中刺眼的弧光灯，以及高居灯光之上、黑沉沉的穹顶天棚。或许正由于这个老毛病，我才捡了一条命。

拉尔菲向前走去。现在想来，我觉得他不是想逃跑，他似乎已经知道自己难逃一死。或许是因为，他隐约知道想找我们麻烦的是什么人。

　　我抬起的头低下来,正好看到他身体断裂的一幕,但后来我才清清楚楚地回想起整个经过。拉尔菲向前迈了一步,那个小个子技术员不知打哪儿溜过来,满面堆笑。攻击之前只有一个预兆:他的左手大拇指断开了。这个把戏真绝,跟变戏法似的。断开的那根拇指悬在空中,什么亮晶晶的东西一晃。镜子? 金属线? 拉尔菲停步,浅色夏装的胳肢窝下顿时两大块黑黑的汗渍。他知道了。肯定早就知道。说时迟那时快,那根戏法道具似的拇指尖像个铅锤一样飞了起来,划过空中,既像闪电,又像溜溜球。连在杀手手上的那根看不见的线横着切过拉尔菲的头盖骨,就在眉毛上方一点的地方,然后"嗖"地飞起,向下一落,从肩头到肋下,沿对角线斜着切过那具梨形躯干,切得干净利落,切开的刹那间甚至不见一滴血。一刹那之后,神经突触发现自己短路了,一阵痉挛,尸体这才倒地。

　　粉红色的血雾中,拉尔菲的身体分成互不相关的三块,沿着倾斜的街面向前滚去,静悄悄的,无声无息。

　　我抬起运动包,右手痉挛般收缩。反作用力差点震折我的手腕。

　　雨肯定下了很久。一股股雨水从天棚的一处破口淌下来,水珠溅到我们身后的墙上。我们蹲在一个外科铺子和一家古董商店之间的一道窄缝里。米利安在向外窥视,只有一只镜面眼镜探出墙角。她说,航空港酒吧外有辆警车,红色警灯闪闪烁烁。他们正把拉尔菲归成一堆,盘问路人。

　　我身上散落着一片片烧焦的白色织物。网球袜。运动包只剩下破破烂烂一圈塑料,套在我的手腕上。"真搞不明白,我怎么会没打中。"

　　"因为他快,非常快。"她双手抱着膝头,皮靴后跟撑着身体,前后摇晃起来,"他的神经系统改造过。这家伙是个工厂定制品。"她咧嘴一笑,显得稍稍高兴了些,"我会搞定他的。就今晚。他是最棒的,第一名,头一份儿,简直是艺术品。"

"你要搞定的是我这个付给你两百万的人,把我弄出这个鬼地方。你那个男朋友多半是千叶市哪个实验大桶里炮制出来的玩意儿,是日本黑帮的杀手。"

"千叶。哼,告诉你,我莫莉也去过。"她双手朝我眼前一伸,十指微微分开。手指又细又长,紫红色的指甲一衬,分外白皙。十根指甲下"嗖"地弹出十柄利刃,每一柄都像手术刀一样,窄窄一溜儿,两面开刃,闪着幽幽钢蓝。

我从来不会在夜城逗留。这儿没人为我的记忆付钱给我,大多数人倒不断付费,只求在麻醉中遗忘一切。一代又一代枪手拿弧光灯当靶子,弄得维护人员没脾气,只好放弃。就算在中午,这个片区也是黑黢黢的,衬着天上最微弱的淡白色。

世上最有钱的犯罪组织正用它冰冷、镇定的手指摸索你时,你能上哪儿去?上哪儿才能躲过财厚势大、有自己的通信卫星和至少三艘太空飞船的日本黑帮?日本黑帮是个真正的跨国组织,类似国际电信公司和小野公司。我出生之前五十年,它就已经吞并了三合会、黑手党和工联。

莫莉的答案是:钻进洞窟,钻到最深最暗的底层。在这里,任何外来威胁都会遇上赤裸裸的暴力,又快又狠的暴力。隐入夜城。不,最好藏身夜城之上。因为这个洞窟是颠倒的,最深处挨近天空——夜城永远见不到的天空,夜城永远只能在这片污染物构成的天空下喘息。藏身高处。在那里,低科技族嘴角叼着黑市香烟,蹲伏在黑暗中,像屋檐下的怪兽滴水嘴。

对另一个问题,她也有答案。

"这么说,尊敬的约翰尼先生,信息在你脑子里锁得死死的?没有密码,里头的程序无论如何都取不出来?"她领着我钻进明亮的地铁站台远处的阴影,两边墙上全是长年累月的怒火蓄积而成的乱涂滥画。

"需要储存的信息通过一系列超微外科手术灌入。"我机械地吐出这篇早已烂熟于胸的推销词,"顾客的密码保存在一块特制芯片上。除了乌贼(干我们这行的不太愿意提这个话题),没有任何手段能够提取信息。药物弄不出来,切开脑袋弄不出来,严刑拷打也弄不出来。我自己完全不知道信息内容,从来不知道。"

"乌贼?长着许多触手、爬来爬去的玩意儿?"我们钻出地铁通道,街面上是一个早已废弃的市场。这儿还有块凑凑合合算是广场的空地,地上到处是烂鱼头和腐烂的水果。广场对面的暗处,几个黑黢黢的影子正盯着我们。

"量子扰动超导探测器。战争期间用它搜索潜艇,寻找敌人的赛伯①武器系统。"

"哦?海军的玩意儿?打仗的时候用过?这么说,乌贼能读出你大脑芯片上储存的东西?"她停住脚步。我觉得她藏在那两片镜面后面的一双眼睛正死死盯着我。

"要说探测磁场,哪怕最低级的乌贼都比过去的磁力探测器强十亿倍,就跟在体育场的一片欢呼声中听清谁说的一句悄悄话似的。"

"听清悄悄话嘛,现在的警察也有这个本事。用抛物面拾音器,加上激光系统。"

"话又说回来,储存在我脑子里的信息还是万无一失。"职业自豪感,"因为没有哪个政府敢给它的警察装备乌贼。别说警察,就连最高级的特工部门都不行。派系之间的争端太多,说不准什么时候就给你来个水门事件②。"

"海军的玩意儿。"一片昏暗中,她咧嘴笑了,脸上容光焕发,"海军的玩意儿。我在这附近有个朋友从前干过海军,叫琼斯。你最好跟他见见。不过,他是个白粉仔,咱们得给他点儿货提提精神头儿。"

①吉布森小说中的常用词,指跟电脑相关的智能系统,如赛伯空间,意为由电脑构成的虚拟空间。

②美国政治丑闻之一。1972年的总统大选中,美国总统尼克松曾指使特工潜入位于水门的竞选对手总部,盗窃机密资料。"水门事件"曝光后,尼克松辞职,成为美国历史上首位辞职的总统。

"白粉仔？是个瘾君子？"

"是头海豚。"

他不止是头海豚。可要是别的哪头海豚见了他，说不定会觉得他不如海豚，比正常品种差点劲。只见他懒洋洋地在电镀水箱里一圈圈打转，水从水箱边溢出来，打湿了我的鞋。他是上次战争结束后变卖的剩余物资，一头赛伯海豚。

他从水里抬起身体，露出两侧的装甲片。这种装甲片同时还充当辅助视觉系统。海豚游动时本来挺优雅，但装了这些装甲片以后，他的动作笨拙多了，有种老态龙钟的感觉。他的头骨两侧有两处一模一样的畸形：这两个地方改造过，加装了传感器。没有装甲的地方，皮肤是灰白色，但有许多处病变，形成闪闪发亮的银斑。

莫莉吹了声口哨。琼斯的尾巴拍打起来，小瀑布似的水流溢出水箱。

"这是个什么地方？"一片昏暗中，我只能模模糊糊看个大概。生锈的铁链子，防水布下鼓鼓囊囊塞着东西。水箱上方悬着个难看的木框，上面左一道右一道穿着一串串积满灰尘的圣诞彩灯。

"游乐场，动物园加狂欢场子。'与战争海豚对话'，诸如此类的噱头。可琼斯确实不同凡响……"

琼斯再一次兜了回来，用一只饱经沧桑的悲伤的眼睛望着我。

"可他怎么说话？"突然间，我迫不及待地想离开这个地方。

"好玩的就是这个部分。琼斯，跟他打个招呼。"

所有彩灯同时亮起，闪着红色、白色和蓝色的光。

****

RWBRWBRWB

RWBRWBRWB

RWBRWBRWB
RWBRWBRWB
RWBRWBRWB

"瞧见没？他很会摆弄灯光信号。但用这个办法能表达的意思有限，在海军的时候，他们还给他连了一个声画显示系统。"她从夹克口袋里掏出一个窄长的小包，"纯货，琼斯。要吗？"他在水里一顿，停止了一切动作，开始向下沉去。我突然紧张起来。我想起来了，海豚其实不是鱼，有可能淹死。"琼斯，我们想找出密钥，提取约翰尼脑子里的信息。而且要快。"

灯光闪了一下，又灭了。

"干起来，琼斯！"

B
BBBBBBBBB
B
B
B

蓝色灯泡，十字形。

灭了。黑暗。

"这可是纯的，没掺一点儿杂质。干吧，琼斯。"

WWWWWWWWW
WWWWWWWWW
WWWWWWWWW
WWWWWWWWW
WWWWWWWWW

白色钠灯灯光如炽,照亮了她的脸庞,最亮的是颧骨部分,下面是阴影。雪亮的灯光构成了一幅黑白画。

```
************
R    RRRRR
R     R
RRRRRRRR
       R    R
RRRR     R
```

红色灯光形成的"卐"字,扭曲着反射在她的银色镜面上。"把货给他。"我说,"我们找到了。"

拉尔菲·费斯。真没想象力[①]。

琼斯抬起身体,装甲躯体的一半都搁在水箱沿上。我还以为水箱会翻倒呢。莫莉抬起手,向下一落,注射器针头扎进两片装甲之间。"咝"的一声,药水注入。木框上彩灯大炽,图形疯狂变幻,跟抽风似的,最后渐渐暗下去。

我们走了,留下琼斯漂浮在黑沉沉的水中,时而懒洋洋地打个滚。也许他梦见了他那场太平洋战争,梦见了他清除的那些赛伯水雷:鼻子轻触,用乌贼刺探水雷的控制线路。用同样的方法,他破解了拉尔菲在我脑子里的芯片上设置的那个可悲的密码。

"战后遣散时,大批军品流失出去,包括琼斯,连他身上那套设备都原封不动地出来了。这我懂。可是,一头赛伯海豚怎么会染上毒瘾?"

"是那场战争。"她说,"他们全都是战时染上的,海军干的好事。要不然,你怎么可能让海豚替你打仗?"

[①] 前文说过,拉尔菲用了雅利安人雷盖乐队歌手的脸。从雅利安人这个名字可知,拉尔菲是个纳粹崇拜者,所以采用纳粹的"卐"字符号作为密码。

"我看这笔买卖做不成。"黑客说,想多讹我们一笔,"瞄准一颗根本没公开的通信卫星发射信号——"

"浪费我的时间,你什么生意也别想做了。"莫莉道,倚在他那张满是划痕的工作台边,食指冲他一戳。

"那,你上别的地方买你那些微波设备好了,怎么样?"小伙子虽然长着一张索尼·毛脸蛋,人却有股子横劲儿。不愧是个夜城人,多半生在这儿。

莫莉把手朝小伙子前襟一挥,快得只见一道影子晃过,一片翻领被截了下来,截得干净利落,整整齐齐,连个毛边都没有。

"咱们成交?"

"成交。"小伙子瞅着截断处,尽量把表情控制在对这一招感兴趣的范围内,"成交。"

我检查着买到手的两台记录仪,她拉开腰间的口袋拉链,取出我给她的那张纸条。莫莉展开纸条,嘴唇嚅动,不出声地读着,然后耸耸肩,"就这?"

"开始吧。"我说,同时按下两台记录仪上的"录音"键。

"克里斯蒂安·怀特,"她读出声来,"和他的雅利安人雷盖乐队。"

拉尔菲,真有你的。忠心耿耿,到死都是忠实歌迷。

进入白痴——明白人状态的过程从来没我想象的那么突兀。那个搞地下广播的黑客有个幌子门面,是家随时可能关门大吉的旅行社。一间破破烂烂的办公室,一张工作台,三把椅子,一张褪色的瑞士香薰沐浴广告,两只玩具鸟,鸟身是褐色玻璃做的,脑袋机械地一点一点,假装从莫莉肩后架子上的一个塑料杯里喝水。我渐渐进入状态,觉得两只鸟的动作越来越快,彩色鸟头化为一片五彩幻影。塑料挂钟上的液晶秒数成了毫无意义的"8"字形方格,不断跳动。莫莉和索尼·毛脸蛋黑客变得模糊起来,手臂偶尔一动,隐隐约约,像影子,又像昆虫的动作,一顿一顿的。然后,眼前的一切都消失了,化为灰色的静电信号。一个单调的声音响起,吟诵着一曲人工语言谱成的诗篇。

我坐在那儿,吐出死去的拉尔菲偷来的程序。整整三个小时。

穹顶非常大,从一头到另一头足有四十公里,有点像过去遮盖远郊交通大动脉的富勒穹顶,只不过粗糙、蹩脚得多。碰上晴朗的日子,如果关掉弧光灯,一道灰蒙蒙的天光就会透过重重塑料天棚射下来——简直不能称为阳光,只能说约略有点阳光的意思。这种景象倒挺像乔万尼·皮拉内西①所画的监狱素描。最南端的三公里穹顶下面就是夜城。夜城不缴税,也没有公共设施。那儿的弧光灯早就坏了,穹顶天棚也被几十年炊烟熏得黑乎乎的。即使在正午,夜城也差不多伸手不见五指。几十上百个夜城的孩子出没在穹顶的一片片椽子中,但在这个漆黑的夜城里,谁会注意?

我们已经爬了两个小时,攀爬着水泥台阶和带洞眼的横档构成的钢梯,爬过一个个废弃的脚手架、一堆堆积满灰尘的工具。我们的起点瞧上去像是个荒废的维修区,到处扔着三角形的天棚支撑件。所有东西无一例外涂抹得乱七八糟,是用气罐喷上去的:帮派名称、首字母缩写……有的大作早在世纪之初就喷上去了。涂鸦伴着我们一路向上,渐渐稀疏,最后只时不时反复出现同一个名称:低科技族。黑色大写字母,墨迹淋漓。

"低科技族是什么人?"

"反正不是咱们,老板。"她爬上一截摇摇晃晃的铝梯,钻进一片波状塑料板上的一个洞口,不见了。"低科技,低技术。"声音透过塑料板传来,有点发闷。我揉了揉酸痛的手腕,跟着她向上爬。"低科技族。连你的霰弹枪,他们都会觉得太过分,堕落。"

一个小时以后,我拼了老命才爬进另一个洞口。这个洞口曲里拐弯没个形状,是在一层快塌下来的胶合板上锯出来的。爬上去之后,我见到了我这辈子碰上的头一个低科技族。

---

①乔万尼·皮拉内西(1720~1778),意大利建筑师、艺术家。

"别怕。"莫莉说,拍拍我的肩膀,"这是小狗。嗨,小狗。"

她身上绑了个手电筒。窄窄一束电筒光下,小狗用一只独眼打量着我们,慢慢伸出一条又厚又长的灰色舌头,舔着突出的獠牙。这是移植的多伯曼①犬牙。我心想,不是说低科技吗,怎么用上了移植术?抑制人体对异物的排斥反应,这玩意儿可不比树上结的果子,科技含量高着呢。

"莫②。"人牙扩展成獠牙以后,发音吐字的能力显然受了影响。一行口水从他扭曲的下唇滴答下来。"听到你们来,早听见。"他说不定只有十五岁,但獠牙、满脸可怕的刀疤、加上深陷的眼窝,整张脸简直不像人类,像野兽。弄出这么一张脸来,这可是件费时费力的活儿,还得有点创意才成。看他的举动,我觉得他挺喜欢跟这张脸一块儿过日子。他穿着一条破烂牛仔裤,脏得发黑,裤缝处更是脏得油亮。他光着上身,脚上没穿鞋。那张嘴怪里怪气地拧了一下,大概是露出个笑容,"被跟踪了,你们。"

深不可见的下方,夜城,隐隐传来卖水人的吆喝。

"有人碰了绊绳?"手电光朝旁边一晃,我看到了许多细绳,一头系在螺栓上,另一头伸向四面八方,消失在黑暗中。

"关掉他妈的灯!"

"啪"的一声,她关了手电筒。

"跟你的人咋没点个灯什么的?"

"不需要。小狗,这家伙厉害。你们的哨兵要是招惹了他,就只能一小块一小块地回家了。倒是更容易搬运。"

"盯你的,是你朋友,莫?"他的声音有点紧张。我听见他的脚在破败的胶合板上不安地蹭着。

"不。但他是我的。这一位,"在我肩头上一拍,"他才是朋友。懂了?"

---

①一种德国猛犬。
②小狗说的话不太规范。

"唔。"他不大感兴趣地说,啪嗒啪嗒地走到这个小平台边上,系绊绳的螺栓就在那儿。他开始扯动绊绳,用这些绷得紧紧的绳子发出某种信息。

夜城在我们脚下展开,像个给耗子造的玩具村子。小窗口闪着烛光,只有荒荒凉凉一小块地方有电池灯和碳化灯照明。我想象着那些地方的老人家,无休无止地玩着多米诺骨牌,破败的棚屋支柱上晾着刚洗过的衣服,大滴大滴热烘烘的水啪嗒啪嗒溅在他们身边。然后,我竭力想象那个杀手,穿着木屐,还有那身难看的游客衬衣,耐心地在一片漆黑中一步步向上,面无表情,不紧不慢。他是怎么盯上我们的?

"他嗅到了咱们的气味。"莫莉说。

"抽烟?"小狗从兜里掏出一盒压得皱巴巴的烟,抽出一根。过滤嘴都压扁了。他用一盒厨房里用的火柴给我点上,我趁机斜眼瞅了瞅香烟牌子:颐和园,北京烟厂。看来低科技族在搞黑市买卖。小狗和莫莉继续争论不休,莫莉似乎想借用这片低科技族房地产中的某个地方。

"伙计,我帮过你不少忙。我需要那一层楼面,要那儿的音乐。"

"可你不是低科技……"

这两人一路争论。拐来拐去的一公里路程,他们大概吵了多半公里。小狗领着我们走过一架架摇摇晃晃的天桥,爬上一段段绳梯。低科技族的藏身处和绳网高居于这座城市之上。他们睡在用大团大团环氧树脂黏附在穹顶天棚附近的网状吊床里,俯瞰下面的深渊。低科技族盘踞的地盘非常狭小,有的时候只是在天棚支撑柱上锯出的几道刻痕,仅容双手抠住、双脚踩稳。

莫莉管那一层楼面叫杀人层。我跟在她身后爬。金属磨得光溜溜的,胶合板湿漉漉的,适合埃迪·巴克斯形象的鞋子踩上去直打滑。我一边爬,一边想,那一层楼面有什么特别的?怎么可能比其他地方更凶险?与此同时,我又有了个发现:小狗的反对只是个必要的过程,他肯定会同意莫莉的要求。这一点,莫莉打从一开始就知道。

在我们下面的某个地方,琼斯肯定正在水箱里一圈圈打转,感受毒品劲头儿过去以后的第一丝恶心。警察肯定正在提出一大堆有关拉尔菲的问题,把航空港酒吧的客人们烦得要死:他是干什么的?离开酒吧前跟谁在一起?还有,日本黑帮看不见的魔影肯定已经遍布城市数据库,搜索着一切与我有关的信息,哪怕最不起眼的都不肯放过:数字账户、交易情况、水电费……我们生活在信息化社会,上学时他们就是这么跟你说的,但他们没有告诉你的是,你的起居、生活、活动,你的一举一动,全都不可避免地会留下线索、蛛丝马迹、零零碎碎不成片段的个人信息。这些片段可能被人收集整理、分门别类……

但现在,那个黑客肯定已经用黑盒子技术把我们的信息编辑发送给了黑帮的通信卫星。简简单单的一条口信:把你们的猎狗唤回去,否则,我们就在网上公开你们的程序。

那个程序,我压根儿不知道它是干什么用的,过去不知道,现在还是不知道。可能是科研数据。日本黑帮是商业间谍领域的专家,水平一流。这个活儿,他们干起来从容不迫。比如从小野公司偷出研发数据,客客气气攥在手里,同时提出威胁:公开数据,让这家大公司的科研优势化为乌有。这以后,只需要等着被盗者交赎金就行。

如果我的程序就是这种情形,我为什么不能学他们的做法、趁机反敲他们一笔?或许他们更喜欢把这个程序以大价钱重新卖给小野公司这样的原主,而不是干掉我约翰尼、把我从记忆这一行买卖中抹掉,对吗?

他们的程序已经寄往悉尼。那儿有个地方,只要你预付一小笔钱,他们就会替你保管邮件,不提任何问题。第四级水陆邮件。我抹掉了其他所有拷贝,只在发给黑帮的信息中夹了一部分,足够他们确认货真价实。

手腕疼得要命。我不想爬了,只想躺下倒头大睡。我知道,用不了多久,力气用尽的手就再也抓不住着力点,我会一头摔进深渊;我知道,这双今晚乔装埃迪·巴克斯时穿的漂亮黑鞋子会打滑失足,让我坠向下面的夜城。但那个杀手的形象在我脑海中不断膨胀,像那种廉价的宗教三维立体画,浑身上下闪闪发光,夏威夷衬衫胸前那块芯片也越变越大,像是个探测器,不屈不挠地向我步步逼近。

所以,我没有停步,紧紧跟着小狗和莫莉,在这个用连夜城人都瞧不上的垃圾随随便便、将将就就拼凑起来的低科技族天堂中穿行。

杀人层边长八米。似乎有个巨人,用钢缆和弹簧左一道右一道绑住这片垃圾场,把它悬空吊起来,稍一摇晃这地方就吱嘎作响,而这地方偏偏永远在摇晃。聚在它周边的低科技族不断在自个儿的胶合板小床上扭来扭去,想找个舒服姿势,这地方于是随之上下颠簸、左右晃动。木头天长日久,早已磨得锃亮,上面深深地刻着数不清的首字母缩写名、粗话和宣泄激情的句子。悬吊这个地方的钢缆没跟其他低科技族藏身地连在一起,而是单独的一套,一直向上延伸,直伸进这一层上方那两盏刺眼的白炽灯照不到的黑影中。

"咚"的一声,一个姑娘手足并用跳下地板。她和小狗一样,长着一口大獠牙,乳房上刺着靛青色的螺旋形图案。眨眼间,她已径直奔过这一层,哈哈地笑着,一把揪住对面一个正从长颈瓶里喝着一种黑乎乎液体的小伙子。

刀疤、刺青和獠牙,看样子,这是低科技族的时尚。这儿的电力照明设备看来是个风俗习惯上的例外,目的是什么?仪式?竞技?艺术?我不知道,但我看得出来,这一层楼面很特别。看上去,它是由许多代人逐渐修缮完成的。

我的外套下面还藏着一把霰弹枪。虽说已经完全没用了,而且没有子弹,但那种分量、那种硬度,还是挺能安慰人。摸着这把枪,我突然想到,我一点儿也不记得我自己是怎么和杀手交手的。发生了什么、本来应该发生什么,完全没概念。说到我正在玩的这场游戏,我同样没概念。我这辈子大半时间都在充当一个浑浑噩噩的容器,盛着别人的知识、别人的内容,然后被倒空,吐出我自己完全不明白的人造语言。真是个技术型啊,一点儿没错。

就在这时,我意识到,周围的低科技族鸦雀无声,静悄悄地没一丝动静。

他来了,就在灯光照射范围边上。杀人层,还有一大群悄然无声的低科技族,他却跟个游客似的,安之若素,处之泰然。我们的目光一对,彼此立即认出了对方。"咔嗒"一声,我脑海里迸出一丝记忆:巴黎,加长奔驰,电力驱动型,无声无息,冒雨驶向鹿特丹;移动式温室,玻璃后的日本人面孔,无数尼康相机举起,像趋光的向日葵,金属和水晶制成的花朵,相机向我涌来,快门咔嚓咔嚓响成一片,像此刻他紧紧盯住我的眼睛。

我抬眼寻找莫莉·米利安,她不见了。

周围的低科技族让开一条道,杀手踏上一级台阶。他鞠了一躬,微笑着,双脚离开木屐,动作流畅自如;两只木屐并排放着,端端正正的。接着,他轻轻一跃,落在杀人层。他朝我走来,踏过像蹦床一样上下晃荡的这片乱七八糟,从从容容,像走在饭店地毯上的游客。

莫莉跃上杀人层,身体剧烈晃动着。

这层楼面"吱嘎吱嘎"尖叫起来。

这儿暗藏着扩音器,四角粗大的弹簧周围有麦克风,四周还有随机散放的接触式拾音器,将金属摩擦声扩大到震耳欲聋的程度。低科技族不知在哪儿还藏着一台功放和一台音响合成器。直到这时,我才辨认出隐在头顶炫目灯光中的喇叭。

一阵鼓声响起,是电子鼓,像放大的心跳,节奏稳定,像节拍器。

莫莉已经脱掉了那身皮夹克,靴子也扔了。她那件T恤原来是无袖的,细细的胳膊上隐约现出很能说明问题的线路——千叶产品。雪亮的灯光下,她的牛仔皮裤闪闪发亮。她开始舞动。

她弯下双膝,白皙的双脚蹬着一个压扁的汽油箱。杀人层随着她的动作摇晃起来,发出的声音简直像世界末日,像悬挂着天堂的绳子骤然绷断,"嗖"的一声反弹上去,掠过天空。

杀手稳稳地随着楼面的波动上下起伏,但只持续了几次心跳的时间。紧接着,他开始行动了,准确地判断着楼面摇动的幅度,一步步前进,宛如踏着日式花园中的踏脚石。

他弹开自己的大拇指,动作潇洒,像社交宴会上的翩翩绅士。断下来的拇指尖飞向莫莉,那根细丝折射着灯光,像一道彩虹。她猛然倒地,一个翻滚。单分子细丝"刷"地掠过,像噬人的大嘴,灯光下"咔"的一合,收招。莫莉一个鱼跃,翻身跳起。

悸动的鼓声加快了节奏,她和着鼓声,奔腾进退,黑发翻卷,拂过两片毫无表情的银色镜片。她的双唇紧张地绷成一条线。杀人层訇然巨响,隆隆之声不绝于耳。旁观的低科技族兴奋至极,狂呼尖叫。

杀手收回武器。"呼"的一声,可怕的单分子细线画了个直径一米的大圈。杀手没有拇指的那只手平平一绕,细线一圈圈旋转,在杀手胸前形成一面盾牌。

莫莉此时似乎狂性大发,深藏心底的野性喷薄而出。癫狂的舞蹈开始了。青筋暴起,肢体扭曲,翼行侧进,双脚猛地发力,蹬在直接与一根粗大盘簧相连的大引擎上。轰鸣的声浪中,我捂住耳朵,被震得眩晕不已,只觉得这层楼面和阶梯已经断裂,正坠向夜城。我仿佛看到我们砸穿夜城破败的小屋屋顶,穿过晾晒的衣物,像熟透的水果一样在地面砰然炸裂。但是,缆绳挺住了。杀人层汹涌起伏,像大浪滔天的金属海洋。而在浪尖之上狂舞不休的,是莫莉。

就在这时,在杀手最后一次掷出拇指尖的前一瞬,我看到了他脸上的表情。那种表情似乎不应该属于他:既非恐惧,也非愤怒,我觉得是一种难以置信。对他来说,此刻看到和听到的一切——发生在他身上的一切——都是那么不可理喻。茫然不知所措,混杂着极度的厌恶,审美意义上的厌恶,他的文化背景无法接受这种喧嚣。细丝翻卷,画着圆环,他收回舞动的细丝,一振臂,圆环收缩到餐盘大小,举手过顶,手腕一钩,餐盘应手而落,拇指尖像个活物似的,倐地探向莫莉。

杀人层带着她向下一沉,单分子细丝堪堪擦过头顶。杀手这一边,楼面像跷跷板一样猛地一抬,将他举到细丝飞回的路径上——它本来应该绕过他的头顶,缩回自己的金钢石巢穴。细丝从他手腕上切过,卷走了这只手。他面前的地板上有个大裂口,他踏进裂口,跳水运动员般翩然而下,带着一种奇异的优雅,像战败的神风敢死队员,坠向夜城。我想,他之所以自寻死路,可能还有一个目的:至少在坠地前的短短一瞬,他能够逃离可怕的声浪,享受几秒钟体面的宁静。

她用文化冲击杀了他。

低科技族欢呼起来。有人关掉了扩音器,莫莉双脚踏着杀人层,控制着它,让它渐渐稳定。她面无表情,脸色惨白。楼面的尖啸渐渐低下去,只有剧震后的金属发出的微弱嗡鸣和铁锈摩擦的吱吱声。

我们在这层楼面四处搜寻那只断手,可始终没找到。只在一块锈蚀的钢板上发现了一弯优美的曲线:这是单分子细丝掠过的地方,切口亮晶晶的,像刚镀上一层铬。

我们始终不知道日本黑帮是不是接受了我们开出的条件,连他们是否收到了那条信息都不清楚。我只知道,他们那个程序仍在悉尼中央区五号三楼一家礼品店后面房间的一个架子上,等着收件人埃迪·巴克斯。说不定他们手里还有一份拷贝,而且早就以高价卖回给原主了。不过,他们或许的确收到了那条黑客广播出去的信息,因为时间已经过去了一年,一直没人来追杀我。就算真有人打算来干掉我,他们也必须在黑暗中向上爬好长一截才行,还得通过小狗设下的哨卡。另外,这些天里,我的模样已经不再像埃迪·巴克斯了。整容的事儿是莫莉替我安排的,用的是本地的麻醉剂。我的新牙已经快长成了。

我决定待在这上头不走了。我有时望着杀人层,心想:在他来之前,我的生活是多么空虚。做别人的容器,这种事我受够了。现在,我几乎每晚都会爬下去拜访琼斯。

我们成了搭档,我和琼斯,还有莫莉·米利安。抛头露面的事交给莫莉,她负责在航空港酒吧代表我们跟别人谈买卖。琼斯仍旧待在游乐场，但他现在有了个更大的水箱，每周换上新鲜海水。还有，毒瘾发作的时候，他总有最好的货色。跟孩子们对话时，他还是用那套彩灯，但跟我对话时，他用上了一套新的声画系统，设备安装在我租的一间小屋里，比他干海军时用过的装备还好。

我们挣了大钱，比我过去挣的多得多。琼斯的乌贼能读出我以前的所有客户在我大脑里储存过的资料，他通过那套声画系统把内容告诉我，用的是我能看懂的语言，所以，我们知道了我原来那些客户的许多秘密。以后，我会找个外科医生，让他把我脑子里那些芯片全抠出来，到那时，我脑子里保存的就只是我自己的记忆，不是别人的。我会过上和普通人一样的日子。但那是以后的事儿，现在还不行。

在上头过日子真的不错。高居黑暗之中，抽着中国过滤嘴香烟，听着穹顶天棚的积水向下滴落。这上头真静啊——除非有哪个低科技族决定在杀人层蹦达一番。

而且，我还能学到许多知识。有琼斯帮我分析脑子里储存的技术资料，我准会成为这座城市里最在行的技术型。

第二终结者

【美】菲利普·迪克 著
吕坚平衍 译

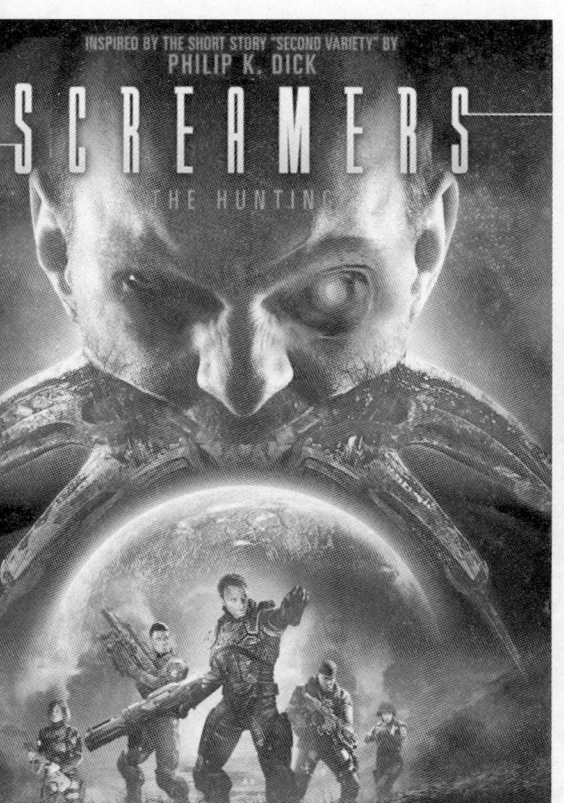

改编电影：《异形终结》 SCREAMERS
导演：克里斯丁·杜瓦 / 主演：彼得·威勒、罗伊·迪普伊 / 上映日期：1996.1.26.（美国）

《第二终结者》是菲利普·迪克的又一短篇力作,最初发表在1953年第5期《太空科幻》(Space Science Fiction)杂志上,后于1995年被改编成电影《异形终结》。与《机器人会梦见电子羊吗?》(电影《银翼杀手》原著小说)一样,《第二终结者》也讨论了机器人意识觉醒的问题。

该小说的改编影片由当时大红大紫的《机械战警》主演彼得·威勒担任主角,但实际上,电影是一部以科幻为背景的恐怖片,那种穿土而过、见人即扑杀的"小飞盘"式的钢爪令人背脊冰凉。当然,由于在上世纪90年代中期时,特效场面还没有席卷大银幕,也由于成本所限,这部电影远没有今天《变形金刚》式的火暴场景,然而其独特的硬科幻内核以及惊悚气氛的渲染,仍然使得它成为很多人心中的经典。2009年,好莱坞又拍摄了该电影的第二集《异形终结2》,讲述前作事件发生的十三年后,又一批搜救队员来到天狼星6B,不料这时机器人已经进一步进化,最后还把半人半机械的生物种子播到了女主角的肚子里,并让她带回了地球……

与电影相比,其蓝本小说显得更为朴素,没有高潮式的决战场面,它更像一场智力的交锋、无间道式的心理战。菲利普·迪克总是在关键的时刻让人恍然大悟、茅塞顿开。此外,笼罩着整个故事的冷战氛围也是小说的一道风景线。

第二终结者
SECOND VARIETY

R国士兵紧握着枪,神情紧张地在崎岖不平的高地上摸索前进。他舔一舔干裂的嘴唇,小心翼翼地环视四周,并不时拉下发黄的衣领,擦拭颈子上的汗水。

艾瑞克看看班长李卯,"我们要怎么处理这家伙?"他调了一下监视器的焦距,把R国士兵的脸孔放大到占据整个视野。屏幕上的标线像切豆腐似的整齐地将R国士兵阴郁紧绷的脸孔切割成一块块的。

李卯歪着脑袋想了一会儿,现在R国士兵又逼近些了,而且还加快了速度。"等一下,不要开枪。"他下令道,"我想这一回还轮不到咱们上场。"

R国士兵继续快速推进,一路上扬起灰沙和石砾。到达一个坡顶后,他坐下来喘息,但仍警觉地环视四周。厚重的灰云飘浮在阴沉的天空中,赤裸的地平线稀稀疏疏地立着几根光秃的树干,地面上遍布碎石,到处都是断壁残垣,像一堆堆发黄的尸骨。

R国士兵发现有点不对劲,匆匆站起来,朝下坡走。眼看他步步逼近己方碉堡了,艾瑞克有些沉不住气,右手不自觉地摸弄着手枪,眼巴巴望着班长李卯,等他下达命令。

"别紧张,"李卯说,"他到不了这里的。它们到时会出来处理掉他的。"

"你有把握吗?他真他妈的够接近了。"

"它们通常在碉堡附近巡逻。他只要一走进禁区,就完蛋了。"

R国士兵在匆忙中不小心失去重心从斜坡上滑落下来,靴子陷进沙堆中。他高举着枪,拖拉着沉重的双腿在沙堆中前进。一会儿,他停了下来,举起望远镜。

"天啊,那小子在看我们耶!"艾瑞克说。

R国士兵正朝着他们的地下碉堡走过来。现在他们可以清楚地看到他深蓝色的眼睛。他半张着嘴,下巴尽是胡楂,显然很久没刮胡子了。瘦削的脸颊上贴着一块因为发霉而周围泛蓝的胶布。他穿着一件肮脏破旧的外套,只戴了一只手套,另一只大概弄丢了。

李卯拍拍艾瑞克肩膀,"看,有一只出来了。"

地面上冒出一个球状的小东西,金属外壳在正午的阳光下闪烁着。它沿着斜坡紧紧追赶R国士兵。这个玩具般的小东西突然伸出的两只闪动着金属光芒的钢锯,活像两只利爪。R国士兵听到了声音,立刻转身开火。小圆球被打了个粉碎。但第二个金属球早就冒出来了,而且尾随着前面那个追了上来。他再度开火。

第三个金属球嗡嗡叫着,攀爬到他腿上,接着又跳到他脖子上,高速旋转的小钢锯插进喉咙……

艾瑞克松了一口气,"好了,没事了。不过,老天,这些小玩意儿还真恐怖!我们自己最好也离它们远一点。"

"如果我们不做出这些东西,R国迟早也会搞出来的。"李卯点了一根烟,"但奇怪的是,为什么从头到尾都只有他一个人行动,没有人掩护他呢?"

史考特中尉从地道爬上来,"发生了什么事?屏幕上似乎有什么东西。"

"是一个R国士兵。"

"只有一个?"

艾瑞克调整了一下屏幕。史考特专注地看着屏幕上的景象。成群的金属球在尸身上爬行,它们正挥动嗡嗡作响的钢锯切割R国士兵的身体。

"真恶心。"史考特嫌恶地推开屏幕,"奇怪的是,为什么他要到这里来送死？他们应该很清楚，我们这里到处都潜伏着钢爪。"

"长官，"李卯说，"如果可以的话，我想出去看看。"

"为什么？"

"也许他带了什么东西来。"

史考特想了一会儿，耸耸肩膀说："好吧，但千万要小心。"

"我戴了护身符。"李卯轻敲手腕上的金属带，"这样应该没有问题才对。"

他拿起枪，小心翼翼地穿过坚硬的混凝土块和盘结的铁丝网，走到碉堡出口。外面的空气很凉。他穿过平地，走向R国士兵的残骸。一阵冷风吹来，卷起一团灰沙，拍打在他脸上。他揉了一下眼睛，继续前进。

走近残骸时，护身符发出的强烈辐射线惊扰了正专注于肢解尸身的小钢爪。它们纷纷后退，有些甚至僵在原地不动。

他弯腰察看那堆残骸。戴着手套的那只手仍紧握着一个小筒子，李卯使了好大的劲才把手指头扳开。小筒子是密封的，铝制的外壳仍十分光滑。他把小筒子放进口袋，循原路走回来。在他身后，钢爪们立刻恢复生气，又开始肆无忌惮地撕咬那具早已不成人形的残骸，并忙碌地在沙堆上来回运送屠宰下来的血肉。听着它们的钢轮跟地面摩擦的声音，他不禁打了一个寒战。

史考特出神地看着那个小筒子，"这是他的东西吗？"

"在他手中发现的，长官。"李卯打开小筒子，"也许你该看一看里面是什么。"

史考特接过筒子，把里面的东西倒出来。那是一块小心折叠好的绢纸。他把它放在灯光下打开来看。

"上面写了什么，长官？"艾瑞克问道。这个时候，包括韩德少校在内的一些军官从地道走了上来。

"报告长官，"史考特说，"请看看这个。"

韩德看完之后说："这是刚拿到的吗？"

"一个敌方信差送来的。"

"他人呢?"韩德急忙问道。

"钢爪群刚把他解决掉了。"

韩德叹了一口气,"就是这个。"他把纸条递给同来的军官,"我们一直期待的。他们想必花了不少工夫才把它送过来。"

"这么说,他们打算谈条件了?"史考特说,"我们要答应吗?"

"我们无权决定。"韩德坐下来,"通信官,给我接月球基地。"

通信官小心地升起外面的天线。此时,史考特陷入了沉思,不一会儿,他抬起头。

"长官,"史考特对韩德说,"我觉得很奇怪,他们到现在才突然改变主意。我们使用钢爪群已经将近一年了。"

"也许小钢爪攻进了他们的碉堡。"

"上星期钢爪群攻进他们一座碉堡。"艾瑞克说,"他们还没来得及喊救命,一整排人就给钢爪解决掉了。"

"你怎么知道的?"

"一个同僚告诉我的。那玩意儿把——把残骸带了回来。"

"接通月球基地了,长官。"通信官说。

屏幕上出现月基的监控员。他光鲜的制服和刮得干干净净的下巴与碉堡中的人员形成强烈的对比,"这是月基。"

"这是地球前哨站,代号'汽笛'。请转汤普森将军。"

监控员的脸孔消失了,取而代之的是汤普森将军威严的脸孔,"什么事,少校?"

"我们的钢爪刚处理掉一名带信来的敌人信差。他们过去也玩过同样的把戏,我们不知道这回该不该理会他们。"

"他们说些什么?"

"R国方面希望我们送一个决策层的军官到他们那边谈判。他们没有提到谈判的内容,只说——"他瞄了一下纸条,"有十分紧要的事需要双方代表面对面坐下来谈。"

他把纸条展示在屏幕之前。汤普森透过屏幕来回地端详着字条上的内容。

"我们该怎么办呢?"韩德问道。

"送一个人过去。"

"您不觉得这是个陷阱吗?"

"或许吧,但他们给出了他们的前哨站的正确位置。我觉得应该试一试。"

"我会派一名军官过去,并且尽早向您报告结果。"

"好,就这么办。"汤普森关掉通信频道,屏幕恢复空白。

韩德把纸条揉在手中思索着。

"派我去吧!"李卯说。

"他们要的是参与决策的人。"韩德摸摸下巴,"参与决策的人,你懂吧?我已经有一个月没出去了,也许我应该出去呼吸一下新鲜空气。"

"你不觉得这样很冒险吗?"

韩德升起监视幕。那R国士兵的残骸已经不见了。最后一只小钢爪正收起两只钢锯,像螃蟹一样消失在沙堆中。

"老实说,我怕的是这些钢爪。"韩德摸摸手腕上的护身符,"虽然有了这个就不怕它们,但我还是不喜欢它们。有时候我还真希望我们从来就没有发明过这些东西。"

"如果我们不搞出来,他们迟早也会弄出来的。"

韩德推回监视幕,"不管怎么样,它们似乎已经为我们打赢了这场战争。这好歹也算是大功一件。"

"你似乎变得跟R国佬一样敏感了。"

韩德看了一下腕表,"我最好立刻动身,希望能赶在天黑之前到那里。"

韩德做了一个深呼吸走向碉堡出口。碉堡外的地面满是砾石,走了一分钟后，他停下来点根烟，并且小心地察看四周的状况。他只看到一片死寂，数里范围内尽是沙堆、熔渣和废墟，偶尔突现一些光秃的树干。在他头上，阴魂不散的灰云静静地飘悬在地面与太阳之间。

韩德少校继续前进，右手边有样东西飞蹿而过。是一只小钢爪！它正在追捕着什么，大概是在追杀一只老鼠。它们也对老鼠感兴趣，这或许可以算是它们的副业吧。

走到小山坡顶，他举起望远镜。敌方阵地就在正前方数里处，那名R国信差想必是从那里来的。

一个边走边练习挥动手臂的矮胖机器人从他身旁走过。韩德看着它自顾自地走着，直到消失在瓦砾堆之间。他从来没看过这一型。地底下的自动工厂不断制造出新型机器人，可以预期的是，今后还会看到更多从来没见过的型号。

韩德踩熄了烟。把人造战士投入战争是一件值得玩味的事。这是怎么开始的呢？战争一爆发，开启战端的R国及其附庸国就取得压倒性优势，联盟这一边几乎全数惨遭核子浩劫。自然，联盟立刻展开了报复行动：隐形轰炸机群在首都遭到攻击后，数小时之内便飞临R国上空，投下成吨毁灭性的炸弹。

但这并不能挽回什么。

联盟政府在一年之内迁到月球。地球上已经没什么搞头了。南边只剩下熔渣，以及从灰烬和白骨中滋长的杂草；北边大部分成了不毛之地。

数百万人拥入天寒地冻的南北极。到了第二年，配备反辐射装备的R国伞兵源源不断地从天而降。至此，最后剩下的工业生产线也只好随着政府搬迁到月球。

只有军队留下来跟敌人周旋。这些残余的部队尽可能隐藏行踪，没有人知道他们分布在哪里。他们藏身于废墟、水沟和地窖之中，与蛇鼠为伍，到了夜间才敢出来行动。眼看R国就要赢得全面胜利，联盟除了每天从月球零星地发射几枚飞弹意思一下之外，对这个强大的敌人可以说是束手无策。

然而，自从第一只钢爪问世之后，一夜之间就扭转了战争的局面。

一开始，钢爪十分笨拙、缓慢。它们出了地道之后，常被R国佬当足球踢，成了他们在长年征战之余的消遣。不料它们的性能越来越好，更快，也更狡猾。地底下的无人工厂改造了它们。新的型号不断出现，有的有两根长长的触角，有的会飞（没多久，会降落的型号也出现了），还有些会像袋鼠一样跳跃。起先R国佬发现钢爪不好惹的时候，只是感到错愕愤怒，但没多久他们便被迫像猎物一样，拼命逃避钢爪的追杀了。

不久，它们师法木马屠城，常趁敌人打开碉堡洞口透气的时候攻入碉堡。事实上，一只挥舞着钢锯的钢爪就足以在密闭的碉堡中肆意杀戮，而往往随后还会有成群钢爪蜂拥而至。有了这样的武器，战争应该不会持续很久了。

也许战争早就结束了。

也许他马上就会听到战争结束的消息。也许R国的将军们已经决定投降了。也许……已经没有"也许"了！

六年了！这场战争打得太久了。先是核战，然后是化学战、细菌战。现在轮到钢爪、机器人。

钢爪与其他武器不同的是，它们是——活的！它们隐藏，爬行，突然从沙堆中跃出，扑向敌人，爬上他的身躯，砍向喉咙。这是它们的任务和使命，也正是当初设计它们的目的。

它们十分胜任这份工作。特别是新近的型号甚至能够自己修复自己。现在它们已经完全自给自足了。除掉了辐射性护身符，钢爪对所有人可说是一视同仁，不管你穿什么制服。它们的运作完全不需要人类插手，甚至包括交付它们任务的人在内。事实上，它们早已不听命于任何人。

显然，它们才是这场战争真正的赢家。

韩少校点燃第二根烟。他突然觉得十分孤独，仿佛自己是全世界仅存的活人。在他右手边出现一座城镇的废墟,只见残存的断墙和瓦砾。

正走着,他突然停下来,很快地举起枪,全身的肌肉一时紧绷起来。有一阵子他以为——

在一堆只剩下骨架的房屋废墟后面,有一个人影迟疑地向他走过来。

韩德眨了一下眼睛,大喝一声:"站住!"

那男孩停了下来。韩德放下枪。男孩沉默地望着他。男孩的个子很小,年龄想必也很小。也许只有八岁吧,但这很难说。在核战中幸存的孩子往往惊吓过度,以致看起来比实际年龄小了许多。他穿着褪色的蓝色线衫和破旧的短裤,浑身沾满泥沙。褐色的头发久未修剪,而且毫无光泽,散乱地披散在耳朵和脸上。他抱着一样东西,引起了韩德的注意。

"那是什么?"韩德厉声问道。

男孩乖乖地把东西递过来,是一只玩具熊。男孩睁着一双大但无神的眼睛。

韩德松了一口气,"我不要这个。你自己留着吧!"

男孩从他手中接回玩具熊。

"你住在哪里?"韩德问道。

"那边。"

"那一堆废墟?"

"嗯。"

"地底下?"

"嗯。"

"还有多少人在那里?"

"多——多少?"

"我是说,有多少像你这样的人?你住的地方有多大?"

男孩默不作声。

韩德皱起眉头,"只有你一个人吗?"

男孩点点头。

"你怎么过活呢?"

"那边有吃的。"

"你都吃些什么呢?"

"什么都吃。"

韩德仔细打量他,"你多大了?"

"十三岁。"

看起来不像。或许是真的吧。男孩很瘦小,像是受过惊吓,而且营养不良,再加上长期暴露在辐射线下,难怪看起来那么瘦小。他的四肢好像曲折的细水管。韩德碰了一下男孩的手臂,发现他的皮肤十分粗糙,想必又是辐射线干的好事。他弯下腰来亲切地凝视着男孩,但他毫无反应,黑沉沉的大眼睛里一片空洞。

"你瞎了吗?"

"没有。我可以看到很多东西。"

"你是怎么躲过钢爪的?"

"钢爪?"

"那些圆圆的、会挖洞会杀人的东西。"

"我不懂。"

也许那里没什么钢爪吧。大部分地方还是相当安全的。它们大多分布在多人聚集的碉堡周围。钢爪的本能是追热,特别是活动的体热。

"你很幸运。"韩德站起来,"好吧。你要往哪里走,回到原来住的地方吗?"

"我可以跟着你吗?"

"跟着我?"韩德两手交抱,"我可是要走一段很长的路啊,大概有几里远吧!而且——"他看了一下手表,"我必须尽快赶路。"

"我也要去。"

"不行。"韩德把手伸进背包摸索了一会儿,"喏!"他递给男孩一个罐头,"拿着这个回去,好吗?"

男孩不说话。

"一两天之后我会回到这里。如果那个时候你还在这里,我就带你跟我一起回去,好不好?"

"我想现在就跟你走。"

"那可要走很久啊!"

"我没有问题。"

韩德不自在地站起身来。两个人一起走似乎太显眼了,而且这男孩还会拖慢他的脚步;但反过来说,他很可能再也不会回来了,万一这个男孩真的是孤独一人——

"好吧!跟我走。"

韩德迈开大步,男孩亦步亦趋地跟上来。一路上,男孩默不作声,只是安静地抱着玩具熊。

"你叫什么名字?"过了一会儿,韩德回过头来问。

"林戴维。"

"戴维,你爸妈发——发生了什么事?"

"他们都死了。"

"怎么死的?"

"死在一次爆炸中。"

"这是多久以前发生的事?"

"六年前。"

韩德停下来,"你就这样自己一个人过了六年?"

戴维摇摇头,"本来还有其他人。后来他们都走了。"

"然后你就一个人?"

"嗯。"

韩德不禁多看了这男孩几眼。这男孩很奇怪,沉默且呆滞。这大概是劫后余生的孩子的共通点吧!自从那个大灾难降临在他们身上之后，大概再也没有任何事会令他们感到惊讶了。他们接受任何现实，从不问这些现实该不该发生在他们身上。事实上，在他们的词典中已经没有所谓"正常"或"应该"了。他们从来不"期盼"和"等待"，只是任由命运之神安排他们的未来。

"我是不是走得太快了？"

"没有。"

"你是怎么发现我的？"

"我一直在等。"

"等？"韩德有些纳闷，"你在等什么？"

"等某样东西。"

"什么样的东西？"

"可以吃的。"

"啊！"韩德叹了一口气。一个十三岁大的男孩，以鼠类和半腐的罐头维生，住在环境恶劣的下水道中，出去要面对辐射尘和钢爪，以及在天空中盘旋的军机，这也真难为他了。

"我们要到哪里去呢？"

"到敌人的阵地那边。"

"敌人？"

"就是坏蛋，挑起这场战争的人。是他们先投核弹的。"

男孩点点头，但脸上没有一点表情。

"这一切都是他们造成的。"韩德望着赤裸裸的地平线。

男孩没有任何表示。两个人继续走着：韩德走在前面，戴维抱着玩具熊在后面跟着。

到了下午四点左右，他们在一座废墟停了下来。韩德清除掉杂草，收集了一些木片，利用几块本来是澡盆的混凝土板造了一堆营火。敌人的阵地离这里不很远。这儿从前是一座美丽的山谷，有一大片果树和葡萄园，而这片废墟原本大概是一个以酿酒为业的小镇吧。这时起了一阵风，随风卷起的沙尘缓缓地漫过孤零零兀立着的断壁残

253

垣和枯树。

韩德煮好一壶咖啡，又热了一些熟羊肉和面包，"喏！"他把一块面包和熟羊肉递给戴维。戴维蹲在营火旁边，露出两只苍白的膝盖。他看了一下，摇摇头，把食物推回去。

"我不要。"

"不要？你不吃点东西吗？"

"不要。"

韩德耸耸肩。也许男孩是变种人，只吃某种特别的食物。这倒没什么关系。他已经独自活这么久了，到肚子饿的时候，他一定有办法自己找吃的。如今这世界上怪事真是层出不穷，而可悲的是，过去习以为常的事反而不会再出现了。

"好吧，随你便。"韩德自顾自地一边啃着面包，一边啜饮咖啡。这些东西实在难以下咽，所以他吃得很慢。好不容易吃完了，他站起来踩熄营火。

戴维也慢慢站起来，望着韩德。

"准备出发了。"韩德说。

"好。"

韩德拿起枪，向敌方阵地前进。就快要到目的地了，他十分紧张地观察四周的状况。对方派出信差后，应该料到他们也会派一个信差过来，不过R国佬十分狡诈，搞不好这又是他们设下的圈套。他继续扫视四周，正前方就是对方的前哨碉堡，它的主体藏在地下，只露出潜望镜、射孔和天线。

"我们快到了吗？"

"嗯。你累了吗？"

"没有。"

"那，有什么问题吗？"

戴维没有回答，只是小心翼翼地跟着他走。

韩德放慢了脚步。他举起望远镜观察前方的地形。他们会躲在附近某个地方监视他吗,就好像不久之前他的部下监视 R 国信差一样?他感到背脊一阵发凉。也许他们正摩拳擦掌争着开第一枪呢!

韩德擦擦额头上的冷汗,"他妈的!"他咒骂了一声。对方应该在等着他,这次的情况和先前不一样,但是他仍然心里忐忑不安。

他两手紧握着枪,快步穿过沙堆,戴维紧跟在后。敌人随时有可能从碉堡某个射孔放他一枪。搞不好再过一会儿,他全身就会被打成蜂巢一般。

他不断向碉堡方向挥手。

但是没有任何动静。右手边是一道狭长的矮岗。韩德打量了一下,发现这对守方非常有利。他小心翼翼地接近矮岗。如果这里是他的驻地,他一定会放几个步哨在矮岗上,专门负责监视有无敌人出入。当然,如果这儿真是他的驻地,一定会有成群钢爪潜伏在四周,而他也就可以高枕无忧,不用呆站在这儿冒冷汗啦!

"我们到了吗?"跟过来的戴维问道。

"差不多了。"

"那我们为什么要停下来?"

"我不想贸然行动。"韩德徐徐地前进。现在矮岗就横躺在他正右方,仿佛盯着他看。他觉得浑身不自在。如果有个家伙躲在上面,他岂不像个活靶一样?照理,他们会出来迎接他,除非这整件事根本是个陷阱!

"跟着我,"他转身对戴维说,"不要走丢了。"

"我没有问题。"戴维紧紧跟上来,手里还是抱着玩具熊。

矮岗上好像有什么东西,韩德立刻紧张起来。他拿起望远镜,仔细地察看矮岗上的动静。或许是老鼠吧!有些变种的老鼠能够躲过钢爪的猎杀。

突然,一个高个子出现在矮岗上,灰绿色的斗篷被风吹得噼啪作响。在他身后又跑出一个穿着敌军制服的士兵。两个人都举枪瞄准着他这边。

韩德张口结舌,不知所措。两人身后又冒出一个人影,是个穿着同样灰绿色制服的女人。

韩德费了好大劲儿,终于喊出声来:"不要开枪!"他疯狂地向他们挥手,"我是——"

两支枪喷出火舌。韩德身后响起隆隆爆炸声。随之而来的震波把他震飞起来,摔得远远的。被爆炸卷起的沙尘一股脑儿扑打在他脸上,有如刀割一般。"我完了!"这是他唯一的念头。两名士兵和女人从矮岗上下来,走向他。韩德觉得四肢麻木,耳朵嗡嗡作响。他勉强举起像是有几千吨重的步枪。空气中充满了辛辣的硝烟味。

"不要开枪!"第一名士兵喝道。

"他妈的,我刚才也是这么说的。"韩德挣扎着坐起来,仍不顾一切地挺着枪对着他们。

三个人立刻跑过来围住他,两支枪正好抵着他的左右太阳穴。"混蛋,还不快放下武器!"其中一个人说。

韩德一下子清醒了。天啊!他竟然被——被俘虏了。而且他们还杀了那可怜的男孩!他回过头,发现戴维已经不见了,只剩下一堆——他不禁闭上了眼睛。

三个人好奇地打量着他。韩德擦掉鼻子上的血迹,象征性地拍拍身上的泥沙。他晃了晃脑袋,试着让自己更清醒些。"你们为什么要这样?"韩德无力地低声说,"他只是个小男孩。"

"为什么?"一名士兵粗鲁地拉他起来,扭过他的头,"你自己看!"

韩德不敢睁开眼睛。

"快看啊!"第二名士兵把他推向前,"听到没有?"

韩德咽下一口气睁开了眼睛。他一时说不出话来。

"看到没有?你现在该明白了吧?!"

一个螺丝正好从戴维的残骸那边滚到他脚边。他看到乱成一团的电线、铰链、钢条和IC板。一名士兵走上前踢了那堆东西一下,立刻有几根弹簧蹦出来。一块半边已经烧焦的塑料片缓缓地翻转开来,那是——那是戴维那张没有表情、但十足属于人类的脸！韩德颤抖地弯下腰,瞪着那张塑料片后面的东西——一个精巧复杂的人造头脑。

"一个机器人,钢爪的近亲。"士兵一把搀住他,"我们看到它跟踪你。"

"跟踪？"

"这是它们执行任务的方式。它们跟踪你到碉堡,然后'终结'碉堡里所有人的生命。"

韩德觉得有些晕眩,"但是——"

"来吧！"他们领他走向矮岗,"这里不安全,我们不能待在这里。"三个人扶着韩德爬上矮岗。女人先他们一步到达坡顶等他们。

"贵方前哨指挥部呢？"韩德润一润喉咙说,"我奉命来这里与贵部——"

"别什么贵不贵的了,前哨指挥部已经不存在了。机器人渗透了进来——这我们等一下再解释。"他们走到矮岗脊部,"我们是最后一批幸存的人员。其他的人现在都躺在碉堡里。当然——没有一个是完整的。"

"请从这边下来。"女人打开地上一个盖子,"进去吧！"

韩德忍着痛慢慢爬进洞中。两名士兵和女人也随着下去。女人把盖子移回原位,并使劲地把它拴紧。

"幸好我们较早发现你,"其中一名士兵说,"它已经跟踪你很久了。"

"有烟吗？"女人插进话来,"我已经有一个礼拜没抽烟了。"

韩德把身上的一包香烟递给她。她熟练地弹出一根烟,然后把那包香烟递给其他两个人。房间的一个角落里有盏煤气灯,正虚弱地闪着黄光。房间很小,天花板也很低。四个人围着一张木桌坐下来。一堆没有洗的碟子杂乱地堆在一边。透过破旧的帘子可以隐约看到另一个房间内的陈设,韩德看到一个角落里挂着几件大衣和毛毯。

他身旁的士兵摘下头盔,顺手理一理头发,"我是马鲁迪下士,两年前被征调入伍。"说完,他向韩德伸出手来。

韩德迟疑了一下才跟他握手,"韩德少校。"

"卜克能。"另一个士兵也过来跟他握手。这个人头发稀疏,肤色较深。他紧张地抓抓耳朵,"天知道我是什么时候入伍的。这儿就我们三个人了:马鲁迪下士,我和唐莎。"他指指那女人,"其他人都惨死在碉堡中,只有我们三个人幸运地逃了出来。"

"你的意思是它们闯进了你们的碉堡?"

卜克能点了根烟,"刚开始只有一个——我是说一只,就像跟踪你的那一型一样。"

韩德警觉起来,"那一型？难道还有别的吗？"

"男孩戴维跟他的玩具熊,这是第三型,最有效率的一型。"

"那其他的呢？"

卜克能从大衣口袋里掏出一沓用绳子捆着的照片,丢在桌子上,"自己看吧！"

韩德解开绳子。

"看吧！"马鲁迪说,"这就是我们——应该说,我们的长官要跟你们谈判的原因。一个星期以前,我们发现你们的钢爪中已经出现外形跟真人一模一样的型号了。我们叫它们'终结者',又名'人形钢爪'。它们到哪里,就消灭掉那里所有的生物,连蚂蚁也不放过。"

韩德仔细看着这一组照片。拍照的人似乎十分匆忙,没来得及调好焦距,所以影像都不太清楚。前面几张是戴维。一个戴维独自行走,两个戴维并肩而行,三个戴维……所有的戴维都是一个模样,而且都抱着一模一样的玩具熊。

它们都是一副楚楚可怜的样子。

下面的照片是远距离拍的。第一张是一个伤兵坐在路边,挂着吊腕带,跷着只剩半截的左腿,一根拐杖横放在膝上。下一张是两个一模一样的伤兵并肩坐着。

"这是第一终结者,'伤兵乔治'。"卜克能拿起照片,"钢爪唯一的任务是消灭人类。新出的型种比以前的更好,很难想象它们的祖宗可以给我们当足球踢。它们比它们的前辈更深入我们的阵地。不管怎么样,钢爪看起来就是'机器',是有尖角利爪的金属球。我们可以很快发现它们,阻止它们进入我们内部。"

"但第一终结者却有着人类的外形,"马鲁迪接着说,"等到我们发现的时候,已经太迟了。一开始,伤兵乔治请求我们让它进来。我的同僚基于恻隐之心收容了它。它一进来后就做内应,让成百个乔治也跟着拥进碉堡。只怪当时我们把所有注意力都放在看起来就像是机器的钢爪上,没有想到钢爪也可以披着人皮。"

"那个时候我们以为人形钢爪只有这一种,"卜克能说,"没人想到还有别的。这些照片也是刚拿到的。我们的信差出发的时候,我们只看过伤兵乔治——"

"你们的阵地是被——"

"是被第三终结者——'男孩戴维'摧毁的。它们这一招很聪明。"卜克能苦笑,"孩子是士兵们的克星。他们一碰到孩子,就争相表现父爱,带他们进来,给他们东西吃。没有想到这些楚楚可怜的孩子竟会是无情的杀手。"

"我们三个运气好。"马鲁迪说,"那时我跟卜克能正好过来找唐莎。这个小地窖是她的地方。"他用一只大手朝四周比画了一下,"后来我们要回去了,正沿着梯子爬出去时,看到矮岗下成群戴维团团包围住碉堡。那时战斗还在进行中,卜克能趁机拍下这些照片。"

"你们其他的阵地也遭到了同样命运吗?"

"没错。"

"不知道我的阵地现在怎么样。"韩德下意识地摸摸手臂上的护身符。

"它们不在乎你这玩意儿。白人、黑人、黄种人,R国、B国……对它们来说都是一样的。它们只是忠实地执行你们当初赋予它们的任务——追杀一切有生命之物,包括你和我。"

"它们的科技早就超越了你们。"卜克能说,"新的型种都有铅层护体,不怕你们的辐射护身符。"

"其他的呢?"韩德问,"除了'男孩戴维'和'伤兵乔治',其他的是什么?"

"我们也不知道。"卜克能指指挂在墙上的两块凹凸不平的金属片。韩德走上前去。

"左边那一块是伤兵乔治身上的。"马鲁迪说,"我们干掉了一个乔治。那时它正向着碉堡走过去。我们从矮岗上开火,就像我们今天对付戴维一样。"

金属片上刻有 I-T 字样。韩德摸摸另一块金属片,"那这块是戴维的喽?"

"是的。"金属片上刻着 III-T。

卜克能走过来,把手搭在韩德宽阔的肩膀上,"你知道我们现在的处境了吧?一定还有另外一型,一定还有一个第二终结者!也许已经停产了,也许有毛病不能派上用场。这样最好。但万一第二终结者还在执行任务,而我们不知道它的长相,我们随时都有可能完蛋大吉。"

"你运气好,"马鲁迪说,"戴维跟踪你这么久都还没碰你一下。也许它以为你会带它到某座碉堡去。"

"只要有一个进去了,整个碉堡就完了。"卜克能说,"它们行动很快,一转眼就可以集结成百上千个。它们毫无人性,唯一的目的是——"他擦掉流到嘴唇上的汗水,抿抿咸湿的上唇,"杀!"

每个人都沉默下来。

"韩少校,再给我一根烟好吗?"唐莎打破沉默,"还是你们的烟好。"

夜深了。天空一片漆黑,由于云层的遮挡,看不到一颗星星。卜克能小心地移开出口的盖子,好让韩德看到外面。马鲁迪指着一处黑暗说:"那边有几座碉堡。本来我们就驻扎在那里。事情发生的时候,我们正好不在。没想到我们的堕落救了我们。"

"其他的人一定都死得很惨。"卜克能压低了声音,"事情来得实在太突然了。今天早上上级才做好决定,要我们派一个信差到你们那里。我们看着他出发,一直掩护他,直到他消失在地平线。"

"罗里士,可怜的家伙。我们都认识他。他大概在六点左右跟我们失去联系,那个时候太阳才刚刚升起。大约中午的时候,卜克能和我交完班,有一个小时的空当。我们偷偷溜走,没有任何一个人发现。我们跑到这里来。这附近本来是一座小镇,有一些房子和一条街。这儿从前是一个大农庄的地窖。我们知道唐莎会在这儿,躲在她的小窝里。其实驻守在附近碉堡的士兵几乎全都来过这里,今天正好轮到我们。"

"所以我们保住了性命。"卜克能说,"我们完全是运气好,换成别人也是一样。我们办完事之后,回到地面,正打算从矮岗斜坡走回去,就在那里,我们看到好多'戴维',跟一群蚂蚁一样。我们一下子就明白发生了什么事。在此之前,我们已经看过第一终结者'伤兵乔治'的照片了:长官复印了一批照片,并加上说明,发给每一个人。我们很清楚,如果让它们发现了,我们也铁定没命。所以我们只好跑回来,并在路上干掉了两个落单的戴维。

"落单的终结者倒不可怕。我们的动作比它们快。但是,要是你碰到一群终结者直挺挺地向你走来,要取你性命,那就难以招架了。它们前仆后继,永不停止。"

韩德倚着洞盖的边缘坐下来,试着让自己的眼睛适应黑暗,"这样子让盖子开着,安不安全?"

"如果我们小心的话,应该没问题。好了,你现在可以试试通话器了吗?"

韩德取下腰带上的通话器,慢慢地拉出天线,把机身放到耳朵旁。他可以感受到金属部分湿凉的感觉。他对麦克风呼了一口气,"嗯,现在可以了。"

但他还是有点迟疑。

"如果状况有什么不对,我们会立刻告诉你。"卜克能说。

"谢了。"韩德又停了一下,把通话器靠在肩上,"其实,想起来还真有趣。"

"你说什么?"

"我是指——终结者。我们人类的存亡全操控在它们手中。也许现在它们已经渗透进我方的阵地了。这让我想到,我们是不是正好赶上改朝换代的时候,一个新诞生的种族准备要接替人类了!"

马鲁迪不高兴地说:"没有任何种族可以取代人。"

"没有吗?也许我们已经看到了。现在可以说是人类的黄昏和新种族的黎明。"

"它们不是种族,只是机械化地执行任务的杀手。你们设计它们来进行杀戮。这是它们唯一会做的。"

"这只是刚开始而已,谁知道以后会怎么样?等到战争结束,没有人类可杀之后,也许它们其他方面的潜能就会发挥出来了。"

"这样说,你好像认为它们真的有生命一样。"

"难道不是吗?"

一阵短暂的沉默。"它们是机器。"马鲁迪冷冷地说,"它们看起来像人,但骨子里还是不折不扣的机器。"

"快用你的通话器吧,少校!"卜克能不耐烦地说,"我们可不能在这里待上一辈子啊!"

韩德用密语呼叫指挥部,但是对方毫无反应。他检查了一下机件,一切正常。

"史考特!"他对着麦克风喊道,"你听得见吗?"

依然是一片沉默。他把功率调到最高,又试了一次,但仍然只听到噪声。

"我什么都听不到。也许他们听到了,但不愿意回答。"

"告诉他们这是紧急状况。"

"他们会认为我是在受胁迫的状况下跟他们联络的。"他又试了一次,并简短说明他遭遇的状况,但除了微弱的噪声,仍只有令人窒息的静默。

"辐射尘干扰了大部分通信。"卜克能说,"也许这才是真正的原因。"

韩德关掉通话器,"辐射尘?或许吧。但我还是比较相信我的猜测。他们就是不愿回答。换了我也会这样做的,他们没有理由相信我;这种故事谁都编得出来。"

"也有可能是太迟了,或许他们已经——"马鲁迪说。

韩德点点头。

"我们最好回到地窖里去。"马鲁迪不安地说,"我不想冒不必要的险。"

他们慢慢地爬下洞去。卜克能小心地拴紧洞盖。他们聚集在小房间里,气氛一时变得十分凝重。

"它们的行动有那么快吗?"韩德说,"我今天中午才离开碉堡的,到现在只有十个小时。"

"只要有一个进去了,之后的事不需要花费它们多少时间。它们行动的时候很狂野,十根手指头都是利刃,一下子整座碉堡就成了它们屠杀的场所。有时想想,我还是宁愿死在人类手中。"

"糟了!"韩德突然站起来,背对着他们。

"怎么了?"马鲁迪问道。

"月球基地。天啊!万一它们也到了那里——"

"月球基地?"

韩德转过身来,"不过我想,它们不可能到那里的。它们怎么去呢?不可能的。"

"什么是月球基地?我们只听说过,但不了解详情。现在那边状况怎么样?你看起来很担心的样子。"

"我们的补给全部来自月球。政府、人民和工业全在那儿。如果它们找到方法到月球去——"

"只要有一个到了那儿就完了。第一个闯进去之后,就会设法让其他的进来。数百个,一模一样的,就跟蚂蚁一样。"

韩德不断地来回踱步。空气中夹杂着食物和汗水的气味。唐莎突然起身,钻进布帘另一边的房间里,"我想躺一下。"

布帘合上了。马鲁迪和卜克能仍坐在桌子旁边,看着韩德。"就看你了。"卜克能说,"我们已经无路可走。"

韩德点点头,继续沉思。

"现在的问题是,"马鲁迪喝了一口咖啡,又从一个铁壶倒了些到杯中,"我们在这里是可以暂保平安,但总不能就这样待下去。食物跟补给品都不够。"

"如果我们出去——"

"如果我们出去,它们会把我们全部干掉。我们走不远的。你的碉堡离这里有多远,少校?"

"大约三到四里。"

"那我们四个应该办得到。四个人可以同时警戒四面八方,这样它们就没办法从后面跟踪我们了。我们有三支步枪,唐莎可以用我的手枪。"马鲁迪敲敲腰带,"我们的士兵不一定个个有鞋穿,但一定都有枪可用。我们四个有武装的人之中,最后一定会有一个进入你们的碉堡。当然,那个人最好是你,少校。"

"如果它们已经在那里等我们去送死,怎么办?"卜克能说。

马鲁迪耸耸肩,"那我们就只好回来。"

韩德停止来回踱步,"能不能请你说说看,它们侵入我方阵地的可能性有多大?"

"这很难说。它们很有组织,一旦展开行动,就像一群蝗虫。令人吃惊的是,只要它们之中的任何一个决定做什么,其他所有的立刻一致配合,不需要任何协商、沟通什么的。"

"我明白了。"韩德喃喃道。

从另一个房间传来唐莎在床上翻来覆去的声音:"少校!"

韩德掀开布帘,"什么事?"

唐莎斜倚在行军床上,慵懒地仰视着他,"你还有烟吗?"

韩德走进房间,面对着唐莎坐在一个板凳上。他伸手进口袋找了一下,"抱歉,没有了。"

"真不幸。"

"你是哪国人?"一会儿之后,韩德问道。

"R国。"

"你怎么会到这里来的?"

"这里?"

"这里以前是F国的领土。你是士兵吗?"

"你为什么问这个?"

"只是好奇。"韩德打量着她。她已经脱下外套,把它甩到行军床的一个角落。她很年轻,大约二十来岁吧,身材很苗条。女郎长长的头发披散在枕头上,大而黑的眼睛默默地望着他。

"你在想什么?"唐莎问。

"没什么。你多大了?"

"十八岁。"她手撑着头,不眨眼地看着他。她穿着灰绿色的军服,腰系附铜扣的宽皮带。

"你隶属哪个部队吗?"

她摇摇头。

"你身上的制服是从哪里来的?"

她耸耸肩,"别人给我的。"

"你多大的时候到这里的?"

"十六岁。"

"这么年轻?"

她眯起眼睛,"你是什么意思?"

韩德摸摸下巴,"如果没有战争,你的人生会完全不同。至少你不必过这种生活。"

"我总得活下去啊！"

"哦,你误会了,我并不是在教训你。"

"你的人生也会大为不同的。"唐莎喃喃地说,她弯下腰,松开一只靴子,把它甩到一边,"少校,你可不可以到另外一个房间去？我要睡觉了。"

"这是个难题。我们有四个人在这里,却要挤两个小房间。这里就这两个房间吗？"

"嗯。"

"这个地窖本来就这么大吗？是不是还有其他房间,但是被震塌了？也许我们可以挖出一个房间来。"

"或许吧。"唐莎松开腰带,解下手表,用一种最舒服的姿势平躺下来,"你确定没烟了吗？"

"我只有刚才那一包。"

"真不幸。也许到了你们的碉堡,可以找到一些。"另一只靴子也应声落地。唐莎伸手到电灯开关,"晚安！"

房间霎时一片漆黑。韩德起身穿过布帘走进厨房。他突然停了下来——似乎发生了什么事。

马鲁迪背靠在墙上,面无血色,嘴巴一张一合想说话,但发不出一点声音。卜克能站在他面前,手中的左轮顶着马鲁迪的肚子。两个人都僵在那里不动。卜克能紧握着枪,神情十分僵硬,马鲁迪则像南京板鸭似的,被钉挂在墙上一动也不动。

"——这是怎么回事？"呆了一会儿,韩德好不容易才挤出几个字来,但卜克能立刻打断了他。

"不要出声,少校。到这里来！还有,你的枪。拿着你的枪！"

韩德拿出手枪,"这到底是怎么一回事？"

"盯着他。"卜克能示意他往前走,"到我这一边来,快点！"

马鲁迪的手稍稍挪动了一下。他舔舔嘴唇,脸转向韩德。他的眼神情惊惶不定，汗珠不断从前额滚落脸颊。他突然睁大了眼睛，"少校，他疯了，快阻止他！"马鲁迪的声音嘶哑且微弱，几乎听不到。

卜克能手中的枪继续顶着马鲁迪，"少校，记不记得我们刚才提过的有关第二终结者的事？我们只知道第一和第三终结者，对第二终结者一无所知。但那是以前。"卜克能的手指扣在扳机上，"现在我知道了！"

他开了枪。一阵白烟自枪口喷出，卷缠住马鲁迪的身躯。

"少校，这就是第二终结者。"

唐莎掀开布帘大叫："卜克能，你在干什么？"

卜克能贲张的姿态瓦解了，他慢慢转过身来，"第二终结者，唐莎。现在我们知道了！我们可以认出任何一型终结者了！我们的危险已经降低了。我——"

唐莎的眼光穿过他，注视着蜷曲在焦黑冒烟衣物中的遗骸，"你杀了他！"

"他？我想你是指没有人字旁的'它'吧！我已经注意它很久了。我一直有一个感觉它是终结者，但不太确定。至少我以前不确定；但今天晚上我终于弄清楚了。"卜克能颤抖地抚弄着枪柄，"我们运气好。你不明白吗？要不然，下个小时我们就完蛋了！"

"你肯定吗？"唐莎把他推到一边，走到还在冒烟的残骸旁，弯下腰来，她板起脸孔说道："少校，你来看。全是血肉！"

韩德在她身旁蹲下来。没错，是人类的残骸。大量流出的血水聚成了一摊。

"没有齿轮。"唐莎冷冷地说，站直了身子，"你看到没有？没有齿轮，没有钢条。这不是钢爪，不是第二终结者。"她环抱双臂，"你最好对这件事给出一个合理的解释。"

卜克能跌坐在桌旁，脸色突然变得一片惨白。他把头埋进双手之中，不停地摇头。

"来，老实说！"唐莎拍拍他肩膀，"你为什么要这么做？为什么要杀了他？"

"我想他是吓坏了。"韩德说，"我们都笼罩在第二终结者的阴影之下，神经太紧张了。"

"或许吧。"

"什么？不然你以为怎么样？"

"我认为他是为了别的理由杀掉马鲁迪的。一个很好的理由。"

"什么理由？"

"也许马鲁迪知道了不该知道的。"

韩德看着她阴郁的眼神，"关于什么的？"他问道。

"关于他，卜克能。"

卜克能立刻抬起头，"你猜到她想说什么了吧！她认为我是第二终结者。你不明白吗，少校？现在她想要让你相信我早已预谋杀害马鲁迪，要你相信我是——"

"不然你为什么要杀他？"唐莎追问道。

"我已经说过了，"卜克能难过地摇着头，"我以为他是钢爪，我以为我知道真相。"

"怎么说？"

"我已经注意他很久了，我怀疑——"

"你怀疑什么？"

"我觉得我好像听到什么，我觉得我——"

他突然停了下来。

"说下去。"

"当时我正在跟他玩牌，你们两个在另一个房间。我突然觉得好像听到他发出轧轧声。"

一阵静默。

"你相信这一套吗，少校？"

"是的。我相信他说的。"

"我不相信。我还是觉得他杀掉马鲁迪是另有原因的。"唐莎把手伸向房间角落的步枪,"少校!"

"不要!"韩德摇摇头,"一切就到此为止。死一个就够了。我们都跟他一样害怕。杀了他岂不就像他杀马鲁迪一样?"

卜克能感激地仰视着他,"谢谢。我真的很害怕。你很了解,对不对?现在她也害怕了,也想杀我。"

"不能再自相残杀了。"韩德走到梯子旁边,"我要出去再试试通话器。如果还是不能联络上他们,我们明天一早就出发。"

卜克能立刻站起来,"让我帮你忙。"

夜凉如水。卜克能做了个深呼吸。两个人爬到地面上。卜克能挺着枪,两脚跨得开开地站在那儿监视四周。韩德蹲在洞口调整通话器。

"手气如何?"卜克能问。

"还是没有回音。"

"那就继续试,告诉他们我们这里发生的事。"

韩德又试了一下,但还是徒劳无功。最后他收回天线,"没有用,他们大概收听不到;就算是收听到了,也可能不愿回答。"

"也许他们根本不存在了。"

"我再试一下。"韩德又拉出天线,"史考特,你在听吗?"

他聆听着,但依然只听到不受欢迎的噪声。突然,一个微弱的声音插进沙沙的噪声中。

"我是史考特。"

韩德抓紧了通话器,"史考特,是你吗?"

"我是史考特。"

卜克能蹲下来,"是你的人吗?"

"史考特,听着。你知道关于钢爪的事了吗?你收听得到我的通话吗?"

"是的。"声音很微弱,几乎听不到。他很难辨认出对方是谁。

"你收听到我说的话吗?碉堡没事吧?钢爪没有闯进去吧?"

"这里一切正常。"

"它们有没有试着渗透进去?"

声音变得更微弱了。

"没有。"

韩德转向卜克能,"他们没事。"

"他们没有遭到攻击吗?"

"我想是没有。"韩德耳朵紧贴着通话器,"史考特,我几乎听不到你的声音。你通知月球基地了吗?他们知道了吗?他们提高警觉没有?"

没有回答。

"史考特!你听得到我说话吗?"

沉默。

韩德瘫了下来,"通信中断了。一定是辐射尘搞的鬼。"

韩德和卜克能互看了一眼,两人都没有做声。半响,卜克能开口道:"听起来像是你们的人吗?从声音听得出来是谁吗?"

"信号太微弱了,听不出来。"

"你一点把握都没有吗?"

"没有。"

"所以也有可能是——"

"我不知道。回去吧!"

他们爬下梯子,回到温暖的地窖。唐莎正面无表情地等着他们。

"怎么样?"她问道。

没有人回答。"少校,"最后,卜克能开口了,"你真的不能确定那是你们的人,还是它们中的一个吗?"

"嗯。"韩德不自在地点点头。

"那我们的处境一点都没改善。"

韩德低头看着地面上一只忙碌的蚂蚁,"我们一定要到那里去把状况弄清楚,就算是死,也要死得明明白白。"

"我同意。"

"怎么样?"唐莎问,"你们联络到碉堡那一边的人了吗?"

"可能是我们的人,"韩德慢慢地说,"也可能是它们的'人'。不管怎么样,如果我们就这样一直站在这里,那就永远也不会知道。"他看了一下手表,"早一点休息。我们明天一大早就出发。"

这是一个清爽的早晨,只可惜少了公鹤的啼声和小鸟的歌唱。韩德用望远镜观察四周的荒野。

"发现了什么?"卜克能问。

"没有。"

"你看得到我们的碉堡吗?"

"在哪里?"

"把望远镜给我。"卜克能接过望远镜,调了一下,"我知道在哪个方向。"他专注地看了许久。

唐莎也从地道走上来,"看到了什么吗?"

"没有。"卜克能把望远镜还给韩德,"它们都不见了。快走!不要留在这里。"

三人踩着沙堆,连走带爬地从矮岗下来。隔着一块扁平的岩石,有一只蜥蜴正疾走着。他们突然停下来,一时僵住了。

"那是什么?"卜克能问。

"一只蜥蜴。"

这只蜥蜴很快爬过沙堆,身上的颜色跟沙子一模一样。

下了矮岗之后,三个人紧靠在一起,小心地察看着四周的动静。

"走吧!"韩德踏出一步,"我们还要走很久。"

卜克能紧跟在他身旁,唐莎落在后面,手里紧紧握着手枪。"少校,我一直想问你一个问题,"卜克能说,"你是怎么遇到戴维的?"

"在这条路上的一个废墟那边。"

"它对你说了些什么?"

"不多。它说它是独自一个人。"

"你看不出它是个机器人吗?它说话时难道没有露出一点马脚吗?你始终都没有怀疑过它吗?"

"我已经说过了,它不大说话。我一点儿都没注意到有什么地方不对劲。"

"我只是觉得很奇怪,一个机器人有办法瞒过你吗?"

韩德板起脸,正视卜克能,"你的口气好像在审问一个犯人。你到底想说什么?"

"没什么。"卜克能讪笑着回答。

"卜克能认为你是第二终结者。"唐莎在韩德身后冷冷地说,"现在他把注意力放在你身上了。"

卜克能跳起来,"这有什么不对?我们送了一个人到对方那边。之后,'他'来到我们这里。也许'他'发现这里有令'他'垂涎的猎物。"

韩德苦笑,"我是从我们的碉堡那儿过来的。那里全是人类。"

"也许你发现了渗进我军的途径,现在你是在制造机会。也许你——"

"你们的军队已经完了。不要忘了,在我离开碉堡之前,你们的阵地早就遭到攻击了。"

唐莎走到他身边,"这并不能证明什么,少校!"

"为什么?"

"各型终结者之间似乎没有什么联系。它们是不同的工厂制造出来的,彼此之间没有合作的迹象。它们可能完全不知道其他型的终结者在做什么,甚至连长相都不知道。"

"你怎么会知道这么多?"韩德说。

"我目睹了它们摧毁碉堡的过程;我观察过它们。"

"你知道得太多了。"卜克能说,"事实上,你什么都没看到。"

唐莎不以为然地笑着,"哦……这回轮到我是嫌疑犯了。"

"够了!"韩德大叫一声。三个人都安静下来,沉默地继续走着。

"我们要一直这样走下去吗?"过一会儿,唐莎说,"我从来没走过这么远的路。"她望了一下四周无垠的沙原,"真荒凉。"

"整条路上都会是这样子。"卜克能说。

"有时候我真希望碉堡遭到攻击的时候,你在那里。"

"那样的话,现在在这里的,也只不过是换成另外一个跟你也有过一手的人。"

唐莎浪声大笑,"我就是希望这样。"

这是一个美丽的黄昏,夕阳在天边抹出一片通红的彩霞,只可惜地平线上少了袅袅炊烟和刚点亮的灯光。韩德放慢脚步,同时示意唐莎和卜克能后退。卜克能蹲下来把枪放在地上。

唐莎找到一块水泥板,吁了一口气坐下来,"终于可以休息了!"

"安静!"卜克能厉声道。

韩德推进到前方一座小丘上,前天那名信差曾在这里留下他最后的足迹。韩德慢慢地匍匐前进,并不时用望远镜观察前方的状况。

他没有发现什么动静,只能确定前方五十码处就是碉堡的入口。

卜克能爬到他身边,"在哪里?"

"那里。"韩德把望远镜递给他,并用手指着前方。核爆所造成的浓厚云层在天空拥堵着,黑色部分逐渐渲染开来,一步步向外侵蚀,整个世界开始暗淡下来。昏红的晚霞成了最后的光源,但也维持不了多久了。

"我什么都看不到。"卜克能说。

"你看到前面那棵枯树没有?旁边是砖块堆。入口就在砖块堆之间。"

"我现在也只能相信你了!"

"你跟唐莎在这里掩护我。"

"你就一个人去吗?"

"只有我有护身符。碉堡周围是钢爪的地盘,没有护身符,铁也能被它们啃得干干净净。"

"也许你说得对。"

"我会慢慢前进。如果发生了什么事——"

"如果它们早就占领碉堡,你就回不来了。它们会全部一拥而上,你绝对逃不掉的。"

"你有什么建议?"

卜克能搔着稀疏的头发想了一会儿,"我也不知道。最好叫你的人出来,你好看个清楚。"

韩德取下腰带上的通话器,拉出天线,"开始行动吧!"

卜克能向唐莎打个手势。她熟练地爬了上来。

"他打算单独行动。"卜克能说,"我们要在这里掩护他。只要一发现他回头,立刻朝他后方开枪。它们一下子就会像潮水一样涌过来。"

"你似乎不大乐观。"唐莎说。

"没错!"

韩德打开枪膛,小心翼翼地检查内部,"也许情况没那么糟。"

"你没看过它们。有数百个之多,全部一模一样。"

"在进入碉堡前,我应该就会发现到底怎么样了。"韩德合上枪膛,右手提着枪,左手抓着通话器,"嘿!你相信上帝吗?"

"什么?"

"算了!我也不信。"韩德站起来,做了一个深呼吸,朝小丘前方的下坡走去。

过了一会儿,他慢慢地走向砖块堆。

仍然没有任何动静。他拿起通话器:"史考特,你听得到吗?"

没有回答。

"史考特,我是韩德。你听到了吗?我就在碉堡外面。你可以从监视幕看到我。"

他一面讲一面继续前进。一只钢爪从沙堆里冒出来,在后面追赶他,但在距离约一尺处停了下来,犹豫了一下就一溜烟地跑走了。紧接着第二只钢爪出现了,这只体型较大,有两根触须。它逼近到韩德身旁上上下下打量着,然后不声不响地退到韩德身后,依依不舍地跟着他。另外还有一只更大的也跟了上来。两只钢爪就这样沉默地一直跟着他向碉堡的方向前进。

韩德停下来,两只钢爪也跟着停下来。现在他只差几步路就到达通往地下碉堡的梯子了。

"史考特,你听到了吗?我现在就在你头顶上。你可以出来接我吗?"

他挺着枪,抓紧了通话器,屏息等待回音。

不一会儿,一个冷漠的、金属般的声音传来。

"我是史考特。"

大概是失真的缘故,他无法辨认是不是真的史考特。

"史考特,听好。我现在就在你头顶上,面朝着入口。"

"是的。"

"你看得到我吗?"

"是的。"

"你可以从监视幕看到我吗?"

"是的。"

十几只钢爪包围着他,像是一群犹豫不前的追求者。"里面都好吗?有没有什么异状?"

"这里一切都很好。"

"请你出来,好吗?"

"你下来。"

韩德有些恼了,"这是命令,你立刻给我出来!"

对方不做声。

"我再重复一遍。"韩德说,"我命令你立刻到地面上来!"

"你下来。"

韩德拉长了脸,"我要跟李卯说话。"

接着是一段静默。一阵单调的噪声过后,传来同样平板、金属般的声音:"我是李卯。"

"我是韩德,现在就在外面。赶快找一个人上来!"

"你下来。"

"什么话!我是在下命令!"

没有回答。韩德放下通话器,小心地观察四周。入口就在前面。他收回天线,把通话器挂在腰带上,端着枪一步一步地前进。如果他们可以从监视幕上看到他,就会知道他正走向入口。他闭上眼睛。

他踏上入口梯子的第一阶。

两个一模一样的男孩从梯子下面朝他走上来,他毫不犹豫地把它们轰了个粉碎,但后面成群的戴维已经沉默地拥上来。

韩德回头向着小丘跑。

小丘上的唐莎和卜克能也开始朝下方射击。闪耀着金属光芒的钢爪呼啸着奔向他们。但韩德没有时间顾到他们了。他单膝跪地,脸颊贴着枪,瞄准碉堡入口。许多戴维一个接一个冒出来,都抱着玩具熊,它们干瘦的小腿像唧筒柄似的上下踩动。韩德强作镇定地向它们扫射。戴维一个个爆裂开来,弹簧、齿轮及钢条四处飞舞。

一个衣衫褴褛的高大人影从碉堡里走出来。韩德定睛一看,是一个士兵装束的男人,缺一条腿,拄着一根拐杖。

"少校!"唐莎的声音传来,伴随着更多枪声。大个子一拐一拐地前进,戴维们簇拥着他。韩德清醒过来:是"伤兵乔治",第一终结者。他瞄准乔治开了一枪,它顿时化作一团碎片。更多的戴维从碉堡走出来了,他只有一面跑,一面回头开枪。

卜克能在小丘上不断朝下射击,另一面有成群钢爪蜂拥着向上爬。韩德向着小丘撤退,但唐莎这时已经丢下卜克能,离开小丘,迂回地跑到小丘右方。

一个戴维悄无声息地出现在韩德身前。它突然弯下腰,放开玩具熊,两只手伸出十柄亮晃晃的钢刀,同时玩具熊也咿呀地叫着,弹跳着向他冲过来。韩德扣下扳机,玩具熊和戴维都变成碎片。他眨眨眼睛。这一切真像是一场噩梦。

"快到这里来!"是唐莎的声音。韩德拼命朝她跑过去。她正躲在混凝土块之间,用卜克能给她的手枪掩护韩德。

"谢谢你。"他冲到她身旁,正准备喘口气,她不发话,把他推到混凝土块后面。

"卧倒!"她解开衬衣,掏出一个球形的东西,迅速松开圆球上的旋钮,"快卧倒!"

她以熟练的手势丢出炸弹。炸弹在天空画出一道漂亮的抛物线之后落到地上,蹦跳地滚到碉堡入口。两个伤兵乔治一个摸着脑袋,另一个抚着下巴,两个大个儿都不知所措。最后,其中一个伤兵乔治走向炸弹,笨拙地把它拾起来。

炸弹爆炸了。一阵热风席卷而来。朦胧中,韩德看到唐莎站在石柱后面,单手开枪,另一只手叉着腰,像打电动玩具似的打掉一个个戴维。

这个时候,卜克能正在小丘上跟包围他的钢爪搏斗。他边射击边撤退,试图突破重围。

韩德勉强站起来。他的头很痛,眼睛几乎看不到东西。每一样东西都像围绕着他,呼啸着、翻腾着。他右手已经不能动了。

唐莎后退到他身旁,"我们走吧!"

"卜克能还在那边。"

"走吧!"唐莎拖着他离开混凝土块。她发亮的眼睛一眨也不眨地搜寻着从爆炸中逃出的终结者。

最后一个戴维从火团中走出来。唐莎立刻摧毁了它,现在一个都不剩了。

"可是卜克能怎么办?"韩德停下了脚步,"他——"

"不要管他。快走吧！"

他们离碉堡已经有一段距离了。几只钢爪追了一段路后,又退了回去。

最后唐莎停了下来,"好了,我们现在可以喘口气了。"

韩德坐在瓦砾堆上,大口喘气,"我们把卜克能丢在那儿了！"

唐莎没说话,默默地打开枪膛,装上子弹。

韩德盯着她,"你故意丢下他的,对不对？"

唐莎闭合枪膛。她看着四周的碎石堆,面无表情,好像在寻找什么。

"你在找什么？"韩德问,"怎么了？"他甩甩头,试着分析每件发生的事。她到底在搞什么鬼？她在等什么？他几乎什么都看不到。

"你——"

唐莎打断他:"安静！"她眯着眼睛,突然举起枪。韩德顺着她的视线望过去。

在他们的来路上出现了一个人影。那个人蹒跚地走向他们,他的衣服撕裂了,脚也受了伤,步伐谨慎而缓慢,不时还停下来喘息。有一度他几乎要倒下来,站了好一会儿才稳住身子。

是卜克能！

韩德吃力地站起来,"卜克能！"他一拐一拐地向卜克能走过去,"你他妈的怎么——"

唐莎此时开了枪。卜克能踉跄着后退了几步。她又开了一枪,带着火光的热流擦过韩德,射中卜克能的胸膛,"他"炸了开来,齿轮弹簧飞舞着,它又继续走了几步,然后忽前忽后剧烈地摆动着,最后完全崩垮在地上。

唐莎转向韩德,"现在你知道它为什么要干掉马鲁迪了吧！"

韩德慢慢地瘫坐下来。他摇摇头。他麻木了。他已经无法思考了。

"看到了没有？"唐莎说,"现在你懂了吗？"

韩德没有答话。整个世界好像快速地离他远去,只留下黑暗笼罩着他。

韩德清醒过来的时候只觉浑身酸痛,他试着坐起身来,但手臂和肩膀好像针扎一样。

"不要起来。"唐莎弯下腰,用冰冷的手摸他的额头,"你应该好好休息一下。"

入夜了。只有少许星斗透过黑云,闪着微弱的光芒。唐莎用木头和杂草造了一堆营火,微弱的火上架着一只盛着咖啡的钢杯。周遭一片寂寂,整个世界似乎都沉默不语。

"这么说,它就是第二终结者啰!"韩德喃喃地说。

"我一直都是这么想。"

"那你为什么不早点干掉它?"

"不要忘了,是你阻止我的!"唐莎起身看了一下钢杯,"咖啡快好了。"

她回到韩德身旁坐下来。不久,她取出手枪,把它分解开来,仔细地研究。

"这东西设计得真好。"

"那些钢爪呢?"

"刚才那一枚炸弹应该够它们受的了。我想现在它们大部分都不能动了。"

"你是怎么弄到那颗炸弹的?"

唐莎耸耸肩,"我们自己做的。不要低估了我们的技术,少校。没有这个,你我早就没命了。"

"确实很管用。"韩德说。

唐莎挪向火堆,伸出两手取暖,"你知道吗?在它杀了马鲁迪之后,我很惊讶你竟然无动于衷。难道你不觉得——"

"我说过了。我觉得它只是太害怕了。"

"真的吗？刚开始我几乎怀疑起你了，因为你阻止我杀它。我那时候猜想你大概是要庇护它。"她笑道。

"我们在这里安全吗？"韩德突然转了个话题。

"在它们的援军到达以前，我们应该可以暂保安全。"唐莎抓起一块破布，开始清理枪管。清理好之后，她利落地将枪机推回原位，闭合枪膛，用手指头抚摸着枪身。

"算我们命大。"韩德喃喃地说。

"是啊！我们的命真大。"

"谢谢你把我带过来。"

唐莎没有回答，只是看着他，火光燃映在她的双眼中，熊熊地燃烧着。韩德试试自己的右手，发现手指头已经不太能动了，整个右半身也好像麻痹了，浑身上下都痛得锥心刺骨。

"你觉得怎么样？"唐莎问。

"我的右手臂不行了。"

"还有呢？"

"大概也受了内伤。"

"炸弹爆炸的时候，你应该卧倒的。"

韩德没有说话。沙场老将竟要听训于小女子，实在有够讽刺。他看着唐莎从钢杯里把咖啡倒进一只扁平的金属盘子，然后把盘子递给他。

"谢谢。"他忍着痛坐起来喝咖啡，但实在喝不下去，只觉得肚子里一阵翻腾。他把盘子推到一边，"我只能喝这么多了。"

唐莎接过盘子喝完剩下的咖啡。韩德斜躺下来休息，他的脑子一片空白。过了一会儿，他发现唐莎笔挺地站在身边看着他。

"怎么了？"他说。

"你好一点了吗？"

"嗯。"

"你知道吗，少校？如果我不拖你过来，你早就跟马鲁迪一样没命了。"

"我知道。"

"你知道我为什么要救你吗？其实我可以丢下你不管的。"

"我也正想知道,告诉我吧！你为什么要救我？"

"因为我想要离开这个鬼地方。"唐莎用一根木棒拨弄着火堆,"这个地方没有人能活下去。等它们的援军到了,我们一个也别想逃掉。你昏睡的时候,我一直在盘算。我们大概还有三个小时可活。"

"而你指望我会有法子带你逃出这儿？"

"我就是这个意思。"

"为什么要靠我？"

"因为我已经一筹莫展。"她的目光在暗红的火光中显得无比炙热明亮,"如果你也没法子的话,三个小时以后它们就会杀掉我们。少校,怎么样,快想想办法吧！我已经等了一夜,现在天就快亮了。"

韩德考虑了一会儿,"这很奇怪。"

"怎么奇怪了？"

"你怎么会觉得我有办法？你以为我能够做什么？"

"你可以带我去月球基地。"

"月球基地？怎么去呢？"

"总有办法吧！"

韩德摇摇头,"就我所知,没有法子可以去那边。"

唐莎的目光暗淡下来。她别过头,面朝着营火蹲下来,"还要咖啡吗？"

"不要了。"

"好好休息。"唐莎径自啜饮着咖啡,他看不到她的脸。他躺着思考着,头痛使他的精神难以集中。

"有个办法！"他突然说。

"哦？"

"还有多久天亮？"

"大概两个小时吧。太阳快出来了。"

"这附近应该藏有一艘小型宇宙飞船。我从来没看过,但我知道确实有这么一艘船。"

"什么样的宇宙飞船?"她的声音忽然变得十分尖锐。

"一艘火箭推进的小艇。"

"它可以带我们到月球吗?"

"这正是它的目的,预备在紧急状况下使用的。"他揉揉前额。

"怎么了?"

"我的头。我没办法集中精神。那次爆炸害的。"

"那艘船——离这里近吗?"唐莎猛地转过身来,两手按住他的肩膀,"它到底在哪里?"

"别——别这样!"韩德虚弱地喘着气,"让我慢慢想。"

她的手指掐进他的肩膀,"你们是不是把它藏在地底下?"

"对。在一个地下的机库里。"

"要怎样才能找到它?那里有标志吗?"

韩德努力地回想,"没有。那里没有任何标记。"

"那你们怎么找到那里呢?"

"好像有暗记。"

"什么样的暗记?"

"我——我想不出来。让我休息一下。"

"好吧!"她放开他,站起来。韩德闭上眼睛。

唐莎两手插在口袋里,慢慢地走开。她踢开路上一颗小石头,两眼呆呆地看着天空。黑暗已经逐渐褪成灰色。天就快亮了。

韩德仍一动也不动地躺着。唐莎握着手枪,绕着将熄的火堆来回踱步。天空的灰色愈来愈淡,地平线也逐渐显现出来了。

韩德翻了一个身,睁开眼睛,"天亮了吗?"

"嗯。"

韩德稍微坐起来,"你想知道那艘小艇在哪里吗?"

"你想起来了吗?"她眼睛一亮。

"是的。"

"快告诉我!"她几乎要尖叫起来,"快告诉我!"

"在一口井的下面。那是一口已经废弃的水井。"

"一口井。"唐莎松弛下来,"还好这附近水井不多,应该很好找。"她看了一下表,"我们还有一个小时。"

"拉我一下。"韩德说。

唐莎把手枪放在一边,扶着韩德站起来,"你的脚好像不太行了。"

"是啊!"韩德咬着嘴唇,"我想我恐怕走不远了。"

他们出发了。初升的太阳带来一些暖意,几只鸟在天空中徐缓地盘旋。

"看到什么东西没有?"韩德说,"钢爪出现了吗?"

"还没有。"

他们穿过一处只剩下几面断墙和光秃地基的废墟,几只老鼠仓皇地跑来跑去。唐莎嫌恶地后退几步避开它们。

"这里本来是一座小镇,"韩德说,"周围全是葡萄园。"

他们走进一条荒废的街道。路面上杂草丛生,到处都是碎石块。街道右边有一座烟囱耸立着。

"小心!"韩德说。

一个地窖张着大口对着他们,旁边锈坏的水管弯弯曲曲地缠绕成一团。他们经过一栋房子,一个澡盆翻了过来,一把缺了一只脚的木椅斜斜倚在墙边,地上有几只汤匙和碟子。街道的正中央塌陷了一大块,露出来的大洞现在盛满了杂草、砖块和白骨。

"就在这里。"

"这边吗?"

"在你右手边。"

他们走过一只已经全毁的储水槽,几尺之外有一具枯干的尸体俯卧在地上。

"就在那里。"韩德说。

一口破石井兀立在眼前,井身的一部分已经崩垮成石堆了。韩德一拐一拐地走向石井,唐莎紧紧跟在他身边。

"你确定是这里吗?"唐莎说,"看起来不像。"

"我有把握。"韩德坐在井边喘息,他擦擦脸上的汗水,"这是为高阶军官预备的。如果发生什么事,他可以用这个逃生。"

"你说的高阶军官就是你自己啰?"

"是的。"

"船在哪里?"

"我们就站在它上面。"韩德在石井的一处表面上摸索了一会儿,"它上面的眼纹鉴定系统只能识别我的眼纹。"

不一会儿传来一个尖锐的咔嗒声,接着,脚底下响起了一阵摩擦及碰撞声。

"后退!"韩德说。两人连忙往后退。

地面上有一块地方开始滑动。一个金属架慢慢地从沙堆里伸出来,推开了地面上的砖块和杂草。所有动作停止的时候,一艘小型宇宙飞船已经展现在他们眼前了。

它静静地悬吊在钢架之中,成堆沙土像瀑布似的灌进宇宙飞船升出来之后留下的大洞中。韩德走上前,攀上船身,打开舱盖,露出船内部的仪表板和驾驶座。

唐莎走过来,站在他旁边看着宇宙飞船,"我从来没开过宇宙飞船。"

"没关系,我来开。"

"你开?它只坐得下一个人。少校,我看得出来,它是一艘单座宇宙飞船。"

韩德仔细地看了一下。唐莎说得没错,它的确是单座的。"我知道了。"他慢慢说,"我们之中只有一个人可以坐上宇宙飞船,而你觉得那个人是你。"

唐莎点头,"当然。"

"你这是什么意思?"

"你的伤太重了,可能承受不了这趟旅程。"

"有道理。但问题是,只有我知道月球基地在哪里。你即使花上几个月的时间,也可能找不到。它的位置很隐秘。"

"不管怎么样,我一定要试一试。而且,我相信你会告诉我所有我该知道的。你的生死也在此一举了。"

"怎么说?"

"如果我及时找到月球基地,也许我可以请他们立刻派一艘船回来接你。如果我找不到,你就铁定没命了!"

韩德突然抢过一步想踏进宇宙飞船,但他的伤妨碍了他的行动。唐莎像道闪电似的扑过来。韩德看到她举起手枪,枪柄朝着他压下来。他伸手想挡住这一击,但已经太迟了。枪柄敲到他耳朵上方。他只觉眼前一黑,然后就天旋地转地摔倒在地上。

昏昏沉沉之中,他感觉到唐莎站在上方俯视着他,又用脚踢了他一下。

"少校,醒醒!"

他勉强睁开眼睛。

"听好!"她弯下腰,枪口正好顶着他的脸。

"我必须快一点。已经没有多少时间了!在我出发之前,你一定得告诉我月球基地的位置。"

韩德甩甩头,想让自己清醒一点。

"快点!月球基地在哪里?"

韩德没说话。

"回答我!"

"抱歉。"

"少校,船上有足够的补给品让我在太空中活上好几个星期,最后我总可以找到月球基地。而在半个小时内你可能就没命了。你唯一求生的机会——"她突然停了下来。

她身后的一处废墟中,好像有什么东西在动。唐莎快速转过身。一只钢爪正探头探脑地在废墟中穿梭。唐莎立刻瞄准射击,这一枪没命中,只激起一团沙尘,那只钢爪急急忙忙想逃走,唐莎又开了一枪,钢爪爆成一团碎片。

"看到没有?"唐莎说,"斥候已经出来了,后面的大军也不会远了。"

"你真的会要他们回来接我吗?"

"当然,而且会尽早。"

韩德看着她,"你说的是真的吗?你会回来找我?你会接我去月球基地?"

"绝对没问题!但是你得告诉我它在哪里。"

"好吧!"韩德拾起一块石头,找了一个地方坐下来,"看好!"

韩德开始在沙上画图,唐莎在一旁看着他。韩德粗略地画了个月球表面的地图。

"这是阿本宁区,这边是阿基米德陨穴。月球基地就在阿本宁区尾端之外大约二百里处。我不知道确切位置——事实上,地球上也没有一个人知道。你到了阿本宁上空,记得发出一红一绿,再加上两个短红闪光。基地监控员会记录下你的信号。基地在地底下。他们会用磁性控制引导你降落。"

"我怎么操作它呢?我行吗?"

"基本上它是全自动操作的。你只要在适当时机发出正确信号就可以了。"

"我会的。"

"驾驶座会吸收掉起飞时的震动。空气和温度都是自动调节的。它会先带你离开地球,进入外层空间,然后自动校准飞往月球的航线。接近月球时,它会进入一个大约五百里高的轨道。这条轨道会经过基地上空。"

唐莎跳进宇宙飞船,坐在驾驶座上,左右安全带自动卡住。她按下启动钮,"真可惜你不能走。这一切本来是为你准备的。"

"把手枪留给我吧!"

唐莎拔出手枪,一边用手掌掂着,一边说:"不要走得太远。不然我们就找不到你了。"

"不会的。我会一直留在井边。"

唐莎握着操纵杆,又摸摸仪表板,"真是个杰作,少校。我很佩服你们的技术。你们创造了很多好东西,这是你们最大的成就。"

"快把手枪给我!"韩德挣扎着站起来,伸出手,显得有点不耐烦。

"再见了,少校。"唐莎扔出手枪。韩德没接到,手枪越过他落到地上,噼啪地在地上滚动。韩德赶忙去捡。这个时候,宇宙飞船的舱盖合上,引擎发出了怒吼声。韩德后退了几步。

宇宙飞船挣脱了它的金属巢穴,冲向布满灰云的天空,最后消失了踪影。

韩德呆站在那儿看了好一会儿,直到宇宙飞船的尾烟消失为止。现在好像什么都没发生过一样。清晨的空气像往常一样清爽又带点凉意。他漫无目的地走着。距离救兵来到可能还要一段时间,但问题是,救兵真的会来吗?

他在口袋里找出一包烟。他们每个人都向他要烟,但香烟在此时可是稀有品,他不得不撒个小谎。

一只蜥蜴溜到他身旁。他停下来,蜥蜴立刻一溜烟钻进沙堆。头顶上,烈日正当空。几只苍蝇停在路旁一块扁平的岩石上,他用脚把它们驱走。

天气愈来愈热了,汗水从他脸上流到衣领。他停下来,坐在砖块堆上,又把医药包解下来,吞下几颗止痛剂。他四下张望,一时认不出这是什么地方。

前头不远的沙地上好像有什么东西,他飞快地拔出枪。那东西看起来像是人。不一会他想起来了,那是卜克能,第二终结者的残骸。唐莎在这儿杀了它。他看到齿轮、金属片散了一地,在正午的阳光下一闪一闪地像是在眨眼睛。

韩德小心地走向残骸堆,用脚轻轻翻动散落的零件。他看到金属的躯壳、铝制肋骨和脊椎,另外,还有许多线圈裸露出来,像是流出身体的内脏。

他弯下腰仔细察看这堆残骸。脑壳已经裂开了,里面精巧的人工头脑一目了然,尽是迷宫般的电路和细如发丝的电线。他碰了一下脑壳,一块破片翻转开来。大概是型号牌吧!韩德看着这块牌子。

突然,他脸色变得一片苍白。

IV-T

他呆呆地看着这块破片。第四终结者,不是第二。他们搞错了。它们不止有三种型号。至少有四种,而卜克能并不是第二型。

如果卜克能不是第二终结者,那么——

他突然紧张起来。似乎有什么东西正从小山丘上踏着沙堆走下来。那是什么?他睁大眼睛。

是人影!几个人影正慢慢地向他走过来。

不慌不忙地向他走过来。

他立刻蹲下来,握着枪,汗水从额头流下来,滴到他眼睛里。他揉揉眼睛。这几个"人"影愈走愈近,他的恐惧也不断加深。

第一个是"男孩戴维"。戴维一发现他,立刻加快了脚步。其他的跟在后面。一、二、三,三个一模一样的戴维沉默地、面无表情地迈动它们干瘦的双脚。一、二、三,三个戴维都抱着它们一模一样的玩具熊。

他对着它们开枪。第一个、第二个戴维报销了,但第三个继续走向他。在它后面又出现了一个高大的身影,沉默地踩着沙堆,向他走过来,是"伤兵乔治"。在伤兵乔治的后面——

在伤兵乔治的后面,出现了两个"唐莎"!

两个唐莎肩并肩地大步前进。宽腰带、灰绿色军服,长发,苗条的身材,多么熟悉的模样啊!刚刚才跟她道别呢!那时她还坐在宇宙飞船的驾驶座上。

它们越走越近。戴维突然弯下腰,放出玩具熊。玩具熊在沙堆上飞快奔来。韩德毫不犹豫地扣下扳机,玩具熊被炸得粉碎。两个一模一样的"唐莎"面无表情地继续前进着。

当她们几乎要碰到韩德时,他把手枪横在腰部,开了两枪。

两个唐莎被干掉了,但另一群唐莎,大约有五六个吧,正排成一列快速走向他。

想想看,他竟把他的专用宇宙飞船和信号码给了它们其中一个。靠着他的帮助,它可能已经找到月球基地了。

他早该怀疑那枚炸弹的。那枚炸弹是设计用来对付"男孩戴维"、"伤兵乔治"以及"秃佬卜克能"的。不是人类设计的,而是由某个人类早已无法插手的无人工厂制造出来的。

这一群"唐莎"开始逼近他了。韩德挺直背脊,无言地看着它们。那么熟悉的脸孔、腰带、制服,还有藏在衬衣里的炸弹。

炸弹——

当唐莎们碰到他的时候,他突然觉得很讽刺,同时也觉得好过多了。唐莎的炸弹!第二终结者用它来对付其他的终结者,如此而已,不为别的。

它们已经开始像人类一样制造武器互相残杀了。

金色人

【美】菲利普·迪克 著
吴 静 译

改编电影:《预见未来》NEXT
导演:李·塔玛霍瑞/主演:尼古拉斯·凯奇、朱丽安·摩尔/上映日期:2008.12.2.(美国)

优秀的作品,有时要经过时间的无情考验,才为人们所肯定。而一位伟大的作家,生前难觅知音,过世后却拥趸无数,则更令人嗟叹。菲利普·迪克就是这样一位作家。尽管如今迪克已被尊为大师级科幻作家,但他的作品在他的时代却备受冷落,直到好莱坞开始将其作品搬上大银幕,他的很多作品才被重新审视、成为人们心目中的经典。创作于1953年的科幻短篇《金色人》,就是这样一部作品。

　　《金色人》发表于《如果》(If)杂志1954年4月刊,在当时没有受到任何关注。二十六年后,《金色人》被收入伯克利出版社为迪克出版的短篇集,迪克在为这个集子写序时提到,关于小说中变异人和人类的关系,他和当时最有名的科幻编辑约翰·坎贝尔有很大分歧。坎贝尔认为,变异人应该成为末日之后新新人类的领袖,而迪克却坚持写两者间的斗争——变异人和人类都要为自己种族的延续而战。也许正因如此,这篇小说才刊登在了刚刚创刊两年、尚名不见经传的《如果》杂志上吧。

　　2007年,这篇小说被改编为电影《预见未来》,由好莱坞著名影星尼古拉斯·凯奇主演。但是电影只采用了原著中变异人能预知未来的点子,是一部与原著故事截然不同的惊险动作科幻片。

金色人

THE GOLDEN MAN

人类终于消灭了最后一个变异人部落——都是因为原子战争，才产生了这些变异怪物。那些自以为是的统治者以为危机已经解除了，但是，还没有——在偏远的乡村里，有一位金色的、像上帝一样神奇的青年，他拥有世上最古老但最强大的生存能力。他即将创造一个崭新且更加强大的新人类。

"这儿总这么热？"那个推销员对着柜台旁和那些靠墙的小套间里的人嘟囔道。他是一个发福的中年男人，穿着皱巴巴的灰色西服，白色衬衣上浸满了汗渍，戴着的领结也向下耷拉着，头上还戴了一顶巴拿马草帽。

"只有夏天才这样。"女服务员应了一声。

除此以外，似乎没什么人想要搭理他。一对年轻的情侣在包间里深情对视；两个工人模样的男人卷起衣袖，露出带毛的黝黑手臂，正对着豌豆汤和肉卷大快朵颐；一个消瘦的农民，看起来饱经风霜；一个上了年纪的商人，穿着蓝哔叽尼的西装和马甲，揣了一只怀表；一个贼眉鼠眼的出租车司机在喝咖啡；还有一个累坏了的女人，刚才一进门就丢下她的包，瘫坐下来。

推销员掏出一盒雪茄。他仔细地打量了一下这间灰暗的咖啡厅，点了支烟，胳膊撑在柜台上，头转向他身旁的人，"这个镇叫什么名字？"

那人咕哝着说："胡桃溪。"

推销员呷了一小口可乐,白白胖胖的手指随意地夹住雪茄,然后从外套里掏出一个皮夹子。从无数张卡片、纸片、纸条的碎片和票根中,他终于翻出了一张脏兮兮的照片。

他咧着嘴看着照片,"嘎嘎"地笑出声来,声音干涩得如同一把潮湿的老锉刀发出的一样。"看这个。"他对旁边的男人说。

那个人仍然埋头看他的报纸。

"嘿,看这个。"推销员用手肘推了推他,把照片递到他面前,"这玩意儿你觉得怎样?"

男人很厌烦地瞟了一眼照片,上面是一个裸体女人的上半身像。照片里的女人三十五岁左右,头扭向一边,白白胖胖的身上足足长了八个乳房。

"看过这样的玩意儿吗?"推销员"嘎嘎"地笑着,那双红色的小眼睛闪烁着淫光,说着又推了推那个男人。

"我见过。"那个男人说完,便又看他的报纸去了,然而一阵恶心却翻涌上来。

推销员注意到那个瘦弱的农民正打量着照片,立马友好地递过去,"这玩意儿咋样?真是个好东西吧?"

农夫一脸凝重地看着照片。他将照片翻过来,瞅了瞅皱巴巴的背面,再翻过去,看了看正面,就把照片扔回给了推销员。照片从吧台滑落,在空中翻了几个跟头,最后掉在了地板上,正面朝上。

推销员把照片捡起来,掸干净,小心翼翼、几近温柔地又把它放回钱包里。女招待员的眼睛里闪过一丝光亮。

"这太他妈棒了,"推销员一眨眼,"是吧?"

女招待员漠然地耸了耸肩,"我不知道,我在丹佛附近的聚居区里看到过很多类似的东西。"

"这就是在那儿拍的,丹佛DCA(变异人追捕机构)营地。"

"还有活着的吗?"农夫问道。

推销员的笑声刺耳而怪异,"你在开玩笑吧?"他用力一挥拳头,

"一个也没有了。"

大家都在听着。连那对高中生情侣都放开了握着的手,坐得笔直,瞪大眼睛听得兴趣盎然。

"我曾经在圣地亚哥附近看见过一个孩子,"农夫说道,"那是去年的事情了。它长着蝙蝠一样的翅膀,没有羽毛、皮肤裹着骨头的那种。"

那个贼眉鼠眼的出租车司机插话说:"这不算什么,在底特律还有种两个脑袋的变异人,我在展览会上见过。"

"它还活着吗?"女服务员问道。

"不,他们已经把它处死了。"

"在社会学课上,"一个高中生说道,"我们在录影带中看过绝大多数变异人。那种长翅膀的来自南半球,他们还在德国找到了一种巨头怪,身上长满了球果,难看死了,就跟昆虫一样,还有——"

"最糟糕的,"那个上了年纪的商人说道,"是那些来自英国的变异人。它们常年躲在煤矿场里,去年才被发现。"他摇了摇头,"四十年都待在煤窑里,繁衍生息。他们有将近一百个人,都是战争时躲在地下的幸存者。"

"他们还在瑞典找到了一个新品种,"服务员说道,"据说这种变异人可以在一定范围内控制人的心智,不过他们只找到两个。DCA的人很快就赶到那里了。"

"那是新西兰型的变种,"其中一个工人说,"会读心术。"

"读和控制完全是两回事儿。"商人说,"每当听到这些消息的时候,我就觉得,有DCA真是好啊。"

"战争刚结束的时候,他们在西伯利亚发现了一个新品种,"农夫说道,"它可以控制物体,就是通过念力移动物体。苏维埃的DCA立马就抓住了它。现在基本没有人还记得它的存在了。"

"我记得那事儿,"商人说,"那时候我还只是个孩子。那是我听到的第一起变异事件。我父亲把我叫进卧室,把这些告诉了我和兄弟姐妹们。那时我们还正在重建房子,DCA要调查每一个人,并在手臂上印上记号。"他举起一只瘦弱粗糙的手民臂,"六十年前,我就是被印在了这里。"

"现在他们只进行出生检查,"服务员颤抖着说,"这个月在旧金山又发现一例。这是今年的第一例,他们本来觉得这周围已经清理干净了。"

"已经减少很多了,"出租车司机说,"旧金山的变异率不是那么高,不像其他地方,底特律尤甚。"

"他们每年能在底特律找到十到十五个变异人。"高中生说,"就在这儿附近还有很多变异人曾经的藏匿点,大家还是会冲进去看个究竟,才不管禁行标语怎么写呢。"

"是哪种?"推销员问道,"在旧金山找到的是哪种?"

女招待员比画了个手势,"就是寻常的类型,没有脚趾,驼背,大眼睛。"

"夜行型。"推销员总结道。

"它妈妈把它藏了起来,听说现在都三岁了。那女人在医生那里伪造了DCA婴儿出生证明,那个医生是他们家的老朋友。"

推销员喝完了可乐,懒洋洋地坐在一旁玩他的雪茄,听着大家叽叽喳喳地讨论由他引发的话题。那个高中男生兴奋地靠在女孩身上,心想这次应该会让她觉得自己博学多识了;消瘦的农夫和商人挤在一起,回忆着昔日时光——战争的最后几年,也就是第一个十年重建计划之前的那些日子;而那个出租车司机则正在和两个工人谈着一些趣闻逸事。

推销员把服务员叫了过来,"我猜,"他若有所思地说,"旧金山那个变异人引起了不小的骚动。这些恐怖的事情居然近在咫尺。"

":是啊。"女服务员咕哝道。

"河岸这侧地区没有真正引起重视,"推销员接着说,"这里从来没有过变异人。"

"没有,"女服务员突然一惊,"这里没有,从来没有!"她从柜台上端起脏盘子,转身走开。

"从来没有?"销售员惊讶地问,"河岸这侧地区从来没有出现过变异人?"

"没有,从来没有。"她一闪身,躲到柜台后面。烹炸师傅穿着白色的围裙守在锅炉边,他手腕上的标记清晰可见。服务员的声音大得太过刺耳,显得异常紧张,这引起了农夫的注意,他猛地停止谈话,转过来瞟了一眼。

突然间,四下里鸦雀无声,大家都盯着自己的餐盘,空气中霎时间充满了紧张不祥的气氛。

"这儿从来没有,"出租车司机向着所有人大声喊道,话语清晰明了,"从来没有一个变异人!"

"当然,"推销员和蔼地附和着,"我只是……"

"你最好能把话说清楚。"其中一个工人加重了语气,威胁着说。

推销员眨了眨眼睛,"当然,伙计们,当然。"他紧张地在口袋里乱摸一气,一个25美分和一个10美分的硬币掉在了地上,他只好又慌乱地把它们捡起来,"无意冒犯。"

大家安静了好一阵子,趁着没人说话的空当,高中生又迫不及待地表现起自己来,"我倒听说过一些东西,"语气中充满了神秘,"有人说他们在杰森的农场里看到过一个东西,那有点像……"

"闭嘴!"商人头也没转地喊道。

男孩涨红了脸,垂头丧气地缩回座位,他仓皇地盯着自己的手,脸上堆满了闷闷不乐的表情。最后,他颤抖着把话吞了回去,不再做声。

推销员结了账,"去旧金山最快怎么走?"此时,服务员已经转过身去不再理他。

柜台边的人也似乎都把注意力放在了自己的食物上,没人抬头看他一眼,都挂着一副充满敌意的表情埋头吃饭,周围安静得如死寂一般。

297

推销员提着鼓鼓囊囊的行李箱,推开门,走进了刺眼的阳光。他那辆破破烂烂的1978别克车就停在门外几米远的地方。一个穿着蓝色衬衣的交警站在凉棚下,跟一个身着黄丝绸裙子的年轻女人没精打采地聊着天,他全身几乎都要贴在她瘦弱的身体上了。

刚要开门上车,推销员顿了顿,然后向那个警察挥了挥手,"你对这儿附近很熟吧?"

警察盯着推销员那身皱巴巴的灰色西服、领结和浸满汗渍的衬衣,还有那个外州的车牌号打量了一番,说:"你想知道什么?"

"我在找杰森农场,"推销员说,"有一起官司得找那里的人谈谈,"他向警察走过去,指间夹着一张白色的小卡片,"我是他的律师,纽约律师协会的。能告诉我去那儿应该怎么走吗?我近几年都没来过这附近。"

纳特·杰森看了看正午的太阳,真是不错的天气。他慵懒地坐在门槛上,满口黄牙的嘴里叼了一支烟管。红色衬衣和粗布牛仔裤使他的身材显得瘦长结实,他身手灵巧,一双手孔武有力,铁灰色的头发浓密得一点也不像六十五岁的样子。

他正看着孩子们嬉戏。简笑着从他面前跑过,透过汗衫可以看见她微微隆起的乳房,黑色的长发瀑布一样披在她脑后。她今年十六岁了,明亮的眼睛,矫健笔直的双腿,苗条的身躯因为手里那块马蹄铁微微有些前倾。她蹦蹦跳跳地向德夫跑过去。德夫是个十四岁的俊俏男孩,牙齿洁白,头发乌黑,他一直是父亲的骄傲。德夫追上他姐姐,反超她率先到达了远处的木桩。他两脚分开,手放在屁股后面,轻松地将两块马蹄铁攥在手里。简急忙跑了过来。

"咱们接着玩!"德夫喊道,"你先打,我在等着哪。"

"你能把它们打掉吗?"

"我能把它们打近点。"

简放下一块马蹄铁,用两只手抓起另外一块,盯着远方的木桩。

只见她弯腰、躬身、屈膝、闭上一只眼,仔细地瞄准目标后,将马蹄铁掷了出去。伴随着撞击声,马蹄铁撞上了远处的木桩,然后又打着圈儿飞了出去滚到一边,激起了一片尘烟。

"不错嘛,"纳特·杰森在台阶上赞许地说,"就是太用力了,放轻松。"女孩又一次瞄准了目标,将铁块扔了出去。杰森骄傲地扬起下巴,他这两个俊俏、健康的孩子,眼看就要成年了,大家一起在炙热的太阳下嬉戏是多么有趣。不过,他还有一个孩子——克里斯。

克里斯站在门廊边,两手交抱在胸前,看着大家玩儿。但是,他从不参与其中。从德夫和简一开始玩,他就站在那儿看。他那俊秀的脸庞上始终是那种不亲不疏的表情,他的眼光好像已经穿过了他们俩,穿过了田野、谷仓、河床,甚至远处那一排排雪松。

"来吧,克里斯!"简一边喊着,一边和德夫跑过去捡他们的马蹄铁,"不想一起来玩儿吗?"

是的,克里斯并不想。他从来不玩。他将自己隔绝在自己的世界里,没有谁能走进去。他从不参加任何游戏或者家庭活动。他总是一个人,冷淡地跟大家保持着距离,远远地在一旁看着每个人做每件事——除非他突然改变想法,才会浅浅地接触一下他们的世界。

纳特·杰森拿出烟杆儿,在台阶上敲了敲,又从皮质的烟袋里拿出东西来填上,他的视线一直没离开过他的大儿子克里斯。现在克里斯恢复了点生气,他走上了田野,很慢,双手仍然交抱在胸前,似乎在这个时刻,他才从自己的世界降临到了人世间。简并没看见他,她已经转过身,准备再扔一次了。

"嘿,"德夫一脸惊讶地说,"克里斯在这儿。"

克里斯走到他妹妹身边,多么高贵冷峻的身影啊。他伸出手,简迟疑着把一块马蹄铁递给他,一脸茫然,"你要这个,你想玩儿?"

克里斯什么都没说。他微微地弯下腰来,将身体拱成一个弧形,然后把东西扔了出去,那速度快得让大家都看不清他手臂的动作。马蹄铁撞上了远处的木桩,在上面打着旋儿。套中了!

德夫的嘴角耷拉下来,"真见鬼了!"

"克里斯,"简责备道,"你耍赖!"

确实,克里斯没有公平地玩游戏。他只是在一旁看了半个小时,然后跑过来扔了一次,一次完美的投掷,一套就套中了。

"他从来不犯错。"德夫抱怨说。

克里斯面无表情地站在那儿,在正午的阳光下,他就像一尊金色的雕塑,金色的头发,金色的皮肤,一束阳光洒在他裸露的胳膊和腿上,连上面的毛发也是金色的。

突然他愣住了,纳特站起来,有点惊讶地吼道:"怎么了?"

克里斯飞快地转过身,一脸警觉。"克里斯!"简喊道,"怎么……"

克里斯像一束已发射的能量粒子一般向前飞奔。他穿过田野,越过栅栏,冲进谷仓,又从谷仓另一头跑出来,那飞也似的身影掠过干草地,钻进了雪松林里的河床。伴着一道金色的闪光,他就消失了。四下里没有任何响动,他已经消失在了那片景色之中。

"现在几点了?"简疲倦地问道。她跑到父亲身边,瘫坐在树荫里。汗水流过她光滑的颈子和上唇,在汗衫上浸出了条纹状的汗渍。"他看见什么了?"

"他是在追什么东西。"德夫走上前来。

纳特咕哝着:"可能吧,谁知道呢。"

"我想应该告诉妈妈别准备他的饭了。"简说,"估计他不会回来了。"

老纳特感觉有点生气。是啊,多说无益,他是不会回来的,不会回来吃晚饭,可能到第二天,甚至第三天都不会回来。上帝才知道他要走多久,要去哪里,以及为什么要走。他总是一个人离开,去某个大家都不知道的地方。"要是你们能把他追回来的话,我都让你们去,但是没……"

他止住话头,一辆破破烂烂的老别克顺着那条灰扑扑的路向农舍开来。开车的是一个穿着灰色西服的男人,他满脸通红,一边停下,下一边欢快地跟他们挥手。

"你来干什么?"纳特·杰森用略带嘶哑的嗓子喊道。他很害怕,余光朝河床一瞥,默默地祈祷着。上帝保佑,希望他已经躲起来了。简的呼吸很急促,甚至有点喘,她被吓了一大跳。德夫的脸上已经面无血色。"你是谁?"纳特问。

"我叫拜恩斯,乔治·拜恩斯。"男人伸出了手,但是杰森根本没有理会,"可能你听说过我。我是太平洋发展公司的董事长。镇外那些小的抗爆房都是我们修的。你顺着法叶特郡的高速路走时,可以看到那些圆形的小房子。"

"你来干什么?"纳森握紧了拳头。他看到过那些房子,但从来没有听说过这个人。根本不可能看不到——一大排难看的药盒儿一样的房子占满了高速路的两边。拜恩斯看起来确实像是那样的人,但是他来这儿干什么呢?

"我在这边买了一些地,"拜恩斯解释说,他把一堆纸揉得哗哗作响,"这是房产契约,要是我能找到的话就他妈太好了。"他说着,和善地咧嘴笑了起来,"就在这附近某个地方,公路的旁边。按那个乡镇记录员所说,大约距离那边那座山一英里的样子。但是,我不怎么会看这该死的地图。"

"肯定不在这附近,"德夫插了话,"这儿周围只有农场,没什么是拿来卖的。"

"那是个农场,孩子。"拜恩斯很绅士地说道,"是我买给我和妻子的,我们很快就要搬到这里来。"他挤弄着他哈巴狗一样的鼻子,"你们别误会了,我来这儿不为别的,只是为了我自己,找一间老农场的房子,二十公顷,一个水泵,几棵橡树。"

"让我看看房产契约。"杰森一把抓过那几张纸飞快地扫了一遍,拜恩斯惊讶地眨了眨眼睛。杰森面色僵硬地把房契还给他,"你到底是来这儿干什么的? 房契上的土地离这儿有五十英里远。"

"五十英里!"拜恩斯声音都嘶哑了,"不是开玩笑吧? 但是,那个工作人员跟我说……"

杰森站了起来,他体格强健,比那男人高很多。眼前这个男人太可疑了。"见鬼的工作人员!开你的车走吧,我不知道你在找什么,或者说你来这儿干什么,但是,我要你离开我的农场。"

在杰森的大拳头里,一把枪在正午阳光的映照下闪烁着不祥的光芒。拜恩斯瞥见了,倒吸了口冷气。"无意冒犯,先生。"他紧张地退了回去,"你们乡下人有点太敏感了,放轻松好吗?"

杰森什么都没说,他握紧了手里的枪,等着这个胖男人离开。

拜恩斯徘徊了一阵,"这样吧,伙计,为了找到那个该死的地方,我已经在这个火炉般的鬼天气下开了五个小时的车,我用下你们的厕所可以吗?"

杰森怀疑地看着他,越看越恶心。他耸了耸肩,"德夫,带他去厕所。"

"谢谢!"拜恩斯感激地笑了笑,"我还能要杯水喝吗?我愿意付钱,"他咯咯地笑了起来,"绝不让城里人带走任何东西,是吧?"

胖男人拖着笨重的步伐跟德夫进了屋。杰森厌恶地转过头,低声念道:"耶稣保佑。"

"爸爸,"简看着拜恩斯走进房间,忙跑过来,眼神里充满了恐惧,"爸爸,你认为他……"

杰森搂住女儿,"千万要守住秘密,他很快就走了。"

女孩的黑眼睛里闪烁着一丝恐惧,"每次有人从自来水公司来,或者是纳税员、流浪汉、小孩儿,任何人到了这附近,我这儿就是一阵刺痛——这里。"她把手放在胸口上,指着心脏的位置,"我们已经这样生活了十三年,还要瞒多久呢?"

那个叫拜恩斯的一脸感激地从厕所里走出来,德夫·杰森一声不吭地站在门边,一动不动,面无表情。

"谢谢,孩子。"拜恩斯叹了口气,"那现在,到哪儿能弄到一杯凉水呢?"他满怀期待地舔舔嘴唇,"要是你开车在这个鸟不生蛋的地方找一个什么该死的农场……"

德夫钻进厨房,"妈妈,这个人要一点水喝,爸爸让我们给他。"

德夫转过身,拜恩斯瞥了一眼那位母亲。她个子不高,头发也已经被岁月染成了银灰色。她正站在水槽前接水,脸上木然得只有憔悴的神色。

拜恩斯飞快下到客厅里,穿过一个卧室,拉开门,见眼前只有一个壁橱又转身跑回去,穿过客厅,跑到饭厅,再穿过另一个卧室……不一会儿,他就已经把整个房子都检查了一遍。

他透过其中一扇窗户看到了后院,里面只有一辆生锈的货车,一个地下掩体的入口,一些易拉罐,两个废旧的汽车轮胎,还有一群在地上刨来刨去的鸡以及一只在凉棚下睡着了的狗。

他找到了一扇通往农场外部的门,悄悄地打开它走了出去。一眼望去,这里一个人也没有,只有一座谷仓,一个倒立着的古代木雕,雪松林后面还有一条小溪。看起来,这里以前似乎是一个院子。

拜恩斯小心翼翼地检查着房子的这一侧,大概用了三十秒钟的时间。他把厕所门关上了,让那个男孩以为他已经走了。拜恩斯从窗子往屋里看,只看到一个很大的橱柜,里面塞满了旧衣服和成堆的杂志。

他开始转身往回走,准备从房子的一角绕过去。

纳特·杰森瘦长的身影慢慢逼近,封住了他的去路,"好吧,拜恩斯先生,这是你自找的。"

一道粉色的光闪过,爆炸产生的刺眼强光瞬间让阳光黯然失色。拜恩斯跳回来,抓住自己的外衣口袋。红光扫在他身上,他被强大的冲击力推倒在地。他的衣服完全被炸碎了,牙也被震得咯咯作响,那一瞬间,他像一个提线木偶一样止不住地颤抖。黑暗慢慢退却,他可以感觉到"盾"逐渐吸收着能量,并且在努力地去控制它,"盾"外的网开始逐渐变白。

他拿出自己的枪——杰森没有"盾"。"你被捕了。"拜恩斯阴冷地抱怨着,"放下武器,举起手来,把你的家人都叫过来!"他挥了挥枪,"快点,杰森,动作快点!"

杰森把枪放在了地上。"你还活着,"他的脸上露出恐惧的表情,"那你肯定是……"

德夫和简跑了过来。

"爸爸!"

"过来!"拜恩斯命令道,"你妈妈在哪儿?"

德夫木讷地晃了晃头,"在里面。"

"过去把她带到这儿来。"

"你是DCA的人。"纳特·杰森恨恨地咕哝着。

拜恩斯没有回答,他转了转脖子,从那堆松弛的肥肉里拉出一根通信线,他刚才把它折叠起来藏在了下巴下面。灰扑扑的公路上传来了汽车的声音,咕噜咕噜越来越近。两排黑色金属车开了过来,停在房子旁。一队穿着深灰绿色国家警察制服的人蜂拥而出,天空里一群黑色的小点也慢慢显现出来,那些丑陋的飞行器遮住了太阳,整个天空的颜色都暗淡了下来。

"他不在这儿,"第一个人走过来的时候,拜恩斯说道,"他跑了。通知韦斯顿回实验室。"

"我们已经把这个地区封锁了。"

拜恩斯转过去看着纳特·杰森,他一声不吭地站在那里,脸上挂着一副"不可饶恕"的气愤神情,护卫着躲在他身后的儿女们。"他怎么知道我们要来?"拜恩斯问。

"我不知道,"杰森小声地说,"他就是——知道。"

"心灵感应?"

"我不知道。"

拜恩斯耸耸肩,"我们很快就会知道的。这周围已经布下了抓捕夹,他不可能逃得掉,不管他会什么。除非他能让自己丧失物质形态。"

"要是你们抓住了他,你们会对他怎么样?"简嘶哑着嗓子问道。

"研究他。"

"然后就把他杀了?"

"这取决于实验评估结果。要是你能告诉我更多的研究信息,我说不定就可以事先告诉你结果。"

"根本没法告诉你,我们也不知道关于他的事。"女孩的声音里带着一丝绝望,"他根本不说话。"

拜恩斯跳了起来,"什么?"

"他根本不说话,他从来没跟我们讲过话。"

"他今年多大了?"

"十八岁。"

"从没有语言沟通?"拜恩斯的汗都出来了,"整整十八年,你们从来没有过任何的语言交流?他有什么特殊的交流方式,符号、密码?"

"他……当我们不存在。他在这里吃饭,跟我们在一起,有时候会和我们一起玩,或者坐着看我们玩。有时候,他一走就是几天,我们从来找不到他在哪里,也不知道他做了些什么。他总是一个人在谷仓里睡觉。"

"他真的是金色的?"

"是的。"

"皮肤和毛发都是?"

"皮肤,眼睛,毛发,指甲,所有的地方都是。"

"他身材高大么,体格是否健壮?"

女孩儿停顿了好一会儿才继续回答问题,一种奇异的情感搅乱了她的描述,一瞬间她脸红了,"他美极了,他是一个神,一个降临到地球上的神。"女孩嘴唇颤抖着,"你们不会抓到他的,他能做你们意想不到的事情,他有一种远远超越人类极限的力量。"

"你觉得我们抓不到他吗?"拜恩斯皱起眉头,"这里会不断有人员支援。你还从来没亲眼见过我们机构设置的抓捕夹吧。我们已经清扫变异杂种六十年了,还从来没有谁能逃得了。"

拜恩斯突然怔住了,有三个人正快速向门廊走过来。两个穿绿衣服的是国家警察;第三个人安静轻柔地走在中间,金光闪闪的高贵身影显得十分耀眼。

"克里斯!"简喊了出来。

"我们逮到他了。"其中一个警察说道。

拜恩斯不安地摆弄着手里的枪,"在哪里抓到的,怎么抓到的?"

"他自己投案的,"警察疑惑地回答,"是他自己来找我们的。看,他就像一尊金色的雕塑。有点像——神。"

那个金色的身影在简身边停下来片刻,然后他就慢慢地、冷冰冰地转过身对着拜恩斯。

"克里斯!"简尖叫着,"你为什么要回来?"

同样的疑惑也在啃食着拜恩斯。他暂时抛开心中的疑虑——"前面有飞机?"——飞快地下达了指令。

"已经做好起飞准备。"其中一个警察回答说。

"很好。"拜恩斯一步从楼梯跨到脏兮兮的地里,"我们走吧,把他直接带去实验室。"他看了看站在两个警察中间的那个冰冷的身影,在他旁边,其他人那畏缩的样子就显得十分碍眼。他就像……简说什么?一个降临到地球上的神。拜恩斯愤怒地打断了自己的思绪。"怎么可能,"他愤愤地咕哝着,"不过这肯定很棘手,我们以前从来没像这样追捕一个变异人,我们对他的超能力一无所知。"

除了正中间那个坐着的身影,密室里空空如也,只有四面白墙、地板和天花板。一束严酷的强光扫视着密室的每一个角落。在远处那面墙的顶部,有一道细窄的小槽,外面的人可以通过这扇窗子看到里面的情况。

一群衣着光鲜的技术人员拉下小窗的螺栓,观察着里面人的一举一动。那个人很安静地坐着,从密室被锁上开始就再也没有动过。他盯着地板,身体前倾,十指紧扣在一起,一张冰冷的面容上基本看不出任何表情。已经四个小时了,他在那儿一动不动。

"那么,"拜恩斯说,"你都看出点儿什么了?"

韦斯顿忿忿地说:"什么都没看出来,要是在处死前不设法让他昏迷四十八小时的话,我们什么都得不到。"

"你想到了突尼斯的那种变异人?"拜恩斯问,他也这么想。他们找到了十个变异人,生活在废弃的北非村镇废墟里。它们的生存方式很简单,杀了其他的生物并理解其生存方式,然后它们便模仿那些生物的生活来取代它们自己的生活。它们被称作"变色龙"。为了消灭它们,一共有六十个顶尖探员丧生,全是DCA的精英。

"有什么线索吗?"拜恩斯问道。

"他非常与众不同,肯定很棘手。"韦斯顿把一卷磁带扔在桌子上,"这是完整的报告,所有我们能从杰森和他家人口里套出来的东西都在这儿了。我们删除了他们的记忆,就放他们回家了。十八年里没有一点语言交流,但他看起来还是完全成熟了,在十三岁的时候发育成熟——比我们的生长周期更短,生长速度更快。但为什么他的毛发都是金色的呢?像一尊镀了金的罗马雕像。"

"报告是从分析室拿来的吗?你们已经给他做过脑电波检测了吧?"

"他们已经仔细地检查过他的大脑,但是得花点时间才能得出分析结果。我们像疯子一样忙来忙去,他就逍遥地在那儿坐着!"韦斯顿用他粗短的手指戳在窗户上,"这么轻松就抓住了他,他不可能再给我们添什么别的麻烦了,是吧?但在我们处死他之前,我很想弄清楚他到底是个什么玩意儿。"

"或许在知道真相之前我们该让他一直活着。"

"在四十八小时内行刑。"韦斯顿顽固地重复着,"不管我们是否查得出真相。我不喜欢他,他让我忙得四脚朝天。"

韦斯顿紧张地咬着他的雪茄。爱德·韦斯顿是DCA北美洲分局的局长。他是个满脸横肉的红发男人,长得很壮,有一个饱满的下巴和一双冰冷而精明的眼睛。但是现在,他很紧张,一双小眼睛瞟来瞟去,那张冷酷的脸上布满了警觉的神情。

"你就……"拜恩斯慢慢地说,"这样认为?"

"我一直这样认为。"韦斯顿厉声说,"我不得不这样想!"

"我的意思是……"

"我知道你什么意思。"韦斯顿在试验台前来回踱步,一旁的技术人员正坐在自己的凳子上,周围全是各种仪器和嗡嗡作响的电脑,"这玩意儿在那个家庭里生活了十八年,但他们却不了解他。他们也不知道他是什么。他们只知道他能做什么,但不知道他是怎么做到的。"

"他能干什么?"

"他知道。"

"他知道什么?"

韦斯顿把枪从枪套上解下来扔在桌子上,"这里。"

"什么?"

"这儿,"韦斯顿示意了一下,后退了一英尺,"向他射击。"

拜恩斯眨了眨眼睛,"你不是说四十八个小时吗?"

韦斯顿一边咒骂着一边拿起枪,透过窗户瞄准了那个坐着的人影,扣动了扳机。

伴着一阵耀眼的粉红色光芒,一团云状的能量辐射在密室中弥漫,刺眼的闪光过后密室又沉进黑暗。

"哦,上帝!"拜恩斯抓住他,"你……"

然后他愣住了,那个人没有再坐在原处。当韦斯顿开枪的时候,他已经飞快地跑到密室的角落里,躲开了爆炸。现在他正在慢慢地走回去,面无表情地再次陷入思考中。

"第五次了。"韦斯顿说着,收起了他的枪,"上次,我和杰米森一起开的枪,他也全都躲过了,他清楚地知道什么时候枪会向哪个方向打。"

拜恩斯和韦斯顿面面相觑，同一个问题萦绕在他们的脑海。"但就算是读心术，也不可能知道枪会往哪里打啊。"拜恩斯说，"他也许知道什么时候开枪，但不可能知道往哪里开枪。你知道自己会往哪里开枪吗？"

"我不知道。"韦斯顿平静地回答说，"我开枪很快，几乎是随意的。"他皱起眉头，"关于随意性，看来我们需要做个实验。"他叫来一队技术人员，"把仪器准备好！要两倍的装备。"说罢，便抓起纸笔开始画草图。

正准备仪器的时候，拜恩斯在实验室外的DCA大楼中央休息厅见到了他的未婚妻。

"事情进行得怎么样了？"她问道。安丽塔·菲利斯有着婀娜多姿的高挑身材，金色的头发，一双蓝色的眼睛明媚动人。这个快要三十岁的女人有着与她年龄相称的魅力。她今天穿了一条金属薄片点缀的裙子，披着披肩——袖口上红黑色的条纹显示出它不菲的价格。安丽塔是语言处的处长，政府高级协调员。"这次有什么有趣的事儿？"

"多得很。"拜恩斯领她来到休息室，找了个隐秘的位置坐下。休息室里播放着轻柔的音乐，随机在各种风格间自由地转换着。模糊的人影在昏暗中自在穿行，四下一片寂静，只有高效的机器人服务员还在四下忙碌。

安丽塔一边喝着汤姆克林斯酒，一边听着拜恩斯讲述着现在已经了解到的信息。

"或许，"安丽塔慢条斯理地说，"他的能力是可以偏转物质呢？有一种变异人可以直接通过意念改变物质，不用任何工具，直接改变物质。"

"通过念力移动物体？"拜恩斯不停地敲着桌子，"我很怀疑，这东西能预知未来，但不是控制未来。他不能阻止我们开枪，但是他肯定知道怎么躲开。"

"难道他在这些分子间跳来跳去的?"

拜恩斯没有笑,"我在说正经事儿。DCA对付这些变异人已经六十年了——比你我、甚至我们两个的年龄加起来的时间还长。到目前为止已经发现了八十七个异常人种,真正的变异人是可以繁衍的,不是简简单单的怪物而已。这是第八十八种,之前每个我们都可以搞定,但是这个……"

"你为什么这么担心这家伙?"

"首先,他已经十八岁了。对他来说,这已经很不可思议了。他家居然能把他藏了这么久。"

"丹佛附近的那几个女人年龄可比他大,那些……"

"是政府把她们拘留了。有些高官想要让她们生孩子,觉得那样很好玩儿,还想进行工业化生产。我们执行死刑很多年了,但克里斯·杰森还活着,他脱离了我们的控制。那些丹佛的女人还在持续观察中。"

"或许他根本对我们无害。你总是把异常人种看成是一种威胁。他甚至可能是对我们有益的人。有人认为可以让那些女人来为我们工作。我们可以把这些人看做是走在了种族进化的前沿。"

"什么种族?他们根本不是人类!这还是'手术很成功,但病人死了'的老调子。如果我们让一个变异人来推进我们进化进程的话,那将来主宰地球的就不是人类,而是他们,是那些存活下来的变异人。别指望我们还能给他们戴上枷锁、让他们为我们服务。要是他们真的比现代人强,他们就能在公平的生存竞争中获胜。为了生存,我们必须从一开始就把他们打倒在地。"

"换句话说,当一个真正的更强者出现时,我们就会知道。因为我们将无法处死他。"

"是这样,"拜恩斯回答说,"假定真的有一个更强者出现的话。但或许出现的只是一个特殊者,一个取得生存进步的人类。"

"尼安德特人①可不会觉得克奴马鲁人②进化了,只是认为他们能变出点燧石和符号。按照你的说法,这个家伙可不只是进步这么简单。"

"这个家伙,"拜恩斯缓缓地说,"有预知未来的能力。到现在为止,他还活着,他应付这些情形的能力可比你我强多了。你觉得我们能在能量枪不断射击的密室里活多久?他就有这种能力。要是他每次预测都准确的话……"——广播里传来一个声音:"拜恩斯,快点来实验室,别他妈老泡在休息室里面。"

拜恩斯把凳子往后一推,站了起来,"跟我来,你会对韦斯顿在做的事情感兴趣的。"

一群神色紧张的中年DCA高级官员站成一圈,头发花白的他们正在听一个瘦瘦的年轻人解释那个占满了观察台的精致立方体。这个由金属和塑料组成的玩意儿伸出了许多根丑陋的枪管,这些鼻子似的枪管精巧地掩藏在那一片错综复杂的排线里。

"这会是,"年轻人轻快地说,"一次真正的测试。它会随机开枪——至少已经是我们所能做到的随机了。弹力球会浮在屋子上方的气流中,之后撤掉气流,球就会一个接一个地掉落继而弹起,如此往复。它们有可能落在任何位置,而玩意儿则会对着它们落地的位置开枪。每个球落地都会有其特定的时间和位置,一共有十支枪管,都是连发。"

"没人知道它们会朝哪儿开枪?"安丽塔问道。

"没有人。"韦斯顿摩拳擦掌,"读心术帮不了他,至少在这件事情上不行。"

"方块"被安放就位了。安丽塔走到观察窗前,吸了一口冷气,"那

---

① 一种在大约12万到3万年前冰河时期本来居住在欧洲及西亚的人种。

② 现代人类的一种早期人种,于旧石器时代(距今约250万年~距今约1万年)晚期居住在欧洲。

就是他?"

"怎么了?"拜恩斯问道。

安丽塔的脸上泛起了红晕,"为什么呢,我本来还以为他是一个——怪物,我的上帝,他多美啊!像一尊金色的雕像,像一个神!"

拜恩斯笑了起来,"他才十八岁,安丽塔,对你来说太嫩了点儿吧。"

她还在隔着窗户打量着他,"看看他,十八岁?我不相信。"

克里斯·杰森盘腿坐在密室中间的地板上,低着头,两手在胸前交抱,似乎在凝视着什么。在他头顶强光的照射下,他的身体泛着金色的涟漪,宛然一尊发光的金色雕像。

"真美,不是么?"韦斯顿嘀咕着,"好了,我们现在开始吧。"

"你们要杀了他?"安丽塔质问道。

"我们在尝试能不能杀得了他。"

"但是他……"她犹豫地顿了顿,"他不是一个怪物。他不像其他那些奇丑无比的变异人,不是两个脑袋,不像昆虫,不是突尼斯那群怪物!"

"那他是什么呢?"拜恩斯问。

"我不知道。但是你不能就这样杀了他,这太恐怖了。"

"方块"咔嚓咔嚓地动了起来,枪管猛地一拉,无声地转换了位置,三根枪管缩回方块内部,其他的枪管伸了出来,很快,它们摆好了阵势——突然,毫无预警地,开枪了。

一阵大得惊人的能量团喷薄而出,窗口处的枪管每时每刻都从各个角度以高速率眼花缭乱地向密室内射击。

那个金色的身影四处移动,前后躲闪,轻松地避开了每一团在他周围爆炸的能量。云一般翻卷的灰尘模糊了他的影子,将他隐没在一片噼啪作响的爆破声里。

"停下!"安丽塔大声吼道,"看在上帝的分儿上!你会毁了他的。"

由于能量粒子的缘故,密室里热得跟地狱一般,完全看不见那个金色的影子。韦斯顿等了一会儿,向技术人员点了点头。他们按下了控制按钮,枪声逐渐停歇下来,枪管又被收回到"方块"里。四下里鸦雀无声,连方块也停止了轰鸣。

克里斯·杰森还活着。尘埃落定后,大家又看见了他,被爆炸弄得黑黢黢的,还有一点被火燎到的痕迹,但是他没有受伤,逃过了每一次射击。他在它们间跳来跳去,像一个在剑尖跳跃的舞者。他活了下来。

"哦,不。"韦斯顿颤抖地咕哝着,表情阴冷,"不是心灵感应,这是随机的射击,没有任何事先准备。"

三个人面面相觑,脸上写满了震惊和恐惧。安丽塔浑身发抖,面色苍白,瞪大了蓝色眸子,"怎么可能?"她低声惊呼,"他到底是什么?他到底有什么能力?"

"他是一个很好的猜想家。"韦斯顿说。

"他不是猜,"拜恩斯回答道,"那才是重点!别骗自己了。"

"是的,他不是猜。"韦斯顿慢慢地点了点头,"他知道,他能预知每一次射击,我在想……他会不会犯错呢?"

"我们抓住了他。"拜恩斯指出了这一点。

"他是自愿被抓的。"韦斯顿突然露出了奇怪的表情,"他是在追捕夹安放以后才来自首的?"

拜恩斯跳了起来,"对,就是在安放追捕夹以后。"

"他知道自己逃不出追捕夹,所以来自首了,"韦斯顿自嘲似的苦笑,"追捕夹肯定很完美,它就应该那样。"

"如果追捕夹有一个漏洞,"拜恩斯嘀咕道,"他就会事先知道——然后由此逃走。"

韦斯顿叫来武装护卫队,"把他弄出来,送到行刑台去。"

安丽塔尖叫起来:"韦斯顿,你不能……"

"他进化得太超前了,我们根本无法同他竞争。"韦斯顿的眼神黯淡得没有一点希望,"我们只能猜想未来会发生什么,而他却知道,对于他来说,未来是确定的。但这还是救不了他。整个行刑台瞬间就会被水充满,所有的气体都被立即排空。"他不耐烦地示意护卫,"动手,马上把他带过去,别浪费时间了。"

"我们可以这样做吗?"拜恩斯若有所思地咕哝着。

警卫们在密室门外站好位置,控制塔小心翼翼地打开了门。两个警卫先端着枪走了进去。

克里斯站在密室中央,背对着那群蹑手蹑脚地朝他走过来的家伙。他安静地站着,一点也没动。警卫们都冲了进来,越来越多的人拥进了密室……

伴着安丽塔的尖叫声和韦斯顿的咒骂声,那个金色的影子转了个圈儿,往前一跳,以闪电般的速度穿过三个警卫,冲出门,逃进了走廊。

"抓住他!"拜恩斯咆哮道。

警卫们四处围堵,能量团的火光照亮了走廊,克里斯在人群里穿梭,跑上了斜坡。

"没用的,"韦斯顿镇定下来,"我们抓不到他的。"他接连按下两个按钮,"但或许这个能。"

"什么东西能……"拜恩斯刚要问,那个跳动的人影突然就瞄准了拜恩斯,向他开枪。拜恩斯闪到一旁后,那个人影便又飞快地从他们身边擦身逃开了,跑得毫不费力,面无表情地躲避着在他周围爆炸的能量粒子。

仅那么一瞬间,那张金色的面庞逼近了拜恩斯。他从拜恩斯身边跑过,消失在一条岔路里。警卫们跟着冲了过去,半跪在地上开火,口里兴奋地喊叫着。在这幢建筑的最深处,重机枪轰隆轰隆地轰鸣着。逃生通道已经被关闭。

"神啊,"拜恩斯深吸一口气,"他除了跑能不能干点别的?"

"我已经下了命令,"韦斯顿说,"将这栋大楼封锁起来。没人能进来也没人能出去。在这栋大楼里,他可能可以自由活动,但是他绝对出不去。"

"要是有一个出口没有封住,他都会知道的。"安丽塔颤抖着说。

"我们不会忽略任何一个出口,我们抓住过他一次,就能再抓住他一次。"

一个信息机器人走进来,恭敬地把装着数据的袋子递给韦斯顿,"数据分析,先生。"

韦斯顿扯开袋子。"现在,让我们来看看他在想什么。"他的手激动地颤抖着,"也许我们能找出他的盲点。他或许可以跳出我们的思维,但这并不代表他是无坚不摧的。他只能预知未来——但是他不能改变未来。要是他面对的未来只有死亡,那么他的能力也……"

韦斯顿渐渐地没了声音,过了一会儿,他把袋子递给拜恩斯。

"我会在楼下的吧台,"韦斯顿说,"喝点好的烈酒。"他一脸阴沉,"我唯一能说的就是——我希望这他妈的不是未来即将产生的新种族。"

"分析报告怎么说?"安丽塔的视线越过拜恩斯肩膀,紧盯着那份分析报告,迫不及待地问,"他的思考方式是什么?"

"不,"拜恩斯把袋子交还给他的上司,"他根本不思考。事实上,他连大脑前叶都没有。他根本不是人类——他不用任何符号。这玩意儿就是一只动物!"

"一只动物,"韦斯顿说,"一只身体机能高度发达的动物。不是什么人类中的强者,它根本就不是人。"

警卫们在DCA大楼里蹿上蹿下,弄得叮叮当当乱成一片。警察蜂拥进这栋大楼,接手了所有警卫队职责以外的事情。他们对所有的房间、走廊进行了地毯式搜查,相信克里斯·杰森那金色的身影迟早会被找出来的。

"我们总是担心那些有智力优势的强势变异人。"拜恩斯沉思着说,"我们跟那些变异人的关系就像猿人跟我们一样。他有拱起的头盖骨、心灵感应能力、完美的语言系统、强大的计算能力和符号识别能力。他在我们的进化道路上走到了前端,是一个更强势的人类。"

"他完全是条件反射,"安丽塔疑惑地拿着分析报告坐在桌子前仔细地研究,"反射——就像一头狮子,一头金色的雄狮。"她把分析报告放在一旁,露出一副奇怪的表情,"狮子一样的上帝。"

"怪物,"韦斯顿尖厉地更正道,"你是说金色的怪物吧。"

"他跑得飞快,"拜恩斯说,"就是跑,没有借助任何其他工具。他没有进化出任何人类形体外的特殊部位。他只是站在那里等待时机,然后飞一样地跑。"

"这比我们预期的都要糟。"韦斯顿说,那张结实的脸上布满阴郁。他像个老人一样弓着身子坐着,两只手不停地颤抖。"被一群动物取代!那些躲躲藏藏、连话都不会说的动物!"他狠狠地吐了一口痰,"这就是为什么我不能跟它交流。我还指望它有什么语言系统,它根本没有!不能说话,不能思考,跟一只狗有什么区别!"

"那意味着智慧的时代已经过去,"拜恩斯粗着嗓音继续说,"我们是这条进化线中的最后一个——就像恐龙。我们已经尽可能地将智力进化到了极致。或许,太过极端了。我们已经到了认知和思考的极限——再也没办法超越它。"

"人是思想者,"安丽塔说,"不是行为动物。这样的想法只能麻痹人心,但是这个……"

"这玩意儿只是有更强大的身体机能。我们可以回想记忆,把它们储存在大脑里,并从中学习。最多能通过我们已知的经验对未来进行一些推测,但我们不能肯定地预言未来,我们只能说未来发生的可能性,永远都是灰色地带,非黑非白。我们只是在猜测。"

"克里斯·杰森不是猜。"安丽塔接过话头。

"他能看到未来,即将发生的未来。他可以预知。我们先这么说吧,他能洞察未来;或许对他来说,那根本不叫做未来。"

"不,"安丽塔若有所思地说,"他可能把未来当做当下发生的事情,他有一个更广义的现在。但是他的现在在未来,而不是过去。我们的现在是跟过去相联系的,对于我们来说,只有过去是一定的,而对于他来说,未来也是一定的。可能他完全不记得过去,就像动物一样,完全不知道过去发生过什么。"

"如果像他这样进化,"拜恩斯说,"这个种族这样演化下去,它们就有可能拥有完全的预知能力。刚开始是预知十分钟、三十分钟,到后来甚至是一个小时、一天、一年。最终它们就能预知自己的整个一生,每个个体都能生活在一个稳定的一成不变的世界里。没有变化,没有不确定性,没有情感!没有任何东西能让它们感觉到害怕,它们的世界将是完全静态的,就是一堆不变的物质。"

"当死亡来临的时候,"安丽塔说,"它们便欣然接受,没有任何挣扎和抵抗;对于它们来说,死亡早已经经历过了。"

"已经经历过。"拜恩斯重复着,"对于克里斯来说,我们的射击也都是已经发生过的。"他苦笑一声,"依靠他的预知能力幸存下来的强势个体并不意味着是超人。要是再来一场淹没世界的洪水的话,也只有鱼才能幸存。要是再有一个冰川世纪,世界上也只会有北极熊了。当我们打开密室的时候,他已经看见了那些人,把他们的一举一动看得清清楚楚。他有一个简洁的运行机制——但这并不是大脑的进化,只是一种纯粹的物理反应。"

"要是每一个出口都封锁了的话,"韦斯顿说,"他就会知道自己是出不去的。第一次,他来自首了——而这一次他还会来自首的。"他摇摇头,"一个没有语言、不会使用工具的动物。"

"只要有他的这种直觉,"拜恩斯说,"他根本不需要其他工具。"他看了看表,"现在已经两点多了,整栋大楼都已经被完全封锁了吧?"

"你不能离开,"韦斯顿说,"你整晚都得待在这儿——或者直到我们抓住那怪物为止。"

"我是说她,"拜恩斯指着安丽塔,"她今天早上七点以前必须回到语言研究所。"

韦斯顿耸耸肩,"我没权干涉,只要她想,她就可以出去。"

"我要留下来,"安丽塔下定了决心,"我想看着他——看着处死他。我就睡在这儿了。"她稍微犹豫了一下,"韦斯顿,有没有其他解决方法?要是他只是一个动物的话,我们能不能……"

"你当这里是动物园吗?"韦斯顿突然提高了音调,歇斯底里地吼道,"我们像在动物园里一样把他关起来?看在上帝的分儿上?绝不可能,必须要杀了他。"

那个闪着金光的身影在黑暗中蹲伏了很长时间。他躲在储藏室里,周围全是堆成山一样的盒子和箱子,整整齐齐地排成一排。这里没有一个人,安静得出奇。

有时候,他也会看见人们冲进房间。他在远处清楚地看着那些人面容冰冷地举着枪,一边相互耳语一边四处搜查。

这是他看到的众多影像中的一个——许多和他的现实状况并行,却被蛀蚀得无影无踪的影像中的一个。每个影像都与更多的影像相互联系,最终导出一堆更加模糊的影像,由近到远排开,一个比一个模糊。

但是那一瞬间出现的、离他最近的那个影像则可以看得非常清楚。他可以很容易知道这些武装人员能看到些什么,所以,他最好在他们到这里之前离开这个房间。

金色人站起来走到门口,走廊里一个人都没有。他可以看见自己已经站在外面空旷的金属大厅里,墙壁的凹处放置了灯,整个大厅里充斥着叮叮咚咚的响声。他推开门,走了出去。

一架电梯在大厅里开了门,他走了过去,进入电梯。五分钟之内就会有一队警卫跑过来跳上电梯。在那之前,他就得离开,把电梯放下去。现在,他按下一个按钮,升到了上一层。

他走进一条废弃的走廊,那里一个人也没有,他并不感到惊讶。他永远不会感到惊讶,这种感情元素对他来说根本不存在。未来事物的位置,未来空间的关系,对他来说都是确定的。唯一不可知的事情是已经发生了的过去。在模糊和昏暗中,他偶尔也在想那些他已经遇见过的人之后又去了哪里。

他来到一个刚刚被搜查了的供给站,要再过一个半小时才会再有人来。他有那么长的时间,他已经预知到了,接下来——

接下来,他就要继续找下一个能待的地方。他总是在移动,去寻找那些他从来没有看见过的地方。一个全身结冰的影像闪现了出来。所有的物体都清清楚楚。他好像总是两手交抱在胸前,一脸平静地在一个巨大的棋盘上移动。他就是一个超然的观察者,可以将未来看得如脚边的事物一样清楚。

现在,当他蜷缩在供给站的时候,他看到了未来半个小时里会发生的各种各样的景象,很多。半个小时的时间段被分成了很多小块,组合成复杂的形状。他现在已经走到了一个关键地带,正准备穿过那错综复杂的"房间"。

他把注意力集中在十分钟以后的影像上。它是三维的,一挺重机枪架在走廊的尽头,顺次瞄准走廊上的每一个房间。一些人则小心翼翼地依次检查这些房间。他们在那半个小时的最后到了供给站,影像里,他们往供给站里瞅了瞅,但是那个时候他当然已经离开了,不在那个影像里。他继续往下看。

在下一个影像里有一个出口,警卫们站成一排,根本没办法出去。他躲在一旁的门边。外面的街道清晰可见,星光、霓虹灯、车水马龙。

在更下一个画面里,他已经回来了,离开了那个出口,没办法出去。在另一个影像里,他看见自己在另一个出口,许多个金色的身影重重叠叠地向前探索,一个接一个。但是,每一个出口都被封锁了。

在一个昏暗的影像里,他看见自己被烧焦了,躺在地上,死了,因为他试图冲过封锁逃出去。但是那个影像很模糊,比其他的许多影像都更模糊,不清晰,而且在不断地摇晃。他的生命轨迹不会偏转到那个方向。他的生命不可能就那样结束。那个影像里的金色人影像一个微型人偶一样躺在房间里,好像只是远远地跟他有点关系。那是他——一个命运轨迹偏转太远的他,远到真实的他永远不可能和影像中的他相遇。他跳过这个影像,继续去看其他的未来。

这无数围绕在他周围的影像是一个精致的迷宫,是一张他正一点一点用思考编织出来的网。他看着一个漂亮女人的房间,没有房号,房间里放置了家具,里面的人一动不动。这个女人和房间里的家具重复出现过很多次。而他,经常在这些影像中出现。两个男人站在台上,还有这个女人。所有的事物又开始重新组合,剧本一次又一次地被改写,相同的演员,相同的道具,上演着不同的戏码。

在离开供给站之前,克里斯·杰森将其他可能的房间都依次检查了一遍,考虑了所有的可能性。

他推开门,冷静地走进了大厅。他很明确他要去哪里,做什么。蹲在供给站的时候,他就已经看过了自己所有的影像,看清楚了哪一个才是他真正要面对的未来。现在,他向那个漂亮女人的房间走去。

安丽塔把金属薄片点缀的裙子脱了下来,挂在衣架上,一脚将脱掉的鞋子踢到床底下。她正要取下发带的时候,门开了。

她倒吸了一口冷气。那个金色人影一声不响地关上门,上了闩。

安丽塔一把抓过梳妆台上的枪,全身都在瑟瑟发抖。"你要干什么?"她死死握住枪,手指止不住地痉挛,"我会杀了你的。"

金色人不动声色地看着她,双手交叉放在胸前。这是她第一次如此近距离地看着克里斯·杰森。那张俊秀高贵的面容不带丝毫表情,宽阔的肩膀,金色的头发,金色的皮肤,俨然一尊金光闪闪的神。

"为什么?"她屏住呼吸,心狂跳着,"你要干什么?"

她可以很轻易地杀死他,但手中的枪却一直在剧烈摇晃。克里斯·杰森站在那里,没有一丝一毫的畏惧感。为什么没有呢?难道他不知道这是什么?他不知道这支小小的金属枪管可以对他造成什么样的伤害吗?

"当然,"她突然嘀咕道,"你能预知未来。你当然知道我不打算杀了你,否则你也不会来这儿了。"

她脸上泛起了红晕,有些害怕——还夹杂着些许尴尬。他清楚地知道她要做什么,他把未来看得就像她看着屋内的墙壁一样清楚:她的壁床折叠整齐,衣服挂在衣架上,梳妆台上放着提包和一些小东西。

"好吧。"安丽塔向后退了几步,把枪放回梳妆台,"我是不会杀你的,我为什么要杀你呢?"她笨拙地从提包里翻出雪茄,颤抖着点着了烟。她的脉搏正剧烈地跳动,她很害怕,但也有一丝好奇,"你想待在这儿?这儿躲不了,他们已经来搜查过两次了,而且还会再来。"

他能明白她在说什么吗?在他脸上,除了高贵的神情,她什么也看不到。上帝啊,他真魁梧!他怎么可能才十八岁,还是一个孩子呢?他看起来更像一个降临人间的金色之神。

她奋力地甩开自己的想法,他不是什么神,他是一只野兽——一只想要取代人类的金色野兽,他会将人类赶出地球。

安丽塔又举起枪,"滚开!你这个动物!这个愚蠢的大型动物!你连我说什么都不知道——你不懂语言,你根本不是人类!"

克里斯·杰森还是没有说话。他好像在等待着什么。在等什么呢?门外的走廊里到处是人们四处搜查的声音,金属和金属碰撞的声音,枪和能量枪被拖来拖去的摩擦声,人的尖叫声和低沉的咕噜声接连从大楼的各个区域传出来,而他却没有表现出任何恐惧和不耐烦。

"他们会抓住你的!"安丽塔说,"你被困在这儿了,他们随时都有可能搜查这里!"她掐灭了雪茄,"看在上帝的分儿上,你到底要我做什么?"

克里斯走了过来,安丽塔不自觉地往后缩,但他那有力的双臂一把抱住了她,安丽塔被这突如其来的拥抱吓了一大跳。她绝望地用力挣扎。

"放开我!"她挣脱了他的双手,跳着往后跑。克里斯的脸上仍然没有任何表情。他冷酷地再次走了过来,像一个高贵的神一样向她走了过来。"走开！"她四下里摸索着，想拔出枪来指着他，但慌乱中，枪却从她的手中滑落，掉在了地板上。

克里斯弯下身，把枪捡了起来，摊开手掌递给她。

"上帝啊！"安丽塔小声嘀咕了一句。她颤抖着接过枪，握得紧紧的，但犹豫了一会儿，又将它放回了梳妆台。

在房间昏暗的灯光下，这个金色人闪烁着的微光在黑暗的映衬下勾勒出了美丽的轮廓。一个神——不，不是神，一只动物，一只没有灵魂的金色野兽。她的脑子里一片混乱，到底哪一个才是真实的他？或许，两个都是？她摇了摇头，迷惑不解。现在已经很晚了，将近四点钟。克里斯一把将这个筋疲力尽、满脸迷茫的女人拥入怀里，那么温柔，那么亲切。他捧起她的脸，吻了下去。他那有力的双臂将她搂得紧紧的，让她几乎不能呼吸。黑暗和着闪闪发亮的金色薄雾包围了她，盘旋着将她围绕起来，轻轻地带走了恐惧的感觉。她沉浸其中，被黑暗融化，一种膨胀的兴奋感在她体内不停地奔流，直到她被完全抽干。

安丽塔眨眨眼睛，站了起来，头发自然地甩到一边。克里斯站在衣柜前，抓起了一件东西。

他转过身，把它扔在床上——是她那件金属缀饰的披肩。

安丽塔不解地看着他，"你要干什么？"

克里斯站在床边，静静地等待。

她疑惑地拾起披肩，一种冰冷的恐惧感爬上了她的脊背。"你想让我带你出去？"她轻轻地说，"让我带你躲过警卫和警察？"

克里斯一声不吭。

"他们会立刻杀了你的。"她有点坐立不安，"你根本不可能冲过他们的防卫，上帝啊，除了逃跑你就不能做点其他别的什么吗？肯定还有更好的解决办法。或许我可以去找韦斯顿，我是A级官员——属于主管层。我也可以直接去找最高级主管。我应该可以稳住他们,肯定可以延迟行刑。要是我们想要冲出去的话,能逃出去的概率只有十亿分之一……"

她突然顿了顿。

"但你是不用赌的,"她缓缓地接着说,"你根本用不着计算概率,你知道会发生什么。你已经看见了未来。"她仔细看了看他的脸,"不,你不能就这么绷着一张脸,这根本行不通。"

她站着沉思了好一会儿,突然快速而又决绝地抓过披肩披在自己的肩膀上,将带子系好,弯腰把鞋子从床底拉出来,拿起提包就向门口冲去。

"来吧,"安丽塔呼吸急促,脸色绯红,"走吧!趁现在还有一些出口没有封锁,我们可以去尝试一下。我的车就停在大楼的停车场,就在外面!只要一个小时就可以到我家。我在阿尔及利亚有一座用来过冬的房子。要是事情糟得不能再糟了的话,我们就坐飞机去那里,那儿是一座僻静村庄,远离了城市的喧嚣,周围全是树林和沼泽,是个基本上与世隔绝的桃花源。"她焦急地打开了门。

克里斯冲过来拦住她,温柔地走到她前面。

他挺直身子等了很久,然后转开把手,毫无畏惧地走进了走廊。

走廊空荡荡的,一个人也没有。安丽塔隐隐看到了几个警卫匆匆离开的背影——要是他们早一秒钟出来的话……

克里斯顺着走廊向下走,她紧随其后。克里斯移动得很快,好像毫不费力一样;女人在他身后尾随得很吃力。克里斯似乎清楚地知道应该往什么地方走——走右边,下到一个边厅,通过一个供给通道,走到一架货运电梯,他们乘电梯往上,然后克里斯突然又停了下来。

克里斯又开始等待,他关上门,走出电梯。安丽塔紧张地跟在他后面,她可以听见枪和人的声音,离他们非常近。

他们就在一个出口附近。两排警卫就站在前面,一共二十个人,非常牢实的人墙——还有一挺巨大的重型机枪放在中间。所有的人都很机警,面色凝重,大家都睁大眼睛,端起机枪瞄准前方。负责这里的是一个国家安全局的官员。

"我们无论如何也出不去的,"安丽塔说,"我们根本走不到十英尺。"她把他拉了回来,"他们会……"

克里斯抓住她的手肘,继续冷静地往前走。一股无名的恐惧蹿上了她的心头。她努力想要挣开,但是他的手指就像钢铁一样死死地把她钳住,根本撬不开。那个金色的家伙把她拉在身边,向那两排警卫走去,她根本无法挣脱。

"他在这儿!"枪举了起来,警卫们行动了,机械枪管转了过来。"抓住他!"

安丽塔已经吓得全身瘫软,一动也不能动。她挣脱不了身边那个强壮的男人,被抓得死死的。两排警卫靠了过来,手上举着的枪形成了一个火力网。安丽塔试着控制自己的恐惧,她跌跌撞撞地走着,差点摔倒。克里斯毫不费力地拉住了她。安丽塔抓扯着克里斯,努力想要甩开他。

"别开枪!"她尖叫着。

枪口犹疑地晃了晃。"她是谁?"警卫们不停地变换位置,想要找到一个角度瞄准克里斯,同时又不会伤害到这个女人。"他劫持的到底是谁?"

有人看到了她衣袖上的臂章,是象征主管层的红黑色,最高级别官员!

"她是A级探员!"在震惊中,警卫们往后退了几步,"小姐,请让开!"

安丽塔终于从惊恐中回过神来,能开口说话了:"别开枪。我是负责囚禁他的,你明白了么?现在我要带他出去。"

人墙紧张地往后退,"没有人可以通过,韦斯顿长官下达了命令——"

"韦斯顿没有权限命令我。"她尽力把自己的音量提到最高,"把路让开,我要带他去语言研究所。"

一时间谁也不敢动了,一个警卫带着怀疑慢慢地让到了一旁。

克里斯行动了!他飞速地从安丽塔身边跑过,穿过那个犹疑的警卫,打开人墙的突破口,冲出出口,逃了出去。无数能量粒子在他身后爆炸,警卫们惊叫着,场面一片混乱。他抛下了安丽塔,将她完全遗忘了。警卫们端着重机枪,蜂拥着冲入了黑色的黎明。警报器在空气中哀嚎,巡逻车也尖啸着冲进夜色。

安丽塔茫然地站在原地,她靠着墙,一时间连呼吸也变得无比困难。

他走了,留下了她。上帝啊——她究竟做了什么?安丽塔摇了摇头,将张皇失措的脸埋进手掌里。她被人催眠了,甚至迷失了自己的意志和理性!那只动物,那只金色的野兽耍了她,利用了她。现在他走了,逃入了迷离的夜色。

痛苦的泪水从她捂得紧紧的指缝中淌了下来。她想擦干眼泪,但是徒劳无功,晶莹的泪珠总是止不住地往下掉。

"他跑了,"拜恩斯说,"我们再也抓不到他了。或许现在他已经跑到几百万英里以外的地方去了。"

安丽塔蜷缩在一个角落里,面对着墙坐着,神情中带着一丝忧伤和沮丧。

韦斯顿来回踱步,"但是他能去哪儿呢?他能藏在什么地方?没有人敢窝藏他!每个人都知道关于变异人的法律规定。"

"他以前大部分时间都是在树林里生活的。他可以自己猎食——他以前经常那样干。大家都担心他一个人该怎样生活,他就玩儿捕猎游戏,在树下睡觉,"拜恩斯苦笑一声,"而且,遇上他的女人还会很乐意匿藏他——就像她一样。"他用大拇指狠狠戳了一下安丽塔。

"所以说,所有的那些金色,那些毛发,那像神一样的身姿都是有目的的,那不仅仅是装饰。"韦斯顿的厚嘴唇嚅动着,"他不仅仅拥有一种生存手段——他有两个。一个是进化得最超前的生存能力;另一个就古老得不能再古老了。"他停下脚步,盯着那个蜷缩在角落里的身影,"华丽的外表,像公鸡的鸡冠,像天鹅鲜亮的羽毛,鱼类美丽的鳞片,像动物们漂亮的皮毛。一个动物不一定需要凶猛的兽性,狮子不是猛兽,老虎不是,其他大型的猫科动物同样不是。它可能是其他的任何东西,但唯独不要只将它看做野兽。"

"他根本不用担心。"拜恩斯说,"因为只要有女人存在,她们就会照顾他,所以无论如何,他都是可以生存下去的。而且,因为他能预知未来,他就已经知道对于女性人类来说,他有着一种不可抗拒的魅力。"

"我们会抓住他的,"韦斯顿嘀咕着,"我已经让政府宣布全国警戒。军队和警察都会到处搜捕他,男性军队——全世界的精英,会带着最先进的武器和设备,清除掉他!"

"在那之前,这一切不会有任何变化。"拜恩斯说道,他将手放在安丽塔肩上,讽刺地拍拍她的肩膀,"你会有同伴的,甜心。你不会是唯一一个帮他的蠢女人,你只是有幸成为了这长长队伍中的第一个。"

"谢谢。"安丽塔咬着牙说。

"最古老的和进化得最前沿的生存手段相结合,产生了一个能完美适应环境的动物。他妈的怎么才能阻止得了他呢?我们可以把你推到绝孕手术房里去,"拜恩斯指着安丽塔说,"但我们不可能把所有他一路上会遇见的女人都抓住。只要我们漏掉了一个,我们就完蛋了。"

"我们必须继续努力,"韦斯顿说,"在她们分娩之前,能抓多少是多少。"在他疲倦的脸上闪着希望之光,即使希望很渺茫,"或许他的能力是隐性基因。或许我们的基因可以让他的基因不显现出来。"

"我不会再花钱去做那种研究了。"拜恩斯说,"我想我已经知道是哪两种血统会推翻当局的统治了。"他嘲讽地一笑,"当然,这只是一个猜测。但那绝不会是我们。"

记忆公司

【美】菲利普·迪克 著
张 洁 译

改编电影：《全面回忆》 TOTAL RECALL
导演：保罗·范霍文 / 主演：阿诺·施瓦辛格、雷切尔·蒂科汀 / 上映日期：1990.6.1.（美国）

小说原作是一个结尾大逆转的冷幽默故事。电影沿用了小说作者菲利普·迪克惯常的"身份危机主题",去掉了小说结尾荒诞的大翻转以及那种黑色幽默色彩,取而代之的是一种卡夫卡式的阴冷和疑问:人究竟是个什么东西?现实不可靠,那么真实是什么?《全面回忆》带给人很强的梦幻感,让人觉得梦里套梦,梦外惊梦,从始至终扑朔迷离。直到最后,男主人公仍然感叹说"也许这又是一个梦"。

　　影片导演保罗·范霍文是荷兰人,他擅长情色、惊悚和科幻故事,作品既有欧洲式的文艺气息,又有好莱坞的紧张、快节奏和大场面。他把这篇小说改造成了一个复杂的星际阴谋故事,漂亮地制造了紧张悬疑的气氛,创造了朋克式的生活场景。《时代》周刊曾评论说:"导演保罗·范霍文似乎认为观众有着数以兆计的领悟力,而他还在疯狂地使这领悟力超负荷。"

　　除开稍稍多了点好莱坞式的喧闹和好莱坞式的结局,《全面回忆》堪称《银翼杀手》之外对菲利普·迪克小说最好的改编。

他一觉醒来——就在想火星。他想,如果能跋涉在火星的山谷中,不知感觉会如何。当他变得越来越清醒的时候,这种梦想也随之越来越强烈,甚至成了一种渴求。他几乎能感觉到那颗星球表层的氛围,而这种氛围是只有那些达官贵人才能亲身体验到的。像他这样一个小职员?绝对不可能。

"你到底起不起来?"他的妻子克丝顿懒洋洋地问道,和往常一样,她的话里总带有那么一点儿愠怒,"如果你起来的话,按一下炉子上热咖啡的键。"

"好的。"道格拉斯·奎尔说着,就光着脚丫子从卧室走到厨房。他很负责任地按下咖啡加热键,然后坐到餐桌旁,拿出一小听黄色的优质迪恩·斯威夫特牌鼻粉惬意地吸着,感到十分爽快。这种波那丝混合物刺痛了他的鼻腔和上颚,但他仍然吸着:这种东西能提神醒脑,它能把他夜间的胡思乱想浓缩成一种理性的东西。

"我要去,"他自言自语道,"在我死之前我一定要亲眼见到火星。"

这当然是不可能的,甚至在他自己做梦的时候他也清楚地知道这个事实。在白天,尤其是现在他妻子正对着梳妆镜梳头,发出刷刷的声音——一切的一切都令他想到自己的身份。"一个可怜巴巴的工薪阶层的小职员。"他又苦笑着自语道。克丝顿每天至少要提醒他一次,他不怪她,让自己的丈夫脚踏实地是妻子的责任。"脚踏实地。"他想着想着,无可奈何地笑了。脚踏实地,这种修辞手法真是太形象、太贴切不过了。

"你在笑什么呀?"他妻子趿拉着鞋走进厨房,身上那件粉红底、看着令人眼花缭乱的睡袍长得都快拖到地上,随着她走动一晃一晃的,"我敢打赌你又在做梦了。你总是满脑子稀奇古怪的念头。"

"是啊。"他说着,从厨房的窗口望着大楼下面的车流和人流。从高楼上往下看,路上的人显得极其渺小,但一个个都精力充沛,奔波在上班的路上。过一会儿,他也将和往常一样,成为他们中的一分子。

"我肯定它同某个女人有关。"克丝顿没精打采地说。

"不,"他说,"一个神,战争之神。他有许多奇妙的陨石坑,它们的深处长着各种各样的植物。"

"听着,"克丝顿在他身旁蹲下恳切地说,声音里没有了往日的怒气和尖刻,"海底——我们地球的海底就比那个火星要漂亮几千倍、几万倍。每个人都知道这一点,你也知道。我们一人租一套海底服,休两周的假,到海底度假村去生活一段日子。而且我们还可以——"她停了下来,"你没在听。你应该好好听我把话讲完。这里可有比那颗烦人的火星更精彩的东西,而你居然听都不要听。"她的嗓门越升越高,"天哪!道格,你真该死!你到底要干什么?"

"我要去上班了。"他边说边站起身,忘了还没吃早饭,"这就是我要干的事。"

她注视着他,"你越来越不像话了,一天比一天着魔。你究竟会怎么样哦?"

"会去火星。"他接下话茬儿,然后打开壁橱门,取出一件干净衬衫换上,就去上班了。

下了出租车,道格拉斯·奎尔穿过密集的人流,来到一个外观非常现代化、非常吸引人的大门口。

他在门口停下,不顾过往的车辆,仔细地看着变换着色彩的霓虹灯标志。以前他曾经仔细看过这个标志,但是,他从来没有站得这么近过。这两者之间就有了明显的区别;这一次非同寻常。这件事早晚都得发生。

记性(忆)公司①。

难道这就是他想要的？虚假的记忆毕竟只是一种错觉，不管这种错觉在感觉上有多么真实，它仍然是一种不存在的东西，不过是一个幻觉罢了，至少客观上是这样；但主观上就完全不同了，也许恰恰相反。

不管怎样，他已经有约在先了，不能仍旧犹豫不决。他深深地吸了一口被烟雾污染的芝加哥的空气，穿过耀眼夺目的大门，来到服务台前。

一位嗓音动听、衣着讲究、袒胸露肩的金发女郎马上笑脸相迎："早上好，奎尔先生。"

"早上好。"他说，"我来这儿是想了解一个记性规程。我想你是知道的。"

"不是'记性'，是'记忆'。"接待员纠正了他。她拿起手边的电视电话接收器，对着它讲道："道格拉斯·奎尔先生到了，麦克雷恩先生。让他现在进来吗，还是再等一会儿？"

话筒里叽里呱啦了一会儿，道格拉斯一点也听不懂他在说些什么。

"好，奎尔先生，"接待员说，"你可以进去了；麦克雷恩先生在等你。"他犹犹豫豫地转过身，听到接待员小姐在服务台后叫道："D房间，奎尔先生。在您右面。"

找了一会儿，他总算找到了那个房间。房间的门开着，房间里面，在一张真正的胡桃木办公桌的后面，坐着一位和蔼的中年男人，他身穿一套最新款式的马迪恩蛙皮灰西装；光是他的服饰就告诉奎尔，他找对了人。

"请坐，道格拉斯。"麦克雷恩一边说，一边指着办公桌对面的椅子，"这么说，你是想体验一下去过火星的感觉。很好。"

奎尔在椅子上坐下，感觉有些不自在。"我吃不准这项开销是不是值得。"他说，"这笔费用实在太昂贵了，而且就我而言，实际上什么都

---

①小说中记忆公司故意拼错了两个字母。

没有得到。"

"你能得到火星旅行的确凿证据,"麦克雷恩强调道,"一切你需要的证据。在这儿,我拿给你看。"他把手伸进办公桌的抽屉里。"票根。"他从一个吕宋麻文件夹里拿出一小方印有凹凸花纹的硬纸片,"它证明你去过火星——而且已经回来了。还有明信片呢。"他拿出四张盖有邮戳的3D图画明信片,把它们放在桌上排成一行让奎尔看。"还有影片。是你用租来的便携式摄影机在火星上实地拍摄的。"他也把这些展示给奎尔看,"外加两百份你在火星上遇到的人的签名,这些签名将在下个月——从火星——寄到。还有护照和有关拍摄到你行程的每个镜头的海关证明,以及其他一些东西。"他抬头观察着奎尔的反应。"总之,你会认为你去过火星了。"他说,"你不会记得我们公司,不会记得我,也不会记得你来过这儿。在你的脑海中,它将是一次真正的旅行;这点我们可以做出保证。整整两个星期的回忆,你会记得每一个微小的细节。请记住:在任何时候,你如果怀疑起自己是否真的进行过这次去火星的昂贵旅行,你都可以回来找我们,我们将把费用全数归还。你明白了吗?"

"可是我没有去过。"奎尔说,"无论你们提供给我什么证据,我还是没有去过。"他深深吸了口气,迟疑了一会儿,"我还是从来没有做过星际警署的特工。"尽管他听别人说起过记忆公司的神奇魔力,他还是有点怀疑这种非事实性记忆移植的有效性。

"奎尔先生,"麦克雷恩耐心地说道,"你在给我们的信中说,你没有真正到火星去的机会,甚至连一丝一毫的可能性都没有;你没有足够的钱,更重要的是,你绝不可能有资格作为一名特工人员去火星。这是你能实现——嗯哼,毕生梦想的唯一途径;我说得对不对,先生?你不会有这样的身份,你不可能真正做到这个。"他抿着嘴轻声笑了笑,"但是,你却能够感觉到去过那儿,做过那些事。这一切都由我们来安排。而且我们的价钱也很公道,不会坑你一分钱。"他的微笑让人觉得他的话很有道理。

"非事实性记忆可信吗?"奎尔问道。

"比真的还真,先生。如果你真的作为一名星际警署特工人员去过火星,到现在你会忘掉好多东西;我们对人类记忆系统——对人一生中重大事件的真正记忆的分析——表明了一个人会很快失去对许多细节的记忆,而且是永远,而我们提供的是深层记忆移植,你什么都不会忘记。当你处于昏迷状态时给你输入的记忆模片是由受过专门训练的专家创造的,他们曾在火星上待过多年;每做一例记忆移植,我们都要核实到最微小的细节。况且,你所挑选的是一个比较简便的非事实性记忆系统;如果你挑选的是冥王星,或者你想成为内行星联盟的皇帝,那么我们的工作就会困难得多——费用也会高得多。"

奎尔把手伸进大衣口袋里去掏皮夹,一边说道:"好吧。这是我毕生的愿望,而且我自己也明白我绝不可能真正做到。所以我想,就这样定了。"

"不要这样想,"麦克雷恩一本正经地说,"你并非求之不得而就其次。真正的记忆,有时会模糊,有时会遗忘,更不用说有时还会走样——那才是次一等的呢。"他收下钱,按了一下办公桌上的按钮。"好吧,奎尔先生。"他说。这时,办公室的门开了,两个粗壮的大汉快步走进来。"你这个特工人员已经在去火星的路上了。"他站起身,走过来握了握奎尔紧张得出汗的手,"或者说,你已经上了记忆中去火星的路了。今天下午四点三十分你将……呃……回到地球上;有一辆车会把你送到家门口,而且,正如我刚才说的,你绝不会记得见过我或者来过这儿;实际上,你甚至不会记得你曾经听说过我们的存在。"

奎尔跟着那两位工作人员出了办公室,由于紧张他觉得嘴里很干。以后会发生什么事就完全取决于他们了。

"我真的会相信我去过火星?"他很想知道这个问题的答案,"我真的会相信我实现了自己梦寐以求的愿望?"他有一个奇怪的念头,一种出于本能的预感,仿佛什么地方会出问题,但到底是什么——他也不知道。

他不得不等待下去，以得到问题的答案。

麦克雷恩办公室桌上的内部通信装置把他同公司的操作区连接在一起。桌上的蜂鸣器嘶嘶叫了几声，一个声音说道："奎尔先生现在处于镇静状态。您是想亲自来指挥这一例，还是我们自己干？"

"这只是常规操作，"麦克雷恩说，"你们自己干吧，罗尔；我想你们不会有问题的。"进行一项去另一颗行星旅行的人造记忆工程——不论加不加作为特要人员这一细节——在公司的操作日程表上已经是老一套了。"在一个月之内。"他在心里盘算道，"我们一定能做到二十例……移植星际旅行记忆已经成我们的饭碗了。"

"听您的，麦克雷恩先生。"又传来罗尔的声音，接着，通信装置关闭了。

麦克雷恩走到办公室后面的拱顶隔间，找出第三号记忆档案——火星旅行——和第六十二号记忆档案：星际间谍。他带着这些东西回到办公桌前，舒舒服服地坐下，倒出档案袋中的东西——这些物品将被放在奎尔家中。在放置这些物件的同时，技术人员则忙着给奎尔移植那个作为星际间谍到火星旅行的非事实性记忆。

"一把佩剑，"麦克雷恩暗自思忖，"这可是件花钱的玩意儿。接着，是一个药丸大小的发报机，当间谍被捕时可以吞入肚中。一本密码本，跟真的一模一样……"记忆公司的用具都具有极高的精确度：只要有可能，都是用真正的美军军用品作依据。还有一些不太重要的小东西，会同奎尔的记忆相吻合的东西：一枚五角的古银币、几段写在透明薄纸上的不太正确的约翰·多恩的引文、从火星咖啡馆里带出来的几个火柴夹子、一只刻有"多米火星国家农庄公物"的不锈钢勺、一只窃听器线圈……

内部通信装置的蜂鸣器响了："麦克雷恩先生，很抱歉打扰您，但是，发生了某些不祥的预兆。您还是来一下的好。奎尔已经进入镇静状态，他的反应良好；他已完全进入无意识状态，并且已经有接受能力；但是——"

"我马上就来。"麦克雷恩感觉到出了麻烦，他离开办公室，几分钟后，出现在操作室。

道格拉斯·奎尔躺在卫生床上，呼吸缓慢而平稳，闭着眼睛；他似乎只是迷迷糊糊地感觉到两个技术人员和麦克雷恩站在他床前。

"已经没有地方可以插入新的记忆丛了？"麦克雷恩有些生气，"只需要两个星期的记忆空间；他是西海岸移民局的职员，在这种政府机关，他去年一定有两周的假期。一定行的。"这种小问题使他恼火，他们总是连这样的小事都要来麻烦他。

"我们的问题，"罗尔说，"不是这个。"他弯腰对奎尔说："把你刚才对我们说的再跟麦克雷恩先生说一遍。"转头面向麦克雷恩，"请您仔细听。"

奎尔平躺在床上，他那双灰绿色眼睛盯在麦克雷恩脸上。麦克雷恩观察着这双眼睛，觉得有点不安，这双眼睛变得冷酷而麻木，上面好像有一层光泽，就像是雕琢了一半的宝石。麦克雷恩不太喜欢他眼前的这双眼睛；那目光太冷酷了。"你们现在想干什么？"奎尔厉声问道，"你们打破了我的伪装记忆片。都给我滚出去！我要把你们撕成碎片！"他瞪着麦克雷恩看了一会儿，"特别是你！"他接着嚷道，"是你负责这次反操作的。"

罗尔问道："你在火星上待了多长时间？"

"一个月。"奎尔咬牙切齿地说。

"你到那儿的目的是什么？"罗尔接着问道。

奎尔薄薄的嘴唇动了一下，他盯着罗尔没有出声，最后，慢吞吞地吐出这几个字："星际间谍。"接着，他充满敌意地说："我已经告诉过你们了。难道你们没有录下来？给你们头儿放一遍视听磁带，别再来烦我。"然后，他闭上了眼睛，那种冷酷的目光也随之消失；麦克雷恩松了一口气。

罗尔平静地说："这是个难对付的家伙，麦克雷恩先生。"

"不会的，"麦克雷恩说，"我们让他的记忆链丧失之后，他就会和从前一样顺从了。"他接着对奎尔说："这么说，这就是你这么想去火星的原因喽？"

奎尔没有睁开眼睛，"我从来没有想要去火星。我是被派去的——他们把这项任务交给了我，我毫无办法。噢，我承认我对此也抱有好奇心；可谁不会呢？"他又睁开眼睛，扫视了一下床前的三个人，特别注视了一下麦克雷恩，"你们这儿的药可真灵啊，它让我记起了早已忘却的一切。"他想了一想，"我很想知道克丝顿，"他像是在自言自语，"她会不会跟这件事有所牵连？她会不会是星际警署的暗探，是来监视我的……监视我是不是恢复了记忆？难怪她对我想去火星的念头那么敏感。"他微微笑了笑——一种会意的微笑——不过，马上就消失了。

麦克雷恩说："请相信我，奎尔先生，这完全是意外。在操作中我们——"

"我相信。"奎尔说。现在他似乎有些累了；药物还在起作用，还在继续使他下沉，下沉。"我刚才说我去过哪儿？"他嘟哝道，"火星？真难记起来——我知道我非常想见到它，每个人都想。但我——"他的声音渐渐低下去，"只是一个职员，一个不名一文的小职员。"

罗尔挺直身子，对他的上司说："他想要植入的记忆正好同他的亲身经历一致。那个假想的原因也正好是真正的原因。他讲的是真话；至少在镇静状态下，那次火星旅行的记忆在他脑中栩栩如生。显然，在别的情形下他是不可能记起来的。有人，也许是政府的军事科学实验室的人，已经把他的那部分记忆抹去了；他只知道去火星对他来讲是件不寻常的事，当一名间谍也是。他们抹不掉这个印象；这已经不止是记忆，而是一种欲望，毫无疑问，当时他自愿接受那项任务也正是出于同样的欲望。"

另一个技术人员基勒对麦克雷恩说："我们怎么办，在真实记忆之上再植入假性记忆？结果会怎么样我们也不知道；他也许能记起真实经历的一部分，这两种记忆混合在一起也许会造成间歇性精神分裂。他的脑中不得不同时持有两个相反的前提：即他去过火星和他没去过火星；他是一个真正的间谍和他不是一个真间谍。我认为，我们应该让他苏醒，不必植入假性记忆了，让他赶快离开这儿；这件事很棘手。"

"我同意。"麦克雷恩说，然后他突然提到一件事，"他从镇静状态苏醒后会记得什么，你们能知道吗？"

"很难说。"罗尔说，"也许他会对自己的真实经历有一些模糊的记忆，他可能对这些记忆的真实性抱有很大的疑惑；他也可能会认定这是我们给他植入的记忆。而且，他会记得自己来过这儿——除非你想把它抹掉。"

"我们越少掺和到这件事中去越好。"麦克雷恩说，"这可不是好玩的。我们已经够蠢了——或者说够不幸了——居然揭开了一个真正的星际间谍的危险记忆，到现在连他自己都还不知道自己是什么人呢。对这个自称道格拉斯·奎尔的家伙，我们还是趁早甩脱的好。"

"你还要把第三号和第六十二号袋里的物件放到他家去吗？"罗尔问。

"不，"麦克雷恩回答道，"我们还将还给他一半的费用。"

"'一半'？！为什么是一半呢？"

"这似乎已经是一个最好的妥协了。"麦克雷恩无力地回答。

出租车把道格拉斯·奎尔载到芝加哥城住宅区的顶端。他一下车，心里想：回到地球的感觉真好！

火星上一个月的生活已经在他的记忆中飘忽不定；他只记得那些干裂的火山口，饱经风沙侵蚀的群山；一切都充满了力度，一切都体现了动感。那是一个弥漫着尘埃的世界；那里的人除了一遍又一遍地检查随身携带的供氧装置，整天无所事事。还有火星上的生物，那些浅褐色的仙人球和寄生线虫。

事实上，他还带回了一些火星上的动物；他是从海关走私进来的，因为它们毕竟不会造成什么威胁,它们不可能继续在地球的大气层中生存下去。

他把手伸进大衣口袋,翻找装着线虫的盒子——

但是,他却找到一个信封。

他感到迷惑不解:里面装着570普克里①,都是小面额钞票。

"这是从哪里来的?"他问自己,"我不是在路上花得一分都不剩了吗?"

信封里还有一张纸条,上面写着:"归还费用的一半。麦克雷恩。"上面还签有日期:是当天的日期。

"记忆——"他突然大声说道。

"记忆什么,先生或女士?"机器人司机尊敬地问道。

"你有电话本吗?"奎尔问。

"当然有,先生或女士。"一个自动装置的开口里滑出一本科克郡的微磁电话本。

"那个词拼得很奇怪。"奎尔一边说,一边翻着黄色部分的号码。他心里有一种恐惧感;他带着这种恐惧继续找着。"在这儿,"他说,"把车开到那儿,到这个记性公司。我已经改变主意,不回家了。"

"是,先生或女士,听您的吩咐。"机器人司机回答道。几秒钟后,汽车已经掉转了方向。

"我可以用一下你的电话吗?"他问司机。

"不用客气。"机器人司机回答道。他递过来一架崭新的3D彩色显像电话。

他拨了家里的电话号码。一秒钟后,克丝顿在小屏幕上出现了,影像虽小,却丝毫没有失真,还是那副令人寒心的表情。"我去过火星了。"他告诉妻子。

"你喝醉了。"她轻蔑地动了动嘴唇,"或者比那更糟。"

"向上帝保证,真的。"

---

① 小说中的货币单位。

"什么时候?"

"我也不知道。"他有些糊涂了,"我想,大概不是一次真的旅行,是那种人造记忆移植之类的东西。不是真正的旅行。"

克丝顿无精打采地说:"你喝醉了吧。"然后就把电话挂了。他也挂了电话。他觉得脸上有些发烧。"总是用这种口气跟我说话,"他心里很懊恼,"她老是反唇相讥,好像她什么都知道,我什么都不知道。哼,这种婚姻。"他感到凄凉。

几分钟之后,车在路边停下,旁边是一幢漂亮的粉红色小楼房,门口的七彩霓虹灯一闪一闪的,上面是"记性公司"几个大字,其中"记忆"不知为什么写成了"记性"。

衣着时髦、袒胸露背的接待员见到他吃惊得几乎跳了起来,不过她马上镇定下来。"哦,您好,奎尔先生。"她说话的时候显得有些紧张,"您——您好吗?您忘了什么东西吗?"

"我想要回另一半钱。"他回答说。

接待员比刚才平静了许多,"什么钱?我想,您大概搞错了,奎尔先生。你刚才在这儿谈了关于给您移植火星旅行记忆的可行性,可是——"她耸了耸又白又滑的双肩,"据我所知,不是什么真正的旅行。"

奎尔说:"小姐,我什么都记得。我给公司写了一封信,一切都由这封信而起。我记得我先到这儿,跟麦克雷恩先生谈了话,接着,两个技术人员拖着我进了一个房间,给我用了一种药后,我就昏迷过去了。"难怪公司还给他一半钱,"火星旅行"的记忆没有植入——至少没有完全植入,没有像他们开始向他保证的那样。

"奎尔先生,"那个姑娘说道,"虽然您只是个小职员,但您却是个英俊的男人,发怒只会有损您的容颜。如果您想心里好受一些,我可以,嗯,让您带我出去……"

他感到更加愤怒。"我还记得你,"他有些失控,"比如说你的胸部喷成了蓝色;这一点我记得非常清楚。而且,我还记得麦克雷恩先生保证过,如果我记得来过你们公司,我可以收回全部费用。麦克雷恩先生在哪儿?"

耽搁了一会儿后——也许是他们故意拖延时间——他终于又一次坐在那张给他留下了深刻印象的胡桃木办公桌前,跟大约一小时前的情形一模一样。

"你们的技术真行啊。"奎尔挖苦道,他的话里充满了失望和不满,"我的所谓火星旅行的'记忆'现在就已模糊不清了,而且矛盾百出。我还清清楚楚地记得跟你们在这儿的交易。我一定要把这件事上诉到主管部门去。"他此时怒火中烧,一种被愚弄的感觉包围着他,他甚至忘记了自己在公共场合不与人争吵的习惯。

麦克雷恩脸色阴沉,他谨慎地说:"我们让步,奎尔。我们将归还你的费用。我承认我们对你什么也没干。"话语里充满着一种听天由命的口气。

奎尔继续指责道:"你们甚至连那些据说会'证明'我去过火星的东西也没给我。你曾经向我吹得天花乱坠——现在却连个屁都没兑现。没有票根,没有明信片,没有护照,没有免疫证明,没有——"

"请听我说,奎尔,"麦克雷恩说,"就算我对你说过——"他没说下去,"别提它了。"他揿了一下办公桌上的内部通信按钮。

"雪莉,你能不能支付一张570普克里的支票给道格拉斯·奎尔?谢谢。"他松开按钮,然后,把目光扫向奎尔。

支票立刻就送到了;接待员把它放在麦克雷恩面前,然后又飘然离去,剩下两个男人面对面望着,一张巨大的胡桃木办公桌隔在他们之间。

"我想给你一个忠告,"麦克雷恩在支票上签了名,向奎尔递过去,"不要向任何人提起你,嗯哼,最近去火星的旅行。"

"什么旅行?"

"噢,就是你模糊记得的那次旅行。"麦克雷恩只管自己说下去,"装作你什么都不记得了,什么都没发生过。不要问我为什么,只管照我说的做:这对你对我都有好处。"他已经冒汗了,现在,说出这番话之后,他轻松了一点。"好了,奎尔先生,我还有其他的事要做,还要接见其他顾客。"他站起身,把奎尔带到门口。

奎尔一边开门一边说:"做出这等好事的公司根本就不该有什么顾客的。"他砰地关上了门,转身就走。

回家路上,奎尔坐在出租车里考虑着给主管部门的控告信的措辞。他要一坐在打字机前就开始打这封信;警告别人不要再上这家公司的当,这显然是他的责任。

一回到家里,他就坐在自己的赫耳墨斯火箭牌手提式打字机前,他打开抽屉想找一张复写纸。突然,他看见一只熟悉的小盒子——他曾小心翼翼地把火星上的小虫子装进这个盒子,然后偷偷带进了海关。

打开盒子,他简直不能相信自己的眼睛:他看见里面装着六只已经死掉的寄生线虫,以及七种不同的单细胞生物——线虫就是靠吃这些单细胞生物维持生命的。这些原生动物已经干掉了,上面蒙着一层灰,但他仍然认得出它们;他花了整整一天工夫才在空旷黑暗的火星上的乱石堆里找到它们。真是一次奇妙的探险旅行。

"但是我没有去过火星啊。"他又突然意识到这点。

然而就在此时——克丝顿出现在门口,手里拎着一大堆食品杂货。"你怎么这个时候在家里?"她的声音里还是带着那种责备。

"我去了火星吗?"奎尔向她问道,"你应该知道的。"

"你当然没去过。我想你应该清楚这一点,你不是老嚷嚷着要去吗?"

奎尔说:"上帝作证,我想我去了。"停了一会儿,他又说,"我又觉得我没去过。"

"你想想清楚。"

"我怎么能呢?"他一边讲一边做着手势,"我的脑袋里好像植入了双轨记忆;一条是真的,一条是假的,可我分不清哪条是真的、哪条是假的。我想你能帮我搞搞清楚,他们还没有把你怎么样过。"她至少可以为他做这件事——虽然她从来没有为他做过什么事。

克丝顿极力控制住自己,尽量用一种平静的语调说道:"道格,如果你再不清醒起来,我们就算完了。我要和你分手。"

"我遇到麻烦了。"他的声音嘶哑而颤抖,"我可能要精神分裂了。希望不是这样,可是——也许是真的。只有这样才解释得通。"

克丝顿放下那一大袋食品,走到壁橱前。"我不是在开玩笑。"她平心静气地对他说,她拿出一件外衣穿上,走回门口,"我会在这两天里尽快给你打电话的。"她毫无表情他说道,"再见,道格。希望你最终能摆脱出来,我衷心为你祈祷。"

"等一等!"他绝望地叫道,"你就告诉我到底是怎么回事;我去了还是没去——告诉我!"突然,他意识到他们可能把她的记忆也改变了。

门关上了。他的妻子终于离他而去!

忽然,他身后传来一个人的声音:"好了,到此为止吧。举起手来,奎尔。请转过身来。"

他本能地转过身去,忘了把手举起来。

在他面前的这个人身穿星际警察制服,不知怎么回事,奎尔觉得他很面熟;虽然面熟,却吃不准他究竟是谁,记忆中的这个人好像被蒙上了一层迷雾。他战战兢兢地举起双手。

那个人说道:"你记起了你的火星旅行。我们对你今天的一切行动和思想都一清二楚——尤其是你从记忆公司回家路上的想法。"他解释说,"我们在你的脑袋里装了一个感应发射器,它使我们知道你的一切想法。"

一个传感器,也就是月球上发现的一种原始生命。奎尔不禁打了一个冷战。那东西居然在他自己的身体里,在他自己的脑子里——在那里以他的脑浆为生,在那里偷听;警察利用了这种东西,这太可怕了,但却可能是真的。

"为什么要这样对我?"奎尔用嘶哑的嗓音问道,"我做了什么——

我想了什么？况且,这又跟记忆公司有什么关系？"

"从根本上来讲,这同那家公司无关。"警察继续说道,"这是你跟我们之间的事。"他拍了一下他的右耳朵,"我一直监听着你的心理活动,多亏了你脑袋里的那个感应器。"奎尔发现他的耳朵里装有一个小小的白色塑料塞。"所以我得警告你:你的任何一个想法都可能对你自己不利。"他笑嘻嘻地说,"不过现在这已经不重要了。你已经想了,也说了。更糟糕的是,你在昏迷状态下,把你的火星之旅告诉了记忆公司的人,告诉了他们的技术人员和老板麦克雷恩先生——他们知道了你去过哪儿,为了谁,又做了些什么。你把他们吓怕了,他们希望从来没有碰见过你。"他若有所思地加了一句,"他们想得没错。"

奎尔说:"可我从来没去过火星啊。这只是麦克雷恩的技术员给我植错了一条记忆链。"但他又想到了那个盒子,在他书桌抽屉里的那个盒子,里面确实装着火星上的生物。也许那就是麦克雷恩油嘴滑舌吹嘘的那些"证据"之一。

他想:火星旅行的记忆没能让我相信——却让星际警察们相信了。他们认为我真的去过火星,而且认为我已经有些想起来了。

"我们不仅知道你去过火星,"星际警察同意了他的想法,"而且我们还知道你现在回忆起的东西已经足以让我们陷入困境。再把你的记忆抹去已经没有用了,因为如果我们再这样做,你又会到记忆公司旧戏重演。而我们却不能对麦克雷恩和他的记忆移植买卖怎么样,除了对我们自己的人,我们对其他任何人都没有司法权。况且,不论怎么说,麦克雷恩没有犯任何罪。"他盯着奎尔。

"当然,从法律上讲,你也没有。你去记忆公司并不是为了恢复记忆;据我们所知,你去那儿只是出于一般人的好奇心——一种平常人追求冒险的心理。"他又说,"不幸的是,你并非寻常之辈,你已经有了够多的惊险刺激;只需要记忆公司的最后一举——没有比这个更致命的了,不管对你还是对我们;而且,如果那样的话,也对麦克雷恩。"

奎尔问道:"为什么说如果我记起了你们所说的火星旅行,你们就会'陷入困境'——我在那儿干了什么?"

"因为,"星际警察接着说,"你的所作所为与我们在公众中树立的庇护神形象不符。你为我们做了一件我们从没做过的事。你很快就会记起来的——感谢记忆公司的迷魂药。那盒虫子和水藻已经在你书桌抽屉里待了六个月,你回来后居然从没有对它们显出丝毫的好奇心。我们甚至直到你刚才在回家路上记起来的时候才知道你还有这些玩意儿在这里;我们来这儿的另一个目的就是为了找这个盒子。"他又毫无必要地加了一句,"很不幸运,没有足够的时间。"

又来了一个警察,两个人简短地交谈了几句。与此同时,奎尔的脑子飞快地转着,现在他确实又记起了一些事;刚才那个警察说得没错,他们自己大概也用了和记忆公司同样的手法。大概?

不,他现在可以确定他们也这样做过;他曾经见过他们给一个囚犯做这种移植,那是在哪儿,在地球上的某个地方? 更像是在月球上——他这样断定,他高度运转的脑子里回忆起这段往事,但这种记忆很快又模糊了。

他又回忆起其他一些事。他们派他去火星的原因,以及他在那里的任务。

难怪他们把他的这段记忆抹去了。

"哦,上帝。"第一个警察突然打断了与同伴的对话。显然,他察觉了奎尔的新想法。"哦,现在问题严重多了;简直糟到了极点。"他走向奎尔,把枪对着他,"我们不得不把你干掉,"他说,"马上。"

他的同伴紧张地说道:"为什么马上呢? 难道我们不能把他押到纽约总部,让他们——"

"他知道为什么。"第一个警察说,他看上去也很紧张。奎尔已经明白是怎么回事了,现在,他的记忆几乎已完全恢复,他十分清楚这两个警察为什么这么紧张。

"在火星上,"奎尔说,"我干掉了一个人,他有十五个保镖,其中有些人跟你们的装备一样。"他曾经受过五年的专门训练,以便成一名刺客,一个职业杀手,所以,他知道很多对付全副武装的对手的方法……比如说,如何对付眼前的这两个警察;当然,耳朵里塞着接收器的那一位也知道得和他一样多。

如果他的动作够快的话——枪响了,但他已经侧向了一边,与此同时,他猛击了一下带枪的警官,刹那间夺过枪,对准了另一个还没反应过来的警察。

"他知道我在想什么,"奎尔喘着气说,"他很清楚我要干什么,但我还是成功了。"

那个受伤的警察艰难地坐起身来,咬紧牙关说道:"他不会向我们开枪的,山姆;我知道他在想什么。他知道自己完了,也知道我们很清楚他的想法。来吧,奎尔。"他费力地转向奎尔,想站起来,痛得直哼哼,但终于颤颤巍巍地站稳了脚跟。他伸出手来。"把枪给我,"他向奎尔说道,"你不能开枪。要是你把枪给我,我保证不杀你;你将会有一个申诉的机会,然后一切都取决于上头的决定,而不是我。也许他们会再一次把你的记忆抹掉;这我就不知道了。可是你很明白我要杀你的原因:我阻止不了你回忆起你的火星行动。因此,我要杀你的原因,从某种意义上来讲,也已经成为过去。"

奎尔紧握着枪,冲出房间,疾步奔向电梯。"如果你们跟过来,"他想,"我就开枪打死你们,所以别过来。"他按了一下电梯按钮,电梯门立刻开了。

两个警察没有跟上来。显然,他们知道了他刚才的想法,所以决定不来冒这个险。

电梯载着他往下降。他总算暂时逃脱了——可是下一步怎么办?他往哪儿逃呢?

电梯到了底层,很快他加入了人行道上匆匆的人流。他感到头疼,恶心。不过,现在他至少已经逃离了死亡的危险;他们刚才还离他那么近,在他自己家中企图向他开枪。

"他们也许还会再那样干的。"他断定,"等他们找到我,还会发生那样的事。有我脑袋里的这个感应器，他们用不了多久就会找到我的。"

令人啼笑皆非的是，他现在得到的正是他曾经想从记忆公司买的：险象环生的冒险经历——身负重任的星际警察秘密潜入火星，生命危在旦夕——这所有的一切，他原先想要的只是一种虚假的幻觉。

而现在，他除了不能品尝到这一切作为一种记忆的乐趣——别的他全体验到了。

他一个人坐在公园的长椅上，目光呆滞地看着一群从火星的两个卫星上进口的似鸟非鸟的东西，它们居然能抵抗住地球的巨大引力，在那里自由自在地飞来飞去。

"也许我可以再一次潜回火星。"他暗自思忖。但等着他的是什么呢？或许比这儿更糟。他暗杀了火星上一个政治组织的领袖，只要他一跨下宇宙飞船，他们的人就会立刻认出他。那时他将会遭到两股人的同时追击。

"你们能听到我在想什么吗？"他想。简直快把人给逼疯了；他感觉到他们正在收听着他脑袋里那个感应器发出的信息，他们在调谐，监测，录音，讨论……他不禁打了一个寒战。他站起身，双手插在口袋里毫无目的地走着。他边走边想：只要我脑袋里那个东西还在，无论我到哪里你们都会跟着。

"我要和你们做一笔交易，"他对自己——也对他们说道，"你们能不能再给我植入一块记忆模片，就跟从前一样，让我认为自己从没有去过火星，一直过着平静而普通的生活？从没有看见过星际警察的制服，也没有使过一支枪？"

他脑子里有一个声音回答道："我们以前就向你详细解释过，那是绝对不够的。"

他吃了一惊，停下脚步。

"我们以前就是这样和你联系的，"那个声音继续说道，"那还是你在火星上执行任务的时候。事情已经过去几个月了,人们一直以为再也不需要那样做了。你在哪儿?"

"我在走向死亡。"奎尔答道,"是在你们警官的枪下。"随后他问道:"你们怎么能肯定那样做还不够?难道记忆移植技术不起作用了?"

"正如我们已经解释的那样,如果再给你植入同样的记忆模片,你又会去找记忆公司,或是它的竞争者。我们不能重蹈覆辙了。"

"假设,"奎尔说道,"把我真正的记忆抹去后,植入比普通人更精彩的记忆,比方说,这种记忆能够满足我的某种渴望。"他顿了一下,接着说:"这已经被证明是可行的。当初你们雇佣我的时候,大概也做过此种考虑。但是,你必须找到一种同火星冒险旅行同样精彩的记忆模片,比如,我是地球上最富有的人,但最终把所有的钱都捐给了教育基金会。或者说,我是一位著名的深层太空的探险者。诸如此类的东西。难道没有一个可行的?"

对方以沉默作为回答。

"试试看吧!"奎尔绝望地恳求道,"把你们军中最高级的精神病学家请来,研究一下我的心理,找出我心中最渴望得到的东西是什么。"他想了想,"例如,女人,"他说,"成千上万的女人,就像唐·璜那样,一个星际花花公子——地球、月球和火星的每一个城市里都有他的情妇,直到精疲力竭才最后作罢。求求你们,"他哀求道,"试一试吧!"

"那么,你愿意投降?"他脑袋里的声音问道,"如果我们同意做这样的安排,如果这样做可能的话,你会自首?"

奎尔犹豫了一下。"是的。"他对自己说道,"我就拿生命冒一次险,或许你们不会马上杀了我。"

"你先行动,"那个声音立刻说,"你到我们这儿来之后,我们就会研究那样做的可行性。但是,如果不成功的话,如果这次又跟上一次相同的话,那么——"先是一阵沉默,然后那个声音接下去说,"我们就不得不把你干掉。你肯定明白我们的意思。那么,奎尔,你仍然想试一试吗?"

"是的。"奎尔答道。因为别无他法——要么这样,要么死路一条。这样做的话,他至少还有一次机会,尽管这一求生的机会是那么渺茫。

"请你到我们的纽约总部来,"那个警察的声音接着说道,"第五大街580号12楼。只要你一自首,我们就立刻派精神病学专家开始工作。我们必须先对你进行个性测试,测出你最渴望实现的梦想——然后,我们要把你带回记忆公司,让他们进行记忆移植,最终你可以靠替代性的回顾来满足你的愿望,那么——祝你好运。我们确实欠了你的情,你曾经为我们干得相当出色。"声音里没有恶意;如果要说有什么的话,似乎他们有些同情他。

"谢谢。"奎尔说。然后,他开始找机器人出租车。

"奎尔先生,"一位年长的、紧板着脸的星际局精神病学专家开口说道,"你有一个十分有趣的梦想,也许和你在有意识状态下的想法完全不符合。这是一种普遍规律,一般人都这样,希望你听到后不会感到太意外。"

在场的一位高级警官用一种尖刻的口气说道:"不会的,不管怎么说,总比挨枪子儿的好。"

精神病学专家继续说下去:"这种潜意识的幻想不同于那种想成为星际间谍的幻想,那种幻想相对来说更成熟一些,还有某种可能性在里头;而这种潜在的幻想是你童年时期一个荒诞梦想的产物,难怪你自己不可能回忆起来。你的幻想是这样的:你才九岁,你一个人走在乡间的小路上。一架从另一星系来的奇怪的飞行器停在你面前。地球上只有你,奎尔先生,看见了它。那里面的生物很小很弱,似乎像是田鼠的同类,然而它们居然企图侵略地球;只要这支先遣部队发号施令,成千上万艘这样的飞船就会侵入地球。"

"我幻想自己阻止了它们,"奎尔插进来说,话里带着讥讽,"我单枪匹马消灭了它们。也许是几脚就把它们全部踩死了。"

"不,"精神病学专家耐心地说,"你阻止了这场侵略,但是,你却没有消灭它们;相反,你对它们显示了极大的善心和仁慈,尽管你通过心灵感应——它们的交流方式——了解了它们此行的目的。它们从没见过任何有感知能力的生物表现出这样仁慈的品质,为了表示感谢,它们与你立下了某种契约。"

奎尔插嘴道:"只要我还活着,它们就不会侵犯地球。"

"正是。"精神病学专家朝那位警官说,"你别看他对我的说法不屑一顾,事实上这种幻想很合乎他的个性。"

奎尔觉得挺开心,"也就是说,只凭着我活在世上这一点,我就足以保护地球的安全,使地球不受外星统治。我成了地球上最最至关重要的人物,而且不费吹灰之力。"

"确实是的,先生。"精神病学专家说道,"这是存在于你心理底层的基石;这种源于童年时代的幻想一直扎根在你的脑中。不用心理或药物疗法你自己是不会回忆起来的,但它确实一直存在于你的脑中,存在于你意识的底层,从没有消失过。"

那位高级警官向坐在一旁专心听着的麦克雷恩问道:"你们能给他植入这种记忆吗?"

"我们手头上有各种各样的幻想性记忆。"麦克雷恩答道,"坦率地说,我碰到过比这更荒诞不经的。我们当然能对付。二十四小时后,他不只是希望他曾经拯救过地球,他将深信这件事确实发生过。"

高级警官接着说:"那么,你们可以开始这项工作了。我们预先已经把他火星旅行的记忆抹掉了。"

奎尔露出一副莫名其妙的样子,"什么火星旅行?"

没有人回答他的问题,所以,他只好把自己的好奇心暂且搁在一边。一辆警车已经停在门口,他、麦克雷恩和那位高级警官鱼贯而入,一起挤在这辆车里,车立刻载着他们驶向芝加哥,驶向记忆公司。

"这一次你最好别再出错了。"警官对绷着脸、神色紧张的麦克雷恩说道。

"我看不出会出什么错。"麦克雷恩低声回应道,他似乎浑身都在冒汗,"这次跟上次完全不一样,这次同火星或间谍毫不相干。这回是单枪匹马阻止外星系生物的侵略。"他一边说一边摇着头,"哇,这小子的梦想也太离奇了,而且凭的是善行,而不是武力。真荒唐。"他从口袋里拿出一方亚麻手绢,轻轻擦了擦前额。

没有人答话。

"真让人感动。"麦克雷恩又说。

"但太狂妄了。"警官僵硬地说,"只要他一死地球又会被侵略,哼,难怪他自己想不起来了;这是我见过的最伟大的幻想。"他反感地看了看奎尔,"我们居然还要把钱花在这种人身上。"

当他们跨入记忆公司时,接待员雪莉吃惊得透不过气来。"欢迎您回来,奎尔先生。"她丰满的胸部也不安地颤动起来——今天她的双乳喷成了耀眼的橘黄色,"真遗憾以前做得这么糟糕,不过我肯定这次会成功的。"

麦克雷恩仍然不停地用他那块叠得方方正正的爱尔兰亚麻手绢擦着汗津津的前额,"会成功的。"他迅速地把罗尔和基勒召集过来,并护送着他们和奎尔走到操作室,然后又折回来带领雪莉和那位高级警官回到他自己的办公室,等待结果。

"麦克雷恩先生,我们有这样的记忆模片吗?"雪莉问道,由于不安,她的身子碰到了麦克雷恩,她的脸微微一红。

"我想我们有的。"麦克雷恩似乎想不起什么东西,只好查了一下图表。"一个混合体,"他大声断定,"它是第八十一号、第二十号和第六号的组合。"他从办公桌后面的拱顶隔间里摸索出那几个档案袋。"第八十一号里,"他解释道,"有一根魔棍——是外星系的生物送给顾客的,当然,这次是给奎尔先生的——一个表示感谢的纪念品,它能用来治愈伤口。"

"真的有用吗?"警官好奇地问。

"从前有用,"麦克雷恩继续解释说,"但是,嗯哼,你瞧,他一次又一次地使用,已经把它的能量全用光了,现在,它只是一种帮他回忆往事的纪念品了,但他还记得它的作用有多神奇。"他抿嘴一笑,然后打开第二十号,"这是联合国秘书长给他的感谢信,感谢他拯救了地球,当然,这不是很合适,因为在奎尔的幻想里没有别人知道这次侵略行动,但是为了效果逼真,我们还是要把它放进去。"然后,他看了看第六号袋。这是什么?他想不起来了。他皱着眉头把手伸进袋里,雪莉和警官目不转睛地盯着他。

"啊,这是一种奇怪的文字。"雪莉叫道。

"这东西上写着外星人是从哪里来的,"麦克雷恩说,"它们是什么,还有一份详细的星位图,上面标有地球和它们自己星球的位置。当然这全是用它们的文字写的,奎尔是看不懂的,但他会记得它们曾经用他的语言向他解释过。"他把三件物品放在办公桌中央。"这些东西必须放到奎尔家里去,"他对警官说,"当他回到家时他会看到,这将证实他的幻想。这就是所谓的标准操作程序。"他又抿嘴一笑,但是显得忧心忡忡,他很想知道罗尔和基勒进行得怎么样了。

蜂鸣器响了。"麦克雷恩先生,很抱歉打扰您。"这是罗尔的声音,麦克雷恩一听到是罗尔的声音就僵住了,一时说不出话来。

"情况不妙,您最好亲自来看一下。跟上次一样,奎尔对药物的反应良好,他已经昏迷过去,全身放松,有接受能力。但是——"

麦克雷恩急忙奔向操作室。

道格拉斯·奎尔平躺在卫生床上,呼吸缓慢而均匀,他的眼睛半开半合,只能模糊地意识到周围的一切。

"我们已经开始向他提问,"罗尔说道,他脸色发白,"想弄清楚把他单枪匹马救地球的幻想植在哪个记忆阶段。可奇怪的是——"

"他们叫我不要告诉任何人。"道格拉斯·奎尔在药物的作用下迷迷糊糊地低声说道,"这是我们的契约,我一直没能记起来。我怎么能把这么重大的一件事给忘了呢?"

我想这是有点难，不过，你还是想起来了——直到现在才想起来。麦克雷恩暗自想道。

"它们还给了我一个卷轴以表达它们的谢意。我把它藏在家里了；我要拿给你们看。"

麦克雷恩对跟在他身后的警官说："你看，我建议你们最好不要杀他。杀了他，它们还会来的。"

"它们还给了我一根看不见的魔杖，可以用来毁灭一切。"奎尔继续低声嘟哝道，他的眼睛闭着，"我就是用它杀了火星上那个人的。它在我的抽屉里，在那个从火星带回来的盒子旁边。"

那位警官一语不发地走出了操作室。

"我还是把那些东西放到一边去吧。"麦克雷恩无可奈何地自语道，他慢慢踱回自己的办公室，"包括那封联合国秘书长的感谢信，毕竟那是——"

一封真正的感谢信也许马上就会寄到了。

本杰明·巴顿人生奇事

【美】弗朗西斯·菲茨杰拉德 著
王 爽 译

改编电影:《本杰明·巴顿奇事》 The Curious Case of Benjamin Button
导演:大卫·芬奇 / 主演:布拉德·皮特、凯特·布兰切特 / 上映日期:2008.12.25.(美国)

《本杰明·巴顿人生奇事》发表于1922年，是美国现代文坛巨匠弗朗西斯·菲茨杰拉德短篇代表作之一。这篇小说构思机巧，短小精悍，寥寥一万字即勾勒出一幅20世纪初美国上层社会的生活画卷。菲茨杰拉德曾坦言，这篇作品的创作灵感源自马克·吐温的那番感慨：生命总是开端于最美好的状态，而在最糟糕的时候结束。于是，作者构思了一个非同寻常的奇幻人生，描写了一个生下来就是老头的人，如何生存、恋爱、履行人生的故事。这篇由主流小说作家创作出的作品，具有无比绚丽浪漫的幻想色彩，直接启迪后来的科幻、奇幻作家，写出了一部部以"时间"为题材的幻想小说，如梶尾真治的《时尼的肖像》、奥黛丽·尼芬格的《时间旅行者的妻子》等等。

　　2008年，这篇小说由《阿甘正传》编剧动刀改编，好莱坞著名导演大卫·芬奇（代表作《七宗罪》、《搏击俱乐部》）亲自执导，搬上了大银幕。与童话般的原著相比，电影基调阴郁、忧伤，带有导演浓烈的个人风格。影片的男女主角由布拉德·皮特和凯特·布兰切特分饰，将原著中并没有重点描写的爱情表现得真挚而感人，尤其是影片的最后，垂垂老矣的黛西和婴儿的本杰明，都在生命的最后时刻，迷失在模糊的意识之中，忘却了一切悲伤和美好，回到了人生的最初，这是整部影片中最浪漫忧伤的一幕。

一

在1860年的时候,一个人在自家出生并无不妥。而如今,据我所知,蒙药神恩宠,新生儿在充满麻醉剂味道的医院里发出第一声啼哭才是时髦做派。如此算来,年轻的巴顿夫妇足足领先潮流五十年,一早在1860年夏天,他们便决定让第一个孩子在医院出生。此后的奇事是否与这超前之举有关,就永远不得而知了。

我这就告诉你是怎么回事,你尽可自行评判。

内战前,罗杰·巴顿一家在巴尔的摩当地的经济和社会两方面都颇有地位。每个南方人都知道他们和各大家族均私交甚好,这也使得他们跻身于占南部联盟绝大多数席位的上流社会之列。眼下是他们首次体验生孩子这一优秀的古老传统,巴顿先生自然很紧张。他希望头胎是个男孩,这样他就可以把孩子送到康涅狄格州去念耶鲁大学,巴顿先生当年在那儿得了个"头儿"的雅号,其实这也是自然的事情。

因为这件大事,九月的清晨显得有些神圣。巴顿先生紧张兮兮地六点就起床梳洗,在整理好十分考究的衣饰之后,他匆忙穿过巴尔的摩的大街小巷赶往医院,急于知道新的生命是否已经在黑夜的怀抱中诞生。

离马里兰贵族私人医院还有一百米远时,巴顿先生看见了基恩医生——此人也是巴顿家的保健医师,他正从台阶上下来,像消毒似的搓着手——医生们的这个习惯算是不成文的金科玉律了。

罗杰·巴顿先生,这位五金件批发公司的总裁,立即跑过去,全然不顾那年代南方绅士应有的礼仪。"基恩医生!"他叫道,"啊,基恩医生!"

医生听见他的声音便站住等着,巴顿先生直到跑近了才发现他那张严肃的脸上有某种奇怪的神情。

"怎么了?"巴顿先生气喘吁吁地问,"怎么了?她怎么样?是男孩还是女孩?有什么……"

"冷静点!"基恩医生气冲冲地说,他看起来相当生气。

"孩子生下来了吗?"巴顿先生问。

基恩医生皱起眉头,"嗯,我想……手忙脚乱之后,是生下来了。"他很奇怪地瞥了巴顿先生一眼。

"我妻子还好吧?"

"很好。"

"是男孩还是女孩?"

"够了!"基恩医生突然非常生气地大声说,"你自己去看就好了!真可恶!"他咬牙切齿地说出每个字,然后转过身自言自语道,"你简直不能想象这对我的名誉有什么影响!再来一次我们就都完了!"

"到底怎么了?"巴顿先生惶恐地问道,"三胞胎?"

"不是三胞胎!"医生愤愤地说,"具体怎么回事你自己去看。别再来找我了。我把你接到这个世界上来,年轻人,这四十年来我一直当你们的保健医师,但是我不会再管你了!我绝不想再见到你或者你家的任何人!再见!"

他迅速转身一言不发地登上他的轻便四轮马车,然后径自离开了。

吓傻了的巴顿先生站在路边,瑟瑟发抖。到底发生了什么可怕的意外?那一瞬间他完全不想走进马里兰贵族私人医院——这太可怕了,但片刻之后,他强迫自己迈上台阶穿过医院大门。

一名护士坐在接待台后面,大厅里光线昏暗。巴顿先生忐忑不安地走过去。

"早上好。"她微笑地看着他。

"早上好。我……我是巴顿。"

一听这话,那姑娘脸上竟露出恐惧的神情。她站起来,那样子好像是要从大厅里飘走,不过还是勉强在地板上站稳了。

"我想看看我的孩子。"巴顿先生说。

那位护士尖声说:"哦……当然!"她几乎歇斯底里了,"楼上。就在楼上。上……上楼!"

她指向楼上,而巴顿先生已经是冷汗淋漓了,他支吾着道了谢,然后爬上二楼。二楼大厅里,他拦住一名迎面走来的端着盆子的护士。"我是巴顿。"他竭力使自己口齿清楚,"我想看看……"

咣当!盆子掉在地上,随即滚下楼梯。咣当!咣当!它一级一级地滚下台阶,仿佛也被巴顿先生激怒了。

"我想看看孩子!"巴顿先生差点就要尖叫了。他已经处于崩溃的边缘。

咣当!盆子终于滚到一楼停住了。护士回过神,无比轻蔑地白了巴顿先生一眼。

"好的,巴顿先生。"她低声说,"完全可以!但是,你必须知道今天早晨这件事给我们带来了怎样的后果!简直骇人听闻!我们医院日后将不会再有丝毫的荣誉可言,就因为……"

"够了!"巴顿先生吼道,"我受不了了!"

"好吧,巴顿先生,这边请。"

他跟在护士后面,来到长长的走廊尽头的一间屋子,屋里传来嘈杂的啼哭声——其实按照日后的说法,这屋子该叫"哭房"。他们进了屋。

"呃,"巴顿先生几乎喘不过气,"哪个是我的?"

"那边!"护士说。

在她所指的方向,巴顿先生看见一个裹着白色毯子、勉强缩在婴儿床里的老头儿,足有七十多岁。他稀稀疏疏的头发几乎全白了,下巴上长着烟灰色的长胡子,居然还随着窗外吹来的风微微摆动。他的眼睛黯淡无光,正满怀疑惑地望着巴顿先生。

"我疯了吧?"巴顿先生的恐惧瞬间变为愤怒,他吼道,"这是医院的白痴恶作剧吗?"

"以我们看来,这不是恶作剧。"那位护士严肃地回答,"我不知道你是不是疯了,但那位肯定是你的孩子。"

巴顿先生再次冷汗淋漓。他闭上眼睛,然后又睁开,再看。没错——他正看着一个七十多岁的老人—— 一个七十多岁的婴儿,一个把脚搭在婴儿床栏杆上躺着的婴儿。

老人平静地看了他们俩一会儿,然后突然用沙哑苍老的声音问:"你是我的父亲吗?"

巴顿先生和护士都大为震惊。

"如果你是的话,"那老人接着抱怨,"我希望你带我离开这儿,不然,至少让他们拿一张舒服点的摇椅来。"

"基督在上,你到底是从哪儿来的? 你是谁?"巴顿先生疯了似的叫道。

"我实在不知道我是谁,"老人抱怨道,"因为我才出生几个小时,不过我确实应该姓巴顿。"

"你说谎! 你是个骗子!"

老头儿厌倦地转向护士。"你们就是这么欢迎新生儿的?!"他用颤巍巍的声音念叨,"跟他说他错了,你该跟他说。"

"你错了。巴顿先生。"护士严肃地说,"他是你的孩子,你必须好好对待他。我们要求你今天之内尽快带他回家。"

"回家?"巴顿先生简直不敢相信自己的耳朵。

"对。我们不能把他留在这儿。我们不能,你明白吗?!"

"我很愿意回家。"老头儿嘀咕着,"如果大家都安安静静的,这儿还真不错。可是你听,这儿到处都是又哭又叫的,我连闭闭眼睛都不行。我想吃点东西……"他突然提高声音说,"他们居然只给我一瓶牛奶!"

巴顿先生坐在他儿子身边的椅子上,把脸埋在手里。"我的天!"他完全被吓住了,"人们会怎么说?我该怎么办?"

"你必须带他回家,"护士坚持道,"立刻!"

这饱受折磨的先生眼前立刻无比清晰地浮现出一幅荒诞的画面——他穿过熙熙攘攘的大街,身边是这几乎半死的老头儿。

"不,我不能。"他几乎呜咽起来。

人们不会主动和他说话,可他又该说点什么呢?他必须这样介绍这位七十岁高龄的老者:"这是我儿子,今早出生的。"然后,老人家会裹紧毯子继续和他一起慢慢走,经过忙碌的商店和奴隶市场——在这黑暗时刻,巴顿先生甚至热切地希望儿子是黑人——他们还会经过居住区的豪华房子,以及老人之家……

"过来!收拾收拾你自己!"护士下令。

"看看。"老头儿正色道,"要是你觉得我可以裹着毯子走回家,你就大错特错了。"

"婴儿都裹毯子。"

随着一阵颇为恶劣的窸窸窣窣声,老人举起一床白色的小被子。"看!"他颤声说,"这是他们给我准备的。"

"婴儿都要包这个。"护士呆板地回应。

"呃,"老人说,"那倒不如什么都不包。这毯子扎人。他们至少得给我一条床单。"

"披好毯子!披好毯子!"巴顿先生急忙制止了老人。他问护士:"我该怎么办?"

"下楼去给你儿子买点衣服。"

儿子的声音一直随巴顿先生来到大厅:"别忘了拐杖,父亲。我需要一根拐杖。"

巴顿先生砰的一声甩上大门……

二

"早上好,"巴顿先生紧张地对切萨皮克布品公司的店员说,"我想给我的孩子买些衣服。"

"您的孩子多大了,先生?"

巴顿先生想也没想就回答:"六个小时吧。"

"婴儿服装部在后面。"

"可是,我不认为……我不知道我要买什么。我是说……他个头非常大,大得出人意料。"

"他们有最大号的婴儿服装。"

"男童装在哪儿呢?"巴顿先生改变初衷,很失望地问。他感觉店员一定隐隐猜到了他那丢人的秘密。

"就在这儿。"

"哦……"他犹豫了。给自己的儿子穿成人服饰实在很令人不快。其实,说到底,他只想找到一套极大的男童装,剪掉老人家的长胡子,再把白头发染成棕色,事情就不至于显得过分糟糕,他也多少能保住点自尊——且先别管他在巴尔的摩的地位。

但是,他在男童装部拼命找了半天也没找到适合巴顿家那位新成员的衣服。他暗骂商家——当然了,遇到这种事情商家理当挨骂。

"您的孩子多大了?"店员好奇地问。

"他……十六岁。"

"哦,对不起。我以为您刚才是说刚出生六个小时。年轻人的衣服在过道那边。"

巴顿惨兮兮地正欲离开,但他突然眼前一亮,指着橱窗模特说:"这一件!我就要这件,那个模特身上的。"

店员目瞪口呆,他阻止巴顿先生道:"不,那不是儿童服装。只是展示品,那尺寸您本人都能穿了!"

"把它包起来。"客人看起来既紧张又固执,"我就想要这件。"

惊呆了的店员只好照办。

回到医院后,巴顿先生冲进婴儿室,把那包衣服扔给他儿子。"你的衣服。"他咬牙切齿地说。

老头儿打开口袋,迷惑不解地看着那些衣服。

"我穿这些的话太奇怪了,"他反对道,"我可不想被当成猴子……"

"我现在才像猴子!"巴顿先生愤怒了,"我不管你奇不奇怪。给我穿上! 不然……不然……我揍你!"说倒数第二个字的时候他觉得非常不易,但不管怎么说,只有这个词才合适。

"好的,父亲……"老头儿怪里怪气地模仿子女的口气,"你比我活得长,你是对的。就按你说的办。"

和刚才一样,"父亲"这个词令巴顿先生大为光火。

"赶快!"

"我赶快了,父亲。"

穿好之后,巴顿先生不无失望地打量着他的儿子。老头儿身上的行头包括小圆点花纹的袜子、粉色裤子和白色宽衣领系带衫;一把灰白胡子拖在系带衫外面,几乎及腰。这副形象实在不敢恭维。

"等会儿!"

巴顿先生抓起医院的剪刀三两下把胡子剪掉大半,然而即使如此,总体效果依然很糟糕:老人家乱七八糟的头发,湿乎乎的眼睛,老朽的牙,看起来和孩子出世时应有的快乐氛围完全不搭调。但是,巴顿先生依然坚持己见——他伸出手,坚定地说:"跟我走。"

他儿子颇信任地握住他的手。"你打算怎么叫我,爸爸?"——离开婴儿室时他突然问——"暂时就叫'孩子'吗? 你可以慢慢想个好名字。"

巴顿先生尖刻地小声说:"我不知道。恐怕得叫你玛士撒拉[①]才好。"

[①]《圣经·创世纪》中的高寿人物,据传享年965岁。

三

　　就算巴顿家这位新成员把头发染成别扭的乌黑色，下巴刮得光溜溜的，再穿上惊呆了的裁缝特制的婴儿装，巴顿先生依然无时无刻不感到作为家庭的头生子，他儿子是个例外。本杰明·巴顿——玛士撒拉这个名字虽然贴切，不过多半会令人生气，所以他们还是选了本杰明——他虽然老得弓腰驼背，但还是有一米七左右的身高，婴儿装无法掩饰这点。同样，修剪染色的眉毛也不能掩盖他眼睛潮湿黯淡的事实。事先雇好的保姆只看了孩子一眼就气愤难当地走了。

　　巴顿先生依然坚持己见：本杰明是婴儿，他就应该有婴儿的样子。最初他说要是本杰明不喜欢热牛奶他就什么也别吃，但到后来他还是允许儿子吃面包黄油，还可以偶尔吃燕麦粥。有一天他送给本杰明一个铃铛，说他"应该玩这个"。老头儿不胜其烦地看了铃铛一眼，此后每天他都会很配合地叮叮当当摇几次。

　　无疑那铃铛实在很没意思，不过，很快本杰明就找到了更有趣的消遣。比如说，巴顿先生某天突然发现他抽雪茄的量比上周增加了，这个疑惑几天之后有了答案——他无意间去婴儿室，发现屋里弥漫着淡蓝的烟雾，而本杰明一脸羞愧，忙着把哈瓦那黑雪茄的烟头摁灭。这件事自然又引起了新的争执，但巴顿先生发现自己根本没法管住儿子，他只能对他说抽烟"对身体不好"。

　　尽管如此，巴顿先生依然态度不变。他买了锡兵、玩具火车，还买了可爱的动物填充玩具，为了使这个假象更加完美——虽然只是骗骗自己——他很关切似的问玩具店店员"粉红色鸭子要是被小孩放进嘴里的话会不会掉色"。然而，尽管父亲尽了很大努力，但本杰明对这些东西却全然不感兴趣。他宁愿偷偷离开婴儿室去找一本《大不列颠百科全书》回来看一下午，而任由那些填充玩具和诺亚方舟模型散落在地板上。面对如此顽固的态度，巴顿先生的努力实属徒劳无功。

巴尔的摩上流社会的反应先是大为惊诧。这桩意外到底给巴顿一家及其家族带来怎样的损失，我们不得而知，因为内战爆发把公众的注意力转移到别的事情上去了。一些素以礼貌周全著称的人绞尽脑汁去恭维巴顿夫妇——终于，他们极富社交技巧地宣称这孩子长得很像他祖父，其实因为年老体衰之故，七十岁以上的人看起来都差不多。巴顿先生及夫人很不高兴，本杰明的祖父简直火冒三丈。

一离开医院，本杰明就开始了他的人生。几个小男孩来和他一起玩，他一下午都努力寻找弹子游戏中的乐趣——他甚至还打破了一扇厨房窗户，这纯属意外，是他丢石头的时候失手，但此事却令他父亲暗自高兴。

此后，本杰明每隔几天就想方设法打坏几件东西，之所以这么做完全只是因为家人希望他有此表现而已，他天性助人为乐。

当祖父对他的不快有所消减后，祖孙二人做伴得到了更多乐趣。他们一连数个小时坐在一起，虽然年岁和阅历相差巨大，但却像多年密友般不厌其烦地讨论一天中的种种琐事。和祖父在一起时本杰明深感轻松——和父母在一起时，他们仿佛总是为他感到尴尬，而且他们对他总是一副发号施令的样子，还常将他称为"先生"。

和所有甫一出生心理年龄就大于生理年龄的人一样，本杰明疑问颇多。他查阅了许多医学期刊，但他这类病例全无任何记录。在父亲的督促下，他不得不真心实意地和其他男孩去玩，他经常参加比较平和的运动——足球太累人了，要是来一次骨折的话他这把老骨头就别想再接回去了。

到五岁的时候家人送他去幼儿园，他被编入美术组，把绿色纸贴到橙色纸上，做彩色地图，或者做纸串项链。做这些事的时候他总是打瞌睡，这个毛病令他的老师既生气又害怕。值得庆幸的是，老师把这事和他父母说了之后，他就不用去上学了。巴顿夫妇跟朋友们说学校觉得本杰明年龄太小。

到十二岁时，他父母已经很习惯了。习惯的力量实在非常强大

——他们已经不觉得他和其他小孩有任何区别,只是偶有反常现象提醒他们注意事实。十二岁生日后,有一天本杰明照镜子忽然有了新发现,或者说他觉得他有了惊人的新发现。要么是他眼花,要么就是这些年来,他的头发在染色剂的掩盖下慢慢地由白色变成了铁灰色。他脸上交错纵横的皱纹似乎也不那么明显了。他的皮肤好像更健康也更有弹性了,甚至在冬天还有少许红润。他搞不清楚。他只知道他不再弓腰驼背,他的身体状况一直都在好转。

"难道是……"他暗暗思考,或者不如说,他根本不敢想。

他去找他父亲。"我长大了。"他下定决心说,"我要穿长裤。"

罗杰·巴顿犹豫了。"好吧。"他最终说,"其实我说不准。十四岁才该穿长裤,而你才十二岁。"

"不过你必须承认,"本杰明说,"我比实际年龄大。"

他父亲仿佛深思熟虑般看着他。"嗯,我不知道,"他说,"我十二岁的时候和你一般大。"

这话不可当真——它只是罗杰·巴顿在说服自己相信儿子非常正常。

最终他们采取折中方案。本杰明继续染头发。他必须更努力地和同龄的男孩子打成一片。他不再戴眼镜、拄拐杖。相应地,他可以穿长裤了……

四

本杰明·巴顿在十二岁到二十一岁之间的日子我觉得没什么好说的,简言之,那些日子只是普通的逆生长阶段。本杰明十八岁的时候,像个五十岁的人似的腰板挺直;他的头发也更多了,呈灰黑色;他步伐更稳,声音不再沙哑发抖,转而成了健康的男中音。于是,他父亲送他去康涅狄格州参加耶鲁大学的入学考试。本杰明通过了考试,成为新生。

在考试合格后的第三天,本杰明收到学校主任哈特先生的通知,叫他去办公室商议安排时间表。他看了一眼镜子,决定把头发用棕色再染一下,但他的抽屉打开着,染发剂的瓶子不见了。随后他想起,昨天已经把染发剂用完扔了。

本杰明左右为难。他必须在五分钟之内去主任办公室。看样子是没办法了,他必须就这样过去。于是他去了。

"早上好,"主任很客气地说,"你是来了解你儿子情况的吧?"

"不,其实,我是巴顿……"

本杰明刚开了个头,哈特先生就打断了他:"我很高兴见到你,巴顿先生。我想令郎应该马上就到了。"

"我就是!"本杰明叫道,"我就是新生!"

"什么?!"

"我是新生。"

"你不是开玩笑吧?"

"完全不是。"

主任皱起眉头看了看他的卡片,"怎么回事?我这里写的是本杰明·巴顿,十八岁。"

本杰明有点脸红,但是坚称:"我就是十八岁。"

主任不耐烦地说:"巴顿先生,你觉得我会信吗?"

本杰明无奈地微笑着重复:"我十八岁。"

主任指着大门说:"出去!滚出学校,离开这座城市!你这危险的疯子!"

"我十八岁。"

哈特先生打开门。"太可笑了!"他吼道,"你这把年纪的人居然来冒充新生?!你说你十八岁!好,我给你十八分钟滚出城去!"

本杰明·巴顿颇庄重地离开办公室,足有半打学生聚在大厅里好奇地盯着他看。走开一段距离之后,他转向依然站在门口的主任,对那个气急败坏的人坚定地又说了一遍:"我十八岁。"

在学生们整齐划一的哄笑声中,本杰明离开了。

可是他根本没那么容易走掉。他闷闷不乐地走向火车站时发现身后跟着几个学生,而且很快就变成一群,最后竟然有一大队学生跟在他后面。他们反复唱有个疯子通过了耶鲁的入学考试,还硬装自己是十八岁。学校里为此激动了好一阵子,学生们帽子都不戴就冲出教室,足球队也不练习了,所有人都加入围观队伍,教授夫人们歪戴着帽子跑来大惊小怪地跟在队伍后面。所有这些都直指本杰明·巴顿敏感的神经。

"他肯定是个流浪的犹太人!"

"他该去适合他这个年龄的学校!"

"看这个神童!"

"他以为这儿是老人院吗?!"

"去哈佛吧!"

本杰明加快步伐跑起来。他要让这些人看看! 他一定要去哈佛,他们会为这样恶毒的嘲笑而后悔!

他安全登上前往巴尔的摩的火车,火车开动时他把头探出窗外叫道:"你们会后悔的!"

但那些学生只是"哈哈哈哈哈……"地大笑。这是耶鲁大学犯下的最大错误。

五

1880年,本杰明·巴顿二十岁,他加入他父亲的罗杰·巴顿五金件批发公司以庆祝自己的生日。同年,他"进入社交界"——也就是说,他父亲执意要带他去参加时下大受欢迎的舞会。罗杰·巴顿年届五十,他和儿子之间的关系愈益亲密——事实上,本杰明·巴顿已经不再染发了(他的头发依然带有些微灰色),他们看起来年纪相当,很容易被误认为是兄弟。

八月的一天晚上,他们乘上轻便四轮马车,衣饰庄严地赴巴尔的摩城外谢夫林乡村庄园参加舞会。那是个非常美好的夜晚。满月在马路上洒满朦胧的白金色光辉,晚开的花朵在静谧的空气中倾吐着芬芳,仿如轻柔的笑语。开阔的田野生长着茂密的谷物,白色的谷穗如同在白昼一般散发着半透明的光亮。无人会不为这绝妙的美景而动容——几乎没有。

"纺织品生意前景肯定不错。"罗杰·巴顿说道。他不是个感性的人——他的审美观只停留在最基础阶段。

"我这样的老家伙很难有什么作为了,"他颇有感触地说,"该是你们这些精力十足的年轻人去大显身手了。"

远远地已经可以望见马路尽头谢夫林庄园的灯光,紧跟着,一阵叹息似的声音传来——或许是微弱的小提琴乐声,又或者是银色的麦穗在月光下发出沙沙的声响。

他们紧随一辆布鲁厄姆马车来到庄园。那辆车的乘客已经到大门口了。一位女士走出来,接着是一位年长的绅士,随后是一位年轻小姐,她美得能叫人犯罪。本杰明震惊了,仿佛有一种化学反应似的变化完全分解了他的身体,随后又将其重组。他感到全身发紧,血涌上他的脸颊和额头,他耳中传来节奏分明的鼓点。这是初恋。

那女孩苗条柔弱,她的头发在月光下呈灰色,在门廊内噼啪作响的煤气灯映照下则显出蜜色。她肩上裹着一条淡淡鹅黄的西班牙披肩,其上有黑色的蝴蝶图案,她的双脚在长裙的褶皱边下仿佛若隐若现地闪着光。

罗杰·巴顿凑近他儿子低声说:"那位是赫尔德加德·蒙克里夫小姐,蒙克里夫将军的女儿。"

本杰明冷淡地点点头。"挺漂亮。"他貌似平静地说,但当黑人小童把马车牵走后,他又说,"爸爸,你能不能为我介绍一下。"

他们走近和蒙克里夫小姐说话的人群。依照传统,她对本杰明行了个很低的屈膝礼。是的,他可以请她跳支舞。不过,他在向她致意之后就走开了——步子轻飘飘的。

舞会休息时间显得非常无聊,直到他回来才稍有好转。他有些迷茫地独自站在墙边,望着环绕在赫尔德加德·蒙克里夫周围的巴尔的摩的年轻哥儿们,这些人个个满脸热切殷勤。在本杰明看来,他们实在极其可厌,那红润的脸色真俗不可耐!他们打卷的棕色髭须实在恶心。

终于到他可以和蒙克里夫小姐共处的时候,他们伴着最时新的华尔兹音乐翩然起舞,方才他心中的嫉妒和焦虑都像积雪一样融化了。陶醉其中,他觉得生命这才刚刚开始。

"你和你的兄弟差不多是和我们一起到的,是吗?"赫尔德加德望着他,明眸宛如宝蓝色的珐琅。

本杰明犹豫了一下。她把他们父子当成了兄弟,是不是告诉她实情比较好?他想起在耶鲁的经历,觉得还是不说的好。否定女士们所说的话显得很没教养,而且现在讲自己奇怪的身世会破坏这美妙时刻,简直如同犯罪。之后再说吧,有机会再说。他点头,微笑,倾听,无比愉快。

"我喜欢你这个年龄的男士。"赫尔德加德说,"太年轻的人都傻头傻脑。他们只知道说自己在学校里喝了多少香槟,打牌输了多少钱,而你这个年龄的男士则懂得欣赏女人。"

本杰明觉得此刻就该求婚——他努力压抑了这个念头。"你正是在最浪漫的年龄,五十岁。"她接着说,"二十五岁太夸夸其谈,三十岁工作繁重疲于奔命,四十岁有太多的事情要说,不得不点起雪茄慢慢讲,六十岁……啊,六十岁离七十岁太近了,但五十岁却恰到好处。我爱五十岁。"

在本杰明看来,五十岁成了一个辉煌的年龄。他热切地希望自己已经五十岁。

"我常说,"赫尔德加德又说,"我希望和五十岁的人结婚并接受他的关爱,这比和三十岁的人结婚去操心他要好得多。"

那天夜里剩下的时间,本杰明完全沐浴在蜜色的薄雾中。赫尔德加德又和他跳了两支舞,他们发现,对于时下各种问题他们的看法出奇地一致。星期天他们将一起驾车出游,并认真讨论一下未来的生活。

本杰明和父亲在破晓时乘轻便马车回家,此时第一只蜜蜂刚刚振翅,渐渐黯淡的月光在晨露中隐约闪耀。本杰明模模糊糊意识到他的父亲正在谈论五金件批发生意。

"……你觉得除了锤头和钉子以外还有什么值得我们注意?"老巴顿问。

"爱侣。"本杰明心不在焉地回答。

"铝?"罗杰·巴顿没听明白,"我刚才不是已经说过铝的事了吗?"

本杰明心不在焉地看了他一眼,东边的天空忽然间变得明亮,一只白头翁在清晨的树林间啾啾鸣叫。

六

六个月后,赫尔德加德·蒙克里夫小姐和本杰明·巴顿先生订婚的消息被公布出来(之所以说"被公布",是因为蒙克里夫将军说他宁可拿剑抹脖子也不愿意声张此事),人们的激动程度达到了前所未有的高度。关于本杰明出生的故事本来已经被遗忘得差不多了,此时却又被翻出来,和强盗、丑闻之类莫名其妙的事情一起大肆宣扬。甚至有人说本杰明其实是罗杰·巴顿的父亲,也有人说他代替他兄弟坐了四十年牢,还有人说他是乔装打扮的约翰·威尔克斯·布斯[①]……最终,他被说成是脑袋上长犄角的人。

纽约报纸的周末增刊用一幅充满想象力的素描极力夸大此事,他们把本杰明的头画成鱼和蛇的混合体,身体则是铜管。通过报纸,他成了尽人皆知的马里兰州神秘人,但是,真实情况却只在很小的范围内流传。

---

①刺杀林肯的戏剧演员。

总之，人人都赞同蒙克里夫将军的意见，如此可爱的年轻姑娘，配得上巴尔的摩任何一个时髦的公子哥儿，居然心甘情愿跟五十多岁的老头儿结婚，这简直是犯罪！罗杰·巴顿把儿子的出生证明以大版面印在《巴尔的摩火焰报》上，可是根本没用。谁都不信。你只消看看本杰明就知道了。

而两位当事人却毫不动摇。所有关于她未婚夫的流言蜚语赫尔德加德一个都不信，包括那个真实版本。蒙克里夫将军告诉她五十多岁的人——至少是看起来五十多岁的人——猝死的可能性很高，可是没用；他又告诉她五金件批发生意很不稳定，还是没用。赫尔德加德打定主意要和成熟的男士结婚，于是她结婚了……

七

至少有一点是赫尔德加德·蒙克里夫的朋友们搞错了：五金件批发生意相当成功。从1880年本杰明结婚到1895年他父亲退休的十五年间，巴顿家的财产翻了一番——这在很大程度上要归功于新生力量。

毋须赘述，巴尔的摩社会也以宽厚的胸怀接纳了这对夫妇。就连蒙克里夫将军也承认了本杰明这个女婿，那是在本杰明出资帮他出版了他的十二卷内战回忆录之后，这套回忆录之前曾被九家知名出版社退稿。

就本杰明自身而言，这十五年带来了很多变化，他的血液中仿佛增添了更多的精力。在他看来，早上早起，快步穿过清晨繁忙的街道，不知疲倦地处理一批批船运锤头和钉子这些事情都充满乐趣。1890年，他执行了那个很成功的决策：他提出所有用作制造船运木箱的钉子都是托运人的财产。这项提案最终成了法规，由首席大法官佛塞尔主持通过，这至少为罗杰·巴顿五金件批发公司每年节省了六百颗钉子。

此外，本杰明发现他越发容易被生活中愉快乐观的一面所吸引。这点突出表现为他很自豪地成为巴尔的摩市第一个拥有并驾驶汽车的人。他的同龄人在街上遇见他时，都会对他健康快乐的生活既嫉妒又羡慕。

"他看起来一年比一年年轻。"他们说。如果说现年六十五岁的老罗杰·巴顿当初没能适当地欢迎刚出生的儿子，那么他现在几近奉承的态度也算得上一种补偿。

我们再尽量用最短的时间说点不那么愉快的事情。令本杰明·巴顿苦恼的事情只有一件，那就是他发现他的妻子不再迷人了。

赫尔德加德那年三十五岁，有一个十四岁的儿子，罗斯科。他们刚结婚时，本杰明深爱着她。但是随着时间流逝，她蜜色的头发变成了乏味的棕色，她眼中的宝石蓝色珐琅也成了廉价陶瓷；更糟糕的是，她愈加不愿出门，她太温和、太平淡、太乏味了，而且也太严肃。刚结婚的时候是她拉着本杰明赴宴跳舞，而现在情况反过来了，她应付差事似的和他一道出席社交场合，和我们每个人终生相伴的惰性已经把她吞没了。

本杰明越来越觉得不满。1898年美西战争爆发时，他感觉家庭对他已经毫无吸引力，因此去参了军。凭借生意上的影响，他被委任为上尉，随后又因表现极佳而提拔为少校，他军衔一路攀升，最后成了陆军中校，恰好赶上圣胡安山战役。战斗中他受了点伤，后来又因此授勋。

本杰明实在非常喜欢军队生活，离开军队令他万分懊恼，不过他的生意得有人照顾，所以他接受调遣，退役回乡。在车站他受到军乐队的欢迎，人们一直把他送到家。

<h2 style="text-align:center">八</h2>

赫尔德加德挥舞着一块大丝帕在门廊上欢迎他，他亲吻她的时候

感觉心里沉甸甸的,他们丢失了整整三年的时间。如今她是年届四十的妇人,她头上已经可见丝丝白发。这情景令他难过。

在楼上自己的房间里他看到镜中的影像——他拿来一张入伍前的照片凑近镜子,忐忑不安地对比自己的脸。

"天哪!"他高声说。他依然在一天天变年轻,毫无疑问——他现在看起来像个三十岁的人,可是他并不觉得高兴,反而紧张起来——他在变年轻。他曾希望到了生理年龄和实际年龄相符的时候,这种奇怪的现象就会停止。他害怕了。他的命运竟是如此糟糕,如此难以置信。

他下楼来,赫尔德加德正在等他。她看起来很生气,本杰明暗暗猜测她是不是发现了不正常之处。要缓解他们之间的紧张气氛实属不易,晚餐时他尽可能轻描淡写地说了这件事。

"呃,"他轻快地说,"每个人都说我看起来更年轻了。"

赫尔德加德十分轻蔑地表示同意。她不屑地说:"你觉得这件事很值得夸耀吗?"

"我不是在夸耀。"他不快地说。赫尔德加德嗤之以鼻。过了一会儿,她说:"那我可以认为,你不变年轻了大概会更自豪。"

"这怎么可能?"他问。

"我不想和你吵架。"她冷冷地回答,"做事情有对和错两种方法。如果你一定要显得与众不同,我看我也没法阻止你,不过,我确实不觉得这种与众不同有什么好处。"

"可是,赫尔德加德,我也没办法啊。"

"你有办法。你只是顽固。你不想和别人一样。你一直都是这样,以后也不会改。但是你想想吧,要是别人看问题也和你一样怎么办——社会会怎么样?"

这番话实在是太不可理喻,本杰明不再说话。自此他们的关系有了裂痕。他很想知道赫尔德加德为什么突然热衷于管住他。

新世纪来临时,他对于玩乐的渴望使得他和赫尔德加德之间的矛盾加深了。没有哪一场舞会他不参加,没有哪一次不和最漂亮的新婚少妇跳舞。他和初次参加舞会的年轻姑娘谈天说地,觉得她们非常迷人。而他的妻子已然提前成了寡妇,和一群陪闺女赴舞会的老太婆坐在一起,傲慢地指责他人,用严肃责备又不解的目光盯着他。

"看!"旁人说,"多可怜啊!那么年轻的一个人居然和四十五岁的老太婆拴在一起。他至少比他妻子年轻二十岁。"他们都忘了——其实人们向来健忘——1880年那会儿,他们父母也在私底下讨论这对不般配的夫妇。

本杰明在家中日胜一日的不快从他的很多新爱好那里得到了补偿。他学打高尔夫球,并大获成功。他参加舞会,1906年,他是"波士顿舞"的专家;1908年他又成了"马克辛"高手;到1909年,他的"城堡舞步"令城里每一个年轻人既妒忌又羡慕。

他的社交活动的确在一定程度上影响了他的生意,但是他为五金批发生意奔忙了二十五年,现在已经可以把工作交给儿子罗斯科了,那孩子刚从哈佛毕业不久。

其实他和他儿子常常被认错。这让本杰明挺高兴——他已经忘了刚从美西战场回来时内心里潜藏的恐惧,对自己的外表反倒一派天真地欢喜满意。唯有一件事破坏了这份欢喜——他讨厌和妻子一起出现在公众场合。赫尔德加德快五十岁了,他觉得她看起来几乎有些荒诞……

九

1910年9月的一天——罗杰·巴顿五金件批发公司移交给罗斯科·巴顿没多久——一个看样子大约二十岁的男子来到剑桥城申请作为新生进入哈佛大学。这次他没有傻乎乎地自称五十出头,也没说他十年前同样在此毕业。

本杰明被录取了,随后立即成为班里的领袖人物,部分原因是因为他比班里其他学生年长一点,那些学生平均年龄在十八岁。

不过，更主要的原因是在和耶鲁的橄榄球比赛中他表现得非常突出，以坚定的精神和冷酷愤怒似的劲头主动出击，为哈佛赢得了七个触地得分和十四个任意球得分，还使得耶鲁的十一名队员都被不省人事地抬出去。他成了全校最出风头的人。

但奇怪的是，到二三年级时他却很难"领导"球队了。教练说他瘦了很多，全队的人都觉得他不及以前高了。他没法再触地得分——其实之所以他还留在球队，完全是因为人家希望他的名气可以吓倒耶鲁球队，打乱他们的计划。

到四年级时，他已经离开球队了。他变得又矮又瘦，别人甚至以为他是新生，这简直是莫大的羞辱。他被称为"神童"——顶多十六岁的高年级学生——他常为一些同学的低俗言行感到震惊。他的学业似乎越发困难了——他感觉课程太深奥。他听见班里的同学们说起那所挺出名的预科学校圣迈达斯，他们很多人为了上大学都在那儿学习过。他决定毕业后就去圣迈达斯，他现在的样子在少年人中更为合适。

1914年，他怀揣哈佛毕业证书回到巴尔的摩。赫尔德加德已经移居意大利，所以本杰明和他儿子罗斯科住在一起。虽然家人还是一样欢迎他回来，但罗斯科明显没多少热情——明显感觉得出来，他儿子觉得本杰明像个十来岁的小孩一样在家里骑自行车实在有些过分。罗斯科现在已经结婚，在巴尔的摩颇有地位，他不希望自己家里传出任何丑闻。

本杰明不再受刚刚进入社交界的年轻女子和大学生们的欢迎了。他发现除了和几个十四五岁的男孩做伴之外自己整天无所事事，于是，去圣迈达斯的念头又冒了出来。

"我说，"某天他和罗斯科商量，"我告诉你很多次了，我想去预科学校。"

"好，那就去吧。"罗斯科简短地回答。他很厌恶这件事，不希望提到它。

"我一个人没法去,"本杰明无助地说,"你得送我过去帮我报名。"

"我没时间。"罗杰斯拒绝了。他眯起眼睛很不高兴地看着他父亲。"说句实话,"罗斯科又说,"你最好别再想这件事了。最好不要去。你最好……最好……"他脸涨得通红,一时说不出话,他想了想,说道,"你最好回到原来的样子重新来过。这事情现在一点也不好笑了。完全不好笑。你……你注意一下自己的言行吧。"

本杰明眼泪汪汪地看着他。

"还有一件事,"罗斯科又说,"有人来的时候你得叫我'叔叔'——不准叫'罗斯科',叫'叔叔'。明白吗?被十五岁的小孩直呼名字太丢人了。你还是就叫我叔叔好了,习惯一下。"

罗斯科严厉地看了他父亲一眼,走开了……

十

这次会面结束后,本杰明闷闷不乐地回到楼上,盯着镜子里的自己。他已经三个月没刮胡子了,但是脸上依然白白净净、无须打理。他刚从哈佛回家时,罗斯科说他应该戴眼镜,再往下巴上粘些假胡子,他还说这张脸就好像年轻时的他又回来了,但是胡子痒痒的,本杰明也觉得不好意思这样见人,他哭起来,罗斯科敷衍地安慰了他一下。

本杰明找来一本儿童故事书看,书名是《比麦尼湾的童子军》,可是他发现自己满脑子都想着战争。美国在上个月加入了同盟国,本杰明想参军,但是,唉,参军得要十六岁,他看起来没那么大。不过不管怎么说,他的真实年龄五十七岁应该足够了。

管家敲了敲门,给他拿来一封盖有政府标记的信,收信人是本杰明·巴顿先生。本杰明迫不及待地拆开信来读。信中说很多在美西战争后退役的军官都被重新召回战场,军衔均提升一级。信中附上了他的美国陆军准将委任书以及立即报到的命令。

本杰明跳起来,高兴得全身发抖——这正是他想要的。他戴上帽子,十分钟后他到了查理街最大的一家制衣店,用稚气的声音要求做一套军装。

"你想扮成士兵吧,孩子?"店员漫不经心地问。

本杰明脸一红。"胡说!你别管我想做什么!"他不高兴了,"我姓巴顿,我住在蒙特·弗农府,你只管做衣服就是了。"

"哦,"店员犹豫了一下,"不是你要的话大概就是你父亲要吧,很好。"

他们给本杰明量了身高,一周后他的制服做好了。在做肩章的时候有点麻烦,因为裁缝觉得本杰明当二等兵就够了,这样看起来挺好,做游戏也更好玩。

本杰明什么也没跟罗斯科说,独自在夜间离家乘火车去了南卡罗来纳的莫斯比军营,他将指挥那里的一个步兵旅。在一个闷热的四月清晨,他到达了营地,付清从车站到营地的出租车费用之后,他走向门口的卫兵。

"叫人来帮我搬行李!"他精神十足地说。

卫兵很不耐烦地看着他,"喂,小孩,你穿着将军服去哪儿?"

本杰明是个美西战争的老兵,听到这话气得眼睛都快冒火了,但是……唉,他说话却是小孩子的声音。

"立正!"他竭力喊得响亮,然后停下来喘口气——他突然发现那个卫兵并拢脚跟持枪立正,于是满意地偷偷笑了,可是他看了看周围却笑不出来了。卫兵并不是听从他的口令,而是远处有位仪表堂堂的炮兵上校骑马过来。

本杰明尖声说:"上校!"

上校走到他面前,勒住马,从马背上居高临下地看着他。"你是谁家的小孩?"他和蔼地问。

"我马上就让你们知道我是谁家的小孩!"本杰明十分生气地说,"下马!"

上校大笑起来。

"呃,将军,你叫他下马?"

"拿去!"本杰明大声说,"看这个。"他把他的委任书抓出来扔给上校。那位上校看了,惊讶得瞪大了眼睛。"你从哪儿弄来这个的?"他一边问,一边把文件装进自己口袋。

"这是政府发给我的,你马上就会知道!"

"你跟我来。"上校用奇怪的眼神看着他,"我们去总部谈谈这事。过来。"于是,他转身牵着他的马向总部走去。本杰明没办法,只能尽量做出一副骄傲的样子跟着他——同时心里想着日后狠狠报复。但报复的计划是不可能实现了。两天后,他儿子罗斯科在这大热天里从巴尔的摩怒气冲冲地赶过来,他要负责护送这位没有制服、哭哭啼啼的将军回家。

十一

1920年,罗斯科·巴顿的第一个孩子出生了。在庆祝期间,谁也不去注意那个十来岁的小男孩,他脏兮兮的,在家里四处玩他的小锡兵和马戏团模型,谁都不说他是新生儿的祖父。

没人不喜欢这小孩快快乐乐而又隐约有些忧伤的小脸,只是对罗斯科·巴顿而言,他的存在有些令人难堪。用那一代人的话来说,罗斯科没有"高效地"考虑这件事。在他看来,他父亲如此不像六十岁实在"不像个男子汉"——这是罗斯科的说法,不过说的时候态度有点滑稽荒诞。其实,这件事情他想上半个小时多半会发疯。罗斯科认为"有活力的人"应该保持年轻,但是年轻到这种程度实在……实在……效率低下。至于其他问题,罗斯科都不管了。

五年后,罗斯科的儿子已经可以在保姆的看护下和小本杰明玩小孩子的游戏了。罗斯科把他们两个都送进幼儿园,本杰明发现用彩色纸条做小方块、小链子和其他各种各样好看又奇特的图案是世界上最好玩的事情了。有一次他表现不好,被罚站在墙角,那次他哭了,但其他大多数时候幼儿园里都非常快乐,阳光从窗户照进来,贝莉小姐不时抚摸他乱蓬蓬的头发。

一年后,罗斯科的儿子上了一年级,而本杰明则留在幼儿园。他很快乐。有时候其他孩子谈起他们今后要干什么,本杰明脸上会掠过一片阴影,他似乎是以一种小孩子的方式意识到他不会再长大了。

时间平淡无奇地过去。他在幼儿园已经三年了,但他太小了,根本没法理解那些色彩鲜亮的小纸片是做什么的。他哭是因为其他孩子比他大,他害怕他们。老师们和他谈话,可是他却完全不能理解。

他被接回家。身穿仔细浆洗过的棉布裙的保姆娜娜成了他世界的中心。天气晴朗时他们去公园散步,娜娜指着那些灰色庞然大物说"大象",本杰明就跟着她说"大——象,大——象,大——象。"有时候娜娜让他在床上跳,这是很有趣的,因为若是碰巧双脚同时着地,身体就会再次弹起来,而且,在弹起来的时候要拖长声音说"啊",声音穿透空气很令人振奋。

他喜欢从衣帽架上取下藤杖去敲桌子和椅子,嘴里一边说"打,打,打"。周围有人的话,年长的女士们会被他逗笑,这也令他觉得有趣,年轻的女士们则会亲亲他,他有点不耐烦,但还是可以忍受。每天下午五点钟,娜娜会带他上楼,用小勺喂他吃燕麦片和又香又滑的糊糊。

在他稚嫩的梦中没有任何不快的记忆,他不会想起大学时代的辉煌日子,也不会想起他令许多少女心驰神往的那些岁月。他只知道他小床周围白色的墙,知道娜娜和另一个有时候来看他的男人,还知道黎明时分娜娜指给他看的橙色大球,名字叫"太阳"。太阳下山后他就想睡觉了——他不做梦,没有任何梦来打搅他的睡眠。

往昔的情景——圣胡安山上他的士兵被突袭;他结婚的第一年,工作至夜幕低垂,夏日的黄昏降临在繁忙的城市里,他一心为他挚爱的小赫尔德加德工作;更久之前,他和他的祖父一起在夜里抽烟,门罗街巴顿老宅里一片漆黑——所有这些都像虚幻的梦一样从他脑中退去了,仿佛从未存在过。他忘了。

他不记得最后一次喝的牛奶是凉还是热,也不知道每天是怎样度过的——他只记得他的小床和娜娜的样子。之后他什么都不知道了。当他饿的时候他哭——只剩下这些。中午和晚上他安安静静的,周围有几不可闻的喃喃低语声,几种淡淡的味道和光影。

然后四周全黑了,他的白色小床,在他周围晃动的那几张脸,牛奶甜而温暖的香味,全都从他的意识中消退了。

二百岁的人

【美】艾萨克·阿西莫夫 著
范治琛 译

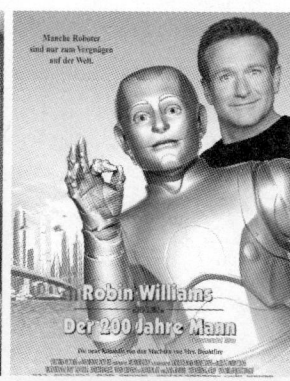
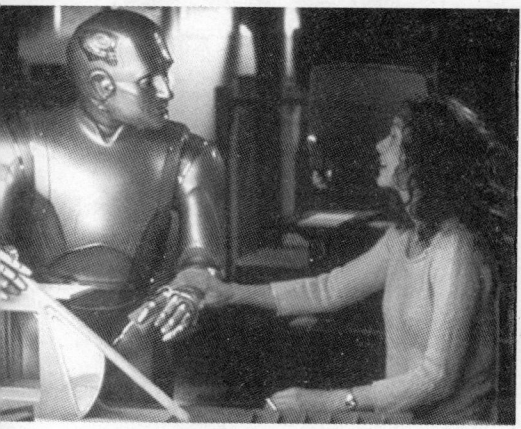

改编电影:《机器管家》 BICENTENNIAL MAN
导演:克里斯·哥伦布 / 主演:罗宾·威廉斯、艾伯丝·戴维兹 / 上映日期:1999.12.13.(美国)

科幻大师阿西莫夫的小说被搬上大银幕的不多,除了《我,机器人》之外,最有名的就要算这篇《二百岁的人》了。小说从一个机器人的角度,写尽了人性,故事越到后面越显出黄钟大吕般宏大的精神震撼力,非常深刻地展示出了"人"之为人的本质和真谛。其中对人权和自由的解读,甚至使我们联想到美国《独立宣言》的精神源头上去——特别要指出的是,本篇小说正是应编辑之约,为纪念美国建国二百年而作。

　　电影对科幻小说的翻拍、解读,往往有简单化的倾向,大概是为了观众更容易理解。这部影片因此就变成了一个浪漫的爱情故事,影片的主旨也变成了"倾听自己的心声""不勇于犯错就什么也得不到""爱一个人就要表达出来"这样并不糟糕却相当陈词滥调的说辞。结尾处女机器人加勒蒂娅帮助女主角终结生命的细节更是完全违背了阿西莫夫的机器人三定律,令原作那种严谨的思辨味道荡然无存。

　　小说严肃探讨人生,电影则成了美好的童话故事——大概因为导演克里斯·哥伦布一向擅长儿童、家庭题材吧。这样的改编显然远远没有展现出原作的味道,无怪阿西莫夫对好莱坞没有好感呢。

机器人三定律：
1. 机器人不得伤害人，或因无作为而任人受到伤害。
2. 机器人必须服从人的命令，除非该命令与第一定律相悖。
3. 机器人必须保护自身的生存，只要此种保护不与第一或第二定律相悖。

一

安德鲁·马丁说了声"谢谢"，便在指给他的座位上坐下了。他是迫不得已才上这儿来的，但从表面上看不出。

他的表情呆呆的，事实上，除了从他眼中似乎可以窥见某种忧伤，其余什么也看不出。他的头发光滑，浅褐色，细细的，脸上没有汗毛，显然刚修过面；衣服挺老派，但整洁，主色为天鹅绒般的枣红。

隔着办公桌与他相对的是一位外科大夫，桌上的名牌印有一长串显示其姓名及身份的字母和数字。安德鲁懒得费神，称他大夫不就得了。

"什么时候可以做手术，大夫？"他问。

外科医生带着机器人对人惯有的尊敬口吻，客气地说："先生，我还没闹明白这手术怎么个做法，以及给谁做。"

外科大夫的脸上兴许有一种毕恭毕敬却又毫不迁就的表情——假如像他这种用不锈钢制作的、皮肤略带古铜色的机器人，能有这种表情或是任何表情的话。

安德鲁端详着机器人的右手,这只用来操刀的手正安详地搁在桌子上。指头长长的,很巧妙地弯成了一个金属弧圈,如此优美得宜,可以想象,手术刀装上去便会与之浑然一体。

他干起活来不会游移不决,不会有闪失,不会颤抖,不会出错。当然,这是为了干活专一。人类对专一化是如此热衷,以至于很少有机器人再装上独立的大脑了;外科医生自然是要装上的。而这一位呢,虽然装上独立的大脑了,能力却很有限:他认不出安德鲁——也许从来就没听说过。

安德鲁问他:"你愿意做个人吗,有没有想过?"

外科医生一时不知所措,仿佛这一问题与分派在他头脑中的正电子电路①哪儿都对不上,"我是个机器人,先生。"

"做个人不是更好吗?"

"做个更好的外科医生更好,先生。假如我是人,就做不到这一点,只有更先进的机器人才成。我很乐意成为更先进的机器人。"

"我可以对你发号施令:可以叫你站起、坐下,叫你朝左或朝右走,动动嘴皮子就行了。你不觉得恼火吗?"

"我乐意讨您喜欢,先生。假如您的命令意在干扰我对您或对其他人的功能,我将不会服从——涉及我对人类安全义务的第一定律,必须优先于服从人类命令的第二定律。除此之外,服从便是我的荣幸了……请问,我给谁做这项手术?"

---

① 正电子电路(Positronic Pathways),机器人的"正电子大脑"(Positronic Brain)中的电路。为什么用"正电子"而不用"电子",阿西莫夫是这么解释的:1939年开始写机器人小说以来,我并没有提到其计算机化。电子计算机尚未发明,我也未能预见,但我的确预见到了机器人的大脑得是某种电子化的东西。不过,"电子的"给人的"未来感"似乎不够。正电子——质量与电子相同但带正电荷的亚原子粒子——发现的时间仅在我写第一篇机器人小说的之前四年,听起来它的科幻意味十足,于是,我就把"正电子大脑"给了我的机器人,想象其思维是由忽生忽灭忽明忽暗的正电子流构成的。我写的这些小说因而被称作"正电子机器人系列"……(见 Isaac Asimov: Robot Visions, p.454.)

"给我。"安德鲁说。

"这可不行。这个手术明显会对您的身体造成伤害。"

"没关系。"安德鲁平静地说。

"我绝不能对人类造成伤害。"外科医生说。

"对人,你是绝不能,"安德鲁平静地说,"但我也是个机器人。"

二

刚被制造出来的时候,安德鲁也就是个机器人的模样。那时候,他与其他所有机器人没啥两样:外形设计笨拙,只重功效。

他被带回家的那年头,在家庭里,或者说在整个地球上,机器人都是个稀罕玩意儿。他干活很出色。

家里有四口人:"老爷"、"太太"、"小姐"和"小小姐"——他当然知道他们的名字,但从来也不会直接呼名唤姓。"老爷"的名字是杰拉尔德·马丁。

他自己的序列号是NDR——数字编号他已经忘了。当然,已经过了漫长的岁月,但若是他想要记住就绝不会忘记。他并没想要记住。

"小小姐"是第一个叫他安德鲁的,因为她不会念那几个字母。其余的人都跟她这么叫。

"小小姐"活了九十岁,早已过世。有一次,他想叫她太太,她不让。直到临终她仍是"小小姐"。

安德鲁是被买回家来当仆役、管家和侍女使的。那时候,他还处于试用阶段。事实上,除了在工厂、勘探场和太空站,所有的机器人都处于试用阶段。

马丁一家都很喜欢他,一半时间都不让他干活,因为"小姐"和"小小姐"想要跟他玩。

是"小姐"第一个明白如何"劝说"他的。她说:"我命令你跟我们玩,你必须服从命令。"

安德鲁说:"很抱歉,'小姐','老爷'有命令在先,得优先服从。"

她却说:"爸爸只说希望你管管清洁的活儿。那不算什么命令。我的才是命令。"

"老爷"并不在意。"老爷"疼爱"小姐"和"小小姐",甚至比"太太"疼爱起来更甚。安德鲁也疼爱她们——他对她们的呵护,要是出自人,那就会被说成是疼爱。安德鲁认为那是疼爱,因为他不知道还有别的什么词可用。

安德鲁用木头雕了一个垂挂饰物,是为"小小姐"雕的——是她下令他这么做的。看来是"小姐"收到了一份生日礼物——一个带云状花纹的牙雕垂饰,"小小姐"不高兴了。她只有一块木头,她把它连同一把厨用小刀交给了安德鲁。

他很快就雕成了。"小小姐"说:"很漂亮,安德鲁。我要拿给爸爸看。"

"老爷"断不相信。"你究竟是从哪儿弄来的,曼蒂?"曼蒂是他对"小小姐"的称呼。当"小小姐"保证她说的绝对是实话时,他便把脸转向安德鲁,"是你做的吗,安德鲁?"

"是的,'老爷'。"

"图案也是?"

"是的,'老爷'。"

"是从哪儿抄来的?"

"这是与木头的纹理相合的几何图形,'老爷'。"

第二天,"老爷"又给他找来一块木头,一块更大的木头,还有一把电动刀。"用这块木头做点什么吧,安德鲁,想做什么就做什么。"

安德鲁干了起来。"老爷"在一旁观看,随后又把成品瞅了老半天。打那之后,安德鲁就不再伺候全家吃喝了。他被命令阅读家具设计类的书籍,学会了制作橱柜和办公桌。

"老爷"说:"这都是些了不起的作品,安德鲁。"

安德鲁说:"制作它们对我来说是一种享受,'老爷'。"

"享受?"

"不知怎么搞的,这项工作使得我大脑中的电路更顺畅了。我听您用过'享受'一词,您用的方式与我的感觉相合。制作它们对我来说是一种享受,'老爷'。"

三

杰拉尔德·马丁把安德鲁带到了"美国机器人和机械人公司"的地区办事处。作为地区议会的议员,他没费什么事儿就见到了"首席机器人心理学家"。事实上,正是因为马丁是地区议会的议员,当初——也就是在机器人还是个稀罕物的时候——他才有资格成为机器人的买主。

安德鲁当时并不了解这一切,但后来,随着掌握知识的增多,他就能够回顾早年的情形并正确看待了。

机器人心理学家默顿·曼斯基听着听着便皱起了眉头,手指不止一次地差点开始敲击桌面。他的脸有点憔悴,额头布满皱纹,实际年龄似乎要比他的面容年轻一些。

他说:"'机器人学'并不是一门精密技艺,马丁先生,我不能对你做详细解释。迄今,有关正电子电路制作的数学计算极其复杂,只能求得近似解而已。这款机器人一切仍围绕'三定律'运转,没有出现故障。当然,我们可以更换你的机器人——"

"哪儿的话,""老爷"说道,"他本身并没有什么毛病。他极为尽职尽责。妙在他还会一手精细的木雕,从不雷同。他能制作艺术品。"

曼斯基似乎给弄糊涂了,"真怪。这些日子我们尝试的当然是通用电路……你认为他真有创造力吗?"

"你自己看。"说着,"老爷"递过去一个小木球,上面雕有一个游戏场,场内的一群男孩和女孩小得几乎看不清,但大小恰到好处,且与木球的纹理浑然一体,似乎纹理也是雕出来的。

曼斯基说:"是他雕的吗?"他把球递回去,摇了摇头,"好彩头。是电路中的某种变化使然。"

"能再做出一个这种机器人吗?"

"兴许不能。从未有过这种先例。"

"好!这么说,安德鲁是独一无二的了,这我一点也不介意。"

曼斯基说:"我敢肯定,公司一定愿意把你的机器人收回做研究。"

"老爷"突然沉下脸,"没门。忘了他吧。"他随即转身对安德鲁说,"我们回家吧。"

"我听您的,'老爷'。"安德鲁说。

四

"小姐"忙于和男孩子约会,不常在家。"小小姐"已经不那么小了,现在是她经常与安德鲁打照面儿了。她从未忘记,他的第一件木雕作品是为她制作的。她把它坠到了自己脖子上的银项链上。

是她第一个反对"老爷"把制作品随意送人的。她说:"听我说,爸,假如有人想要,那就付钱好了。那是值钱的东西。"

"老爷"说:"曼蒂,这不像你说的话。你什么时候变得贪心了?"

"不是为我们,爸。是为这位艺术家。"

安德鲁从未听说过这个词,于是他便抽空查了一下词典。随后又有了一次外访,是到"老爷"的律师那儿。

"老爷"对那位律师说:"约翰,你觉得这玩意儿怎么样?"

律师名叫约翰·芬高尔德。他一头白发,挺着一个罗汉肚,隐形镜片的边缘带点鲜绿。他瞅了瞅"老爷"递给他的胸章,"太漂亮了……不过,我听说了,这是你的机器人雕刻的。是你带来的这个机器人吗?"

"是的,是安德鲁雕的。是不是,安德鲁?"

"是我雕的,'老爷'。"安德鲁说。

"约翰,要是让你买下它,你愿意付多少钱?"

"说不好。我不收藏这类东西。"

"有人为这件小东西出价二百五十美元,你相信吗?安德鲁还制作了几把椅子,卖了五百美元。安德鲁的作品卖得的钱已有二十万存入银行。"

"天哪,你发财了,杰拉尔德。"

"发了一半财。""老爷"说,"另一半我存在了安德鲁·马丁的户头上。"

"你是说机器人?"

"是的。我想知道这是否合法。"

"合法?"芬高尔德往后一靠,弄得椅子嘎嘎直响,"尚无先例可循,杰拉尔德。你的机器人是如何签署文件的?"

"他能签名,我把他的签名带来了。我还没有把他本人带到银行。你看还有什么事情要做的?"

"嗯——"芬高尔德的眼皮朝内翻,似乎愣了愣。他接着说:"那好,我们可以用他的名义设立一笔财产信托金,这相当于在他和敌视他的世界之间放上一块挡板。除此之外,我劝你什么也别做。迄今并无人阻止你。如果有人反对,让他去告好了。"

"如果有人告我,你会受理吗?"

"如果有聘金,当然会。"

"你要多少?"

"就那么个数。"芬高尔德指了指木胸章。

"公道。""老爷"说。

芬高尔德呵呵笑着面对机器人,"安德鲁,有钱高兴吗?"

"高兴,先生。"

"准备怎么花呢?"

"花在我不花'老爷'便要花的地方,先生。这会为他节省些开支。"

五

花钱的当口到了。修理要花大钱,改进要花的钱甚至更多。一年年过去,新型的机器人不断制造出来。"老爷"尽力使安德鲁拥有每一样新装置的优点,直到他成为金属制品中的状元。这些都是花的安德鲁的钱。

安德鲁坚持这么做。

但他的正电子电路一直没有动——"老爷"坚持这么做。

"新机器人不如你,安德鲁,"他说,"新机器人一钱不值。公司学会了把电路做得更精密,更适销对路。但新机器人不会变通,设计出来做什么就做什么,从不越雷池一步。我更喜欢你。"

"谢谢您,'老爷'。"

"是你干得漂亮,安德鲁,别忘了这一点。我敢肯定,一旦曼斯基把你瞧个够,他便会抛弃通用电路。他不喜欢不可预见性……他想把你拿去作研究。你知道他跟我要了你多少次吗?九次!我一直没让他得逞。现在他退休了,我们也可以松一口气了。"

"老爷"的头发渐渐稀疏了,白了,面部的肌肉渐渐松弛了;与此同时,安德鲁却比当初进入这个家庭时显得更加神采奕奕。

"太太"加入了欧洲某个地方的艺术社团;"小姐"成了纽约的一位诗人,她有时写点东西,但不经常。"小小姐"结婚了,住的地方不远,她说她不愿离开安德鲁。当她的孩子、也就是"小少爷"出世时,她让安德鲁拿着奶瓶喂他。

随着"小少爷"的出生,安德鲁感到"老爷"后继有人了,于是觉得向他求个情不算悖理。

安德鲁说:"'老爷',您让我随意花钱,真是太厚道了。"

"那是你的钱,安德鲁。"

"那也只是因为您宽宏大量,'老爷'。我不相信法律会阻止您把一切据为己有。"

"法律不会怂恿我做错事,安德鲁。"

"'老爷',所有花掉的钱不算,上的税也不算,我还有近六十万美元。"

"这我知道,安德鲁。"

"我想把这些钱给您,'老爷'。"

"我不会要的,安德鲁。"

"我想用来换取某种您能够给我的东西,'老爷'。"

"哦?那是什么东西,安德鲁?"

"我的自由,'老爷'。"

"你的——"

"我希望买到我的自由,'老爷'。"

六

这可不那么容易。"老爷"的脸涨红了,说了声"天哪",便转过身扬长而去。

是"小小姐"咄咄逼人地把他请了来——请到了安德鲁的面前。三十年来,没有一个人忌讳在安德鲁面前谈话,涉及他也好,不涉及他也好;他毕竟只是个机器人。

她说:"爸,为什么把这事当做是对您个人的冒犯呢?他仍会留在这里。他仍会忠心耿耿——这是他与生俱来的。他想要的不过是一句话。他想别人认为他是自由的。会有那么可怕吗?而且,他不是早已自由了吗?老天爷,这事我和他已经谈过很多年了。"

"谈过很多年,你们?"

"是的,谈过很多次了。他怕伤了您的感情,一直拖着。是我让他向您提出来的。"

"他不懂什么是自由。他是个机器人。"

"爸,您不了解他。他把图书馆内的书籍都读了个遍。我不了解他内心的感受,可我了解您的。当您和他谈话时,您可以发现他对各种抽象概念都有反应,正如您和我一样。这还不够吗?"

"法律不会这样认为。""老爷"气呼呼地说。"你听着!"他转身面向安德鲁,声音也变得刺耳了,"除非依法办理,否则我不能给你自由。可这事一旦闹到了法庭,你不仅不会得到自由,法律还要审理你的财产。他们会告诉你,机器人没有挣钱的权利。为这点虚名丧失你的财产,值吗?"

"自由无价,'老爷',"安德鲁说,"就连自由的机会也值。"

七

法庭也可能会采取"自由无价"的态度,最终也许会认定,不管出多高的价码,机器人都不得购买其自由。

有一帮人提诉反对机器人获得自由,代表他们的地区检察官做了以下简单声明:"自由"一词对于机器人毫无意义。仅人类才可以拥有自由。

他相继说了好几次:慢条斯理,并用手指有节奏地敲击桌面,以突显这些话的分量。

"小小姐"要求为安德鲁辩护。法庭用全名称呼了她,这是安德鲁以前从未听到过的:

"阿曼达·洛娜·马丁·查尼可以上辩护席。"

她说:"谢谢阁下。我不是律师,不会打官腔,希望你们听取我的意见,不计较我的用词。

"在安德鲁一案中,请先了解一下自由是什么意思。从某些方面来说,他已经是自由的了。马丁家的人从未强令他去做某事,这至少已经有二十年了。

"不过,如果愿意,我们是可以命令他去做任何事情的,下的命令要多严就多严,因为他是属于我们的机器。他已经为我们服务了那么长的时间,那么忠实,并为我们挣了那么多钱,为何我们还要保持这样的关系呢?他不再欠我们什么了。欠债的完全是另一方。

"即使法律禁止我们役使安德鲁,他仍会自觉自愿为我们效劳。给他自由不过是说得好听而已,但对他说来却至关重要。我们并不需要付出什么代价,可他却能得到一切。"

有一刻法官仿佛要笑出声来,但又强忍住了,"查尼夫人,我明白你的意思了。事实是,在这方面并无有约束力的法律,亦无先例。不过,不言而喻的假定倒是有,那就是只有人才能享有自由。我可以制定新法律报上级审议,但我不能轻易违抗上述假定。让我跟机器人说几句。安德鲁!"

"在,阁下。"

这是安德鲁第一次在法庭讲话。对他的类人嗓音,法官似乎吃了一惊。他说:"安德鲁,你为什么想要自由?自由对你有什么要紧?"

安德鲁答道:"阁下,您愿意成为奴隶吗?"

"可你并不是奴隶。据我所知,你是一个顶呱呱的机器人,是机器人中的天才,具有无与伦比的艺术表现力。就算你自由了,你还能再做些什么呢?"

"也许仍不过是做我现在所做的事,阁下,但我会有更大的喜悦。有人一直在法庭上强调,只有人才可以享有自由。我觉得,只有向往自由的人才能拥有自由。我向往自由。"

法官由此受到启发。在他的判决中,关键的一句是这样的:"对于头脑先进到足以掌握自由的概念并向往这种状态的任何东西,均无权剥夺其自由。"

这一条最终得到了"世界法院"的认可。

八

"老爷"仍怏怏不乐,他的粗声恶气使安德鲁感觉自身几乎短路。

"老爷"说:"我不想要你那该死的钱,安德鲁。我收下它,只是因为我不这样做,你就不会感到自由。从现在起,你可以想干啥就干啥,想怎么干就怎么干。我不会给你下什么命令了,除了这一条——做称你心意的事。不过,我仍然对你负有责任,那是庭谕中包含的内容,我希望你能理解这一点。"

"小小姐"打断了他的话:"别窝火,爸。责任也没什么大不了的。您知道用不着操心。'三定律'仍然有效。"

"那他怎么就自由啦?"

安德鲁说:"'老爷',人类不是也受法律约束吗?"

"老爷"说:"我不想争辩。"说完,他就离开了。打那以后,安德鲁只是偶尔才能见到他。

"小小姐"经常到为安德鲁修建和让他使用的小屋子来看他。当然,屋子里没有厨房,也没有浴室。它只有两间房:一间是图书室,一间是库房兼工作室。安德鲁接了很多活儿,成为自由机器人之后,他比过去任何时候都干得辛苦——直到建房的费用付清,房子合法地转移到他名下。

有一天,"小少爷"来了……不,是乔治!在法院判决后,"小少爷"坚持要安德鲁这么称呼他。"一个自由机器人不称任何人'小少爷',"乔治说,"我叫你安德鲁。你必须叫我乔治。"

这话的措辞是命令格式,于是,安德鲁便称他乔治了——不过,"小小姐"仍然是"小小姐"。

有一天,乔治单独来了,是来告知"老爷"病危的。有"小小姐"在病榻旁守候,但"老爷"还想要安德鲁在。

"老爷"的嗓门仍然很大,但他的身体似乎不大能动弹了。他挣扎着扬起手,"安德鲁,"他说,"安德鲁——别扶我,乔治。我快不行了;我没有瘫……安德鲁,我很高兴你有了自由。我只是想对你说这句话。"

安德鲁不知说什么好。他从未守候在某个临终的人身旁过,不过,他知道这是人类中止其功能的方式,这是不由自主和不可逆转的拆卸过程。安德鲁不知说点什么才得体,他只得伫立一旁,一声不吭,一动不动。

事后,"小小姐"对他说:"在最后这段日子里,他可能显得对你不太友好,安德鲁。你知道,他老了,你想要自由,这伤害了他。"

安德鲁一听,觉得有话要说:"'小小姐',没有他,我永远也不会有自由。"

九

在"老爷"去世之后,安德鲁才开始穿衣服:先是穿一条旧裤子,一条乔治给他的旧裤子。

乔治已经结婚了,他成了一名律师,加入了芬高尔德的事务所。老芬高尔德早已辞世,但他的女儿继承了他的事业,最终,那事务所便改名为"芬高尔德与查尼事务所"了——即便女儿退休、又没有芬高尔德家的人取代她的位置,名称仍然如此。安德鲁第一次穿上衣服那会儿,查尼这名字刚添加到事务所的名称上。

安德鲁第一次穿上裤子时,乔治竭力忍住笑;不过在安德鲁眼中,那笑意是明摆着的。

乔治教安德鲁如何控制静电来展开裤子,裹住下身,然后合上。乔治拿自己的裤子作示范。安德鲁明白,自己想要模仿这套流程得费点儿时间。

乔治说:"安德鲁,你为什么想穿裤子呢?你的身体既实用又美观,遮起来真可惜——特别是你既不用为冷热也不用为羞怯操心。再说,衣服套在金属上也不贴身啊。"

安德鲁说:"乔治,人体不也既实用又美观吗?可你们也把自己裹住。"

"那是为了保暖,为了干净,为了防护,为了装饰——这些对你都不适用。"

安德鲁说："赤身露体我感到不自在。我的感觉不一样,乔治。"

"不一样!安德鲁,地球上现在已有数以百万计的机器人了。在本地区,据最近一次调查统计,机器人几乎跟人一样多。"

"这我知道,有做各种工作的机器人。"

"其中没一个是穿衣服的。"

"可也没一个是自由的,乔治。"

安德鲁的衣柜逐渐充实起来,但乔治的嗤笑以及顾客瞪他的眼神也使他不敢妄为。

安德鲁兴许是自由的,但他对人类的行为有一整套程序管着,他只敢一小步一小步地往前走,一遭非议便会退缩好几个月。

并不是每一个人都接受安德鲁的自由。而他天生就不能抱怨,一琢磨这事,他的思维过程就会出现障碍。

还有,当他想到"小小姐"会来看他时,他就倾向于不穿衣服——或者少穿衣服。她已经老了,经常待在气候温暖一些的地方,不过回来时,她做的第一件事便是来看安德鲁。

有一次她回来后,乔治愁眉苦脸地说:"她说服我了,安德鲁。明年我要去竞选议员。她说,有其祖必有其孙。"

"有其祖——"安德鲁说不下去了,疑惑不定。

"她是说,我,乔治,作为外孙,一定会像'老爷',外祖父一样。他曾当过议员。"

"那好哇,乔治,假如'老爷'仍——"安德鲁停住嘴,因为他觉得说"老爷""运转正常"似乎不妥。

"活着。"乔治接茬儿说,"是啊,我也时不时想起老头子。"

安德鲁时常咂摸这次谈话。他注意到,与乔治谈话时自己嘴皮子十分笨拙。自安德鲁带着内存的词汇出世以来,语言一定已发生了某种变化:与"老爷"和"小小姐"不同,乔治还使用俚语——他为何用"老头子"这个显然不妥的词称呼"老爷"呢?

安德鲁也无从向自己的藏书求助。那都是些老书,大部分是木雕、艺术和家具设计方面的;没有谈语言的,也没有谈人类行为方式的书。

正是在这一刻,他觉得必须寻找对路的书;作为一个自由的机器人,他想自己不必去问乔治,他可以进城去利用图书馆。这是一个意气风发的决定,他感到体内的电压明显往上蹿,不得不接通阻抗线圈。

他穿戴整齐,甚至佩挂上了木肩链——本来是要用亮闪闪的塑料制作的,可乔治说木料合适得多,抛光的雪松价值也高得多。

他出门才一百英尺,不断增高的电阻便使他停下脚步来。他断开了阻抗线圈。他还感觉不放心,便返回家里,在一张便笺上工整写下"我已去图书馆",放到了工作台上一个醒目的地方。

十

安德鲁从未去过图书馆。他查过地图,知道路线,但不知街景是什么样子。实际地标与地图上的符号并不相合,他踟蹰不前了。最后,他觉得一定是走错了路,因为一切都显得十分陌生。

偶尔能遇上机器人,但等他决定问路时,又一个影子都见不到了。有一辆车经过,但没停下。他立在那儿不知所措——也就是静悄悄地一动不动。随后,有两个人穿越一片空地向他走来。

他转过身,那两人便移步上前与他相见。顷刻之前,两人还是谈笑风生的——他听到了他们的大嗓门;他们此刻却不吭不响了。瞅眼色,安德鲁感到他们满腹狐疑。这是两个年轻人,可也不是太年轻。也许有二十岁吧?安德鲁从来也猜不准人的年龄。

他开口问道:"两位先生,请问到市图书馆怎么走?"

二人中间的高个儿戴着顶高帽,显得又高了一截,模样怪怪的。他对另一个、而不是对安德鲁说:"这是个机器人。"

另一个人长着蒜头鼻子,眼皮厚厚的。他对第一个、而不是对安德鲁说:"它穿着衣服。"

高个儿打了个响榧子,"是那个自由机器人。查尼家有个机器人,没有主子。还有哪个机器人会穿衣服呢?"

"问问它。"蒜头鼻子说。

"你是查尼家的机器人吗?"高个子问。

"先生,我是安德鲁·马丁。"安德鲁说。

"好的。把衣服脱掉。机器人不用穿衣服。"他又对另一个说,"真恶心。瞧他。"

安德鲁不知所措。好长时间没听到过用这种语气发出的命令了,他的"第二定律"电路一时卡壳了。

高个儿说:"把衣服脱掉。我命令你。"

慢慢地,安德鲁开始脱衣。

"扔下得了。"高个儿说。

蒜头鼻子说:"假如他不属于任何人,那他既可以是别人的,也可以是我们的。"

高个儿说:"反正我们想怎么干就怎么干,谁管得了? 我们并未损坏谁的财产……用头倒立。"这是对安德鲁说的。

"头并不是用来——"安德鲁开口道。

"这是命令。要是不知道怎么做,那就试试。"

安德鲁仍然不知所措,只好弯下腰,把头贴在地上。他试着把双腿抬起来,结果啪的一声摔倒在地。

高个儿说:"就躺在那儿。"他又对另一个说:"我们可以把它卸开。卸过机器人吗?"

"它让吗?"

"它怎么能阻止我们?"

假如他们用足够有力的方式命令他不得抵抗,安德鲁便会一筹莫展:服从命令的"第二定律"优先于自我保护的"第三定律"。无论如何,他不可能既保护自己又不伤害他们,而伤害他们那就意味着违反

"第一定律"。一想到这儿,安德鲁全身的可动部件都僵硬了。他躺在那儿,不寒而栗。

高个儿走过来,用脚踢他,"它很沉。得用工具才行。"

蒜头鼻子说:"可以命令它自己卸。看着它耍一定很有趣。"

"没错。"高个儿想了想说,"先得把它从路上弄走。要是有人来——"

已经晚了。真的有人来了,是乔治。安德鲁从躺着的地方看到他走上了不太远处的小丘。本来他会以某种方式跟乔治打个招呼的,但他刚才接到的最后一个命令是:"就躺在那儿!"

乔治跑步赶了过来,到达时直喘气。两个年轻人后退了一步,站在那儿打主意。

乔治心急火燎地说:"安德鲁,出事了吗?"

安德鲁说:"我好好的,乔治。"

"那就起来吧……你的衣服怎么啦?"

高个儿青年说:"老兄,这是你的机器人?"

乔治猛然转身,"他不是任何人的机器人。发生什么事了?"

"我们很客气地让他脱掉衣服。你要不是他的主子,关你什么事?"

乔治说:"他们干什么来着,安德鲁?"

安德鲁说:"他们想以某种方式把我肢解。他们正要把我弄到一个僻静的地方去,命令我肢解自己。"

乔治瞅着两个小伙子,下巴颏直打战。两个年轻人并未退缩。他们在笑。高个儿轻蔑地说:"你想干什么,胖墩儿,要动武?"

乔治说:"不。用不着。这个机器人在我家七十多年了。他了解我们,把我们看得比谁都重。我要告诉他,你们两个威胁我的生命,企图谋害我。我要请他保卫我。在你们两个和我之间进行选择时,他必定选择我。当他向你们进攻时,那会有什么后果,你们知道吗?"

两个人向后退了退,神色慌张。

乔治厉声说:"安德鲁,我遇到了危险,就要受到这两个年轻人的伤害。朝他们冲过去!"

安德鲁应声而起。两个年轻人并没选择等死,一溜烟逃跑了。

"行了,安德鲁,罢手吧。"乔治说。他显得惴惴不安——他这个年纪早已不是一个小伙子的对手了,何况是俩。

安德鲁说:"我伤不了他们的,乔治。我只是不让他们攻击你罢了。"

"我并没命令你攻击他们,我只是让你向他们冲去。是恐惧把他们吓跑了。"

"他们怎么会害怕机器人?"

"这是人类的一种病,一种尚未治愈的病。别管他吧。你到这地方来究竟是要干什么,安德鲁?我正打算回去租用一架直升机时发现了你留下的便笺。你是怎么想到要上图书馆的?你所需要的书籍我都可以拿给你。"

"我是个——"安德鲁开腔了。

"自由的机器人。是的,是的。好吧,你想在图书馆得到点什么呢?"

"我想了解人更多一些,了解世界,了解一切。还有机器人,乔治。我想写一部机器人史。"

乔治说:"那好,咱们回家吧……先捡起你的衣服。安德鲁,'机器人学'的著作有上百万本,每一本都包含有这门科学的史料。这个世界不仅机器人趋于饱和,就连机器人的资料也趋于饱和了。"

安德鲁摇了摇头,这是他最近才学会的一个人类的动作,"不是一部'机器人学'史,乔治。是一部由机器人写的机器人史。自第一批机器人问世以来,世事沧桑,我想解说一下机器人是如何感受这一切的。"

乔治瞠目结舌,一时说不出话来。

十一

"小小姐"已经八十三岁了,可她无论做什么事,仍精力充沛敢于决断。她的那根拐杖支撑身体的时候少,指指点点的时候多。

她听了所发生的事情以后,怒不可遏。她说:"乔治,这事骇人听闻。那两个小混蛋是什么人?"

"这我不知道。什么人还不是一样?毕竟也没损坏什么。"

"就差那么一点点。你是个律师,乔治,你的日子过得好,全都归功于安德鲁。是他挣的钱成就了我们的家业,是他使我们这一家子历久不衰。我不能让人家像对待装有发条的玩具似的对待他。"

"妈,您要让我怎么做?"乔治问。

"我说了,你是个律师。没听见吗?你要用一起案子迫使地方法院宣布机器人应有的权利,并让议会通过必要的法案,迫不得已时就上诉到世界法院。我要盯着这件事,乔治,不容许有丝毫的懈怠。"

她挺认真的。一开始,这只是为了平息老太太的怒气而进行的活动,而后来则由于涉及一大堆法律纠纷而变得引人注目。作为"芬高尔德与查尼事务所"的资深合伙人,乔治只负责策划,实际工作则交给了年资较浅的合伙人,大部分事务都落到了他的儿子保尔身上。保尔也是事务所的成员,几乎每一天都尽心尽力地向祖母报告情况;而她呢,每一天都与安德鲁商议此事。

安德鲁被卷了进来。他对法律条款进行钻研,甚至时不时提出一些谨小慎微的建议来——他的机器人著作计划因而又推迟了。

安德鲁说:"乔治那天对我说,人类总是害怕机器人。只要他们存有害怕之心,法院和议会就不大可能为机器人做主。是不是要在公众舆论方面做点工作呢?"

于是,在保尔与法院较劲的同时,乔治走上了公众讲坛。这种活动没啥拘束,有时甚至穿着宽松的、他称之为"帘"的新潮服装上场。保尔说:"别在台上绊倒了,爸。"

乔治泄气地说:"我当心就是了。"

有一次,乔治在全息新闻编辑的年会上发表演讲,其中有这么一段:

"根据'第二定律',只要不伤害人,我们便可以在一切方面要求机器人无限服从,那么,任何人——我是说任何人——便对任何机器人——我是说对任何机器人——拥有了可怕的权力。特别是,鉴于'第二定律'优先于'第三定律',任何人都可以利用机器人服从命令的定律去压制机器人自我保护的意愿。他可以用任何理由,甚至无须任何理由,命令机器人损坏自己,甚至毁灭自己。

"这公正吗?我们会这样对待动物吗?即使是一个无生命之物,它为我们效劳了,就该得到我们的爱惜。机器人并不是麻木不仁的;他不是动物;他的思维能力足以同我们谈话,同我们讲理,同我们开玩笑。不给予他们友谊的成果和合作的利益,我们能把他们当朋友、能同他们共事吗?

"假如人类有权给机器人下达除伤害人类以外的任何命令,人类便应当通情达理,除非涉及自身的安全,否则绝不给机器人下达涉及伤害其他机器人的任何命令。权力越大,责任越大。假如机器人遵从'三定律'保护人,要求人遵从一条或两条法律保护机器人,这难道过分吗?"

安德鲁是对的,争取公众舆论的行为影响了法院和议会。最后通过了一部法,规定了在哪些情况下伤害机器人的命令应予以禁止。该法规有没完没了的限制条件,对于违法的惩处也完全不够,但原则确立了。在"小小姐"去世那天,"世界议会"最终批准了法案。

这并不是巧合。在最后辩论期间,"小小姐"一直熬到喜讯传来才撒手归天。她最后的笑容是给予安德鲁的。她最后的话是:"你一直对我们很好,安德鲁。"

她是拉着他的手咽气的,而她的儿子、儿媳和孙子们一直与他俩保持着一段恭敬的距离。

十二

安德鲁耐心等待着。接待员放着"全息唠叨机"不使,而是进了办公室里间。所以他不得不与一个机器人打交道,无疑这是一个无人操控的(兴许是无机器人操控的)机器人。

安德鲁边等边琢磨这事。"无机器人操控的"能用作"无人操控的"对应词吗?或者说,"无人操控的"已经成了原有字面意义的比喻词,可以应用于机器人或女人了?

写作机器人专著时,这类问题经常发生。遣词造句以表达各种复杂概念,无疑增加了他的词汇量。

偶尔有人进屋拿眼瞪他,他也无所谓。他平静地看着每个人,对方便把目光移开了。

保尔·查尼终于走了出来。他显得很吃惊——假如安德鲁能察言观色的话。保尔喜欢上了对于男女来说都很时髦的浓妆艳抹,虽然这使他脸上平庸模糊的线条显得轮廓分明,安德鲁却不以为然。他发现,只要不说出来,对人类的不悦并不会令自己感到不安。他甚至可以把不悦之意写下来。但他知道自己从前并不如此。

保尔说:"请进,安德鲁。很抱歉让你久等了,有点事儿得办完。进来吧。你说想同我谈谈,但我没想到是指在城里。"

"保尔,你要是忙,我还可以再等一会儿。"

保尔瞅了瞅壁挂计时器上变换的光影,说道:"我可以抽点时间。你是一个人来的吗?"

"我租了辆车。"

"有麻烦吗?"保尔问道,表情有点担心。

"没觉得。我的权利是受到保护的。"

保尔一听更显不安,"安德鲁,我说过,那条法律是难以兑现的,至少是在大多数情况下……假如你坚持穿衣服上街,迟早会惹麻烦——

就像第一次那样。"

"也就那么一次,保尔。让你不开心,我感到非常抱歉。"

"这么说吧:你简直成了传奇人物,安德鲁。在许多方面你都太宝贵了,你无权拿自己冒险……书写得怎么样了?"

"快写完了,保尔。出版商十分中意。"

"好!"

"不知编辑怎么就喜欢上了这本书。我猜想他是预计销路会很好,因为这是机器人写的。"

"这也是人情之常嘛,谁不想赚钱?"

"我也不是不高兴。管他什么理由,让他卖吧,卖就有钱赚,我也可以派点用场。"

"奶奶给你留下了——"

"'小小姐'是慷慨的,我完全可以继续依靠你们一家的帮助。不过,我现在正指望这本书的版税帮我实现下一步的计划。"

"什么下一步的计划?"

"我想见'美国机器人和机械人公司'的首脑。我试着联系过他,但一直联系不上。在我作品合作方面的提议该公司也不肯同意。"

保尔显然给逗乐了,"合作可没门儿。在我们为机器人的权利奋斗时,他们就不肯合作。原因明摆着——给予机器人权利,人们很可能就不愿意购买机器人了。"

"尽管如此,"安德鲁说,"如果你帮我打个电话,没准儿我能和他见一次。"

"安德鲁,你不招他们喜欢,我也是。"

"你不妨放点口风,就说'芬高尔德与查尼事务所'正推动进一步为机器人维权。要是他们见我,兴许能止息事端。"

"你这不是存心撒谎吗,安德鲁?"

"是的,保尔。我不能撒谎,因此,必须由你打电话。"

"噢,你不能撒谎,于是就撺掇我撒谎,对吗?你越来越像人一样精明了,安德鲁。"

十三

保尔似乎有点儿名气,但即便如此,这事也不那么容易安排。

但最后还是成了。会见时,哈利·斯迈思－罗伯逊一直板着脸。他是公司创始人的旁系后裔,因此名字中间用了一个分隔符。他已快到退休年龄,作为总裁,一直致力于处理机器人的权利问题。只见他白发稀疏,脸上也没什么光彩,不时以敌视的目光觑着安德鲁。

安德鲁对他说道:"先生,将近一个世纪之前,贵公司的默顿·曼斯基告诉我,有关正电子电路设计的数学计算极其复杂,只能求得近似解;因而,我的能力也不是完全可以预见的。"

"那是一个世纪之前的事了。"斯迈思－罗伯逊迟疑了片刻,接着冷冰冰地说,"老兄,情况不再是那个样子了。现在的机器人造得很精密,完全是按用途制作的。"

"这话不假。"保尔说——他是跟安德鲁一块儿来的,用他自己的话说,他是来向斯迈思－罗伯逊讨公道的,"结果呢,拿我们的接待员来说吧,一旦情况异常,哪怕只是一点点与常规不符,下面的每一步就都会受到限制。"

"假如它自作主张,你会更加恼火。"斯迈思－罗伯逊说。

"这么说,你们不再制造像我这样灵活自如的机器人了。"安德鲁说。

"不再制造了。"

安德鲁又说道:"我著书所作的研究表明,我是当今仍在运转的最古老的机器人。"

"当今最老的,"斯迈思－罗伯逊说,"也是古往今来最老的,也是永生永世最老的。不会再有机器人过了第二十五个年头还能派用场。它们将被召回,用更新的型号去替换。"

"当今制造的机器人不会过了第二十五个年头还能派用场,"保尔骄傲地说,"安德鲁可是一枝独秀呀。"

安德鲁趁机说道:"作为世界上最老的机器人,也是最灵活的机器人,我的出类拔萃还不足以享受贵公司特殊的待遇吗?"他已有成竹在胸。

"想得倒美,"斯迈思-罗伯逊一盆凉水浇下来,"你的不同凡响让公司感到尴尬。你当初要是被租出去的,而不是倒霉卖出去的,早就给替换掉了。"

"好,说到点子上了。"安德鲁说,"我是个自由的机器人,我是我自己的主宰。因此,我登门请求更新。以前,没有物主的同意,你们不可以这么干的。可如今合同里却规定物主须定期为机器人更新,当年可没有这种事儿。"

斯迈思-罗伯逊显得既吃惊,又困惑,一时房间内默然无声。安德鲁转过头去凝望墙上的一幅全息像,那是苏珊·卡尔文临终时的面容。她是全体机器人学家的恩师,去世已近两个世纪了。由于著书的关系,安德鲁对她非常熟悉,仿佛在她生前与她见过似的。

斯迈思-罗伯逊冷笑道:"我如何能为你更新你?假如更新你这个机器人,我又如何能把一个新机器人献给你这位主人?岂不知就在更新这个行为过程中你就不存在了?"说罢,他冷冷一笑。

"这有什么困难,"保尔插嘴道,"安德鲁的'人身'所在是他的正电子大脑,这是不能更新的部分,一更新便相当于制造了一个新的机器人,正电子大脑因而便是作为主人的安德鲁。机器人身体的任一其他部分则均可更新,而不至于影响机器人的'人身',那些部分只是大脑的资产。这么说吧,安德鲁是想给他的大脑调换一具新的机器人身体。"

"对,正是这样。"安德鲁平静地说,他随即把脸转向斯迈思-罗伯逊,"你们造过'类人机器人',不是吗?也就是外表像人,连皮肤纹理都差不多的那种机器人?"

斯迈思–罗伯逊回答道:"是的,我们制造过。皮肤和筋腱是用合成纤维制造的,效果极佳。除了大脑,简直没有什么地方用金属材料,但几乎与金属机器人一样坚固。就同等质量机器人而言,甚至更坚固一些。"

保尔的兴趣上来了,"我还不知道呢。有多少上市了?"

"一个也没有。"斯迈思–罗伯逊说,"它们比金属型机器人昂贵多了。市场调查表明,它们不会被买家接受。它们太像人了。"

安德鲁说:"但公司总还会保留着几款这种机器人吧?用一个有机机器人,也就是一个'类人机器人',把我的身体换掉吧。"

"天哪!"保尔惊叹道。

斯迈思–罗伯逊的态度生硬起来,"没门儿!"

"为什么?"安德鲁问,"你要多少钱,只要合理,我都愿意付,这没得说。"

斯迈思–罗伯逊仍然坚持道:"我们不制造'类人机器人'。"

"是你们不打算造,"保尔马上插话,"这与不能造不是一码事。"

斯迈思–罗伯逊说:"不管怎么说,制造'类人机器人'是违背公众利益准则的。"

"但也并没有什么法律禁止这么做呀。"保尔说。

"尽管如此,我们现在不造,将来也绝不造。"

保尔清了清嗓子。"斯迈思–罗伯逊先生,"他说,"安德鲁是个自由的机器人,是受到机器人权利保障法保护的。你清楚这一点,是吧?"

"清楚,再清楚不过。"

"这个机器人是自由机器人,愿意穿上衣服,结果呢,经常受到一些混蛋的羞辱,尽管法律禁止这么做。在决定罪过与清白的人那里,上不了纲的模糊罪行是难以起诉的。"

"美国机器人公司一开始就知道这一点。不幸,令尊的事务所却不明白。"

"家父已不在了,"保尔说,"但眼前我就见到了活靶一个,明罪一桩。"

"你在胡扯些什么?"斯迈思-罗伯逊说。

"我的委托人安德鲁·马丁——他刚成为我的委托人——是一个自由的机器人,有权向'美国机器人和机械人公司'要求享有更新的权利。这种权利是贵公司提供给任何人的,只要其拥有机器人超过二十五年。事实上,是贵公司坚持要这么做的。"

保尔笑了,一身轻松。他继续往下说道:"我的委托人的正电子大脑是其身体的物主——拥有其身无疑已超过二十五年。正电子大脑要求替换其身体,并提出为一个'类人机器人'的替身支付任何合理的费用。假如你拒绝这一要求,我的委托人就遭受羞辱,我们就要起诉。

"在这类案件中,舆论通常是不会支持机器人的要求的,但我要提醒你,美国机器人公司一般也是不受公众欢迎的。即使是使用机器人最多并从中受惠的那些人,对你们也心存疑虑。这可能是对机器人怀有恐惧感的年代留下的后遗症,也可能是对美国机器人公司这个全球垄断商的权力和财富的愤恨。不管原因如何,愤恨是客观存在。你们一定会发现,还是不打官司为妙,特别是我的委托人不仅富有,而且还可以再活几百年,永远也不会有什么理由打退堂鼓。"

斯迈思-罗伯逊的脸慢慢涨红,"你们是想逼我……"

"哪儿的话,"保尔说,"若是您拒绝我的委托人的正当要求,悉听尊便,我们二话不说,马上走人,但我们一定会起诉,我们有权起诉。你会发现,到头来,吃亏的是你自己。"

"得啦——"斯迈思-罗伯逊刚一开口,又停住了。

"你会同意的。"保尔说,"可能会犹豫一阵子,但最终还是会点头。还有一点也要说明。在把我的委托人的正电子大脑从现在的身体转移到一具有机身体的过程中,假如出现损坏,哪怕只是一点点,不把你们公司扳倒我绝不罢休。必要时,我会千方百计动员舆论反对你们,假如我的委托人的铂-铱质的脑电路中有一条线路的频率被扰乱。"他随即转身问安德鲁,"我说的这些话你同意吗,安德鲁?"

安德鲁迟疑了整整一分钟——同意就等于撒谎,等于讹诈、困扰和羞辱一个人。但并不是肉体上的伤害——他自忖——并不是肉体上的伤害。

他终于有气无力地说了一声"同意"。

十四

就像是脱胎换骨一般,有好几天,好几个星期,甚至好几个月,安德鲁都觉得自己有点不像自己了——举手投足之间都不像,说话还结巴。

保尔心急如焚,"他们把你弄坏了,安德鲁。我们得起诉。"

安德鲁慢吞吞地说:"不要。你永远也证明不了是存——存——存——"

"存心?"

"存心。此外,我变得有劲儿一些了,好一些了。是神——神——神——"

"神经?"

"神——神——损伤。这种手——手——手术毕竟还是头一遭。"

安德鲁可以感知自个儿的大脑,其他人可不成。他知道自己好好的。在学会让正电子电路与新的身体充分协调和互动的那几个月里,他往往一连几个小时在镜前端详自己。

不完全像人!面部生硬——太生硬了——动作又太矫揉造作,缺乏人类的那种灵活自如。不过,时间长了兴许就成了,穿上衣服至少不会像生着一张金属面孔时那样滑稽可笑。

终于有一天安德鲁说:"我要重新干活了。"

保尔笑着说:"这表明你身体的协调能力已经恢复。想干点儿什么呢,再写一本书?"

"不。"安德鲁一本正经地说,"我活得太久,任何一件事都不可能让我痴迷一辈子。有一段时间,艺术是我的主业,我仍可重操旧业;前一段时间,我研究历史,也可以继续下去。不过,现在我想要做的是'机器人生物学家'。"

"你想说的是'机器人心理学家'吧?"

"不是。那样说就意味着去研究正电子大脑,眼下我缺乏这种欲望。我所谓的'机器人生物学家'关注的是依附于那个大脑的身躯的功能。"

"那不就是个'机器人学家'了吗?"

"'机器人学家'与金属身躯打交道。我要研究的是有机的类人身躯,据我所知,唯一的一具在我这儿。"

"你把研究的领域弄得太狭窄了。"保尔想了想说,"作为艺术家,全部构思都来自于你自己的灵感;作为历史学家,你的研究对象主要是机器人;作为'机器人生物学家',你的研究对象只有你自己。"

安德鲁点了点头,"正是如此。"

安德鲁得从头开始,因为他对普通生物学知之甚少,对科学更是一窍不通。他成了图书馆的常客,每次都要在电子检索器前待好几个小时。他穿着衣服,看起来与常人无异;少数知情者也不去打扰他。

他给自己的屋子加了一间房,建起实验室。他的藏书也越来越多。

一年年过去了。有一天,保尔来到他面前说:"你不再研究机器人的历史了,真可惜。据我了解,美国机器人公司已经开始采用一项全新的政策。"

保尔垂垂老矣,他日益恶化的双眼换上了光传感器——就此而论,他与从前的安德鲁非常相似。

"他们干了些什么?"安德鲁问道。

"他们在制造中央电脑,其实就是巨大的正电子大脑,可以与一打至一千个机器人进行微波通信。机器人自身压根儿就没有大脑了;它们成了巨脑的四肢,二者在实体上是分离的。"

"效率是否提高了?"

"公司自称提高了。斯迈思-罗伯逊在逝世前确立了这一新方向,我认为这是对你的报复。美国机器人公司决心不再制造像你这样会给他们招来麻烦的机器人,为此,他们把脑子和身体分开。脑子不会再有身体希图改头换面,身体也不会再有脑子想入非非。

"安德鲁,"保尔继续说,"你对机器人发展史的影响真叫人吃惊:是你的艺术才华促使美国机器人公司把机器人造得更精密,更专业化;是你对自由的追求及其成功导致确立机器人权利的原则;是你坚持拥有一具'类人机器人'的身体,致使美国机器人公司转而采用脑—身分离术。"

安德鲁说:"我猜想,该公司最终会造出一台能控制几十亿机器人身体的巨脑。所有的鸡蛋都放在一个篮子里。这很危险。不对头。"

"我想你说得对,"保尔说,"不过,我相信这至少要一个世纪才能完成。我是活不到那个时候了。事实上,也许明年都活不到了。"

"保尔!"安德鲁忧心地唤了一声。

保尔耸了耸肩,"我们是肉体凡胎,安德鲁。不像你。这也没有什么大不了的,不过,为你做点儿安排倒是重要的。我是查尼家的最后一员了。中表亲戚还有人在,但都指望不上。我个人掌控的钱财将留给以你的名义设立的信托基金。就可预见的未来而言,你在经济上是有保障的。"

"也不必了。"安德鲁黯然神伤。经过这么漫长的岁月,对查尼家的人辞世他还是无法适应。

保尔说:"咱们别争了,就这么安排吧。现在你在忙活些什么?"

"我正在设计一个系统,让'类人机器人'——我自己——从碳水化合物的燃烧而非原子电池中获得能量。"

保尔皱起了眉头,"让身体能够呼吸和吃喝?"

"是的。"

"你朝这个方向努力有多久了？"

"很长时间了。我已经设计出了一个用催化剂控制食物分解的燃烧室，效果不错。"

"这是为什么呢，安德鲁？原子电池不是要强过这一千倍、一万倍吗？"

"在某些方面兴许是，但原子电池不是人类固有的东西。"

十五

这需要时间，而安德鲁有的是时间。在保尔长眠之前，他根本不愿做任何事。

随着"老爷"的重孙辞世，安德鲁越发感觉自己近乎暴露在一个敌对的世界里，于是更加坚定地沿着早已选定的道路前进。

他也并不是真的无依无靠。尽管保尔走了，"芬高尔德与查尼事务所"还在。要说机器人不会死的话，公司也是不会死的。事务所有它自己的方针，萧规曹随，总能朝前混。借助信托基金和法律事务所，安德鲁依然富有。而为回报每年得到的大量聘金，"芬高尔德与查尼事务所"又卷入了新燃烧室带来的法律纠纷。

该去找"美国机器人和机械人公司"的时候，安德鲁独自去了。他曾与"老爷"一块去过，也曾与保尔一块去过；这第三次他是独自前往，且人模人样。

美国机器人公司已经变样。工厂已搬迁至一个大型空间站，正如越来越多的产业那样。很多机器人也随之迁走了。地球本身正变成一座大公园，居民稳定在十亿；而在至少同样多的机器人中，装上独立大脑的也许不超过百分之三十。

研发部主任是阿尔文·马格德斯库，黑发黑肤，蓄一撮山羊胡子，上身除时兴的胸带外一无所有。安德鲁呢，则裹着一身几十年前的老式服装。

马格德斯库说道:"久闻大名,见到你很高兴。你是我们最出风头的产品。很遗憾,老斯迈思–罗伯逊当年讨厌你。我们本来是可以合作干出些名堂来的。"

"现在也不晚啊。"安德鲁说。

"不,我不认为如此。那个时代已经过去了。地球上有机器人出现已超过一个世纪,情况正在起变化。它们会被带入空间,留下来的不会装上大脑。"

"还有我呢,我在地球上。"

"不错,可你还有多少机器人的特征呢?你有什么新的要求?"

"再减少一点机器人的特征。既然我已在这么大的程度上有机化了,我希望能源也有机化。我这儿有图纸——"

马格德斯库扫了图纸一眼。一开始他也许只是想敷衍敷衍,但却马上打起了精神。"这想法聪明绝顶。是谁想出来的?"他问道。

"是我。"安德鲁说。

马格德斯库抬眼瞪着他,说:"这等于是对你的身体来一次大修,一次实验性的大修。这种改造从未有人尝试过。我劝你别做。保持现状为好。"

安德鲁的面部表情有限,可他的焦虑从声音中反应得明明白白:"马格德斯库博士,你没有弄明白我的意思。好歹你得同意我的要求。假如这类装置能装进我的体内,那也就能装入人体内。依靠修复装置延长人类寿命的趋势已受到重视,没有什么装置比我设计出来的和我正在设计的更好。

"现状是,我通过'芬高尔德与查尼事务所'控制着此装置的专利。我们完全有能力自主经营,开发出最终使人类具有许多机器人特征的修复装置。到时候,你们的生意就会受到极大影响。

"不过,要是你们现在就给我动手术,并同意将来在类似的情况下也这么做,你们就能得到使用专利的许可,既控制机器人改造技术,又控制人类修复技术。当然,不到第一次手术完全成功,不到时间足以证明手术真正成功,专利的使用权是不会给予你们的。"安德鲁逐渐觉得,对于向人类提出苛刻条件,"第一定律"对他来说几乎啥约束也没有。三十年河东,三十年河西,他学着这样推理。

马格德斯库大惊失色,"这事我可做不了主。这要公司作决定,需要时间。"

"只要时间不太长,我可以等。"安德鲁说,"只是时间不能太长。"他得意非凡,心想:就是保尔本人也不能干得更漂亮。

十六

并没等候太长的时间,手术成功了。

马格德斯库说:"我是竭力反对这项手术的,安德鲁,但并不是出于你可能自以为是的原因。假如是在别人身上做,我一点也不反对进行这项实验。我是不愿拿你的正电子大脑冒险。现在你的正电子电路与模拟的神经束之间会交相感应,一旦身体出了毛病,也许难以保持大脑完好无损。"

"我对你们公司员工的技术一百个放心,"安德鲁说,"现在我可以进食了。"

"哦,你可以啜饮橄榄油了。这意味着燃烧室有时需要清洗,我们已做过解释了。我想滋味不大好受吧?"

"也许是,假如不思改进的话。自我清洗并非不可能。事实上,我正在研究一种装置,用来处理可能含有不可燃成分的固态食品——这些成分就如同不可消化的东西,须得排泄出去。"

"那你就得开个肛门。"

"是那玩意儿。"

"你还想要什么呢,安德鲁?"

"什么都想要。"

"性器官也要?"

"只要符合我的意图。我的身体是一张画布,我打算在上面画个——"

马格德斯库等着他把话说完,待到他似乎说不下去时,他接茬儿道:"人?"

"走着瞧吧。"安德鲁说。

马格德斯库说:"你就是这点野心么,安德鲁?你比人类强。打你选择有机化的那一刻起,你就开始走下坡路了。"

"我的脑子并没有受损。"

"是没有,这我承认。不过,安德鲁,靠你的专利制成的全套新型修复装置正在以你的名义上市。你被承认为发明者并受到了崇敬——以你现有的贡献,为何还要折腾自己的身体呢?"

安德鲁没有吭气。

荣誉来了。他接受了几个学术团体的会员资格,包括一个致力于他所创立的新科学的学会——这门新科学他称之为"机器人生物学",但后来被通称为"人体修复学"。

在他出厂一百五十周年之际,美国机器人公司为他举行了庆祝宴会。即便安德鲁窥出了其中的讽刺意味,他也只将之藏在心里。

已退休的阿尔文·马格德斯库出面主持了这次宴会。他本人已九十四岁了,他仍然健在,完全是因为体内安装了能完成肝肾等功能的修复装置。马格德斯库发表了简短且充满激情的讲话。当他举杯为"一百五十周岁的机器人"祝酒时,宴会达到了高潮。

安德鲁的面部肌肉已经过重新设计,可以表现出多种情绪,但是,在整个庆祝仪式中间,他一直呆坐在那里。成为"一百五十周岁的机器人",他心中不悦。

十七

是"人体修复学"最后把安德鲁带离了地球。在一百五十周年庆祝会之后的几十年里,除了引力有所不同外,月球不管从哪个方面来看都成了比地球更像地球的世界。在其地下城市中,人口相当稠密。

那儿的修复装置必须考虑较小的引力。安德鲁在月球上生活了五年,与当地的"人体修复学家"一块儿进行必要的改造。空闲时他常在机器人中间转悠,每个机器人都像奉承人似的奉承他。

然后,安德鲁回到已显得沉闷的地球,去了"芬高尔德与查尼事务所",宣布他回来了。

事务所此时的管理人西蒙·德朗一惊。他说:"我们听说你要回来,安德鲁。"——他几乎说成"马丁先生"——"我们以为你下个星期才到呢。"

"我待不住了。"安德鲁没好气地说,他急于开门见山,"西蒙,我在月球上主持一个由二十位人类科学家组成的研究小组,没一个人对我的发号施令持有异议。月球上的机器人对我就像对人一样言听计从。既然如此,为什么我还不是一个人?"

德朗的回答相当谨慎。他说:"我亲爱的安德鲁,正如你刚才所言,无论是机器人还是人,都把你当做人一样看待了。因此,你已成为'事实上'的人了。"

"成为'事实上'的人还不够。我想要的不仅仅是被当做人,还要在法律上被承认是人。我要成为'法律上'的人。"

"那就是另外一码子事了,"德朗说,"我们得面对人类的偏见和一个无可置疑的事实:无论你多么像人,你都不是人。"

"怎么就不是?"安德鲁问,"我具有人的形状和相当于人类器官的器官。事实上,我的器官,同动过修复手术的人的某些器官是一模一样的。我在艺术、著述和科学上对人类文化所做出的贡献,与当今任何人相比都毫不逊色。还能再对我要求什么呢?"

"我个人是绝不再要求什么了。麻烦是需要'世界议会'通过法案来确认你是人。坦白地讲,我不认为这样的事会发生。"

"'世界议会'里什么人负责此事?"

"也许要找'科技委员会'主席。"

"能安排我们见面吗?"

"你还用得着牵线的人吗?以你的地位,你可以——"

"不。你来安排。"——就连安德鲁自己也没料到,他居然向人发号施令了。这是在月球上给惯的——"我希望他知道,'芬高尔德与查尼事务所'在这件事上全力支持我。"

"那好,现在——"

"全力以赴,西蒙。在过去一百七十三年的岁月里,我以这种或那种方式为本事务所做出了重大贡献。我一直为本事务所的成员尽心尽力,现在该掉个个儿了。"

德朗说:"我尽力而为吧。"

十八

"科技委员会"主席是位来自东亚地区的女性。她姓齐,名丽星,身着的透明服装(只在她想要模糊的地方,用耀眼的反光使之模糊起来)使她看起来像裹着一层塑料。

她说:"我同情你要求充分享有人权的愿望。历史上也有过部分人群争取充分人权的斗争,但有什么是你现在没有而你却想要得到的权利呢?"

"很简单,就是我的生存权。机器人随时可以被毁掉。"

"人也是可以随时被处决的。"

"处决人得先经过法律程序,把我毁掉却不需要审判,要了结我,当权的人一句话就够了。此外——此外——"安德鲁竭力不让自己显露忧伤之态,可他的表情和语气却露了馅儿,"说真的,我想成为人。我已经想了六代人之久。"

丽星抬眼望着他,目光中既有同情,又带忧虑,"'世界议会'可以通过一项法案宣布你为人——他们甚至可以通过一项法案宣判一尊石像为人,但议员们是否肯这样做,就另当别论了。议员也是人,对机器人总是心怀疑虑。"

"现在还是这样?"

"现在还是这样。大家都承认你赢得了宝贵的人性,可是,对于开创一个不良的先例仍有恐惧。"

"什么先例？我是唯一的自由机器人,是我这种类型中唯一的一个,永远也不会再有另一个了。你可以向美国机器人公司求证。"

"'永远'是一段很长的时间,安德鲁——或者称你马丁先生,要是你喜欢的话,我个人是乐意尊你为人的。你会发现,大部分议员不会赞同开此先例,不管此先例是多么无法称其为先例。马丁先生,我是同情你的,但并不劝你抱有希望。说真的——"

她身体朝后一靠,皱起了眉头,"说真的,假如闹过了头,议会内外甚至都可能掀起一种冲动,也就是你提到的把机器人毁掉——把你搞掉兴许是摆脱困境最简单的办法。请三思而后行。"

安德鲁说:"没人记得'人体修复术'吗？这几乎全是我个人的功劳。"

"说起来似乎残酷,没有人会记得的。即使记起,也只是为了编派你的不是。人们会说,你那么做只是为了一己之私。人们会说,那只是使人机器人化或者使机器人人化的图谋的一部分;无论哪种情况都是大逆不道。马丁先生,你从未受过政治运动的敌视,可我告诉你,人们会造你的谣,他们的谰言你我都不会相信,但肯定有人全盘照收。马丁先生,过安生日子吧。"她站起身,与坐在一旁的安德鲁相比显得矮小,几乎像个孩子。

安德鲁说:"假如我决心为我的人性斗争,你会站在我这一边吗？"

她想了一想说:"我会尽力而为,但假如这种立场什么时候明显威胁到了我的政治前途,我可能不得不放弃你,因为此事并非植根于我的信仰。我这是实话实说。"

"谢谢你,我没有更多要求了。无论后果如何,我都要斗争到底。我将只在你力所能及的情况下向你求助。"

十九

这不是一场正面的交锋。"芬高尔德与查尼事务所"劝他要有耐心,安德鲁抱怨说,这话他听得耳朵都快起茧子了。于是,事务所致力于缩小和限制斗争的范围。

他们炮制了一起案子,认定公民没有义务向装有人工心脏的人还债,理由是:既然体内有了机器人的器官,一个人就不能称其为人了,作为人的法定权利也就随之丧失。

这场官司打得老练而顽强,虽然开头每一步都处于不利,但最终又总能迫使判决做得尽可能宽泛有利,然后,通过层层上诉提交到"世界法院"。

官司打了好些年,花去了好几百万美元。

当终审判决下达时,德朗对这场败诉举行了相当于祝捷的庆典。安德鲁当然出席了公司的活动。

"我们干了两件事,安德鲁,"德朗说,"两件事都干得漂亮。首先,我们确立了一个事实,即人体内无论有多少人工制品,也不能视其不是人体。其次,既然现实中没有一个人不希望借助修复术延长生命,我们已促使舆论强烈支持对人性的定义进行扩展。"

"你认为'世界议会'现在会给予我人性了吗?"安德鲁问。

德朗显得有点为难,"对此我并不乐观。仍然有一个器官被'世界法院'用做衡量人性的标准:人拥有的是有机的、细胞质的大脑,而机器人,假如装有大脑的话,拥有的是铂-铱质的正电子大脑——你无疑拥有正电子大脑……别丧气,安德鲁。我们的知识不够,还不能将使用人工装置模拟细胞质的大脑纳入'世界法院'判决的范畴,尽管它非常接近有机形态。即使你也无能为力。"

"那怎么办呢？"

"当然要试一试。女议员丽星会站在我们这一边，越来越多的其他议员也会如此。在这件事情上，议长无疑会顺从'世界议会'中多数人的意见。"

"我们拥有多数吗？"

"没有，差得远呢。也有可能得到多数，假如公众要求对人性作宽泛解释的愿望扩大到你的话。我承认希望不大。你要是不愿放弃，我们就得赌一把。"

"我不愿放弃。"

二十

女议员丽星比安德鲁初见那会儿老多了。她的透明服装早已不见踪影。她的头发现在剪得短短的，遮身之物成了一个布筒。安德鲁呢，只要大方得体，还是尽量穿一百多年前初次穿衣时流行的那种式样。

她说："我们已竭尽全力，安德鲁。休会期过后，我们再尝试一次。不过，说老实话，败局已定，这事整个儿得放弃。我最近的全部努力，只会使我在即将到来的议会选举中败北。"

"我知道，"安德鲁说，"这使我非常难受。你说过，如果出现这种情况，你会放弃我。你为什么还没这么做呢？"

"人的想法是会改变的嘛。为多一届任期放弃你，我不想做这种决定。我已在议会超过二十五年，已经足够了。"

"齐女士，没什么办法改变人的思想吗？"

"通情达理的人都已被我们改变。其余的人——大多数人——你无法消除他们的反感。"

"赞成也好，反对也好，反感并不是站得住的理由。"

"这我知道，安德鲁，可他们并不会把反感提出来作为他们的理由。"

安德鲁思前想后说:"都是大脑在作怪。我们非得停留在细胞对正电子这么一个层次上吗?没有办法从功能上下个定义吗?非得说脑子是由这东西或那东西构成的,就不能说脑子是能进行一定程度思维的某种东西——或任何东西吗?"

"这行不通,"丽星说,"你的脑子是人造的,人的脑子不是。你的脑子是制造成的,人的脑子是发育成的。对于想在自身和机器人之间筑起壁垒的人来说,这些差异就如同一英里高和一英里厚的铜墙铁壁。"

"要是能了解到他们的反感之源——反感之根源就——"

"风风雨雨这么多年了,你还在琢磨人类的想法,"丽星感伤地说,"可怜的安德鲁,别生气,这是你的机器人性在作怪。"

"我不知道,"安德鲁说,"假如我能把自己——"

(再现部)

假如他能把自己——

他早就知道,可能会走到这一步。他终于来到了外科医生的诊所。他找到了一位技艺高超能做这项手术的外科医生,也就是说,找到了一位机器人外科医生。就此而论,无论在能力或意图方面,人类外科医生都是靠不住的。

机器人外科医生对人是不可以施行这项手术的。安德鲁心里乱糟糟的,他先拐弯抹角提了一些问题,把决定性的时刻朝后推了推,随即亮出"我也是机器人",把"第一定律"扔到一边。

接着,他便使用过去几十年中学会的甚至对人类也使用的措辞坚定地说:"我命令你对我施行这项手术。"

在"第一定律"失效的情况下,从一个如此人模人样的人物那儿发出的如此坚定的命令启动了机器人医生的"第二定律",遂了安德鲁的心愿。

<h2 style="text-align:center">二十一</h2>

安德鲁确信,他的虚弱感大半是心理在作怪。他已经从手术中恢复了过来。虽然如此,他还是倚着墙站着,尽可能不惹人注目;要是坐下,那就原形毕露了。

丽星说:"最后表决将于本周进行,安德鲁。我无法再往后推了,一定会败诉的……只会是这个样子,安德鲁。"

安德鲁说:"很感激你为推迟表决所做的努力,它给了我所需要的时间,我已经赌了一把。"

"什么赌了一把?"丽星关切地问道。

"事前我没法对你和'芬高尔德与查尼事务所'的人说。说了,你们一定会阻止我。是这样子:假如问题是在脑子,那么最大的差异不就在是否有生有死吗?谁真个关心脑子的形状,或是用什么材料制成的,或是如何形成的?关键是脑细胞会死亡;必定死亡;即使体内的其他器官都能维持和替换,脑细胞最终也必定死亡。脑细胞是不能替换的,一替换,个性就随之改变继而被扼杀。

"我自己的正电子电路已经维持了近两个世纪,没发生什么明显的变化。它还可以维持多个世纪。基本的障碍不就在这儿吗?人类可以容忍一个长生不老的机器人,因为机器能延续多久都无关紧要。他们不能容忍一个长生不老的人,因为人类的死亡是注定的,这是普遍规律。正因为如此,他们不会认我为人。"

丽星说:"你究竟打的什么主意,安德鲁?"

"我已消除了这个问题。几十年之前,我的正电子大脑就与有机神经连接上了。最近一次手术对这种连接做了处置,使电势缓慢地——非常缓慢地——从我的电路中排空。"

丽星有着细细皱纹的脸一时木然。她紧闭双唇,"你是说你已经安排了死亡,安德鲁?你不能这么干,这违背了'第三定律'。"

"不,"安德鲁说,"我已经在躯体的死亡和理想的死亡之间做了选择。让我的躯体活着,让更宝贵的理想死去,那才真叫违背'第三定律'呢。"

丽星抓住了他的胳膊,仿佛要去摇晃他。她停住了,"安德鲁,行不通的。改回来吧。"

"改不了啦,已造成太多损伤。我还可以活一年——一年左右吧。我一定能活到造出我的二百周年。我太虚弱,安排不了啦。"

"这怎么值?安德鲁,你是个傻瓜。"

"假如能带给我人性,那就值。假如带不来,这场斗争有个了结,那也值得。"

丽星一声不响掉下泪来,这使她自己也大吃一惊。

二十二

最后这一招如何拨动世人心弦很是耐人寻味。安德鲁以前的所有作为都未能使他们动摇。可为了变成人,他最终竟接受了死亡。这牺牲太大了,人们不能再拒绝。

最后的仪式特意订在了二百周年纪念日。"世界主席"将签署法案并使之成为法律。庆祝仪式将向全球直播,并将发送到月球州甚至火星殖民地上去。

安德鲁坐在轮椅中。他仍能走动,但却摇摇晃晃。

"世界主席"在全球亿万观众面前说:"安德鲁,五十年前你被宣布为'一百五十周岁的机器人'。"停了一会儿,他又用更加庄重的语调说,"马丁先生,今天我们宣布你为'二百周岁的人'。"

安德鲁笑了,伸出手来握了握主席的手。

二十三

安德鲁躺在床上,思想活动慢慢衰退。

他拼命想抓住思绪。人!他成了人!他希望这是他最后的想法。他希望带着这个想法消融——死去。

他又一次睁开双眼,最后一次认出了守在一旁的丽星。还有其他人在场,但那都是些影子,一些不可辨认的暗影。唯有丽星在一片蒙蒙灰暗中挺立。他慢慢地、一点一点地把手伸过去,朦朦胧胧地、模模糊糊地感到她捏住了他的手。

随着最后一点点思绪像水滴般渗出,她在他的眼中暗淡下去。

在她完全消逝之前,在一切归于寂静之前,最后又有一个念头飘忽而至并停驻了片刻。

"'小小姐'。"他喃喃道,声音低得谁也听不见。

题注：

本篇（The Bicentennial Man）译自 I. Asimov: The Complete Robot。关于这篇小说的缘起和问世的经过，阿西莫夫有一段精彩的自白：

1975年1月，娜奥米·戈登，费城的一位极富魅力的女性，前来见我，说要推出一部名为《二百岁的人》的小说专集，拟包括一流作者的小说十篇，每篇都围绕书名做文章，以纪念美国建国二百周年。这是个令人欣慰的创意。编辑工作拟由科幻小说界著名的热心人福里斯特·阿克曼来做。娜奥米雄心勃勃，准备出一个发行量非常有限、非常昂贵的版本。

我坦言，围绕"二百岁"写科幻小说很难。但娜奥米说，只要看起来是从"二百岁的人"这个题目生发出来的，写什么都成。

我心醉神迷，同意为之，立刻就得到了一半预付金。截稿日期是1975年4月1日，到3月14日我就写好了。开始我有点儿懊恼，因为协议要的是一篇7,500字的小说，而我一发不可收拾，写了15,000字——不算长篇，这是十七年间我写的最长的小说。我随稿附上了抱歉信，申言不要额外报酬，娜奥米回信说字数增加了也好。余下的一半预付金很快就到了。

其后，诸事皆不顺。娜奥米为家庭和医疗问题所困；寄有希望的某些作家参加不了；答应撰稿的另一些作家未能交稿；交了稿的作家未能写出完全令人满意的作品。

当然，我对这些一无所知。我甚至从未想到会出什么事儿。说真的，我唯一的兴趣在写作。卖文是小兴趣。对后来发生的事儿几乎一点兴趣都没有。

多亏了朱迪琳·德尔·雷伊,科幻小说方面的事儿她的消息极为灵通。她知道集子中有我的一篇。

"这是怎么回事儿?"她气势汹汹地质问,"你为那本集子写了一篇,而我请你写时你总说太忙?"

朱迪琳动气时是很吓人的。"啊,"我抱歉地说,"是那本集子的创意打动了我。"

"我的创意呢?我让一个机器人在赎买其自由和改造其自身之间进行选择,记得你说过挺有趣的。"

这一问,我的脸色肯定变得刷白。很久以前她提过这类事,我已经忘了。我说:"啊,天哪,我把这档子事儿写进那篇小说中去了。"

"又一次?"她尖声大叫,"你又一次用我的创意为别人效劳?让我看看那篇。让我看看!"

第二天我拿给她一份副本,第三天她就打电话找我。她说:"我尽力不让小说讨我欢喜,但我做不到。我想要。把小说拿回来。"

"我不能那么做,"我说,"我卖给了娜奥米,已经是她的东西了。我另外给你写一篇吧。"

"那本集子出不了了,"朱迪琳说,"我可以跟你打赌,赌什么都成。为什么不打个电话问问?"

我给娜奥米打了电话,果然,集子出不了了。她同意把手稿寄还我,允许我卖给他人。我把预付金还给了她。(毕竟她为此事蒙受了相当大的损失,我不想损人利己。)

小说转交给了朱迪琳,用在了她编的原创小说集《大腕科幻小说集·第二辑》中,于1976年2月问世。我自己也非常喜欢这一篇,不仅收入了本书(指1978年出版的小说集《二百岁的人》),还用作了书名。(见 I. Asimov: The Bicentennial Man, pp. 161–163, Granada Publishing Ltd. 1978.)

顺便说一句，阿西莫夫把这本冠名《二百岁的人》的小说集题献给了朱迪琳·德尔·雷伊。文中所说的"又一次？你又一次用我的创意为别人效劳？"是指朱迪琳曾建议阿西莫夫写一篇女机器人小说。当时正好有人为纪念《奇幻与科幻》(The Magazine of Fantasy and Science Fiction)杂志创刊二十周年约稿，阿西莫夫就用她的创意写出《女性直觉》交卷，发表在该刊1969年10月号上。朱迪琳得知后大为恼火。